KEIN WEG ZURÜCK

EPILOG DER VERGESSENEN
BUCH 3

M.R. FORBES

ÜBERSETZT VON
KENT ALKAN

Herausgegeben von Quirky Algorithms
Seattle, Washington (USA)

Dieser Roman ist eine belletristische Arbeit und entspringt alleine der
Vorstellungskraft des Autors.

Jegliche Ähnlichkeit mit realen Personen oder Gegebenheiten ist rein zufällig.

Titelillustration von Geronimo Ribaya

KAPITEL 1

Unbarmherzig warfen die eisernen Handschellen US-Marinefeldwebel Isaac Pine auf die steife Matratze des Betts zurück, an das sie ihn ketteten.

Der plötzliche Krach kam von der unteren Etage und klang so, als würde jemand reihenweise Teller und Gläser aus einem Küchenschrank räumen und geradewegs auf dem harten Fliesenboden zerschellen lassen.

Isaac sah aus dem Fenster.

Der Nachthimmel war fast so schwarz wie die offensichtlich im Nachhinein einzementierten gusseisernen Gitterstäbe davor. Das Knarzen der alten Holztreppenstufen verriet die raschen Schritte, die darübergingen. Jeden Moment würde wieder einer seiner Entführer die Türe öffnen, um nach dem Rechten zu schauen – wusste Isaac.

Wie erwartet, stoppte das Knarzen kurz vor der Tür, und der einst glänzende goldgelbe Türknopf begann sich zu drehen, gefolgt vom Quietschen alter Scharniere. Eine ferkelartige breite Stupsnase, umgeben von Sommersprossen, ein Paar großer brauner Rehaugen direkt darüber, gekrönt von einem Fransenpony, der aussah wie selbstgeschnitten, und zwar in einer Neumondnacht bei Stromausfall:

Das war Camila.

„Na, noch da?", grinste sie schelmisch und trat herein.

Rasch fiel ihr Augenmerk auf den Nachttisch neben dem Bett: Das Glas Wasser und die Rolle Notrationskekse aus zweihundert Jahre altem Armeebestand schienen nach wie vor unangerührt…

„Du solltest etwas essen…"

„Kein Bedarf.", knurrte Isaac nur.

„Quatsch! Du bist jetzt schon drei Tage hier! Du bist garantiert hungrig!"

„Übt ihr da unten gerade für 'ne Nummer als Geschirrjongleure, oder was hat der Krach zu bedeuten?"

„Ach, Alexander ist ein bisschen übermütig geworden. Habe ihn freundlich daran erinnert, dass er seine Griffel gefälligst bei sich behalten soll.", verdrehte Camila die Augen.

„Klang nicht sehr freundlich…", runzelte sich Isaacs Stirn, und Camila lachte:

„Halb so wild, Feldwebelchen! Noch ist alles an ihm an einem Stück!"

Damit deutete sie mit dem Finger auf die Rolle Notrationskekse:

„Iss!"

„Ich sagte doch: kein Bedarf!"

Camila seufzte und kam weiter auf das Bett zu. Ihr Tank-Top und die aus einer Bluejeans herausgeschnittenen Hotpants überließen weit weniger der Fantasie, als Isaac lieb war. Das um den rechten Oberschenkel gebundene Armeemesser und der Patronengürtel samt geholstertem Revolver um die Taille kontrastierten mit Camilas Girlie-Look auf ähnliche Weise wie das Schultertattoo, das sie als Anhängerin Shurraths auswies. Hinzu kam die im Vergleich unscheinbare Narbe in der Mitte ihres Nackens. Isaac wusste inzwischen zu gut, was diese zu bedeuten hatte…

Nicht sicher war er sich dagegen, welcher Teil von Camila

so sehr um sein leibliches Wohlergehen besorgt war: War es der Parasit selbst? Oder war es der noch verbliebene Rest ihrer eigentlichen, menschlichen Persönlichkeit?

Ungefragt setzte sie sich zu Isaac aufs Bett und wollte ihm über die Wange streichen. Sofort wandte er sein Gesicht ab.

„Ach, sei nicht albern, Feldwebelchen…", begann sie, mit kokettem Tonfall auf ihn einzureden. „Was du zu beschützen glaubst, existiert nicht mehr. Das sind nichts weiter als ein paar Erinnerungen!"

„Meine Erinnerungen existieren wohl.", konterte er philosophisch, während er weiter mit leidlichem Erfolg versuchte, Camilas unerbetenen Avancen zu entgehen.

Sein Blick fiel auf die Keksrolle…

In doppelt verstärkte, armeegrüne Alufolie eingeschweißt, las die schmucklose Aufschrift:

‚THANKSGIVING DINNER'

Natürlich hatte er gelogen. Sein Magenknurren war auch für jeden zu hören, der nicht über das gesteigerte Wahrnehmungsvermögen einer Khoronenwirtin verfügte. Es ging ja nicht darum, ob er tatsächlich hungrig war oder nicht. Es ging um's Signal… und um Willensstärke.

„Nun komm schon, Feldwebelchen! Sei ein artiger Junge, hm?", nahm Camila die angerissene Keksrolle vom Nachttisch und wedelte ihm damit beschwörend vor der Nase umher.

„Lass mich in Ruhe.", neigte Isaac den Kopf zur anderen Seite und wies Camila ab, so schroff und unmissverständlich er konnte.

Drei elende Tage und Nächte war es jetzt her, dass er von einer Rotte augenscheinlich steroid-gedopter Super-Trife angefallen worden war, die ihn packten, um ihn fortzubringen. Und das gerade, als er sie endlich im Visier hatte.

Sie: Grace Salk – Tochter von Major Cyrus Salk, dem Mörder seines einzigen Sohns, Jason.

Von seinem Hochsitz in einer der oberen Etagen eines

verlassenen Bürohochhauses hatte er sie genau im Fadenkreuz seines Scharfschützengewehrs gehabt – während sie
ihrerseits den Sheriff konfrontiert hatte.

Der Ausgang der Konfrontation war Isaac noch immer
unbekannt. Er musste mit dem Schlimmsten rechnen – denn
ansonsten würde er jetzt sicherlich mit dem Sheriff und
dessen bezaubernder Gattin in Sanisco über einen echten
Truthahnbraten anstoßen, statt hier dieses Martyrium zu
durchleiden.

Vielleicht hatte Camila gar nicht so Unrecht...

Vielleicht kämpfte Isaac um einen verlorenen Posten...

Vielleicht war der Sheriff längst tot!

Genauso wie Amanda... wie Olivia... wie Jason... die
Lorettas... und all die anderen, die Isaac in seinem zweihun-
dertjährigen Tiefschlaf überlebt hatte. Für wen oder was sollte
er noch leiden?

„Ah... du scheinst allmählich zu begreifen...", ließ Camila
endlich grinsend von ihm ab.

Tatsache blieb, dass er nicht hier sein wollte. Dass er an ein
verficktes Bett gefesselt war, obwohl er niemandem etwas
schuldete.

Er wollte loskommen, mit seinen Stiefeln die verfickte
knarzende Treppe runtertrampeln, sodass es sie in Stücke
breche, die Haustüre so hart hinter sich zuschlagen, auf dass
das ganze verfickte Haus in sich zusammenfalle, und... tja...

...und dann?

Er wusste ja nicht einmal, wo auf dem gottverlassenen
Kontinent er gelandet war!

Nachdem die Trife ihn in einen aufgebohrten Hunde-
fänger verladen hatten, hatte es eins über den Schädel gegeben... und als Isaac wieder zu sich gekommen war, da hatte
er sich in eben dieser Lage hier wiedergefunden. Sicher war
Isaac sich nur, dass sich dieses dem Anschein nach ehemalige
Einfamilienhaus recht weit vom Schuss befinden musste.
Denn aus dem Fenster heraus gab es außer den gusseisernen

Gitterstäben und dem bloßen Himmel dahinter nichts zu sehen, und auch an Isaacs Ohren drang nichts weiter als gelegentliches Vogelgezwitscher und die Reifen-, Tür- und Motorengeräusche des offenbar stets selben Fahrzeugs.

„Okay, okay… ich esse.", ließ Isaac sich schließlich breitschlagen. „Wenn auch du versprichst, deine Hände bei dir zu behalten."

Camila schmunzelte leicht verschnupft und zog rasch ihre Hand zurück, als habe sie tatsächlich erwartet, dass er ihrer körperlichen Zuwendung etwas abgewinnen würde:

„Du hast Glück, dass Shurrath Dinge mit dir vorhat… sonst wäre ich weniger… zurückhaltend." – womit sie die Keksrolle weiter aufriss und ein paar der Kekse auf Isaacs baren Schultern platzierte.

„Happy Thanksgiving, Feldwebelchen!", grinste sie noch und verschwand flugs wieder durch die Tür – während sich Isaac bemühte, die Kekse am Herunterrutschen zu hindern.
/ / /

Ein wenig den Hals verrenken musste er sich, um endlich einen der Kekse zwischen die Zähne zu bekommen – und er wunderte sich, dass sich Camila diese seine erneute Demütigung entgehen ließ. Fast unwillkürlich schloss er kauend die Augen und schnaufte, als die ersten Brocken des kompakten Armeekekses in seinem Speichel zu zergehen begannen…

KAPITEL 2

Als Camila zurückkam, waren von den Keksen nur noch ein paar Krümel übrig, die auf Isaacs baren Schultern hafteten.

Dieses Mal war auch Alexander mitgekommen: ein stämmiger, muskulöser Kerl mit Halbglatze – im Vergleich zu Cains Statur jedoch bloß ein halbes Hemd. Angezogen war er wie ein Biker: komplett in braunem Leder, von der Jacke bis zu den Stiefeln. Zwei Revolver hatte er sich umgegurtet. Keine chromblitzenden wie der Sheriff, aber es waren Neufertigungen aus Saniscos stadteigener Herstellung. Offenbar kamen selbst ihre Widersacher nicht mehr umhin, sich von Duke, Natalia und den Vereinigten Westlichen Territorien kulturell beeinflussen zu lassen – schmunzelte Isaac bei sich.

So hatte sich Alexander jedenfalls im Türrahmen postiert, den er mehr als ausfüllte, während Camila mit einem Stapel augenscheinlich frischer Klamotten hereingekommen war und sich nun zu Isaacs Überraschung daran machte, ihn von seiner Fesselung zu befreien. Dabei schloss sie die Handschellen nur auf einer Seite auf, sodass dieselben an Isaacs rechtem Handgelenk hängen blieben.

„Anziehen!", kommandierte sie.

Mit mürrischem Blick richtete Isaac sich also auf, rieb sich noch kurz die Handgelenke und folgte schließlich der Aufforderung, indem er den Stapel zunächst nach frischer Unterwäsche durchsah. Dann wechselte er dieselbe mit dem Rücken zu Camila – fast schon in Erwartung irgendwelcher Sperenzchen oder blöder Sprüche ihrerseits. Zwar blieben diese aus… doch er konnte Camilas Augen förmlich Löcher in seinen Hintern brennen spüren…

Das alte Flanellhemd, die Bluejeans und nicht zuletzt die beiden wildledernen Arbeitsstiefel, die sie ihm zum Anziehen gebracht hatten, muteten fast eher wie die Basis für ein Holzfäller- oder Bergsteigerkostüm zu Halloween an. Die Handschellen, die noch immer von Isaacs rechtem Handgelenk hingen, machten das Prozedere deutlich umständlicher.

Kaum, dass er den letzten Knopf seines Flanellhemds zugeknöpft hatte, packte Camila das lose Ende seiner Handschellen und zog seinen Arm schroff daran herunter und in sein Kreuz.

„Die andere!", zischte sie, gab ihm aber kaum mehr als einen Sekundenbruchteil Zeit zu reagieren, ehe sie ihm schmerzhaft den Arm zu verdrehen begann.

„Schon gut, schon gut!", ächzte er und hielt ihr demonstrativ das andere Handgelenk hin.

Die linke Handschelle rastete ein, und ein derber Stoß in den Rücken ließ Isaac auf Alexander zustolpern.

„Darf man fragen, zu welchem Anlass ich mich so fein herausgeputzt habe?", fragte Isaac spöttisch.

„Shurrath wartet. Musst du nochmal für kleine Marinefeldwebel? Die Fahrt wird ein bisschen dauern…"

„Keine Bange: Ich hab' 'ne starke Marinefeldwebelblase."

Camila musste schmunzeln.

Alexander ging voran, den kurzen tapezierten Gang entlang zur knarzenden Holztreppe. Die mäßig aparte Tapete hing teils in verschmutzten und vergilbten Fetzen herab. Hervorstehende Nagelenden zeugten noch von den gerahmten Bildern, die hier wohl einst gehangen hatten. Ein hartnäckiger Modergeruch lag in der Luft.

„Die drittletzte Stufe solltest du meiden...", instruierte Camila ihren Gefangenen, während die Holzstufen unter Alexanders Motorradstiefelsohlen bereits bedrohlich zu knarzen und zu knarren begannen.

Tatsächlich mied Alexander die sichtlich morsche dritt-letzte der Stufen – und Isaac tat es ihm gleich, auch wenn dies mit auf den Rücken gefesselten Händen mehr Akrobatik erforderte, als ihm lieb war.

Am Fuß der Treppe hing noch eines der gerahmten Bilder.

Isaac hielt an und ertrug Camilas ungeduldiges Schubsen einen Moment, um es anzuschauen.

Ein Familienfoto.

In dessen Mitte augenscheinlich ein ergrautes Ehepaar, umgeben von einem Dutzend mutmaßlichen Familienmitglie-dern mindestens zweier späterer Generationen sowie von Palmenbäumen, die den Blick auf einen sonnenbeschienenen Sandstrand und das tiefblaue Meer im Hintergrund umrahm-ten. Rechts unten das Wort ‚ALOHA!' in kitschig geschwun-genen, rosafarbenen Glitzerlettern...

„Wertloser Tand einer verblichenen Zivilisation...", kommentierte Camila. „Unter Shurrath wird die Welt erblühen wie nie zuvor!"

Isaac befürchtete, dass sie darin Recht behalten könnte.

Das auf dem Foto hätten auch Amanda und er sein können... umgeben von Jason, Olivia... und deren Kindern. Amanda und er waren schon einmal auf Hawaii gewesen... vielleicht sogar am selben Strand...

Was gäbe er dafür...

„Weiter jetzt!", gab Camila ihm erneut einen so heftigen Schubser, dass er nicht anders konnte, als voranzustolpern.

Ein Gang führte nach links. Offenbar die Küche. Der Boden war noch immer vom zerbrochenen Geschirr bedeckt –

die Schranktüren ebenso achtlos noch immer sperrangelweit offen.

Alexander aber bog in den Gang nach rechts – durchs Foyer in Richtung Haustür, die er Isaac und Camila öffnete.

Der Spätsommerhimmel war strahlend blau. Isaac musste blinzeln, als er aus dem schummrigen Moder des alten Hauses ins Freie trat. Die frische Luft, mit der er sich augenblicklich Nase und Lungen füllte, war eine Wohltat.

Er fand sich in einem Wohngebiet, umgeben von etlichen weiteren, gleichsam im Zerfall begriffenen Holzhäusern in Reih und Glied, die – von ihren individueller ausgeprägten Zerfallsspuren abgesehen – einander glichen wie ein Ei dem anderen. Ihre einst pingelig getrimmten Rasenflächen waren längst zu hüfthohen Wildwiesen ausgewachsen.

„Wo sind wir hier?", murmelte Isaac, ohne wirklich eine Antwort zu erwarten.

„Im Osten.", erhielt er eine überraschende, wenn auch vage Antwort von Camila.

„Lasst mich raten: 'ne Armlänge von den Vereinigten Territorien entfernt?"

„Du meinst, in Lauerstellung?", lachte Camila. „Wir sind bloß Kuriere, Feldwebelchen. Keine Krieger, keine Milizionäre. Nicht einmal Spione. Wir liefern wie bestellt. Das ist alles."

„Wie läuft das Liefergeschäft?"

„Gut genug, Feldwebelchen.", würgte Camila die Diskussion ab.

Da sah Isaac den Wagen, den er in den zurückliegenden Tagen und Nächten so oft hatte vor- und abfahren hören: kaum mehr als ein fast wahllos zusammengenieteter Schrottplatz auf Rädern. Isaac wollte weiter darauf zugehen – doch Camilas eiserner Griff korrigierte seinen Kurs nach links.

„Die olle Karre ist endlich hin.", merkte sie an.

„Das Getriebe ist im Eimer, und wir haben nicht das nötige Werkzeug, um es zu reparieren. Darum die leichte

Lieferverzögerung. Zum Glück konnten wir eine Alternative klarmachen…"

„Ist nicht euer Ernst…", traute Isaac seinen Augen kaum, als sie um die Ecke des alten Hauses gingen und dort von allerlei Schnauben und Scharren begrüßt wurden…

„Wie gesagt: Wird 'ne längere Fahrt. Aber dafür ist das Risiko einer Panne unterwegs fast ausgeschlossen.", konstatierte Camila, während Alexander weiter auf das vorderste im Gespann der acht Pferde zuging, welches dort bereitstand, um einen offenbar ausgeschlachteten und zur Kutsche umgemodelten Monstertruck mit vier übergroßen, traktorartigen Rädern samt monströser Radaufhängung zu ziehen.

Zwei weitere Jünger Shurraths hatten bereits Platz genommen: einer vorn, in einem mittig, direkt hinter das Gespann montierten Schalensitz – also offenbar der Kutscher – während der zweite stehend aus dem Schiebedach hervorkam, um ein als Geschütz aufs Dach montierte Gewehr zu bedienen.

„Wo habt ihr das ganze hier so auf die Schnelle herbekommen?", wollte Isaac wissen.

„Wie's der Zufall so will, ist unser Dutch gestern etwa zwanzig Kille südöstlich von hier auf einen Highway-Banditen gestoßen…", feixte Camila. „Er hat ihm dann gleich ein überzeugendes Angebot gemacht…"

– wobei ihr aus dem Schiebedach hervorsehender Mitstreiter wie aufs Stichwort das Gewehr durchlud.

„Ah ja…", sparte sich Isaac die weitere Nachfrage.

„Auf geht's!", stieß Camila ihn weiter voran, und der Kutscher sprang herab, um ihnen die Tür zu öffnen.

„Alle an Bord…", grummelte er und musterte Isaac mit schneidendem Blick. Isaac tat wie angewiesen.

Im Innern warteten vier weitere Schalensitze, deren schmutzstarrende Polster wohl schon mehr als einmal geflickt worden waren. Isaac schlug ein dicker, dunstiger Geruch aus billigem, teils erbrochenem Fusel entgegen. In Gedanken dankte er dem lieben Herrgott, dass die heißen Tage des Jahres vorbei waren…

Camila führte ihn zu einem der hinteren Sitze: „Umdrehen!"

Mit routinierten Griffen schloss sie Isaacs linke Handschelle auf, um diese sogleich an einem in den Überrollkäfig des Gefährts geschweißten Metallring einrasten zu lassen.

Isaac hatte keine große Wahl, und so ließ er sich mit einem demonstrativen Seufzer in den Schalensitz fallen. Camila nahm neben ihm Platz, Alexander ihr gegenüber.

Damit schlug der Kutscher die Türe zu und kehrte zu seinem Sitz vorn am Wagen zurück. Dort angekommen, nahm er die Zügel in die Hand… und mit einem Zügelschlag und einem

„HÜH!"

versetzte er das Gespann der acht Pferde unter einigem Schnauben und Wiehern auf Trab. Mit einem Ruck setzte sich somit auch die Kutsche in Bewegung.

„Wie lange heißt ‚länger'?", sah Isaac nach etwa einer Minute zu Camila auf.

„Etwa eine Woche…", feixte sie ihn an.

„Pozz-tausend…", murmelte er. „Und das Ziel der Reise?"

„Süden."

„Geht's ein bisschen genauer?"

„Kommt drauf an wer fragt, Feldwebelchen."

Demonstrativ rattelte Isaac mit der Handschelle am Eisenring:

„Keine Bange: Ich habe eh keine Chance, mich davonzumachen."

Camila schien von der Beteuerung alles andere als überzeugt, lehnte sich bloß zurück und schloss die Augen. Isaac versuchte es mit Alexander:

„Bisschen auskunftsfreudiger vielleicht, mein Gutster?"

Dieser erwiderte die Anfrage jedoch mit einem starren, ausdruckslosen und dennoch strengen Blick. Jetzt war es

Isaac, der die Augen schloss und tat, als wolle er schlafen, um der unangenehmen Konfrontation zu entgehen. Dabei war er sicher, dass es seinen triftigen Grund hatte, dass man ihm diese Information vorenthielt.

Hatten sie tatsächlich Sorge, dass ihm die Auskunft zur Flucht verhelfen könnte? Oder verbarg sich darin jene hoffnungsvolle Bestätigung, die zu erhalten er seit über drei Tagen der Ungewissheit am Bangen war:

die Bestätigung, dass der Sheriff noch lebte…

KAPITEL 3

Sheriff Duke stand an der Kante der eilig zusammengezimmerten Barriere, um die Aktivitäten im Bezirk jenseits derselben zu beobachten.

Ein Team seiner Deputys war dabei, die Umgebung nach Spuren und Hinweisen abzusuchen, sämtliche Patronenhülsen sicherzustellen und zu katalogisieren – ebenso wie die zahlreichen Krallenspuren der Trife.

Erst nach einer guten Minute nahm einer der Deputys von seiner Gegenwart Notiz. Zorro wieherte leise und machte einige teils nickende, teils schüttelnde Bewegungen mit seinem Kopf. Der Rappe hatte ein instinktives Gespür für die Anspannung, die in der Luft lag.

„Sheriff Duke!", rief der Deputy sogleich und begann, auf Duke und Zorro zuzukommen.

„Sir… äh… Wir haben Sie gar nicht hier erwartet?", druckste er mit einem Hauch von Vorwurf.

Dukes Antwort ließ auf sich warten. Er brauchte noch einen Moment, die Fülle neuer Eindrücke und Informationen einzusortieren. Dabei war er erst vor drei Tagen selbst hier gewesen – als aktiver Part jener Geschehnisse, deren Bodensatz seine Deputys nun zu erfassen und auszuwerten hatten.

Dabei entsprach die Akribie, mit der sie hier vorgehen sollten, keineswegs dem Standardprozedere – doch Dukes Frau und Gouverneurin Natalia hatte gleich gewusst, was zu tun war. Sie hatten Isaac.

Rain, Latos, Kisha, Max und je ein knappes Dutzend Deputys und Ranger waren nicht aus der Schlacht zurückgekehrt – tot oder totgeglaubt. Die Bilanz war bitter. Verdammt: Selbst an guten Tagen hatte das Sterben im Gefecht nach wie vor eine allzu große Normalität im Alltag der Vereinigten Westlichen Territorien. Duke selbst hatte inzwischen aufgehört mitzuzählen, wie oft er dem Schnitter schon von der Klinge gesprungen war.

Das hier aber hatte eine neue Qualität.

Zum ersten Mal war Duke nicht bloß ‚zufällig' im Weg…

Nein: Er war das Ziel!

Das Ziel einer Rache: Shurraths Rache.

Und seine junge, kleine Familie und alles, was ihm lieb und teuer war auf der Welt, befand sich ebenfalls im Visier des außerirdischen Tyrannen – der ironischerweise unter seinesgleichen lediglich ein verlachter Emporkömmling war, wie es schien. Was Duke besonders wurmte, war, dass Shurraths Rache bereits erste Erfolge zeitigte.

„Wie heißt du, Junge?", erwiderte er dem Deputy schließlich.

Natürlich kannte Duke jeden seiner Deputys in Sanisco beim Namen, doch dieser junge Mann war ihm speziell aus Sanose zugeteilt worden – die dem Ort des Geschehnisses nächstgelegene Territorialstadt.

„Deputy Harley, Sheriff."

„Harley…", murmelte Duke, um sich Namen und Gesicht einzuprägen.

„Sie waren hier ebenso mit dabei, oder, Sir?", stand das Entsetzen Harley noch immer im Gesicht.

„So etwas wünsche ich meinem ärgsten Feind nicht, Sir!"

Duke nickte brummend. Dabei schwante ihm, dass das Ende der Fahnenstange noch nicht erreicht war.

„Ich bin hergekommen, um mich persönlich über den Fortschritt der Spurensicherung zu erkunden.", erklärte er schließlich. „Mir fehlt nämlich noch der entscheidende Hinweis…"

„Der entscheidende Hinweis, Sir? Gibt es denn noch offene Fragen? Ich… äh… meine ja nur: Es ist beileibe nicht das erste Mal, dass uns die Trife in den Arsch getreten haben… wenn ich das so sagen darf…"

„Das ist nicht alles, Deputy Harley. Dieses Mal…", zögerte Duke noch einen Moment, „…haben einen unserer besten Mitstreiter in ihre Gewalt gebracht."

„Die Trife, Sheriff ? Ich habe noch nie gehört, dass die Trife Gefangene nehmen…"

„Das tun sie auch nicht. Jedenfalls nicht auf eigene Faust."

Mit dem Finger winkte Duke den jungen Deputy weiter zu sich. Als dieser schließlich kaum eine Armlänge an Zorro herangetreten war, beugte sich Duke zu ihm hinunter und fuhr mit eindringlich raunender Stimme fort:

„Was ich Ihnen hier gerade sage, ist streng vertraulich, Deputy. Ich weihe Sie ein, weil ich Ihre Hilfe benötige. Sie sind ein verlässlicher Kerl – da bin ich mir sicher – aber nur für den Fall: Sollten Sie auch nur ein Wort hiervon weitergeben, ist Ihnen ein Platz in der ersten Reihe der östlichen Expansionfront sicher. Verstanden?"

„Ver–verstanden, Sir…", schluckte Harley ehrfurchtsvoll.

„Die Wahrheit ist: Die Trife haben dieses Mal nicht auf eigene Faust agiert."

„Sie meinen…"

„Ganz recht: Diese Trife standen unter fremder Kontrolle. Die Terroristen sind nämlich in der Lage, sie zu kommandieren und zu dirigieren."

„Wie… wie stellen sie das an, Sir?"

„Auch das wird noch zu klären sein. Jedenfalls gaben die

Terroristen den Trife das Kommando, Ex-Marinefeldwebel Pine hinterrücks zu überfallen und fortzubringen."

„Wohin?"

„Genau das ist der entscheidende Hinweis, der mir fehlt, Deputy.

„Haben sie bereits Forderungen gestellt, Sir?"

„Nein. Darauf haben sie es nicht angelegt. Der Feldwebel selbst ist bereits der Preis, auf den sie aus sind."

„Also Vergeltung?"

„Nein. Es geht um einen Machtkampf des Anführers der Terroristen gegen... sagen wir, gegen eine andere, verfeindete Terrorvereinigung... und Feldwebel Pine trägt in sich ein Geheimnis, mit der sich die Pattsituation, die sich ergeben hat, beheben lässt – so zumindest die Hoffnung der Terroristen und ihres Anführers."

„Sir... unter uns Deputys gibt es immer wieder Gerede darüber, dass hinter den Terroristen eine... naja... eine bisher unbekannte zweite Spezies von Außerirdischen stecken soll. Ist da irgendetwas dran?"

Duke nickte nur... und Harley wurde deutlich blass um die Nase.

„Ich setze noch eins oben drauf, Deputy. Jene erwähnte verfeindete Terrorvereinigung... ist ebenfalls außerirdischer Herkunft. Wir haben es, einschließlich der Trife, also mit insgesamt drei extraterrestrischen Spezies zu tun."

„Pozz-tausend...", mischte sich mehr und mehr Entsetzen in Deputy Harleys Gesichtsausdruck, und Duke musste lachen.

„Wie sehen sie aus, die anderen beiden Spezies?", wollte Deputy Harley nun wissen.

„Das ist nicht so leicht zu beantworten... aber wenn sie uns hier auf der Erde gegenübertreten, dann entweder perfekt verkleidet, oder mittels menschlicher Wirtskörper. Sprich: Sie sind kaum von normalen Mitmenschen zu unterscheiden."

Deputy Harley fasste sich an den Kopf.

„Sie werden schnell lernen, den Unterschied zu erkennen. Nun helfen Sie mir erst einmal, herauszufinden, in welche Richtung die Trife mit Feldwebel Pine verschwunden sind!", versuchte Duke, den Deputy zu beruhigen… doch dieser ließ sich nicht so leicht von den naheliegenden Fragen abbringen:

„Ist… ist die Menschheit geliefert, Sheriff? Ich wollte glauben, dass wir spätestens seit dem Ende von Kings Regime auf dem aufsteigenden Ast sind. Wir hatten schon mit einer einzigen Alien-Spezies größte Schwierigkeiten. Wie zur Hölle sollen wir mit gleich dreien fertig werden?"

Duke fasste sich mit Daumen und Zeigefinger seiner metallenen Linken an die breite Krempe seines weißen Sheriffhuts und schob sie ein Stück hinauf, damit der Deputy ihm besser in die Augen schauen konnte:

„Ich will ganz ehrlich zu Ihnen sein, Deputy: Ja, wir stecken bis zum Hals im Schlamassel. Aber je schneller wir meinen treuen Mitstreiter wiederauffinden, desto schneller finden wir auch wieder heraus."

Harley nickte mit aufkeimender Zuversicht:

„Sie sollten am besten mal mit Priscilla reden, Sir. Ich bringe Sie zu ihr!" Dabei deutete er auf seine Deputy-Kollegin, die in einigen Metern Entfernung gerade mit der Untersuchung eines blutbesudelten Bürgersteigabschnitts zugange war.

Duke stieg ab und band Zorro an der provisorischen Barriere an. Beinahe unwillkürlich ging sein Blick die Seitenstraße hinab, die zu jenem Abschnitt des Platzes führte, an dem er im grausig brutalen Gefecht mit Cain gesiegt hatte… und wo Max Rain getötet hatte…

Noch mehr Blut auf dem Pflaster…

Ein kalter Schauer ging Duke über den Rücken, als er das Erlebte Revue passieren ließ…

Cains entstelltes, blutüberströmtes Grinsen…

Max' zerfallender Wirtskörper…

Der Moment, als für einen Augenblick die menschlichen Gesichtszüge in Rains Antlitz zurückzukehren schienen, kurz vor ihrem Tod…

Das waren Erinnerungen, die ihn heimsuchten.

Es war nicht zuletzt die Sinnlosigkeit von Rains Tod, die an Duke nagte. Hatte der an sich hochintelligente Axon, der in Max' Wirtskörper gesteckt hatte, tatsächlich geglaubt, dass er gegen Shurrath auch nur einen Stich machen würde, indem er eine von dessen übergangsweisen Puppen tötete?

Er hatte mit Rain zusammen die Khorone in Rains Körper getötet, ja – aber letztere war selbst lediglich die Schnittstelle gewesen, über die Shurrath Kontrolle über Rains Körper erlangt hatte. Ein Kooperation mit den Axonen gegen Shurrath hatte sich so jedenfalls als hochproblematisch, wenn nicht unmöglich erwiesen.

Hätte er, Duke, es nicht besser wissen müssen?

Hatte Oberst Gillick ihn nicht gewarnt?

War es nicht offensichtlich gewesen, dass Max sich verhielt wie ein Psychopath? Rain hatte ihn gemocht, verdammt… hatte ihn überhaupt erst auf seinen Namen getauft!

Andererseits würden Duke, Rain und Isaac nun wohl noch immer im Zellentrakt der Centurion-Geheimbasis nahe des Großen Salzsees verrotten, hätten sie den Axon nicht befreit – während die Terroristen ungebremst ihren Rachefeldzug hätten fortführen können. Es war ein schmaler Grat, auf dem Duke zu wandeln hatte…

„Sheriff…", holte Harley ihn ins Hier und Jetzt zurück, „…das hier ist Deputy Priscilla Barnes!"

Doch auch Deputy Barnes riss dies zunächst aus der Arbeit, in die sie vertieft war, und Duke musste schmunzeln, als sie große Augen bekam und zum Salut aufsprang. Der Sheriff war so ziemlich der höchste Besuch, mit dem sie hatte rechnen können, mit dem sie aber offensichtlich nicht gerechnet hatte. Duke erinnerte sich daran, sie schon einmal gesehen zu haben – nicht zuletzt auch wegen ihrer auffälligen Ähnlichkeit zu Natalia…

„Deputy Barnes…", brummte er charmant.

„Sheriff Duke…!", stammelte sie und wischte sich eine Strähne ihrer blonden Haare aus dem Gesicht. „Was für eine Ehre! Und eine Überraschung!"

Dann zischend zu Deputy Harley:

„Verdammt, Lyle! Wie kannst du mich nur so überfallen?"

„Wie immer bist du viel zu vertieft in deine Arbeit…", grinste Harley.

„Ich schätze, du hast Recht!", lachte Deputy Barnes – nun mit erkennbar gespielter Verlegenheit, während Dukes zunehmend skeptischer Blick zwischen den beiden Deputys hin und her ging.

„Also schön, ihr beiden Klassenbesten…", sicherte er sich schließlich wieder ihre volle Aufmerksamkeit:

„Wer mir als Erster meine Frage beantwortet, kriegt 'nen lobenden Vermerk mit Sternchen!"

KAPITEL 4

Deputy Barnes führte Duke entlang eines auf den ersten Blick unsichtbaren Pfad quer durch das alte Gewerbegebiet mit seinen zerfallenden Bürogebäuden.

Abgesteckt wurde der Pfad bei genauerem Hinsehen jedoch von den Furchen, die durch die Krallen der Trife hinterlassen worden waren... und die nicht dem üblichen Bewegungsmuster angreifender Trife entsprachen.

„Jede Wette, dass das die Rückzugsrichtung der Trife ist.", erklärte sie.

In den zurückliegenden zwei Tagen hatte Deputy Barnes, die sich schon früh der Erforschung des Verhaltens der im Fachjargon als ‚Xenotrife' bezeichneten Höllenschergen aus dem All verschrieben hatte, minuziös die individuellen Fährten von gut hundert einzelnen Trife nachverfolgt und katalogisiert. In Anbetracht der extremen Agilität der Subjekte war dies eine mitunter eine weitaus mühsamere Aufgabe, als man zunächst vermuten würde. Denn die Fährten konnten nebst meterweiten, olympiaverdächtigen Hoch- und Weitsprüngen über Hindernisse wie etwa Auto-wracks hinweg sogar das unvermittelte Emporklettern an den steilsten Gebäudefassaden beinhalten – sowie weitgehend willkürliche Wechsel zwischen zwei- und vierbeiniger Fortbewegung. Unzählige Treppenhausstufen und Leitersprossen hatte Deputy Barnes auf- und absteigen müssen, um einige der Fährten komplettieren zu können. Die überraschende Visite des Sheriffs sowie sein Interesse speziell an diesem Aspekt ihrer Arbeit weckten in ihr die Hoffnung, dass sich all die mühevolle Akribie in Kürze bereits als sinnvoll und hilfreich erweisen könnte.

„Über welche Distanz hinweg haben Sie die Fährten erfasst?", erkundigte Duke sich weiter.

„Von hier aus noch etwa sechs Blocks in östlicher Richtung, bis zur Grenze des Gewerbegebiets.", antwortete Deputy Barnes. „Dort steigt die Hochhausdichte deutlich an, und das Gros der Trife ist über die Dächer weitergezogen."

„Ganz sicher?", brummte Duke.

Etwas passte nicht ganz ins Bild.

„Ich… äh… hatte schon die Absicht, mir die Analyseergebnisse zum Abschluss meiner Arbeit hier nochmal vorzunehmen…", wurde Barnes leicht verlegen.

Duke grummelte: „Ich frage nicht, um die Qualität Ihrer Arbeit anzuzweifeln, Deputy. Was Sie hier geleistet haben, ist in jedem Fall bemerkenswert!"

„Tatsächlich war das Ganze eine Idee Ihrer Frau, der Gouverneurin, Sheriff.", gab sich Deputy Barnes bescheiden. „Ihr Ziel war es zwar lediglich, sicherzustellen, dass die Super-Trife, mit denen wir es hier zu tun hatten, auch wirklich zur Gänze abgezogen sind, aber der Mehrwert für die Trife-Forschung liegt auf der Hand."

„Darauf ein Pozz!", brummte Duke anerkennend. „Und zu welchem Ergebnis sind Sie so weit gekommen, Deputy?"

„Betreffs der Fragestellung der Frau Gouverneurin?"

„Jep."

„Wie es ausschaut, lässt sich der vollständige Abzug der Super-Trife im Umkreis von mindestens fünfzig Meilen mit einer Wahrscheinlichkeit von mindestens sechsundneunzig Prozent bestätigen."

„Und in welche Richtung?"

„Schwer zu sagen, aber die Bewegung von hier aus war zunächst südwärts und dann nach Osten. Eine genauere Untersuchung der Dächer in der Grenzzone könnte genauere Aufschlüsse liefern."

„Sie machen Ihre Arbeit sehr gewissenhaft, Deputy…"

„Danke, Sheriff. Mein Vater hat mir beigebracht, dass Ordnungsliebe nichts Verwerfliches ist, solange sie ein gutes Herz erfüllt. Ordnung war für ihn nicht nur der Weg aus dem Elend, sondern eine Quelle der Freude im Leben. Lesen nicht nur als Mittel zum Zweck, sondern das Vergnügen am Lesen selbst… Er hatte das von seinem Vater, und der von dessen Vater und so weiter. Vor dem Krieg hatten sie es zu Ruhm und Ehren gebracht, ehe alles den Bach runter ging. Aber wenn ich das so offen sagen darf: Dank Ihnen und der Frau Gouverneurin, glaube ich, dass ich seit vielen Generationen die Erste in meiner Familie sein kann, die es wieder zu etwas bringt…"

„Nun, offizieller Deputy des Sheriffs mit besonderer Verantwortung sind Sie ja bereits. Was schwebt Ihnen für die Zukunft vor?"

Die junge Frau zögerte einen Moment… dann brach ein verschmitztes Grinsen aus ihr hervor:

„Eines Tages… will ich Präsidentin der Vereinigten Territorien sein!"

Duke lachte:

„Präsidentin Barnes? Klingt gut!"

Sie schloss sich seinem Lachen an, doch wurde Duke rasch wieder ernst und fasste sich ans Kinn:

„Sagen Sie, Deputy… können Sie jemanden nahe der Barriere kontaktieren und Zorro herbringen lassen?"

„Sollte sich arrangieren lassen, Sheriff!", wollte Barnes gleich ihren Sternanstecker antippen, um die darin verborgene Kommunikationseinheit zu aktivieren, doch Duke bremste sie:

„Moment, Deputy…"

Sie hielt inne und sah ihn mit fragenden großen Augen an.

„Lassen Sie auch für sich und Deputy Harley je ein Pferd bringen. Ich möchte, dass wir drei gemeinsam ausreiten, um uns die Trife-Fährten weiter draußen genauer anzuschauen."

„Verstanden.", nickte Deputy Barnes emsig und gab die Order durch.

Duke wollte wetten, dass unweit des alten Industrie- und Gewerbegebiets bereits jemand gewartet hatte, um den Gefangenen von den Trife entgegenzunehmen. Dieser jemand musste damit rechnen, dass die Vereinigten Territorien die Sache nicht auf sich beruhen lassen würden. Duke würde also mit einigem Geschick vorgehen müssen, um den Ball flach zu halten. Um das Gebiet der Vereinigten Territorien möglichst knapp zu umfahren, würde sich eine Ostwärtsroute mit anschließender Weiterfahrt in Richtung Süden anbieten. Je nach Zeitpunkt des Richtungswechsels würde der Weg durch das angrenzende Waldgebiet führen…

Zunächst aber ging es nun zu Fuß weiter – die sechs erwähnten Blocks hinab bis zum Gebäudekomplex, der die Grenze des alten Gewerbe- und Industriegebiets bildete. Es handelte sich um eine Reihe uniform gestalteter Büroblöcke zu je fünf Etagen und knapp hundert Metern Länge – dicht genug, dass die Trife problemlos von Dach zu Dach hatten springen können. Die Gebäudestruktur schien weitgehend intakt. Von den Elementen gezeichnet und teils überwuchert, aber in einem Stück. Auch Graffiti und andere Spuren des Vandalismus hielten sich in Grenzen. Schwarzer Russ an manchen Fenstern verriet die gelegentlichen Hausbesetzer.

„Wir teilen uns auf.", wies Duke an. „Umlauft den Komplex und sucht nach Hinweisen auf die weiteren Trife-Bewegungen."

Damit zog er sich den Sheriff-Stern vom Hemd, drückte

eine kleine Taste auf der Rückseite desselben und hielt ihn Deputy Barnes hin. Diese nahm ihrerseits ihren Deputy-Stern hervor und betätigte die kleine Taste auf dessen Rückseite. Schließlich führte sie ihren Stern an Dukes heran, worauf ein beidseitiger Piepton die Verlinkung der beiden Kommunikationseinheiten bestätigte. Somit teilten sämtliche Deputys in der Gegend und der Sheriff denselben Komkanal.

„Ich gehe nordostwärts.", steckte sich Duke seinen Stern wieder an.

„Barnes südwärts, und Harley, du wartest hier auf die Pferde. Wenn sie da sind, triff uns auf der gegenüberliegenden Seite."

„Pozz!", nickten die Deputys im Duett.

KAPITEL 5

Wie abgesprochen, zog Duke nordwärts entlang der Wand des ersten Gebäudes des Bürokomplexes und suchte dabei sowohl das Bauwerk selbst als auch die unmittelbar angrenzende Umgebung mit Argusaugen nach verräterischen Spuren ab.

Deren Abwesenheit erhärtete mit jedem weiteren Meter zusehends die Vermutung, dass die Trife den Weg über die Dächer gewählt hatten.

Duke kam sich seltsam vor, den lackledernen Kreaturen auf diese Weise nachzustellen. Zum ersten Mal war es fast so, als wäre er der Jäger und sie die Gejagten. Nicht, dass er sich beschweren wollte…

Erst nach einer knappen halben Stunde erreichte er die nordöstlichste Ecke des Komplexes, wo quer eine schmale zweispurige und pflanzenbewucherte Verkehrsstraße verlief.

Er tippte seinen Sheriffstern an:

„Deputy Barnes… bin jetzt an der Ecke Nordost. Von Fährten keine Spur. Wie schaut's bei dir aus?"

Knapp drei Sekunden verstrichen, ehe Barnes antwortete:

„Bis jetzt auch nichts, Sheriff! Erreiche die Ecke Südost in ein, zwei Minuten."

„Pozz. Treffpunkt in der Mitte.", brummte Duke, tippte erneut den Sheriffstern an, um die Übertragung zu beenden, und setzte seinen Weg nun südwärts fort.

Im Unterschied zum Großteil des Gebiets säumten hier noch immer einige verrostete Fahrzeugwracks die Straße. Immerhin standen sie alle ordentlich in einer Reihe – wobei nur die wenigsten von ihnen so stehengelassen worden waren. Auffällig war ein kastenförmiger Bus, dessen markant gelber Lack noch immer den Elementen trotzte. Letzterer war inzwischen auch Heimat eines der vergleichsweise seltenen Graffiti geworden:

,ZUM TEUFEL MIT DEN TRIFE!'

Duke musste schmunzeln. Ob selbst der Teufel derlei Gesellschaft verdient hatte?

Kurz vor Erreichen des vereinbarten Treffpunkts sah Duke bereits Deputy Barnes am anderen Ende des Komplexes auftauchen. Wenig überraschend, ging sie in ihrer Untersuchung des Gebäudes noch ein gutes Stück gründlicher vor als er.

„Seltsam, Sheriff…!", rief sie ihm bereits aus einigen Metern zu. „Ich finde keine einzige Trife-Fährte hier! Selbst, wenn sie den Weg über die Dächer genommen haben, so wäre dennoch zumindest mit vereinzelten Ausreißern zu rechnen…!"

„Pozz! Die gleiche Situation auf dieser Seite!", fasste Duke sich ans Kinn.

„Was ist mit den Reihenhäusern dort?", deutete er auf die Gebäude in einigen Metern Entfernung zur gegenüberliegenden Straßenseite.

„Zu weit entfernt.", erwiderte Deputy Barnes. „Hinübergesprungen können sie nicht sein. Dann aber müsste es mindestens auf der Straße neue Fährten geben."

„Ja, wo sind die Viecher denn dann hin?", wanderte Dukes linke Augenbraue in die Höhe. „Oder sind sie etwa schon die ganze Zeit noch immer dort oben auf den Dächern des Bürokomplexes und halten mucksmäuschenstill??"

„Ich sage ja: Es ist seltsam!", stimmte Deputy Barnes betreten zu.

Schweigend ließen Duke und Barnes den Blick über die Umgebung schweifen und lauschten, wie der Wind die steinernen Ruinen umwehte. Dass einen an solchen Orten Gänsehaut überkommen konnte, war nichts Ungewöhnliches, aber irgendetwas hier war besonders unheimlich.

Duke fröstelte, und er räusperte sich:

„Sagen Sie, Deputy: Ist dieses Areal bereits Teil des territorialen Eingliederungsprozesses?"

„Noch nicht.", antwortete Deputy Barnes. „Zum aktuellen Grenzverlauf ist es etwa einen Kilometer Richtung Westen. Das Areal hier gilt als völlig verlassen. Warum fragen Sie?"

„Ich versuche, mir einen Reim darauf zu machen, wer hier die ganzen Fahrzeugwracks zur Seite geräumt hat…"

„Glauben Sie, dieselben Leute könnten etwas mit der Entführung des Feldwebels zu tun haben?"

„Alles noch reine Spekulation.", grummelte Duke. „Es würde Sinn machen, wenn hier eine Art Übergabe stattfand."

Damit tippte er sich an den Sheriff-Stern:

„Deputy Harley, wie ist die Lage?"

Die Antwort kam prompt:

„Ich bin hier mit den Deputys Zhi und Arlov, Sheriff! Wir nehmen die Abkürzung durch die Mitte des Gebäudekomplexes und haben Sie bereits im Visier."

Duke sah in die betreffende Richtung zurück. Der nördliche und der südliche Teil des Komplexes waren von einer geraden Zufahrtsstraße durchschnitten, flankiert von inzwischen längst wild überwucherten Grünflächen. Zu beiden Seiten teilten sich Tiefgarageneinfahrten ab.

Am Beginn der Zufahrtsstraße waren in der Tat die drei Deputys erschienen – alle drei nun zu Ross. Enthusiastisch winkte Deputy Barnes ihnen zu:

„JUUUHUUUU!"

Doch im nächsten Moment trieb es die drei Reiter, die eben noch ruhigen Trabs nebeneinander hergeritten waren, unvermittelt auseinander – und man konnte die Pferde wiehern hören, während sich eines davon aufbäumend auf die Hinterbeine stellte.

„WOAH…!", schallte Duke und Deputy Barnes der Ruf eines der Reiter entgegen, der Mühe hatte, sich auf dem Sattel zu halten.

„Was zum…?", knurrte Duke, während es Deputy Barnes verdutzt die Stimme verschlug… „Es gibt Ärger…", rief er noch und ließ Barnes stehen, um augenblicklich zum Sprint anzusetzen und dabei seine beiden chromblitzenden Revolver zu ziehen.

Auch die drei Deputys zu Ross, Arlov, Harley und Zhi griffen nach ihren Waffen, während sie hastig um sich blickten und mit ihren Tieren Pirouetten vollzogen.

Kurz: Es war ein Hinterhalt!

Deputy Harley war der erste, der das Feuer eröffnete – während fast wie aus dem Nichts erste Trife vor und hinter den drei Reitern auf dem zerklüfteten Asphalt der Zufahrtsstraße landeten.

Der Klang berstenden Glases kündigte umgehend lacklederne Verstärkung an – die nun ebenso aus den beiden flankierenden Gebäuden gesprungen kam. Hatte Duke es verdammt nochmal nicht geahnt?

Wenig überraschend, handelte es sich um Super-Trife – was Duke in seinen Annahmen bestätigte: Es handelte sich um dieselbe Trife-Horde, die Cain und Ronin aka Grace hierhergeführt hatten.

Die Deputys feuerten, was das Zeug hielt, und konnten die erste Handvoll der Dämonen auch tatsächlich niederschießen… doch ging auf diese Weise ihre Munition rasant zur Neige, während schon im nächsten Moment die nächsten Super-Trife erschienen – nun im Dutzend.

„HIER DRÜBEN, IHR LEDERPFEIFEN!", brüllte ihnen Duke entgegen. Dabei ließ er seine Revolver noch schweigen, um sich nicht selbst zu übertönen. Er hegte die Hoffnung, dass sie dahingehend manipuliert worden waren, ihm zuallererst nachzustellen.

Der Erfolg war eher mäßig – also begann nun auch Duke, zu feuern. Unglücklicherweise waren die Super-Trife im Vergleich zu regulären Trife deutlich bleiresistenter, sodass Dukes beide Revolver bereits binnen Sekunden leergeschossen waren, um gerade einmal drei Exemplare auszuschalten. Die sonst übliche Formel ‚ein Schuss, ein Trife' war hier nicht einzuhalten.

„Sheriff!", schallte ihm Deputy Barnes' Stimme in den Rücken – gefolgt vom Donner eines weiteren Revolvers und dem Kreischen eines Super-Trifes, der gerade seine Krallen zwischen Dukes Schulterblättern verewigen wollte.

Geistesgegenwärtig nutzte Duke die Rückendeckung, um mit pfeilschnellen, hochroutinierten Bewegungsabläufen die Trommeln seiner beiden Revolver von leeren Patronenhülsen zu befreien und mittels je eines Schnellladers zu sechs frischen Patronen nachzuladen. Obwohl der Munitionswechsel keine drei Sekunden in Anspruch genommen hatte, blieb Duke damit gerade noch genug Zeit, um sich um Haaresbreite unter einem weiteren Prankenhieb wegzuducken und auf den Hosenboden fallen zu lassen, um mit einem gezielten Schuss aus kaum zwei Armlängen Entfernung den grotesk ovalen Schädel des dämonenhaften Angreifers aufplatzen zu lassen.

Ein markerschütternder Schrei ließ Duke aufsehen…

Es war Deputy Harley…

…dessen Todesschrei mit einem abrupten, grausigen Gurgeln sogleich wieder verstummte – denn mit einem gewaltigen Hieb schlug ihm einer der Super-Trife glatt den Kopf vom Hals herunter…

„NEIN!!", brüllte Duke außer sich, der dies als machtloser Augenzeuge mitansehen musste – er, der es noch weit leichter würde verkraften können als die blutjungen Deputys um ihn herum… sofern sie überhaupt mit dem Leben davonkämen.

Ein zorniger Kugelhagel aus vier Revolvern und drei Richtungen zersiebte den Dekapitator in einem effektiven, aber letztlich sinnlosen Akt der Vergeltung.

Eine Atempause blieb keinem von ihnen.

Wieder und wieder sausten die messerscharfen Trife-Klauen auf Duke nieder – und es war lediglich seinen beiden metallenen Roboterarmen zu verdanken, die er diesen entgegenhalten konnte, dass er ein ähnliches Schicksal wie das des Deputys vorerst abwehren konnte. Schließlich verbiss sich ein Satz rasierklingenartiger Haifischzähne in Dukes linkem Unterarm – also in jene Roboterprothese, die ihm zum Dank für seine Heldentaten von Proxima Command verliehen worden war. Es wäre ein Leichtes für Duke gewesen, dem Tölpel seinen Revolver direkt an die lacklederne Schläfe zu setzen… jedoch auch eine gefährliche Verschwendung von Munition. Also steckte er rasch den Revolver zurück und ballte stattdessen seine Rechte zur Faust – was die mit seinem rechten, deutlich grobschlächtigeren Roboterarm fusionierte Axon-Komponente aktivierte und die in den Arm eingelassene bernsteinartige Substanz binnen eines Sekundenbruchteils in einen etwa dreißig Zentimeter langen Stachel umformte. Er holte aus… und trieb dem verbissenen Höllenknecht den Stachel geradewegs durch den Kiefer und quer durch die Schädeldecke hindurch!

Mit einem beherzten Tritt schließlich versuchte Duke, seinen Arm wieder zu befreien, doch fiel ihm ein, dass er lediglich seine Rechte wieder zu entspannen brauchte, um den Stachel wiedereinzuziehen – sodass der Trife-Kadaver nurmehr haltlos zu Boden sackte.

Dort erfasste jedoch gleich ein weiterer Körper Dukes Augenmerk…

Es war Deputy Arlov, der leblos auf dem Boden lag, die Kehle aufgeschlitzt, mit weit aufgerissenen Augen. Verdammt…

Wieder fielen Dukes beste Männer und Frauen wie die Fliegen.

Er hätte sie die Space Force Marine-Einsatzrüstung tragen lassen sollen anstelle lediglich mit den regulären Deputy-Uniformen aufzubrechen…

Daran, dass auch die beiden erneuten Toten letztlich aufs Konto Shurraths gingen, änderte das freilich nichts.

„Zum Teufel, Sheriff!", schloss Deputy Barnes schließlich auf. „Das sind keine normalen Trife, oder?"

„Es sind Super-Trife.", knurrte Duke, als der letzte Schuss aus Deputy Zhis Waffe verhallte… und mit ihm das Kreischen der außerirdischen Angreifer.

„Es waren…", korrigierte Duke sich und holsterte auch seinen zweiten Revolver wieder.

„Schätze, wir hatten Glück, dass es bloß ein Dutzend war, Sheriff."

‚Glück'…? Die Bilanz war erschreckend.

„Wir sind noch immer zu unvorsichtig…", brummte Duke mit Grimm in der Stimme. „Dieser Super-Trife-Posten lag hier nicht von Ungefähr auf der Lauer. Er war bewusst hier abgestellt worden. Aber jetzt wissen wir wenigstens, dass wir auf der richtigen Spur sind…"

Duke führte sich Daumen und Zeigefinger seiner Linken an die Lippen und stieß einen schrillen Pfiff hervor… der sogleich von einem Wiehern beantwortet wurde.

„Zorro… guter Junge…", empfing Duke den treuen Rappen, der angetrabt kam, als wäre nichts auf der Welt aus den Fugen.

Derweil schloss auch Deputy Zhi mit den beiden anderen Pferden an den Zügeln auf. Sein blasses Gesicht sagte mehr als tausend Worte.

Duke nickte ihm mit stummer Anerkennung zu, und war erleichtert, als der Deputy dies erwiderte.

„Ihr Hut, Sheriff…", rief derselbe halblaut und hielt Duke die markante Kopfbedeckung entgegen.

„Danke…", versuchte Duke leidlich, Staub und Schmutz abzuklopfen, ehe er sich den Hut wieder aufsetzte. Dabei bemerkte er, wie Deputy Zhis Hand zitterte. Ihre Blicke trafen sich.

„Alles in Ordnung, Deputy?"

„Ist bloß das Adrenalin…", zog der Deputy sichtlich peinlich berührt seine Hand zurück.

Derweil sagte Deputy Barnes etwas in ihren Sternanstecker und sah wieder auf: „Ein Wagen ist unterwegs, Sir. Wir können unsere Suche zu Pferd fortsetzen."

Duke nickte brummelnd. Dann wieder zu Deputy Zhi:

„Deputy, Sie sorgen dafür, dass die beiden Toten nach Sanose überführt und ihre Angehörigen verständigt werden."

Zhi nickte.

KAPITEL 6

„Sheriff, schauen Sie...!", ließ sich Deputy Barnes vom Sattel gleiten und ging auf die Knie.

Duke ritt mit Zorro heran und beugte sich so weit es ging herab.

„Was ist denn da...?", konnte er nichts Bemerkenswertes erkennen.

„Reifenspuren!", deutete Barnes auf die entsprechende Stelle. „Sie müssen erst kürzlich entstanden sein, sonst wären sie hier draußen längst verwittert."

Sie hatten die schmale Querstraße entweder die eine oder die andere Richtung entlang verfolgen können, und dies war so ziemlich der beste Hinweis, den sie erhalten konnten, dass sie sich für die richtige Richtung entschieden hatten.

Die Spur war in einen Flecken baren, feuchten Sands eingeprägt – wenige Meter von einem alleinstehenden Bungalow mit den stark verfallenen, aber noch immer lesbaren Lettern ‚Carl's Jr.' gelegen. Der Reifenbreite nach handelte es sich um das Chassis eines typischen Milizionärs-boliden – analysierte Dukes Spurenfahnderblick gleich. Der Bungalow hingegen schien einst einer Schnellrestaurantkette gehört zu haben, wie Duke sie aus den Filmen in Duncans Filmarchiv kannte.

„Ich würde sagen, sie haben hier Halt gemacht.", gab Deputy Barnes zu Protokoll. „Vermutlich zur Übergabe."

Duke nickte zustimmend. Mehrere Mittelsmänner erhöhten die Chance, etwaige Verfolger – und spätere Spurensucher – abzuschütteln. Der oder die Empfänger hatten sich bequem aufs Dach des Bungalows zurückziehen und in Ruhe das Erscheinen der Kuriere abwarten können.

„Wohin führt diese Straße?", erkundigte Duke sich weiter.

„In Sanose reden wir von den Öden.", erklärte Barnes.

„Den ‚Öden'?"

„Es muss dort eine furchtbare Brandkatastrophe gegeben haben, die praktisch die gesamte Osthälfte der Stadt verheert hat. Es gibt dort praktisch nichts mehr außer ausgebrannten Ruinen und Schutthaufen, aus denen meterhoch Gras und Gestrüpp wachsen. Obendrein war's dort lange Zeit ziemlich Trife-verseucht – bis wir das Nest nördlich der Stadt gefunden und ausgeräuchert haben."

„Sie waren bei einer Ausräucherung dabei, Deputy?", runzelte Duke die Stirn.

„Jawohl, Sheriff: Einheit Sechs. War zwar eher einer der Hinterbänkler… aber stolzer Teil des Teams! Auch Sanose ist seither Trife-frei. Darum ging's natürlich in der Hauptsache…"

Die junge Frau senkte den Blick:

„Bloß seit heute bin ich mir nicht mehr ganz sicher, was die Trife-Freiheit angeht…"

„Wenn wir unseren Job hier richtig machen und die Hintermänner fassen, Deputy, können wir dafür sorgen, dass es dabei bleibt.", versuchte Duke, sie zu ermutigen. Dann erkundigte er sich weiter:

„Was folgt auf die Öden?"

„Die Straße teilt sich in eine südwärts und eine ostwärts über die Hügel dort.", deutete Barnes in Richtung Horizont.

In Gedanken puzzelte Duke sich eine Karte zusammen. Er war bereits einige Male über das Gebiet geflogen – einmal in einem Centurion-Transporter und in der Iroquois. Nun kamen die einzelnen Ansichten zu einem vollständigeren Bild zusammen. Er fasste sich ans Kinn:

„Wenn ich mich vor mir verstecken wollte, dann wäre es vorteilhaft, unwegsames Terrain zwischen mir, Sanisco, Sanose und Haven zu haben. Was dafür sprechen würde, dass die Kidnapper nach erfolgter Übergabe weiter in Richtung der Hügel gefahren sind."

„Allerdings ist es die deutliche längere Fahrt, und die Unwegbarkeit kann auch für die Kidnapper ein Problem darstellen…", hielt Deputy Barnes dem entgegen.

„Es sei denn… sie kennen sich dort bereits aus und haben Heimvorteil…", rieb sich Duke weiter die Stoppeln.

Dann kam er zum Entschluss:

„Wir fahren bis zu den Öden und teilen uns dann auf: du Richtung Süden, ich Richtung Hügelland im Osten. Der erste, der fündig wird, verständigt den anderen."

„Was, falls keiner von uns fündig werden sollte?"

„Dann ziehe ich weiter nach Osten, und du gehst zurück nach Sanose."

„Sheriff…", seufzte Deputy Barnes, „…Sie sind ein unverbesserlicher Einzelkämpfer. Und dieses Mal sind Sie persönlich im Fadenkreuz des Feinds."

„Gerade deshalb ist es vor allem meine persönliche Sache.", brummte er mit hörbar wachsendem Ingrimm. „Je größer meine Entourage, desto komplizierter wird alles, wenn's hart auf hart kommt – während die Sichtbarkeit dem Feind gegenüber nur steigt."

„…sagt der Mann mit dem Riesen-Cowboyhut…", feixte Deputy Barnes, und Duke musste schmunzeln. Sie hatte Recht.

Es war nicht nur der Hut – auch sein langer, braunlederner und dabei ärmelloser Westernmantel und nicht

zuletzt seine beiden chromblitzenden Revolver samt altmodi-
scher Patronengürtel waren nicht gerade eine Tarntracht. Von
seinen beiden Roboterarmen ganz zu schweigen...

Jedoch klopfte er mit einem vergnügten Lächeln auf
Zorros erkennbar gut gefüllte Satteltaschen. „Auch darauf bin
ich dieses Mal vorbereitet, Deputy! Man lernt ja mitunter
auch von seinen Fehlern.", zwinkerte er.

„Natürlich...", kam Deputy Barnes ein wenig ins Drucksen. „Ich wollte damit nicht sagen, dass–..."

„Natürlich nicht.", schmunzelte Duke väterlich. „Du
machst dir eben Sorgen um das Wohl deines Sheriffs – wie
man es von einem guten Deputy erwarten kann. Das ist
dennoch nicht selbstverständlich, und ich weiß es zu
schätzen."

Deputy Barnes lächelte, noch immer leicht verlegen.

„Also: Du nimmst die Straße nach Süden, ich die nach
Osten. Ich vermute, dass sich die Entführer in oder hinter den
Hügeln verstecken."

„Was, wenn es bloß eine weiterer Hinterhalt ist?", meldete
die junge Frau weitere Bedenken an. „Sie werden Sie aus
hundert Meilen kommen sehen, Sheriff. Nehmen Sie lieber
die Südroute, und ich erkundige das Hügelland!"

Duke lachte:

„Ich sehe schon, Deputy! Sie wollen unbedingt die Heldin
dieser Story sein. Aber bei den Deputys gibt es keine Orden
zu verdienen."

„Ach...", begann Deputy Barnes zu schmollen.

„Das Problem ist, Deputy: Wir haben einfach nicht die
Zeit. Die Aufteilung in zwei Routen ist auch nur eine Notlö-
sung, die eben diesem Zeitmangel geschuldet ist – ansonsten
würde ich beiden Routen selbst nachgehen und Sie gleich
nach Hause schicken. Falls–..."

Duke musste sich korrigieren:

„WENN wir Feldwebel Isaac Pine finden, muss es schnell
gehen. Und wir müssen ihn schnell finden. Shurrath möchte

herausfinden, warum Isaac eine teilweise Immunität gegen die Neuromanipulation der Axonen zeigt. Die Ironie an der Sache ist, dass wir den Grund längst kennen – und wenn die Katze erst aus dem Sack ist, dann rechne ich mit dem Schlimmsten… speziell für Feldwebel Pine. Wir müssen ihn also vorher befreien."

„Was, falls es uns nicht gelingt, Sheriff?"

Duke seufzte.

Er verstand schon, weshalb Deputy Barnes diese Fragen stellte, doch es hatte etwas Defätistisches, dessen fast völlige Abwesenheit er an seiner Frau Natalia so schätzte.

„Falls uns WAS nicht gelingt, Deputy?"

„Ich meine… falls wir ihn nicht rechtzeitig befreien können… oder gar nicht…"

Angestrengt fasste Duke sich zwischen die Augen.

Natürlich hatte er sich darüber ebenso bereits Gedanken gemacht – aber es gab Fragen, die so schwierig waren, dass man sie im Vorfeld nicht diskutieren konnte… beziehungsweise sollte.

„Deputy… so lange Shurrath glaubt, dass es eine zufriedenstellende Antwort auf sein Axon-Problem gibt, die er erst noch finden muss, bleiben seine Hände gebunden. Er wird sich zurückhalten, bis er die Antwort gefunden hat. Falls er die Hoffnung darauf jedoch aufgibt, hat er keinen Grund mehr dazu und wird die nächsten Schritte gehen, um sich die Menschheit ganz zu unterwerfen. Und das… kann ich nicht verantworten…"

Deputy Barnes antwortete nur mit einem fragenden Blick und bekam dabei immer schmalere Augen…

„Ich werde tun, was nötig ist, um das zu verhindern.", erwiderte Duke mit eindringlichem Ernst. „Verstehen Sie, Deputy?"

„Sie… werden versuchen, Feldwebel Pine vorher umzu–…", wagte Barnes es nicht, den Satz zu Ende zu sprechen.

„Falls alle anderen Möglichkeiten erschöpft sein sollten, das Geheimnis vor Shurrath zu bewahren.", nickte Duke.

Er rechnete mit einer Grundsatzdiskussion... doch diese blieb aus. Stattdessen schien Deputy Barnes nur einen Moment zu benötigen, das alles richtig einzusortieren – was ihr schließlich auch gelang.

„Dann sollten wir tunlichst in die Gänge kommen, oder, Sheriff?"

„Das sollten wir...", fiel Duke sichtlich eine Last von den Schultern.

KAPITEL 7

Dies also waren ‚die Öden‘.

Nicht das, was sich Duke unter dem Begriff vorgestellt hatte. Zwar konnte man sie da und dort durchaus entdecken: verkohlte und verschmauchte Brandruinen, die dem Ort durchaus den Spitznamen ‚Schwarze Stadt‘ hätten verleihen können – wenn nicht auf eben jenen fruchtbaren, ebenhölzernen Überresten, gleich einem grünen Phönix aus der Asche, eine riesige, prächtige, flächendeckende Gartenlandschaft emporgewachsen wäre, der einem Englischen Landschaftsgarten in kaum etwas nachgestanden hätte. Neben meterhohen Tannen, Weiden und Ahornbäumen blühten ausladende Wildblumenbüsche und allerlei anderes Strauchwerk. Schmetterlinge flatterten federleicht ihre mäandernden Bahnen. Eichhörnchen huschten umher. Vogelgezwitscher allenthalben. Man war sich fast sicher, das jeden Moment auch ein Reh mit seinem Kitz auftauchen würde…

Kurz: Duke kam sich vor wie im falschen Film.

Die ‚Öden‘ nannten sie diesen Ort? Meinten sie nicht vielleicht eher…

…‚Eden‘?

Die Wege von Duke und Deputy Barnes hatten sich vor

etwa einer halben Stunde getrennt. Die Abzweigung hatte sich als ein massiver Highway-Knotenpunkt entpuppt, der für die verheerenden Brände offenkundig eine unüberwindliche Grenze gebildet hatte.

Noch hatte sich Deputy Barnes nicht zurückgemeldet. Duke erwartete auch nicht, dass sie auf der Straße nach Süden irgendetwas Meldenswertes finden würde. Er wollte damit aufhören, ständig gute Menschen in seine persönlichen Angelegenheiten hineinzuziehen – die ihre Loyalität zu ihm dann mit ihrem Leben bezahlten. Mit dem Tod Harley und Arlov klebte bereits wieder das Blut zweier weiterer treuer Deputys an Dukes Händen. Das Mindeste, was er nun tun konnte, war dafür zu sorgen, dass ihr Tod wenigstens nicht umsonst sein sollte.

Dabei war es keineswegs so, dass er abermals ins Ungewisse hinausreiten und seine geliebte Frau und Tochter in Sanisco zurückzulassen wollte. Nein: Er musste.

Es war seine Pflicht, sowohl als Sheriff wie auch als Vater und als Ehemann. Natalia verstand dies genau… manchmal besser noch als er selbst.

„BRRRR…", hielt Duke Zorro an.

Da war sie: die heiße Spur.

Klar zu erkennen waren zwei parallel verlaufende Vertiefungen in der Vegetation – die ziemlich genau dem erwarteten Reifenabstand entsprachen. Jemand war dort entlanggefahren, und das nicht zum ersten Mal. Bei genauerem Hinsehen waren einige der Grashalme erst unlängst vom Gewicht des Fahrzeugs niedergedrückt worden.

Duke hielt inne.

Er musste Deputy Barnes Bescheid geben – obwohl er sie viel lieber einfach auf ihrem eingeschlagenen Weg belassen und klammheimlich weiter der gefundenen Spur nachgehen würde. Doch es nutzte nichts. Sie würde eher früher als später von ihm hören wollen und sich nicht damit zufriedengeben, in Ermangelung weiterer Instruktionen und Erkenntnisse wie abgesprochen nach Sanose zurückzukehren. Also war es besser, gleich klaren Tisch zu machen.

Mit einigem Widerwillen tippte er also den Sheriffstern an:

„Barnes…?"

„Sheriff!", kam die Antwort prompt.

„Status-Update?"

„Bin jetzt fünf Kille südlich vom Knotenpunkt. Soweit nichts Meldenswertes. Und bei Ihnen, Sheriff?"

„Habe hier recht frische Reifenspuren in der Vegetation. Ziemlich sicher, dass diese aufs Konto der Gesuchten gehen."

„Oh! Ich kehre gleich um und schließe zu Ihnen auf, Sheriff!", rief Barnes deutlich überenthusiastisch.

„Negativ, Deputy. Du kehrst gleich um nach Sanose. Kümmere dich um alles Weitere betreffs Harley und Arlov und bring deine Untersuchungen vor Ort zum Abschluss. Die Territorien sind dir zu großem Dank verpflichtet."

Barnes schwieg.

Duke wusste, dass dies eine empfindliche Zurückweisung für die ehrgeizige junge Frau darstellte, die durchaus das Zeug hatte, eines Tages seine Nachfolge zu übernehmen, und er tat sich alles andere als leicht damit.

„Pozz…", kam es hörbar zerknirscht zurück.

Ihre Fähigkeit zur Einsicht enttäuschte nicht.

„Es… wird noch eine Weile dauern, bis ich den halben Weg zurückgelegt habe. Falls Sie doch ein helfendes Händchen brauchen sollten, bin ich zur Stelle, Sheriff!"

„Pozz.", brummte Duke anerkennend. „Wenn alles gut läuft, beginnt der richtige Ärger erst, wenn wir längst außer Reichweite sind. Sheriff Duke out!" – womit er seinen Sheriff-Stern antippte und erleichtert tief durchatmete.

„Hüh…", setzte er Zorro sanft in Bewegung – weiter auf der überwucherten Straße, ostwärts durch die idyllischen ‚Öden'.

Nicht nur hielt er selbst dabei Augen und Ohren offen. Er achtete auch genau auf jegliche Regungen Zorros, dessen Pferdesinne und -instinkte deutlich schärfer waren als seine eigenen.

Inzwischen war eine knappe Stunde verstrichen...

Die Fahrspur durch die Vegetation war kontinuierlich weiter entlang der Straße verlaufen. Zudem waren Duke und Zorro auf ein altes, rostzerfressenes Fahrzeugwrack gestoßen, das offenbar erst unlängst im Weg gestanden und zur Seite geräumt worden sein musste. Die Räumung hatte einen regelrechten rostgetränkten Krater in Vegetation und Asphalt hinterlassen. Wobei das Fahrzeug seitlich angehoben und, wie es war, zur Seite fortgekippt worden war – ein deutlicher Hinweis darauf, dass die Fahrer entweder zufälligerweise über passendes Räumungsequipment verfügten... oder wahrscheinlicher: über eine Khorone im Nacken.

Mit den Brandruinen ging zum Stadtrand hin auch die üppige Flora allmählich zurück. Stattdessen wurde das Terrain merklich hügeliger. Die Hügellandschaft, die vor wenigen Stunden noch am fernen Horizont zu sehen gewesen war, begann zusehends, den Blick auf denselben zu verstellen.

Duke tippte seinen Sheriffstern an.

„Barnes...?"

Keine Antwort.

Die LED auf der Rückseite des Ansteckers leuchtete rot:

Keine Verbindung mehr. Gut.

Duke sah wieder auf... da erhaschte etwas sein Augenmerk.

Etwas, das hinter den beginnenden Hügeln aufzutauchen angefangen hatte, aber ganz und gar nicht zu den Ruinen wie dem Wildwuchs, noch zu den Hügeln der Umgebung passte...

„Was zum Teufel...", wollte er zunächst seinen Augen kaum trauen.

Auch Zorro schien es aufgefallen zu sein – oder reagierte sein empfindsames Wesen bloß auf die plötzliche Unruhe seines Reiters?

Duke stieg ab, hielt aber weiter die Zügel.

Ungläubig blinzelnd harrte er einen Moment aus… dann begann er, weiter auf die Erscheinung zuzugehen.

War es eine Fata Morgana? Eine Halluzination?

„Siehst du das auch, alter Knabe?", fragte er Zorro, erhielt aber bloß ein uneindeutiges Schnauben zurück.

Er wischte sich durchs Gesicht und versuchte zu fokussieren:

Dort, in kaum hundert Metern Entfernung, mitten auf der Straße, strahlte im Licht der Mittagssonne fast gleißend hell ein blütenweißer, an vier senkrechten Stäben aufgespannter Baldachin… in dessen Schatten eine ebenso blütenweiße, mit allerlei Schnörkeln verzierte barocke Festtafel stand… bedeckt mit allerlei blütenweißem Geschirr… darunter feinstes Teeservice und eine Etagere mit einladenden, augenscheinlich puderzuckerbestäubten Gebäckstücken…

Ein Duft von frisch aufgebrühtem Earl Gray, echter Vanille und Erdbeerkonfitüre stieg Duke in die Nase…

Ebenso blütenweiße Schmetterlinge flatterten umher…

Flankiert war der offensichtlich zum Teekränzchen gedeckte Tisch von zwei gleichsam edel verzierten blütenweißen Barockstühlen mit hohen Rückenlehnen und samtbezogenen purpurnen Polstern.

„Mister Duke.", trat plötzlich, wie aus dem Nichts, ein schlanker, etwas älterer Herr in einem blütenweißen Frack und passendem Zylinderhut hinzu. Er hatte weiße Augenbrauen, einen weißen, gezwirbelten Schnauzbart und winkte Duke lächelnd zu sich.

„Stecken Sie doch den Revolver weg, Mister Duke. Sie sehen doch, ich bin unbewaffnet. Kommen Sie! Bitte…"

Duke tat das genaue Gegenteil, zielte der surrealen Gestalt mit dem Lauf seines Revolvers genau zwischen die Augen und spannte den Hahn – feuerbereit bei der nächsten Zuckung seines Zeigefingers.

„Shurrath?", grummelte er.

„Noch nicht.", lächelte der Herr im Frack und zog einladend einen der beiden Stühle zurück.

„Aber bitte… setzen Sie sich doch!"

KAPITEL 8

„Sie müssen durstig sein…", lächelte der Herr im Frack und reichte eine Tasse feinsten Tees.

Duke sah darauf hinab, während ihm der aromatisierte Dampf in die Nase stieg. Mit fragendem Argwohn sah er dem Herrn wieder ins Gesicht.

„Oh… Ich weiß schon, wie Sie Ihren Tee mögen, Mister Duke! Hier…", zog er hinter der Etagere einen im Licht der Sonne funkelnden großen, schweren Kristallglasflakon hervor.

„Echter Tennessee-Whiskey!", konstatierte er vergnügt und zog den Kristallglaspropfen, um neben der ersten Tasse eine zweite Tasse Tee anzusetzen – zur Hälfte aus dem hochprozentigen Tropfen. „Oh ja… das gute Zeug!", schwärmte er und setzte Duke die Tasse vor.

„Was soll der Zirkus?", brummte dieser missmutig.

„Verzeihung, Mister Duke. Ich weiß, das kommt jetzt alles ein bisschen überraschend für Sie. Ich sollte mich zunächst einmal vorstellen. Gestatten: Matt Hatter.", reichte er Duke unerwidert die Hand. „Meine Khorone hört auf den Namen Lesthik.", deutete Hatter mit dem blütenweißen Herrenhandschuh an seiner Rechten an eine Stelle hinten am Kragen seines Fracks. „Sie sehen: Ich will hier ganz offen zu Ihnen sein, Mister Duke! Shurrath hat mich geschickt, um mit Ihnen ins Gespräch zu kommen."

„Das erklärt diese Zirkusnummer hier nicht…", knurrte Duke.

„Seien Sie doch kein Banause, Mister Duke!", grinste Hatter. „Wir scheuen eben keine Mühen, um für ein positives Gesprächsklima zu sorgen. Wollen Sie uns das wirklich verübeln?"

„Seit wann legt Shurrath Wert auf so etwas?"

„Ja, sehen Sie, Mister Duke: Die Angelegenheiten zwischen Ihnen beiden sind vielleicht ein bisschen auf dem falschen Fuß gestartet – und Shurrath hat den Großmut, die Güte und die Weisheit, das alles beiseitezulegen und einen Neustart zu wagen. Klaren Tisch… mit Tee und Gebäck, sozusagen."

„Warum? Hat Shurrath nicht alles, was er wollte?"

„Sagen wir, fast. Zweihundert Jahre lang hat er auf diesen Moment in der Geschichte gewartet. Die Tatsache, dass ich nun hier bin und Sie zum Plausch bei Tee und Gebäck einlade, sollten Sie doch ein wenig gebührender würdigen – meinen Sie nicht?"

„Ich gebe mir Mühe.", richtete Duke Hatter den Revolver nun genau zwischen die Augen. „Diese Kugel wird Ihren kleinen Lesthik nicht umbringen. Zumindest nicht unmittelbar."

Hatter seufzte nur resigniert und schüttelte den gesenkten Kopf:

„Ich schätze, keine gute Tat bleibt ungesühnt… Tun Sie, was Sie lassen können, Mister Duke!"

Doch Duke hielt inne.

Vielleicht lag es an seinem grundsätzlichen Streben nach Ordnung, Frieden und Gerechtigkeit und vielleicht auch zum Teil an seiner trockenen Kehle und seinem knurrenden Magen… aber der Herr im Frack hatte einen Punkt, und es war vielleicht tatsächlich an der Zeit, der Diplomatie eine Chance zu geben.

Damit löste Duke den Hahn wieder, senkte den Lauf und steckte den Revolver zurück in dessen Holster.

„Also schön…", ließ er schließlich auch Zorros Zügel gehen, packte einen der barocken Stühle und drehte diesen herum, um darauf aufzusitzen wie ein rechter Cowboy:

„Shurrath will reden? Bitte: Ich bin ganz Ohr."

Hatter lächelte:

„Ich habe mich nicht in Ihnen getäuscht, Mister Duke!"

– womit er um den Tisch herumging, Platz nahm und die noch immer dampfende erste der beiden Tassen, die er eigentlich für Duke eingeschenkt hatte, an seinen Zwirbler führte.

Duke sah auf die zweite Tasse mit dem Schuss aus dem kristallnen Flakon herab:

„Und das hier ist die vergiftete Tasse?"

„Aber was, Mister Duke! Als hätten wir so etwas nötig!", schmunzelte Hatter, nahm einen kräftigen Schluck… und goss sich selbst mit einem Schuss aus dem Flakon nach, um gleich einen weiteren Schluck aus der Tasse zu nehmen:

„Ahhh… wirklich ein gutes Zeug!"

Noch immer argwöhnisch nahm nun auch Duke seine Tasse auf und schnupperte vorsichtig an dem dampfenden, duftenden Tee-Whiskey-Gemisch.

Der Moment der Wahrheit? Sollte er es wirklich wagen?

Er roch nichts Verdächtiges. Vielmehr duftete es ganz wunderbar – ganz so, wie es duften sollte…

Er exte die Tasse.

Der Alkohol intensivierte das feine Aroma des Tees noch und verteilte es bis in die letzten Winkel seiner Nebenhöhlen. Nur ein leises, zufriedenes Zischen verriet den Effekt, den dies auf ihn hatte.

„Nicht schlecht…", räumte er ein, nachdem er sich dabei erwischt hatte, die Augen für einen Moment geschlossen zu haben. Dann stellte er die Tasse mit einem scheppernden Klirren wieder auf der Untertasse ab, dass es den goldglänzenden Teelöffel darauf tanzen ließ, und räusperte sich:

„Also kommen wir zum Geschäftlichen…"

„Nun, eines gleich vorweg, Mister Duke: Shurrath ist keineswegs darauf angewiesen, Frieden mit Ihnen zu schließen. Es ist lediglich so, dass sich die Rahmenbedingungen insofern geändert haben, dass ein Friedensschluss für alle Involvierten Vorteile verspricht. Es ist also ein Gebot der Vernunft."

„Geänderte Rahmenbedingungen?", hakte Duke mit hochgezogener Augenbraue nach.

„Hier und auch anderswo…", deutete Hatter in den blauen Himmel hinauf:

„Dinge, die vor Jahrhunderttausenden angestoßen worden sind, tragen nun endlich Früchte. Mister Duke, wir zählen zu den von Schicksal ausgewählten Glücklichen, die so nah am Epizentrum der Geschichte sein dürfen!"

„Leeres Gewäsch…", brummte Duke und biss in eines der Puderzuckerteilchen… was ihn jedoch prompt eine kleine Fontäne des weißen Puders emporhüsteln ließ.

Hatter lachte:

„Sie gefallen mir, Mister Duke! Geradeaus bis an die Schmerzgrenze!"

„Kommen Sie einfach zum Punkt, und verschonen Sie mich mit Ihren Sonntagsreden, Hatter.", schluckte Duke den Bissen herunter. „Ich habe alleine heute wieder zwei weitere gute Leute an Shurrath verloren. Wenn das seine Vorstellung von Friedensdiplomatie ist, soll er herkommen, und ich zeige ihm, wo er sich dieselbe hinstecken kann."

„Aber aber, Mister Duke! Ich verstehe ja, dass Sie deshalb aufgebracht sind. Darum wollen wir ja nun mal schauen, ob wir das ganze Sterben und Sterbenlassen künftig nicht ein wenig einschränken können."

„Klingt nach Krokodilstränen…", legte Duke das Teilchen

auf dem kleinen Porzellanteller vor sich ab, als wäre ihm der Appetit vergangen.

Hatter schickte sich an, ihm nachzuschenken – doch Duke hielt ablehnend die Hand über die Tasse.

Hatter zog die Teekanne zurück, nahm seinerseits einen weiteren Schluck aus seiner Taste und griff sich eines der Puderzuckerteilchen von der Etagere.

„Schauen Sie, Mister Duke: Viel lieber wüsste Shurrath Männer Ihres Kalibers auf seiner Seite. Das gilt auch für Ihre Deputys. Es ist im Grunde eine Vergeudung, sie zu töten. Denn sie alle haben genau die Qualitäten, die es braucht, um Shurraths Streitmacht in die nächste Expansionsphase zu geleiten."

„Die ‚nächste Expansionsphase'?"

„Oh… Verzeihung… Da muss ich wohl erst ein bisschen weiter ausholen. Wobei… am besten, ich lasse es den Vater des Gedanken selbst erklären. Einen Moment Geduld, bitte…"

Mit einem Mal erstarrte Hatter wie von fließendem Strom gelähmt, und seine zitternden, fast geschlossenen Lider ließen nur noch das Weiß seiner Augen hervorblitzen. Als er nach etwa einer Sekunde wieder zu sich kam, wusste Duke, genau, was gerade vor sich gegangen war:

„Shurrath…", knurrte er.

„So ist es, Sheriff!", antwortete Hatter mit tieferer Stimme als zuvor – fast so, als würde er sich verstellen. Doch Duke hatte keinen Grund zu zweifeln.

„Ist dein Gedankentelefon in Reparatur, Shurrath, oder warum flüsterst du mir nicht direkt in den Schädel wie zuvor?", feixte er.

„Alles hat seine Zeit und seinen Ort, Sheriff. Außer mir. Ich bin immer und überall!"

„Ja nee, is' klar… Also dein Verrückter Hutmacher hier hat was davon gefaselt, dass du plötzlich die Friedenspfeife mit mir paffen willst oder so…"

„Seien Sie nicht albern! Ein Angebot möchte ich Ihnen machen, Sheriff, damit Sie sich und Ihren Liebsten unter meiner bevorstehenden Weltherrschaft eine annehmliche Fortexistenz sichern können. Kein Friedensangebot, sondern ein Gnadenangebot!"

„Und das, was du Rain angetan hast, nachdem du sie zu deiner Marionette gemacht hast, um sie mit ihren eigenen Händen meine Leute töten zu lassen, soll dann wohl einfach vergeben und vergessen sein, was?"

„Wir alle haben getan, was zur gegebenen Zeit nötig war, Sheriff. Die Frage ist, ob wir – wie es Ihr Menschengeschlecht so schön formuliert – heute schon eine neue Seite aufschlagen können oder nicht. Aber vielleicht ist es für einen Quasi-Gott, der älter ist als das Leben auf diesem Planeten, ein Leichtes zu fordern, nicht nachtragend zu sein…"

„‚Quasi-Gott'…", schüttelte Duke den Kopf. „Wie immer die Bescheidenheit selbst, was? Wo kommen du und deine intergalaktische Sippe überhaupt her?"

„Ich will annehmen, Sie meinen das Geschlecht der Relyeh. Die ersten seiner noblen Vertreter entstanden in einer Galaxie, viele tausend Lichtjahre von hier entfernt."

„Sie ‚entstanden'?"

„Organische Substanzen verbanden sich und erlangten Bewusstsein – ein Bewusstsein, dass das Wesen jenes Kosmos zu verstehen suchte, der es geboren hatte. Nachdem es erst das Maß der Dinge ergründet hatte, fragte es nach seinem rechtmäßigen Platz darin. Die Antwort: Jenes Bewusstsein hat das Recht und die Pflicht zugleich, Ordnung ins Chaos der natürlichen Schöpfung zu bringen. Also schwärmten wir Relyeh aus, um unsere Saat in den Kosmos hinauszutragen und so auch fremde Welten, in denen die natürliche Schöpfung bereits fortgeschritten genug ist, unserer Ordnung einzufügen. Das gilt bis zum heutigen Tage unverändert. Unser Durst ist unser ewiger Kompass."

„Und wie läuft's so? Für dich selbst ja eher bescheiden, wie man hört."

„Viele Tausende bewohnter Welten haben meine Brüder bereits unserer Ordnung eingefügt. Allerdings gibt es manche Aspekte der natürlichen Schöpfung, der auch wir noch nicht Herr geworden sind."

„So?", wanderte erneut Dukes linke Augenbraue nach oben.

Das Lächeln, das sich über Hatters Antlitz zog, schien angestrengt:

„Geschwisterrivalität, Sheriff. Anfangs teilten meine Brüder und ich unsere Aufgaben wie auch unsere Erfahrungen und Erfolge miteinander. So gedieh unser Kollektiv. Wie sagt Ihr Menschengeschlecht so schön? ‚Wir saßen alle im selben Boot'! Eines Tages aber fand mein Bruder Nyarlath einen Weg, Teile des Kollektivs zu verschlüsseln, um sein eigenes Subnetz aufzumachen.

So begann er zusehends, seinen Brüdern und auch mir Informationen aus dem Subnetz vorzuenthalten. Azoth deckte Nyarlaths Verrat auf… wobei nun aber auch alle anderen damit begannen, die Verschlüsselungsmethode einzusetzen, ohne dass es ein wirksames Gegenmittel gab. Damit war die Rivalität zwischen den Relyeh entbrannt, die bis heute fortdauert und noch lange fortdauern wird."

„Und dabei hast du Ärmster bis heute den Kürzeren gezogen, was?", tat Duke mitleidig. „Und das noch weitgehend ohne das Zutun der Axone."

Duke konnte erkennen, wie diese letzte Bemerkung einen Moment lang den Zorn in den Augen seines Gegenübers auflodern ließ…

„Wer Raum und Zeit durchdringt und sich seiner Bestimmung gewiss sein kann wie wir Relyeh, der weiß einstweiligen Rückschlägen mit Gelassenheit zu begegnen. Wenn ich die Erde erst unserer Ordnung eingefügt und die volle Anerkennung seitens meiner Brüder erlangt habe, werde ich mich der Beilegung unserer Rivalität widmen – im Kampf gegen unseren gemeinsamen Feind."

„Also gegen die Axonen…"

„So ist es. Die Axonen versuchen nicht nur, sich selbst der Ordnung der Relyeh zu entziehen – schlimmer noch: Sie wollen gleichsam vereiteln, dass wir Relyeh auch andere planetare Völker in unsere Ordnung einfügen. Dabei haben sie sich selbst der natürlichen Schöpfung ganz entfremdet. Nicht länger sind sie organischer Natur, sondern sie haben dieselbe fast vollständig durch synthetische Strukturen ersetzt. Sie sind ein seelenloses, würdeloses Maschinenvolk! Und feige dazu! Statt sich dem Kampf zu stellen, weichen sie immerzu über ihre Portale aus, verstecken sich mittels Tarnung und Täuschung!"

„Ganz schlimme Finger, diese Axonen, was?", heuchelte Duke weiter falsches Mitleid.

Sichtlich indigniert wies Shurrath dieses zurück:

„Sie haben ja bereits Ihre eigenen Erfahrungen mit einem von ihnen machen können, nicht wahr?"

Touché.

Max – der erste und bisher einzige leibhaftige Axon, mit dem es Duke zu tun gehabt hatte – war derjenige, der Rain auf dem Gewissen hatte. Tatsächlich war das einer der bittersten Verluste, die Duke bis dato hatte hinnehmen müssen, und er bereute sehr, Max nicht rechtzeitiger das Zaumzeug angelegt zu haben – wie auch immer er dies angestellt hätte.

„Wie mit den Khoronen zuvor, suchen wir Relyeh hingegen die Kooperation.", fuhr Shurrath via Hatter fort.

„Auch ‚Kollaboration' genannt… um den Planeten zu versklaven.'", korrigierte Duke die Wortwahl.

„Natürlich müssen auch wir Relyeh auf unsere Kosten kommen. Auch wir haben Wünsche und Bedürfnisse, die uns vorantreiben."

Dukes Blick sagte mehr als tausend Worte.

Hatter schien zu seufzen…

„Sehen Sie es ein, Sheriff: Die Menschheit lebt nicht länger auf einer einsamen Insel. Sie wird sich arrangieren müssen – mit Mächten, die ihr weit, weit überlegen sind. Sie ist nichts gegen uns Relyeh. Ebenso ist sie nichts gegen die Axonen. Schauen Sie, wo Sie bleiben, Sheriff! Sichern Sie sich und Ihren Liebsten das Überleben! Ich biete Ihnen hier und heute nichts Geringeres als meinen Schutz! Fragen Sie nur Ihre Mitmenschen! Viele von ihnen haben das Angebot bereits angenommen – hier und anderswo…"

Plötzlich wandelte sich Dukes Gesichtsausdruck deutlich. An die Stelle gelangweilt höhnischer Skepsis trat ernste Beunruhigung.

„Proxima…", raunte er halblaut.

„Ganz recht, Sheriff! Meine Brüder ahnen noch nichts davon, dass das Menschengeschlecht inzwischen einen zweiten Planeten besiedelt – zumal in einem anderen Sonnensystem. Eine hervorragende Gelegenheit für mich! Füge ich die Menschheit der Ordnung der Relyeh ein, so erobere ich gleich zwei Planeten mit einem Streich! Sehen Sie also: Es gibt kein Verstecken und kein Entkommen. Es ist alles nur noch eine Frage der Zeit – und die ist für das Menschengeschlecht weitaus knapper und daher kostbarer als für uns Relyeh. Glauben Sie nicht, dass die Menschen bei den Axonen irgendein besseres Los zu erwarten hätten, als das, was ich Ihnen hier biete! Ganz im Gegenteil: Für die Axonen ist die Menschheit kaum mehr als ein Bazillus. Durch ihre Portale werden sie einen ihrer Agenten nach dem anderen einschleusen… und wenn der kritische Punkt erreicht ist, werden sie den Planeten desinfizieren. Dann werden Sie, Sheriff, sich noch wünschen, den Axonen ‚Kollaboration' zum Vorwurf machen zu können – so, wie Sie es mir hier zum Vorwurf machen!"

Damit kehrte spöttische Skepsis in Dukes Blick zurück:

„Der Teufel behauptet also, es gäbe neben ihm nur den Beelzebub: die Relyeh oder die Axonen."

„Wie lautet die Alternative, Sheriff? Die Menschheit ist schwach! Sie wird sich entscheiden müssen! Das heißt... nun, da wir mit Feldwebel Pine den Schlüssel zum Besiegen der elenden Neuromanipulationstechnologie der Axonen in den Händen halten, wird es in Kürze ohnehin nur noch eine Wahl geben..."

Lachend schüttelte Duke den Kopf, und er musste sich zusammenreißen, Shurrath nicht zu viele Illusionen zu nehmen:

„ODER die Menschheit wird sie eines Besseren belehren – ob die Relyeh oder die Axonen oder eben beide! So oder so: Die Menschheit wird nicht kampflos aufgeben!"

„Sie tut es bereits!", widersprach Shurrath. „Die meisten Menschen sind nicht solche Starrköpfe wie Sie, Sheriff! Ihre alberne kleine Rebellion ist die Ausnahme, nicht die Regel! Je eher Sie dies einsehen, desto eher können Sie sich, Ihren Anhängern und Ihren Liebsten unnötiges Leid ersparen!"

„Und wenn ich es nicht einsehe?"

„Dann werden Sie auf der Strecke bleiben. Ich könnte Sie zerquetschen, aber ich werde es nicht tun. Stattdessen werde ich Sie am ausgestreckten Arm verhungern lassen. Sie und jeden anderen, der das Unglück hat, sich von Ihnen verleiten zu lassen, gegen mich zu Felde zu ziehen. Je länger Sie Ihren sinnlosen Widerstand fortführen, desto mehr werden Sie mitansehen müssen, wie alles, was Sie mit so viel Mühe aufgebaut haben, zugrundeht. Und falls Sie glauben, Cain und Grace wären das Schlimmste gewesen, mit dem Sie zu rechnen hätten, täuschen Sie sich gewaltig. Diese beiden waren allenfalls eine Kostprobe – eigentlich ein Experiment... ja, ein Spiel! Und es war durchaus unterhaltsam, finden Sie nicht?", begann Shurrath durch Hatter hindurch hämisch zu grinsen.

„Du, Shurrath, scheinst zu glauben, unsere Antwort auf

Cain und Grace wäre das Schlimmste gewesen, mit dem du zu rechnen hast!", konterte Duke spöttisch. „Du magst die Trife kontrollieren können, aber auch wir haben das eine oder andere Ass im Ärmel! Und wir haben Verbündete…"

„Wer hat Ihnen eigentlich das Mandat erteilt, so hoch zu pokern und alles aufs Spiel zu setzen, Sheriff?", feixte Shurrath durch Hatter hindurch.

„Die Freiheit der Menschheit habe nicht ich aufs Spiel gesetzt, Shurrath! Es ist meine tiefste Überzeugung und die derjenigen, die sich mir anschließen, dass es sich dafür zu kämpfen lohnt!"

„Bis zum bitteren Ende, Sheriff? Komme, was da wolle?"

Duke nickte:

„Komme, was da wolle. Und sollte ich mich im Kampf für die Freiheit irgendwann allein auf weiter Flur wiederfinden, so sei es: Dann falle ich eben allein!"

Einen Moment noch sah Shurrath Duke ausdruckslos in die Augen… dann nickte auch er:

„Nun gut. So sei es denn. Ich respektiere Ihren Mut, Sheriff. Sie tragen weit mehr davon in Ihrem Herzen, als sich manch' andere untergeordnete Lebensform nachsagen lassen kann. Ich werde im Süden auf Sie warten. Setzen Sie Ihre Reise in diese Richtung fort, und Sie werden merken, wenn Sie am Ziel sind. Vorausgesetzt, Sie schaffen es noch lange genug, am Leben zu bleiben…"

Geistesgegenwärtig registrierte Duke die in diesen Worten enthaltene Warnung – und er zog den Revolver, noch während Hatter mit einem kurzen Blinzeln wieder zu sich kam… um im nächsten Moment wie ein Berserker auf Duke zuzustürzen!

Ein Blitzen erst verriet letzterem, dass Hatter blitzschnell einen Dolch gezückt und bis auf ein Daumenbreit an sein Augenlicht hatte zuschnellen lassen können, ehe er das Handgelenk des Angreifers gepackt und mit eisernem Griff zum Stillstand gebracht hatte.

„Motherfucker…", raunte Duke noch, während er mit der unbarmherzigen Gewalt seiner linken Roboterhand die Knochen in Hatters Handgelenk bersten ließ.

Keinerlei Regung oder Rührung beschlich den wie versteinert stierenden Blick des Khoronenwirts – auch dann, als ihm Duke seinerseits den ebenso blitzenden Lauf des Revolvers an die Schläfe setzte…

BLAMM!

– flog der blütenweiße Zylinder in die Höhe, während sich Hatters blutige Gehirnmasse samt Schädelsplittern über Teeservice und Etagere verteilte. Augenblicklich verließ den Schergen alle Kraft, und er krachte mit dem Rest seines Kopfs flach vornüber auf die von der plötzlichen Gewalteruption besudelte Teetafel.

Mit einem leisen Ächzen richtete Duke sich auf, zog sich den Westernmantel zurecht… und fasste sich hinters Revers, um den unter den Relyeh als ‚Shurrakush' bekannten Zeremonienspeer hervorzuholen. Mit der Klinge desselben im Anschlag ging er um die Tafel herum – denn mochte Hatters Körper fürs Erste handlungsunfähig sein, so war davon auszugehen, dass die Khorone in diesem noch am Leben war und nun alles versuchte, ihren Wirtskörper wieder in Gang zu bringen.

Kaum jedoch, dass Duke Hatters Stehkragen zurückgezogen hatte, um dem Regungslosen die Klinge des Shurrakush in den Nacken zu treiben, ertönte bereits ein erbarmungswürdiges Quieken… und ein ölig schwarzes Knäuel kam, gleich dem Eiter aus einem platzenden Pickel, aus der dortigen Narbe hervorgeschossen…

„Woah…", wich Duke überrascht zurück. „Das ist neu…!"

Offenbar hatte sich inzwischen herumgesprochen, dass Duke im Besitz eines Shurrakush war, und ‚Lesthik' hatte sich ausgerechnet, dass es in dieser Situation doch klüger war, seinen Wirtskörper aufzugeben…

Ein Schaudern durchzuckte Dukes Glieder, als das Knäuel

ausgerechnet auf seiner Schulter landete und er schon im nächsten Moment eines der widerlichen schwarzen Tentakel am Nacken spüren konnte…

„Nichts da!", packte er knurrend das Knäuel und schleuderte es von sich… worauf es ausgerechnet auf Hatters angebissenem Puderzuckerteilchen landete. Noch ehe es sich weiter rühren konnte, sauste die Klinge des Shurrakush von oben auf es nieder und durchspießte es samt des Gebäckstücks.

„Pfui Teufel…", ließ Duke den Shurrakush stecken.

Dann nahm er den kristallnen Flakon, zog den Stöpsel und genehmigte sich einen guten Schluck der kostbaren bernsteinfarbenen Flüssigkeit. Schließlich zog er den Shurrakush aus der Tischplatte und streifte das aufgespießte Knäuel samt Puderzuckerteilchen an der Tischdeckenkante ab – ehe er die Klinge mit dem Rest des Whiskeys abwusch und den Zeremonienspeer schließlich wieder hinter dem Revers seines Westernmantels verschwinden ließ.

Mit Daumen und Zeigefinger machte er einen schrillen Pfiff…

…der sogleich von einem aufgeweckten Wiehern und Hufgepolter beantwortet wurde.

„Guter Junge…", nahm Duke Zorros Zügel wieder an sich.

Das Teekränzchen war zu Ende.

Der Pfad in die Hölle hatte begonnen…

KAPITEL 9

„Wo… wo bin ich?"

„In einem Krankenhaus, Kindchen. Ich bin Schwester Yae."

„Ein Krankenhaus? Aber wo??"

„An einem sicheren Ort, Kindchen. Es ist alles in Ordnung. Du brauchst dich nicht zu wehren. Die Fesseln bekommst du ohnehin nicht auf."

Grace sah an sich hinab.

Zentimeterdicke und knapp handbreite Bänder aus massivem, mattsilbernem Metall fixierten ihre Extremitäten auf einer leidlich gepolsterten, aber mit einem geblümten Spannbetttuch bezogenen Liege. Das Textil immerhin war flauschig weich…

Wer machte sich die Mühe, eine solche Vorrichtung damit zu beziehen? Nicht zuletzt diese Frage, die Grace sich stellte, und Schwester Yaes mütterlich fürsorgliches Zureden bewirkten tatsächlich, dass die Angespanntheit aus Graces Gliedern wich. Mit einem leisen Seufzen gab sie nach… vorerst.

„So ist es besser, Kindchen. Du wirst ruckzuck wieder auf die Beine kommen…"

Jetzt erst bemerkte Grace, wie still es geworden war…

Nicht in der Umgebung um sie herum…

…sondern in ihr… in ihrem Kopf!

Keshk?

…

Keshk…?

Grace wagte kaum, zu lauschen.

Dass sie überhaupt nach ihm lauschen musste, war Anzeichen genug:

Keshk war nicht mehr da!

Was war passiert?

Grace versuchte sich zu erinnern… doch im selben Moment fuhr ihr ein dumpf schneidender Schmerz von der Stirn über den Schädel in Richtung des Nackens hinab…

Der Druck dort, in ihrem Nacken… besser gesagt, in ihrem Genick… war ebenso verschwunden. War sie befreit? Aber… wieso war sie dann noch am Leben?? Laut Graces langjährigen Nachforschungen hatte praktisch jeder Versuch, einen Wirt von seiner Khorone zu befreien, dessen Tod zur Folge gehabt…

Eine Träne der Erleichterung rann Grace aus dem Augenwinkel, als sie ihren Kopf zur Seite drehte und den frühlingshaften Waldregenduft durch die Nase zog, der ihr vom Spannbetttuch entgegenkam.

„Sie werden bald schon Besuch bekommen, Kindchen!", wuselte Schwester Yae emsig um Grace herum. „Die Gouverneurin und Doktor Hess brennen darauf, Sie zu sehen!"

Wer waren diese Leute?

Das Letzte, an das Grace sich erinnern konnte, war, dass sie mit diesem furchtbaren Kerl Cain unterwegs war, um… einen Mann zu konfrontieren, den sie ‚Sheriff' nannten?

Sie war erleichtert, dass jener Cain genauso abwesend zu sein schien wie die Khorone. Der Gedanke an den einen wie den anderen rief intensive negative Empfindungen in ihr hervor... auch wenn sie sich nicht ganz entsinnen konnte, weshalb.

Was hatte die Schwester gesagt? ‚Doktor Hess'?

Das machte Sinn... in einem Krankenhaus... aber in dieser Welt war nur Weniges selbstverständlich. Dennoch verfehlte die Erwähnung des akademischen Grads seine beruhigende, um Vertrauen buhlende Wirkung nicht.

Wer noch? Die ‚Gouverneurin'?

Grace erinnerte sich...

Die Gouverneurin... war das nicht das Oberhaupt jener Vereinigten Westlichen Territorien, von denen sie seit etwa einem Jahr immer wieder und immer öfter gehört hatte? So viele Menschen landauf und landab schienen viel auf die Gouverneurin, die Territorien und deren Paramilitär zu halten...

Doch Grace erinnerte sich auch, dass sie dazu angehalten gewesen war, ihnen mit nichts als Verachtung zu begegnen. Nicht zuletzt aus jener Verachtung heraus – aber auch bestochen vom Rausch, der ihr als Lohn versprochen gewesen war – hatte sie sich aktiv an einem furchtbaren Massaker mitschuldig gemacht...

Mit einem Mal überkam Grace ein intensives Gefühl der Schuld, das während jener verbrecherischen Untaten unterdrückt geblieben war – und der Träne der Erleichterung folgten nun bittere Tränen der Reue.

Verzweifelte, angsterfüllte, flehende und schließlich schmerzverzerrte, entsetzte und vom Tod dahingeraffte Gesichter erschienen ihr, wieder und wieder... Was hatte sie getan??

Sie war machtlos gewesen... hatte das alles passiv mitansehen müssen... oder? Es wären beileibe nicht die ersten Menschen gewesen, die Grace getötet hätte... aber die ersten Unschuldigen.

Sie war ausgezogen, um zu klären, was ihren Vater zum Mörder an Dutzenden Unschuldigen gemacht hatte. Nun hatte sie es erfahren... am eigenen Leib. Dass es in ihrem Fall immerhin nicht überwiegend Kinder gewesen waren, stellte kaum einen Trost dar. Mal abgesehen davon, dass es nicht bloß Dutzende, sondern Hunderte gewesen waren...

Sie hatte es geschafft, dem dunklen Geheimnis ihres Vaters auf den Grund zu gehen... und hatte genau darin ihr größtes Scheitern erlebt. Ein berühmter Philosoph hatte einmal davor gewarnt, nicht zu tief in den Abgrund zu blicken, wenn man nicht Gefahr laufen wollte, dass der Abgrund in einen zurückblickt. Und doch:

Sie hatte gelernt, hatte am eigenen Leib begriffen! Nämlich, dass ihr Vater unschuldig gewesen war – genau wie sie selbst unschuldig gewesen war, vom Parasiten in ihrem Nacken erst zur hilflosen Marionette, dann mit einem biochemischen Drogencocktail willfällig gemacht!

Das änderte vieles... und doch nichts:

Gerade, falls es wahr sein sollte, dass Grace nicht länger unter Keshks Kontrolle stand, würde sie ihn finden, würde sie ihn jagen müssen... ihren Vater, Ex-Marinemajor Cyrus Salk!

In Gedanken versunken, registrierte sie kaum die wiederholten Türgeräusche und das flüsternde Gemurmel, das sich diesen anschloss.

„Miss Salk...", tönte ihr plötzlich eine markige Männerstimme entgegen.

Schmerzhaft rasch sprangen Graces Augen auf.

Ein Mann im weißen Kittel stand nun neben ihr.

Das musste wohl der Doktor sein, den Schwester Yae erwähnt hatte...

„Willkommen zurück im Reich der Lebenden!", verkündete er mit leicht sarkastischem Unterton und bestätigte Graces Vermutung:

„Ich bin Doktor Hess."

„Danke, Doktor... aber darf ich endlich erfahren, wo ich hier bin?"

„Sie befinden sich im Sanisco Hospital – der Zentralklinik der Territorialhauptstadt Sanisco."

„Sanisco? Was… was ist passiert?"

„Sie wurden von einem mittels Jagdbogen abgeschossenen Pfeil getroffen. Ein Durchschuss: in die Brust hinein und zwischen den Schulterblättern wieder heraus. An sich eine Routineoperation… wenn da nicht auch ihr kleiner Schmarotzer gewesen wäre, auf dessen Entfernung Sheriff Duke bestanden hatte. Wenn der Sheriff Sie nicht so schnell hierhergebracht hätte, wären Sie wahrscheinlich nicht mehr am Leben, Miss Salk."

Der Sheriff!

„Uh…", kniff Grace die Augen zusammen, als ihr erneut der dumpfe Schmerz über die Stirn in den Schädel fuhr.

„Schwester, schauen Sie bitte zu, dass Miss Salk ausreichend Schmerzmittel erhält…", wies Doktor Hess an.

Wenige Sekunden später ging ein Ruck durch die Liege, und mit einem metallischen Rattern wurde der obere Teil aufgerichtet – worauf Schwester Yae mit einer Pille und einem Glas Wasser an Grace herantrat, um ihr selbiges zum Schlucken zu verabreichen: „Hier, Kindchen…"

Grace kooperierte.

„Sheriff Duke hat mich gerettet?", murmelte Grace, während Schwester Yae ihr einen weiteren Schluck zu trinken gab.

„Korrekt.", bestätigte Doktor Hess.

„Kann ich ihn sehen?"

„Der Sheriff ist derzeit außerhalb. Aber die Gouverneurin wird in Kürze bei uns sein."

„Ich… muss den Sheriff sprechen…!", kniff Grace erneut die Augen zusammen.

„Alles zu seiner Zeit, Miss Salk. Bitte versuchen Sie, sich zu entspannen. Sie sind hier in Sicherheit."

„Wenn das so ist, warum bin ich dann an diese

verdammte Liege gefesselt?!", rüttelte Grace demonstrativ an ihren massiven metallenen Arm- und Beinfesseln.

„Damit auch wir hier sicher sind, Miss Salk. Sie standen über einen längeren Zeitraum unter dem Einfluss eines außerirdischen Symbionten. Es war unklar, inwieweit noch mit Nachwirkungen zu rechnen war, auch nachdem die Kreatur bereits entfernt worden war."

„Sie scheinen sich ja ganz gut auszukennen, Herr Doktor. Wie oft haben Sie mit solchen außerirdischen Symbionten denn zu tun?", wunderte sich Grace.

Doktor Hess lachte:

„Es ist für uns alle hier im Sanisco Hospital eine Premiere. Zum Glück verfügen wir über einige externe Aufzeichnungen und wertvolle, wenn auch anekdotische Erfahrungsberichte… und man sagt, ich sei ein schneller Lerner."

Grace versuchte vergebens, sich ein unverbindliches Lächeln abzuringen – dann:

„Wie lange liege ich schon hier?"

Doktor Hess hob seine schwarz umrandete Hornbrille und schielte kurz auf seine Armbanduhr.

„Seit nun etwas mehr als vier Tagen. Sie haben sich in beachtlich kurzer Zeit erholt, wenn man Ihren Zustand bei Einlieferung bedenkt. Entweder haben Sie eine außergewöhnlich hohe natürliche Resilienz… oder ich bin ein außergewöhnlich kompetenter Mediziner.", grinste er.

„Die Tatsache, dass Sie sich nicht sicher sind, spricht wohl eher für Ersteres…", konterte Grace, und Doktor Hess fasste sich verlegen an den Hinterkopf.

„Also, was muss ich tun, damit Sie mir die Fesseln lösen, Doktor?"

„Am besten nicht so erpicht danach fragen…", feixte Doktor Hess.

„Hey! Das ist unfair!", protestierte Grace.

Sie musste einsehen, dass es noch etwas mehr Zeit bedurfte, bis man ihr halbwegs vertrauen würde. Konnte sie es ihren Gastgebern verdenken? Nach all dem Terror, den sie mit Cain zusammen verbreitet hatte, war es eher verwunderlich, dass man ihr überhaupt das Leben gerettet hatte!

„Ihre Vitalfunktionen schauen jedenfalls gut aus, Miss Salk…", besah sich Doktor Hess einige offenbar hinter Graces Blickfeld befindliche medizinische Apparaturen und versuchte, die Konversation wieder auf die positiveren Neuigkeiten zu lenken.

„Blutdruck normal. Puls solide. Ihr rechter Arm wird voraussichtlich eine gewisse Steifheit davontragen. Das heißt, der Jagdbogen wird wohl fürs Erste nicht mehr die Waffe Ihrer Wahl sein. Aber es würde ohnehin niemanden wundern, wenn Sie von Pfeil und Bogen erst einmal genug hätten…"

Er bemühte sich sichtlich, eine amüsierte Reaktion bei Grace hervorzulocken… und sie hätte ihm den Gefallen vielleicht auch tun wollen, wenn nicht ohnehin so vieles gegenwärtig an ihren Kräften gezehrt hätte.

„Danke, Doktor… für alles.", rang sie sich schließlich doch mit aller Kraft ein Lächeln ab, ehe sie in ermattete Meditation zurücksank.

Schwester Yae begann, ihr mit einem feuchten Wattebausch die Stirn abzutupfen: „Sie braucht noch Ruhe, Doktor…"

Doktor Hess nickte, dann fasste er sich ans Kinn:

„Zu schade, dass wir den Symbionten nicht lebendig fangen konnten…", murmelte er – eigentlich ohne, dass es für Grace bestimmt war.

„Glauben Sie mir, Doktor…", antwortete Grace ihm dennoch mit geschlossenen Augen, „…es ist besser so. Weitere Untersuchungen daran würden Ihnen kaum wirklich neue Erkenntnisse bringen. Es wäre das Risiko nicht wert."

„Kaum wirklich neue Erkenntnisse, Miss Salk? Was macht Sie so sicher?"

„Ich hatte bereits eingehende Gelegenheit, die biologischen Aspekte der Khoronen zu studieren. Es sind bemerkenswert simple, ja, geradezu primitive Geschöpfe – wenn man das Relyeh-Kollektiv mal außen vor lässt."

„Das ‚Relyeh-Kollektiv'?"

Grace seufzte leise.

Doktor Hess stand tatsächlich noch ganz am Anfang.

„Die Khoronen sind sozusagen biologische Sende- und Empfangsboxen für eine andere außerirdische Spezies – die Relyeh. Das Relyeh-Kollektiv ist gewissermaßen das Kommunikationsnetzwerk, in das sich die Khoronen dazu einklinken. Die Übertragung erfolgt mit Überlichtgeschwindigkeit."

„Instantan?"

„Nicht ganz. Wie gesagt: An dem Punkt wird's dann doch kompliziert. Aber die Khoronen selbst sind ausgesprochen simple Kreaturen."

„Zu gerne würde ich einen genaueren Blick auf Ihre Forschungsarbeiten werfen, Miss Salk…"

Grace blinzelte leicht und bemerkte den Eifer, der Doktor Hess im Gesicht stand. Etwas zu eifrig für ihren Geschmack…

Ein metallisches Klicken verriet, dass jemand im Begriff war, durch die Tür ins Zimmer zu treten. Blinzelnd sah Grace in die Richtung und erwartete Schwester Yae…

Doch die Tür öffnete sich…

…und Graces Augen sprangen auf:

Denn statt der molligen Dame mit den hochgesteckten dunklen Haaren stand dort eine junge Frau mit burschikosem rotblonden Fransenschnitt.

„Du…!?", rief Grace aus, während unwillkürlich heiße Tränen aus ihr hervorbrachen. „Du bist wohlauf!"

„Hallo Grace…", grinste Ginny sie an, während hinter ihr eine weitere Person in der Tür erschien. Es war ebenfalls eine junge, jedoch erwachsene Frau, die Ginny um einen knappen Kopf überragte. Halblange blonde Wogen umgaben die haselnussfarbenen Rehaugen ihres sympathischen und dabei bestimmt wirkenden Lächelns.

„Hallo Grace…", schloss sich die Frau Ginnys Worten an.

Dabei trug sie einen ölbefleckten grauen Overall mit hoch-gekrempelten Ärmeln, aus dessen Brusttasche diverse Stifte und ein kleiner Schraubenschlüssel hervorlugten.

„Ich bin Gouverneurin Natalia Duke…", ging sie schließlich um Ginny herum, wischte sich noch ein wenig die rechte Hand mit einem bereits teils schmutzigen feuchten Tuch ab, um diese Grace entgegenzustrecken.

Im nächsten Moment bemerkte sie ihren Fehler, da Grace noch immer gefesselt war, und zog leicht verlegen die Hand zurück.

„Verzeihung…", trat sie mit Ginny zusammen an die Liege heran. „Schön, dass Sie wieder bei uns sind, Miss Salk!"

Das war die Gouverneurin?

Grace hatte sich etwas ganz anderes darunter vorgestellt.

Eher eine Art Baronin in einer breitschultrigen Uniform, mit stechendem Blick und eingefallenen Wangen – sicherlich niemanden, der so aussah, als habe er eben noch in einer Werkstatt auf einem Rollbrett unter einem Lastwagen gelegen…

„Sie sind Sheriff Dukes Frau…?", vergewisserte sich Grace, da ihr dies bei Natalias Anblick fast genauso überraschend erschien und auch einiges an ihrer Vorstellung vom Sheriff selbst revidierte.

„So ist es!", lächelte Natalia, als begegnete ihr die kaum verhohlene Überraschung in Graces Gesicht nicht zum ersten Mal.

„Kann ich ihn sprechen?"

„Noch nicht. Er ist außerhalb der Stadt."

Es war das zweite Mal, dass Grace diese Auskunft erhielt. Jetzt schwante ihr, was dies eigentlich zu bedeuten hatte…

„Er… jagt Shurrath, oder?", fragte sie leicht zögerlich nach.

„So kann man es wohl ausdrücken…", musste Natalia beinahe lachen.

Doch Graces Mienenspiel wandelte sich drastisch.

„Nein… nein, nein, nein…", begann sie mit aufgewühltem, fast panischem Blick vor sich hinzumurmeln.

„Was ist, Miss Salk?", reagierte Natalia besorgt.

„Rufen Sie ihn an… kontaktieren Sie ihn, bitte! Sie müssen ihn zurückrufen!", sah Grace zu Natalia auf – fast flehend…

„Weshalb?"

„Das wäre sein größter Fehler!"

„Sind Sie besorgt, dass der Sheriff den Kürzeren ziehen wird?", neigte Natalia den Kopf zur Seite… und Graces Antwort verblüffte sie:

„Nein, Missus Duke, Madam Gouverneurin! Ich bin besorgt, dass es ihm gelingen könnte!"

„Dann… machen Sie sich um Shurrath Sorgen?"

Natalia und Ginny wechselten fragende Blicke.

„Shurrath kann zur Hölle gehen!", wurde Grace energisch. „Aber falls es dem Sheriff gelingen sollte, Shurrath zu töten…

…dann ist die Erde verloren!"

KAPITEL 10

„Lösen Sie ihre Fesseln.", wies Natalia an.

„Aber Frau Gouverneurin, Ma'am...", druckste Doktor Hess.

Doch Natalias Blick war todernst, und er kannte diesen Blick. Er nickte, und mit einer Schweißperle auf der Stirn fasste er hinters Revers seines weißen Laborkittels, um nach ein paar Sekunden des Kramens einen länglichen Schlüsselstift hervorzuziehen. Diesen nahm sogleich Schwester Yae entgegen, um sich damit hinter das Kopfstück der Liege zu begeben und die Fesseln zu entriegeln.

Mit einem dumpfen metallischen Schlag fuhren gleichzeitig alle fünf Fesseln auf, und mit einem Ächzen der Erleichterung richtete sich Grace weiter auf, um sich die Handgelenke zu reiben.

Natalia und Ginny tauschten erneut fragende Blicke aus.

Die Runde schwieg erwartungsvoll.

Grace spürte, wie die Augen an ihr hafteten.

„Danke...", raunte sie.

Um keine weitere Zeit zu verlieren, erhob Natalia erneut das Wort:

„Hayden–... der Sheriff hat uns berichtet, dass Shurrath

Feldwebel Pine verschleppt hat, um die Ursache für dessen anscheinende Teilimmunität gegen die halluzinogene Neuromanipulationstechnologie der Axonen herauszufinden, um mit diesem Wissen die Oberhand in der Rivalität mit seinen Brüdern zu gewinnen."

Grace nickte bestätigend:

„Kommt hin. Unter seinesgleichen hat Shurrath keinen hohen Rang. Er ist ein absoluter Gammawolf. Man könnte fast sagen: ein Loser."

„Und Sie sagen, er hat von Ihrem Vater Besitz ergriffen…", hakte Natalia nach.

„Korrekt: von meinem Vater, Major Cyrus Salk. Shurrath kann in praktisch jeden Körper wechseln, der von einer Khorone infiziert ist. Aber er hat sich auf meinen Vater eingeschossen, weil dieser Patient Null der schleichenden Khoroneninvasion ist."

„Wie wurde er zum Patienten Null?", wollte Doktor Hess wissen.

„Doktor Riley Valentine, die ehrgeizige wie skrupellose Leiterin der Reaper – dem Team der Top-Secret-Forschungsabteilung in der Geheimbasis Dugway – suchte verzweifelt nach einer Geheimwaffe gegen die Trife-Invasion. Über ein ergattertes Axonenportal waren sie auf die Khoronen gestoßen, und sie hatten herausgefunden, dass diese Symbionten ihren Wirten ermöglichten, Trife-Massen zu kommandieren. Da dachte sich Doktor Valentine offenbar, dass es eine gute Idee wäre, versuchsweise einen Major in dieselbe Lage zu versetzen…"

Natalia schüttelte den Kopf. Wieder einmal hatte die Menschheit ein Eigentor geschossen…

„Feldwebel Pine hat uns bereits erzählt, was die Folgen für Ihren Vater waren, Miss Salk."

Betrübt senkte Grace den Blick:

„All die armen Kinder… Jason, Feldwebel Pines eigener

Sohn war darunter... Er war wie ein kleiner Bruder für mich..."

Sie schloss die Augen und atmete schwer durch die Nase. Sie war eines jener Kinder gewesen... das Einzige, das den Amoklauf ihres Vaters überlebt hatte – denn er hatte sie verschont.

„Tut mir leid...", bat Natalia um Verzeihung, offensichtlich traumatische Erinnerungen in Grace wachgerufen zu haben. „Leider habe ich gegenwärtig keinen Funkkontakt zum Sheriff, um die neue Sachlage mit ihm zu besprechen und ihn gegebenenfalls zurückzurufen."

Doch Grace erklärte weiter:

„Damals, als ich noch als Kind meinen Vater nach seinem Amoklauf apathisch in der Zelle sitzen sah, da hatte ich geglaubt, er wäre vollkommen verloren – nicht länger er selbst. Jetzt aber weiß ich, wie es ist, welche Verwirrung es hervorrufen kann, wenn die Khorone die Kontrolle übernimmt und das eigene Ich zum passiven Beobachter macht. Ich bin davon überzeugt, dass mein Vater in der ersten Zeit gar nicht wusste, was sie mit ihm getan hatten. Er glaubte, durchzudrehen, Stimmen zu hören. Er wurde psychotisch. Dann, eines Tages, schnappte er über. Shurrath war es nur recht. Jetzt weiß ich, dass mein Vater noch lebt. Mein echter Vater. Sie bringen einen dazu, zu resignieren. Die Machtlosigkeit im eigenen Körper ist überwältigend... den Rest erledigen die körpereigenen Drogen, von denen sie einen abhängig machen, um sie bei Ungehorsam eiskalt zu entziehen. Ich habe das alles am eigenen Leib erfahren..."

„War es Ungehorsam, als du mich hast laufen lassen?", sah Ginny Grace in die Augen.

„Ja...", zog sich ein schmerzverzerrtes Lächeln über Graces Lippen.

„Haben sie dich dafür bestraft?"

„Ja...", schloss Grace kurz die Augen, und zwei weitere heiße Tränen liefen an ihren Wangen herab.

„Ich konnte es nicht tun. Ich musste widerstehen… so, wie mein Vater damals am Ende doch den Lauf seines Sturmgewehrs senkte, nachdem er diesen bereits auf mich gerichtet hatte…"

Grace wischte sich die Tränen fort. Dann wieder zu Natalia, eindringlich:

„Es wäre nur noch eine Frage von einer, höchstens zwei Wochen gewesen, ehe ich nicht mehr hätte widerstehen können. Von meinem Vater weiß ich, dass er Shurrath mehr als ein ganzes Jahr lang widerstanden haben muss… Er muss durch die absolute Hölle gegangen sein… und niemand hatte etwas bemerkt, bis zu jenem verhängnisvollen Tag!"

Mitfühlend schüttelte Natalia den Kopf, atmete kurz tief durch, um sich zu sammeln – dann hakte sie weiter nach:

„Und… wo befindet sich Ihr Vater, Major Cyrus Salk heute?"

„Ich weiß es nicht. Noch immer nicht. Es ist bereits zehn Jahre her, dass ich aus dem künstlichen Tiefschlaf erwacht bin. Feldwebel Pine lag in der Tiefschlafkapsel am anderen Ende desselben Raums. Mein Vater hatte ihn dort in den Tiefschlaf versetzt – vermutlich ohne zu ahnen, warum. Shurrath hingegen musste bereits geahnt haben, dass etwas an Feldwebel Pine besonders war. Ich wollte ihn wecken, doch wusste ich nicht, wie genau, und so wollte ich nicht riskieren, ihn zu töten. Also habe ich ihm einige Hinweise hinterlassen, in der Hoffnung, dass er meiner Fährte folgen würde, wann immer er wieder aufwachen sollte – vorausgesetzt freilich, dass dies nicht in allzu ferner Zukunft geschähe."

„Wenn Shurrath bereits von Pines Besonderheit wusste, wieso hat er zweihundert Jahre lang damit gewartet, der Sache auf den Grund zu gehen?"

„Zweihundert Jahre sind für Shurrath kaum mehr als zwei Tage. Zwei Tage, die er brauchte, sich in der neuen Umgebung zu orientieren und Vorbereitungen zu treffen. Er hatte es also nicht sonderlich eilig – und die Tiefschlafkapseln kamen gerade recht. Im Labor der zwischenzeitlich verlassenen… oder, besser gesagt, ausgestorbenen Geheimbasis Dugway fand er die übrigen Khoronen, die Valentines Team von ihren Expeditionen durchs Axonenportal herbeigebracht hatten – auf welchen fernen Planeten auch immer dieses hingeführt haben mochte. Dann begann er, die Khoronen zu züchten und zu vermehren."

„Weshalb war die Geheimbasis ‚ausgestorben', wie Sie sagen? Das Werk Ihres Vaters beziehungsweise Shurraths?", klinkte sich Doktor Hess ein.

„Nein!", wies Grace mit erkennbarer Indignation zurück:

„Ein Axon war Shurrath durch das Axonenportal gefolgt! So hat Shurrath von Feldwebel Pines Besonderheit überhaupt Wind bekommen. Es war jener Axon, der auf seiner Jagd nach Shurrath fast die gesamte Belegschaft der Basis tötete – teils direkt, überwiegend aber durch das Erzeugen mörderischer Halluzinationen, die dazu führten, dass sich die Menschen gegenseitig umbrachten. So weit ich weiß, haben nur mein Vater, Feldwebel Pine und ich selbst überlebt."

„Was ich immer noch nicht verstehe…", fasste sich Doktor Hess an die Stirn, „…ist, weshalb wir Shurrath gewähren lassen sollen. Bloß, weil es eine andere Spezies von Außerirdischen gibt, die seine Spezies jagt?"

Grace schüttelte den Kopf:

„Nein, aufhalten müssen wir Shurrath! Aber töten oder ausschalten dürfen wir ihn nicht!"

Natalia nickte und setzte Graces Gedankengang fort:

„…weil ansonsten ein anderer Relyeh seinen Platz einnehmen wird… und zwar ein kompetenterer Relyeh als er!"

„Genau! Shurrath ist das geringere Übel! Und er hat Geduld, kann Jahrhunderte abwarten, ohne voranzukommen. Er hat in den Äonen seiner bisherigen Existenz keine einzige Welt erobert! Er ist… ein Schaf im Wolfspelz!"

Doktor Hess und Ginny lachten:

„Ein Schaf im Wolfspelz… das ist neu!"

Natalia blieb ernst. Es gab noch viele offene Fragen:

„Miss Salk: Welche Absicht hatten Sie, als Sie den Saloon in Dego aufsuchten?"

Im ersten Moment schien Grace von der Frage überrascht. Sie antwortete: „Ich… hatte mich einem von Shurraths Kollaborateuren an die Fersen geheftet, in der Hoffnung, dass dieser mich zu Shurraths Hauptsitz führen würde, von dem ich inzwischen vermute, dass er tief im Süden liegt – auf dem Gebiet des ehemaligen Mexiko."

„Zu welchem Zweck wollten Sie zu Shurraths Hauptsitz gelangen?"

„Ich wollte meinen Vater konfrontieren… und ihn büßen lassen."

Doktor Hess: „Mit dem Leben?"

„Vielleicht… wenn es sein müsste."

Wieder Doktor Hess:

„Aber der Sheriff soll es sein lassen?"

„Ich möchte meinen Vater retten – so, wie ich vor Keshk gerettet worden bin. Dann möchte ich den Kult zerschlagen, der sich um Shurrath gebildet hat. Meine Befürchtung ist, dass der Sheriff zu weit gehen wird. Wir müssen Shurrath weit genug zurückdrängen, dass er die nächsten zweihundert Jahre wieder Däumchen dreht, aber nicht so weit, dass ein anderer Relyeh seinen Platz einnimmt."

„Und nach zweihundert Jahren fängt der ganze Ärger von Neuem an?", runzelte Doktor Hess die Stirn.

„Das… oder wir müssen einen Weg finden, die Relyeh zu besiegen…", murmelte Natalia mit ernster Ausdruckslosigkeit.

„Viel Glück!", rief Grace, überrascht von der kühnen Gelassenheit, mit der die Gouverneurin ein derart undenkbares Unterfangen überhaupt in Erwägung zog. War sie deshalb die Gouverneurin? Weil ihr nichts unmöglich erschien? Oder war sie lediglich im Begriff, der natürlichen Selektion Tribut zu zollen?

„Hayden–… Der Sheriff hat Ihren Speicherstick sicherge- stellt…“, kam Natalia zum nächsten Punkt – und Grace bekam große Augen.

„Wir haben versucht, Ihr Passwort zu knacken. Über zwei Milliarden Zeichenkombinationen hat unser Algorithmus schon durchprobiert – ohne Erfolg.“

Ein verschmitztes Grinsen brach sich in Graces Antlitz Bahn:

„Sorry, Gouverneurin Duke, Ma'am! Das Passwort ist über zweihundertsechsundfünfzig Zeichen lang, inklusive Groß- und Kleinbuchstaben, Ziffern und Satzzeichen. Sie finden es in einer Millionen Jahren nicht heraus!“

Natalia musste lachen:

„Da brauchen Sie ja fast genauso lange, das Passwort einzugeben, Missus Salk! Wie merken Sie es sich?“

„Mnemonik.“, zwinkerte Grace.

„Was für eine Dämonik?“, rief Ginny.

„Mnemonik, Ginny.“, lächelte Natalia. „Eine Eselsbrücke.“

„Was denn für Esel??“

„Eine Merkhilfe, Ginny! So ähnlich, wie du dir merkst, welcher Monat wie viele Tage hat.“, erklärte Doktor Hess.

„Ahso…“, hielt Ginny sich die Knöchel ihrer beiden Fäuste vor Augen, „…sagt das doch gleich!“

„Was befindet sich auf dem Speicherstick?“, kam Natalia auf den eigentlichen Punkt zurück.

„Zum Einen sämtliche Aufzeichnungen Valentines, derer ich habhaft werden konnte – über die Khoronen, die Axonen und mehr. Zum Anderen die Standorte von Shurraths Kultis- tenkommunen, Terrorzellen et cetera – von der Westküste bis zur Ostküste.“

Mit diesem Stichwort wurde Grace nachdenklich:

„Ich habe mir immer gesagt, dass es doch eine Möglich- keit geben muss, die Gesamtheit der Khoronen von der Ferne aus zu neutralisieren – ähnlich wie bei den Halluzinogensignal der Axonen. Bin an dem Punkt aber nie wirklich weitergekommen. Ich schätze, mir fehlt einfach das Ingenieur-Knowhow dazu…"

Jetzt war es Natalia, die verschmitzt zu grinsen begann:

„Nun, Miss Salk… ich schätze, dass Shurrath schon bald den Tag bereuen wird, da er Sie in unsere Arme getrieben hat!"

„Ja?", neigte Grace fragend den Kopf zur Seite.

„Sie müssen wissen: Gouverneurin bin ich eigentlich nur von Nebenberuf. Aber jetzt ziehen wir Ihnen erst einmal etwas Ordentliches an. Es gibt viel zu tun!"

KAPITEL 11

Grace besah sich im Spiegel.

Das war nun doch etwas anderes.

Sie wusste gar nicht mehr, wie lange sie ihre kniehohen Lederstiefel schon getragen hatte… tagein, tagaus. Auf dieser Erde war das regelmäßige Wechseln der Kleidung ein Luxus, den sich nur wenige leisten konnten.

Obwohl Grace nun vom Hals bis zu den Zehen bekleidet war, fühlten sich ihre Beine knieabwärts fast nackt an. Einen grauen Overall und ein Paar Turnschuhe hatten sie ihr gegeben – gleich dem, den die Gouverneurin getragen hatte, bloß ohne die Ölflecken und sonstigen Verschmutzungen, und ohne den Schraubenschlüssel und die anderen Stifte und Instrumente.

Grace besah sich ihren Hintern und lächelte.

Wer hätte gedacht, dass ihr ein schnöder grauer Overall doch so gut stehen würde? Und dass er so bequem war…

Sie kam sich fast vor wie neugeboren. Oder lag es vor allem daran, dass sie endlich wieder frei war – frei von Keshk und dem Kollektiv…?

„Fertig?", öffnete Natalia die Tür.

„Ja… sitzt perfekt!", rief Grace vergnügt.

Natalia trat herein, Ginny gleich neben ihr.

Inzwischen hatte die junge Gouverneurin ihrerseits den verschmutzten grauen Overall gegen einen flauschigen, rosafarbenen Angorapullover samt enganliegender heller Bluejeans getauscht.

Grace beugte sich zu Ginny herunter und ging in die Knie:

„Es tut mir so leid, was ich euch allen in Dego angetan habe…"

„Schon okay.", sah Ginny ihr in die Augen, und Grace konnte nicht anders, als sie kurz, aber inniglich an sich zu drücken.

„Ich wusste, dass das nicht dein wahres Selbst war.", erklärte das burschikose Mädchen. „Nicht Ronin, die coole Bogenschützin mit den coolen Stiefeln, die ich in Graves' Saloon gesehen hatte!"

„Danke… Ginny…", musste Grace ihre Tränen unterdrücken. Dann richtete sie sich wieder auf.

Zu Natalia:

„All diese Jahre war ich fast völlig auf mich allein gestellt, war eine einsame Wölfin… eine Einzelkämpferin auf einsamer Mission. Dann hat mich Shurrath in seine ‚Gemeinschaft' aufgenommen, und es war die Hölle. Aber jetzt… hier bei euch…"

„Jetzt bist du unter Freunden!", rief Ginny strahlend und ergänzte:

„Die Dukes sind die ersten aufrichtigen Leute, die ich kennengelernt habe. Vielleicht die Einzigen… aber sie helfen uns allen, es ihnen gleichzutun!"

„Wir sind keine besseren Menschen…", fuhr Natalia Ginny lächelnd durch die rotblonden Wuscheln. „Wir haben bloß eine Idee, an die wir glauben. Es ist nicht einmal eine neue Idee, und wir haben sie nicht erfunden. Im Gegenteil."

„Gouverneurin Duke, Ma'am… der Sheriff… Er versucht, Feldwebel Pine zu finden und zu befreien, richtig?"

„Richtig, Grace. Aber nenn mich doch Natalia…", streckte

sie Grace zum zweiten Mal die Hand entgegen – und dieses Mal konnte Grace in dieselbe einschlagen.

„Grace…", nickte sie lächelnd und fuhr fort:

„Also entweder wird Shurrath versuchen, dem Geheimnis hinter Feldwebel Pines Teilimmunität selbst auf den Grund zu gehen… oder er wird ihn quasi als Kuriosität an seine Brüder ausliefern, im Gegenzug zu diesen oder jenen Zugeständnissen. Dann aber steht zu befürchten, dass Feldwebel Pine nicht mehr allzu lange auf diesem Planeten verweilen wird…"

„Oh…", wanderte Natalias linke Augenbraue nach oben.

Dass Shurrath beziehungsweise die anderen Relyeh Isaac auf einen ganz anderen Planeten verschleppen könnten, war eine Möglichkeit, die weder sie noch Duke bislang in Erwägung gezogen hatten. Es machte alles noch komplizierter als ohnehin schon.

„Ich bin mir nicht sicher, was es nutzt…", fasste sich Natalia ans Kinn, „…aber im Grunde wissen wir längst, was es mit Feldwebel Pines Teilimmunität auf sich hat…"

„Ja? Was denn?"

„Nun…", zögerte Natalia noch einen Moment, ob sie Grace wirklich einweihen sollte.

„Es war einer von Shurraths eigenen Khoronenwirten, der es herausgefunden hat: Pine hat einen Gehirntumor. Das ist alles."

Grace starrte Natalia ungläubig an.

„Ein Gehirntumor…", murmelte sie.

Was für eine absurde Ironie…

Damit musste die Teilimmunität praktisch wertlos sein – ähnlich, wie die ‚Teilimmunität' eines Ziegelsteins wertlos war. Das Geheimnis des Ziegelsteins war ähnlich simpel – wenn auch aufgrund der geringeren Fallhöhe weit weniger tragisch.

Wenn Shurrath es herausfände… wie würde er reagieren? Es schien sicher, dass sich dies alles andere als positiv auf

Feldwebel Pines Überlebenschancen auswirken würde – und zwar noch bevor der Tumor zum Zuge käme.

„Gehen wir in mein Labor, Grace.", beschloss Natalia. „Entriegle dort den Speicherstick, und wir gehen deine Aufzeichnungen gemeinsam durch. Vier Augen sehen mehr als zwei!"

„Klingt nach 'nem Vorschlag…", tat Grace ein wenig so, als würde sie sich geschlagen geben.

Mit Ginny zusammen folgte sie Natalia in den Korridor und fand sich bald vor den Fahrstühlen des Gebäudes wieder. Die Anzahl und Bauform der Fahrstühle ließ sie stutzig werden:

„Äh… wie groß… wie hoch ist diese… ‚Zentralklinik'?"

Natalia lachte:

„Die Klinik ist eher eine Krankenstation. Das Gebäude hieß ursprünglich ‚The Pyramid', wegen seiner markanten, spitz zulaufenden Architektur. Es zählt achtundvierzig Stockwerke und misst etwa zweihundertsechzig Meter in der Höhe. Es ist das höchste noch intakte Gebäude der Stadt. Außerdem ist es unser neuer Regierungssitz, der alle grundlegenden Einrichtungen und Institutionen der Stadt beherbergt. Sämtliche registrierten Einwohner wohnen in einem Umkreis von zwei Kilometern."

Grace fasste sich ans Kinn:

„Ist es denn klug, alles derart zentralisiert zu organisieren?"

Natalia würdigte den Einwand mit einem anerkennenden Nicken:

„Kommt drauf an, wer oder was die Bedrohung ist. Gegen die Trife? Ja, da ist Zentralisierung das Mittel der Wahl. Gegen intelligentere Feinde? Weniger. Wir hoffen, dass die Trife auf absehbare Zeit die größte Bedrohung bleiben werden. Gleichzeitig versuchen wir für eine Welt zu sorgen, in der intelligentere Akteure keinen Grund haben, uns anzugreifen. Die neuesten Entwicklungen stellen das freilich zunehmend in Frage... aber das sind eben die Herausforderungen, denen wir begegnen müssen."

„Ich weiß noch, wie die Erde war, bevor die Trife kamen... wie die Menschen waren...", erinnerte sich Grace. „Ich glaube nicht, dass es jemals wieder so sein kann. Selbst, wenn wir die Relyeh besiegen und die Axonen das Interesse verlieren sollten, und egal, wie viel wir wieder aufbauen: Die Menschheit hat sich grundlegend verändert, und nicht zum Besseren. Ja, es gibt noch gute, aufrichtige Menschen auf der Welt. Aber die Menschheit ist wie eine Kiste schimmeliger Äpfel: ein paar gute, frische Äpfel hinzuzulegen, macht die übrigen nicht ebenso gut und frisch."

Natalia neigte den Blick zur Seite und verzog leicht den Mund:

„Der Sheriff und ich... wir haben da ein anderes Menschenbild."

„Ich auch!", schloss Ginny sich ihr an. „Und die Vereinigten Territorien sind der Beweis!"

„Vielleicht sind Menschen doch keine Äpfel... sondern eben Menschen – mit Idealen und Vorbildern.", zwinkerte Natalia, und Grace runzelte die Stirn.

Ein sanftes Jingle erklang, und die Türen des Fahrstuhls glitten auf. Grace folgte Natalia und Ginny in die Kabine. Natalia drückte die Taste der zweiten Tiefebene.

„Die Krankenstation befindet sich im zweiten Obergeschoss, die Privatquartiere im dritten. Wenn wir im Labor fertig sind, wirst du dein eigenes Quartier bekommen, Grace. Wie findest du das?"

„Das klingt... ganz ausgezeichnet!"

„Lobby und Gebäudeverwaltung sitzen im Erdgeschoss, und die Tiefebenen teilen sich in die Polizeiwache samt Fuhrpark sowie das Techniklabor auf."

„Aber... ist es nicht ein bisschen früh, mich in all das einzuweihen?", wurde Grace ein wenig stutzig.

Abrupt blieb Natalia stehen, drehte sich zu Grace zurück und sah ihr tief in die Augen:

„Sollte ich nicht? Die Khorone ist fort. Was hegst du sonst noch für Loyalitäten… Ronin?"

Das saß.

Grace musste schlucken, und sie begann zu ahnen, wie sich diese rehäugige junge Frau im rosa Angorapullover zur Anführerin einer derartigen paramilitärischen Reformbewegung hatte aufschwingen können.

Eine ewig lange Sekunde verstrich, bis Natalias Duktus wieder deutlich versöhnlicher wurde:

„Feldwebel Pine hatte ein gutes Wort für dich eingelegt, Grace. Er hat uns Kameraaufzeichnungen aus Dugway gezeigt."

„Ich wusste, dass er das tun würde!", schlug sich Grace triumphierend mit der Faust auf die flache Hand.

„Sieh es als Vertrauensvorschuss an.", setzte Natalia der Diskussion einen Schlusspunkt, und Grace nickte, erkennbar angetan.

Im nächsten Moment erklang wieder das sanfte Jingle, und die Fahrstuhltür öffnete sich. Natalia ging wieder voran.

Sie betraten das Labor – wie Grace unschwer erkannte. Wobei das Ganze fast schon eher wie ein Computermuseum anmutete:

Neben bis zum Überquellen mit allerlei Zubehör und Ersatzteilen vollgestellten deckenhohen Regalen standen auf Dutzenden, teppichartig über die Tiefebene ausgebreiteten Tischen und Pulten unzählige mal mehr mal weniger klobige Monitore und blinkende Kästen unterschiedlicher Designs, teils mit integrierten Tastaturen, teils mit separaten, und bei manchen war die Tastatur sogar bloß eine Projektion. Prominent vor einer der breiten Betonsäulen platziert, projizierte eines der eher modern wirkenden Computersysteme sogar ein dreidimensionales Hologramm in die Luft – was Graces besonderes Augenmerk erheischte.

„Wow… Was ist denn das für einer?", deutete sie auf das auffällig mattschwarz verkleidete Gerät.

Natalia musste schmunzeln, mit welcher Zielsicherheit Grace sich anschickte, unter das Feigenblatt der Sammlung zu schauen.

„Kannst du ein Geheimnis bewahren, Grace?"

„Mindestens zweihundertsechsundfünfzig Zeichen.", grinste Grace.

„Touché.", nickte Natalia anerkennend und erklärte endlich:

„Das da ist der Centurion-Computer X69000."

„Hmmm… von wann ist der?", trat Grace näher heran. „So etwas hatten wir damals noch nicht… Ein Prototyp?"

„Serienmodell. Made in Praeton."

„Südafrika??", staunte Grace, und Natalia begann herzhaft zu lachen.

„Nein, nicht Südafrika, Grace! Schon mal von Proxima Centauri gehört?"

Graces Blick wurde stutzig. In ihr Staunen mischte sich Unglaube:

„Du… willst mir doch nicht erzählen, das Ding kommt von 'nem anderen Planeten?"

Natalia zog nur die Augenbrauen hoch… und Graces Blick wurde immer skeptischer:

„Okay, und warum ist dann alles auf Englisch?"

Wieder lachte Natalia herzhaft und steckte auch Ginny an.

„Hast du schon mal was von den Pionierschiffen gehört, Grace?"

Grace erstarrte.

Natürlich hatte sie von den Pionierschiffen nicht bloß gehört – ihr war ein Platz auf einem davon zugesichert worden!

Aber hieß das etwa…?

„Sie haben es GESCHAFFT?!", fiel es Grace wie Schuppen von den Augen.

Natalia nickte und erklärte schließlich:

„Nicht nur haben sie's nach Proxima geschafft, sondern sie haben eine prosperierende Siedlung gegründet, die Mega-City namens Praeton, die in puncto technischen Fortschritts alles übertrifft, was es hier auf der Erde jemals gab."

Sprachlos zog Grace den Stuhl vor dem Pult mit dem X69000 hervor und wollte sich setzen, um das Gerät weiter zu bestaunen und die Offenbarung, die ihr gerade zuteil geworden war, ein wenig sacken zu lassen – doch Natalia rief sie weiter:

„Hier entlang, Grace! Dazu ist später noch Zeit."

Mit Mühe hielt Grace sich an und schob den Stuhl wieder zurück. Auch Ginny schien einigermaßen von dem Computer mit dem Hologramm fasziniert.

Stattdessen führte Natalia sie zu einem eher langweilig anmutenden Klappcomputer mit einem Riss im ansonsten funktionsfähigen Bildschirm. Das Modell schien nur wenig älter – oder neuer? – zu sein als jene Laptops, die Grace noch aus der Zeit vor ihrem Tiefschlaf kannte.

Auf dem flachen, breitformatigen Monitor war im Hintergrund das Foto einer fast kitschig pittoresken Landschaft zu sehen, und davor im Kontrast dazu ein schnödes schwarzes Fenster mit einer in leuchtend grüner Schrift gehaltenen, blinkenden Eingabeaufforderung.

„Bin mir nicht sicher, wie viele Versuche du brauchst, um dein zweihundertsechsundfünfzig Zeichen langes Passwort einzugeben, bin aber umso mehr gespannt darauf…", forderte Natalia Grace mit einer einladenden Geste und einem Feixen dazu auf, an der integrierten Tastatur des Klappcomputers Platz zu nehmen.

„Mein Speicherstick!", erkannte Grace das per Adapterkabel eingesteckte, kaum feuerzeuggroße graue Kästchen gleich wieder.

„Also schön…", drückte sie sich die flachen Hände durch und machte ein paar Fingerübungen… ehe sie tatsächlich in die Tasten zu hämmern begann – und das mit beachtlichem Tempo. Dennoch dauerte es eine knappe Minute, bis sie unvermittelt anhielt… und mit demonstrativ ausgestrecktem Zeigefinger in die Eingabetaste hinabfuhr.

Natalia hielt die Luft an…

Das schwarze Fenster verschwand… und an seiner Stelle erschien ein weißes Fenster mit einer Reihe von Ordner-symbolen!

„Pozz-tausend…", staunte Natalia – und Grace grinste zu ihr hinauf, als freue sie sich schon auf die Verleihung der Medaille, die sie zweifelsohne soeben gewonnen haben musste.

Die Namen der Ordner bestanden allesamt aus krypti-schen Codes. Abkürzungen vielleicht?

„Hier meine Forschungsaufzeichnungen zu den Khoro-nen…", begann Grace mit einer kleinen Führung.

Kaum, dass sie die erste Textdatei geöffnet hatte, saugten Natalias von links nach rechts und wieder zurück sausenden Augen bereits die darin enthaltenen Informationen auf wie zwei kleine Schwarze Löcher…

Grace sah ihr noch einen Moment dabei zu, dann sah sie sich genötigt, nochmals auf den dringenderen Punkt zu spre-chen zu kommen:

„Also… der Stick ist freigeschaltet. Wie steht's nun mit dem Sheriff? Wir müssen ihn kontaktieren und verhindern, dass er einen schweren Fehler begeht!"

Natalia trennte ihren Blick wieder von dem länglichen Bildschirmdokument:

„Wenn wir diese Informationen verwenden können, um die Khoronen im Ganzen unschädlich zu machen, sollte es keine Rolle mehr spielen, welcher Relyeh an Shurraths Stelle tritt, oder?"

„Ich fürchte, so einfach ist es nicht.", wandte Grace ein. „Diese Informationen werden sich nicht ohne Weiteres verall-gemeinern und übertragen lassen. Als Wirtin Keshks habe ich

Einblicke ins Kollektiv bekommen. Meine vorangegangenen Forschungsarbeiten kratzen allenfalls an der Oberfläche…"

Natalia konnte ihre Ernüchterung ob dieser Einschätzung genauso wenig verbergen wie ihre Skepsis darüber:

„Das wollen wir doch erst einmal sehen! Mein Ingenieurteam wird das alles gründlich unter die Lupe nehmen."

„Okay, Natalia… vielleicht bin ich auch bloß zu erschöpft im Moment.", wiegelte Grace ab. „Du hattest etwas von Privatquartieren gesagt?"

„Ich bring dich hin!", rief Ginny vergnügt und ließ sich von Natalia den Schlüssel geben.

„In Ordnung, Grace. In der Zwischenzeit werde ich unsere Deputys beauftragen, nach Möglichkeit Kontakt zum Sheriff herzustellen. Danke, dass du uns den Zugang zum Speicherstick freigeschaltet hast!"

Grace nickte still.

„Also komm! Ich zeig dir alles!", begann Ginny, in Richtung des Fahrstuhls zurückzulaufen. Grace folgte ihr. Das Mädchen bemerkte nicht, wie Grace mit jedem weiteren Schritt nachdenklicher wurde…

Ein Vertrauensvorschuss…

KAPITEL 12

„Es sind Feldbetten… aber mit dem Futon darauf sind sie richtig bequem! Viel besser als das, worauf ich in Graves' Saloon schlafen musste…", rief Ginny, während sie das Vorhängeschloss des kaum zwei mal drei Meter messenden Privatquartiers aufschloss, das Grace zugeteilt worden war.

Graves' Saloon in Dego…

Mit leichtem Schaudern erinnerte sich Grace an die kakerlakenverseuchte Absteige, in der sich ihr Glück dramatisch zum Schlechteren gewendet hatte.

„Und es duftet alles so gut! Wie eine Blumenwiese an einem Sommertag! Früher in Dego war ich froh, wenn's bloß nach Fusel gerochen hat…"

Das Licht ging an und Grace trat herein.

Ihr Lächeln war aufgesetzt.

Ginny schien nichts davon zu ahnen, was bevorstand.

Grace hatte schlicht keine andere Wahl.

Der Vertrauensvorschuss… kaum gegeben, stand sie nun kurz davor, ihn zu verspielen… vielleicht endgültig:

„Es tut mir leid, Ginny…"

„Ach, das haben wir doch schon geklär–…"

– wollte sich das Mädchen gerade zu ihrer neuen großen

Freundin umdrehen… als Grace es bereits mit flachen Händen in den Rücken stieß, sodass es hilflos vornüber auf das Feldbett fiel…

…worauf Grace selbst auf der Ferse Kehrt machte, den Schlüssel zog und die Privatquartiertür von außen abschloss, um Ginny somit einzusperren.

„Hey!!", konnte sie Ginny noch rufen hören, als sie zurück zum Fahrstuhl lief.

Erste Tiefebene: Fuhrpark und Wache…

Sie hasste sich dafür, Ginny buchstäblich in den Rücken gestoßen zu haben. Die Fahrstuhlfahrt gab ihr einen Augenblick Zeit, tief durchzuatmen. Ihr Puls raste. Wie lange würde es dauern, bis Ginny aus dem provisorischen Gefängnis des verriegelten Privatquartiers freikommen oder anderweitig Alarm würde schlagen können? Wenn alles gut lief, würde Grace ohnehin nur wenige Minuten benötigen, für das, was sie hier vorhatte.

Das gewohnte sanfte Jingle ertönte…

Grace sah auf die Stockwerksanzeige… Erdgeschoss? Verflucht… das hatte ihr gerade noch gefehlt!

Die Fahrstuhltür glitt auf.

Grace hielt die Luft an und versuchte dabei, sich nichts anmerken zu lassen. Rasch entschied sie sich, so zu tun, als würde sie sich ihren Pony zurechtzupfen. Ein Mann mit dicker Hornbrille, Hosenträgern und zugenknöpftem Karohemd erschien und stieg hinzu. Er stieß ein leises Brummen hervor und warf Grace einen kritischen aber flüchtigen Blick zu. Ihr wurde heiß und kalt zugleich…

Dann drückte der Mann die Taste in die zweite Tiefebene…

Verdammt… er musste gesehen haben, dass Grace in die erste Tiefebene wollte. Warf das Fragen in ihm auf? Schließlich war sie weder ein Deputy noch in Begleitung eines solchen…

Als die Fahrstuhltür wieder zuglitt, machte er jedenfalls

keinen Mucks mehr und würdigte Grace auch keines weiteren Blickes, während er versetzt mit dem Rücken zu ihr stand. Graces Nähe schien ihm eher grundsätzlich unangenehm zu sein. War das einer von Natalias Ingenieuren?

Endlich kündigte das sanfte Jingle das Erreichen der ersten Tiefebene an. Bemüht lässig und ohne jede Spur von Hast schritt Grace heraus, blieb stehen und tat so, als würde sie in ihrem Overall nach ihren Papieren oder ähnlichem suchen. Dabei konnte sie noch immer den Blick ihres Fahrstuhlmitfahrers im Rücken spüren. Geh' endlich zu, verdammt – dachte sie sich… und nach drei zähen Sekunden vernahm sie endlich von Neuem das sanfte Gleitgeräusch der Fahrstuhltürsegmente.

Unterm Strich schien es Grace nicht so, als hätte der Mann irgendeinen alarmierenden Verdacht geschöpft – so wollte sie zumindest hoffen. Spätestens jetzt aber rechnete sie damit, angesprochen zu werden – doch überraschenderweise blieb auch das aus.

Grace schluckte und ließ den Blick über die Tiefebene wandern. Drei Deputys waren in Sichtweite. Keiner von ihnen schien besondere Notiz von ihr zu nehmen. Es schien nichts Ungewöhnliches zu sein, dass jemand wie sie hier einfach hereingewandert kam… oder lag es vielleicht an ihrem grauen Overall, der demjenigen glich, den Natalia zuvor noch getragen hatte? Auf den Polizeiwachen, die Grace noch aus Film und Fernsehen kannte, war es jedenfalls immer deutlich hektischer zugegangen als hier.

Einer der drei Deputys saß neben einem großen Funkgerät und schien sich kaffeeschlürfend mit einem alten Rätselheft zu beschäftigen. Der zweite füllte augenscheinlich irgendwelche Formulare aus. Und der dritte… döste neben einer vorhängeschlossbewehrten gusseisernen Gittertür – dahinter deutlich sichtbar ein Gestell mit in Reih und Glied eingehängten Gewehren.

Jackpot…!

Grace nahm sich die Gittertür ins Visier, holte nochmals kurz tief Luft… und begann entschlossen und auf geradem Wege darauf zuzugehen.

Erst als sie bereits kaum noch zweieinhalb Armlängen vom jungen Deputy davor entfernt war, wachte dieser plötzlich auf. Im ersten Moment noch orientierungslos, richtete er sich rasch auf:

„Ma'am…?"

Grace kam ungebremst weiter auf ihn zu.

„Shit…", begriff er die plötzliche Bedrohungslage schnell und wollte bereits seinen Revolver ziehen – zu spät.

„Bleiben Sie stehen, Ma'–…" Schon hatte sie seinen Arm gepackt, verdreht und sich übers Knie gebrochen, sodass er laut aufschrie und die Waffe fallenließ. Unverzüglich las Grace diese auf und gab dem ächzend auf den Knien kauernden Deputy mit dem Knauf der Waffe den Gnadenstoß.

„HALT!", sprang der Deputy am Funkgerät auf und ließ das alte Rätselheft fallen.

Auch der dritte im Bunde hatte inzwischen aufgesehen, beobachtete die Situation jedoch lediglich. Wie es schien, waren die beiden Deputys unbewaffnet. Ein Kinderspiel…

„Aufmachen!", winkte Grace den Deputy am Funkgerät mit dem Lauf der Waffe zur gusseisernen Gittertür.

Er hob die Hände in die Höhe und kam mit furchtsamem Blick langsam auf Grace und seinen ausgeknockten Kollegen am Boden zu.

„Und auch du behältst deine Hände, wo ich sie sehen kann! Sonst verabreiche ich deinen beiden Kollegen hier eine ordentliche Bleikur!", rief sie dem dritten der Deputys zu – der nun ebenfalls zögerlich die Hände hob.

„Hört zu! Ich möchte niemanden verletzen. Ich muss mir bloß ein paar Krachmacher borgen, okay?"

„Ich… habe keinen Schlüssel…", zauderte der zweite Deputy, während er mit erhobenen Händen näherkam.

„Verarschen kann ich mich alleine!", wies Grace die Ausrede schroff zurück.

„Schlüssel finden!", deutete sie mit dem Lauf des Revolvers auf den Deputy am Boden… dann wieder auf den sich nähernden Deputy. Dabei spannte sie zwecks Nachdruck den Hahn des Revolvers – was seine anspornende Wirkung auf den störrischen Deputy nicht verfehlte. Natürlich wusste er, dass sein Kollege den Schlüssel an einer Kette gleich hinter dem Revers trug und zog das Ganze prompt hervor.

Ein metallisches Klacken erklang, und die gusseiserne Gittertür öffnete sich…

Grace stieß dem Deputy sanft, aber bestimmt den Lauf in den Rücken, um ihn vorangehen zu lassen.

„Ich bin auf eurer Seite…", heischte sie um Entschuldigung. Jedoch war offensichtlich, dass die Deputys ihr kein Wort glaubten.

Zu ihrer freudigen Überraschung fand sie, aufgehängt am Wandgestell zur Linken, ihren treuen Jagdbogen samt Köcher und Pfeilen wieder – den sie ohne zu zögern gleich als Erstes schulterte. Hinzu kamen ein Revolver samt Holster und Patronengürtel sowie ein Kippladegewehr samt zweier Patronenschachteln, die Grace leidlich in den Cargotaschen ihres Overalls verstaute. Das musste genügen.

„Zum Fahrstuhl!", trieb sie den Deputy aus dem Waffendepot heraus.

Kaum standen sie vor der Fahrstuhltür, ertönte das sanfte Jingle – allerdings ohne, dass Grace die Ruftaste gedrückt hatte.

Die Fahrstuhltür glitt auf.

„Grace?!", rief Natalia, sichtlich überrascht.

Augenblicklich stieß Grace den Deputy zur Seite, betrat die Fahrstuhlkabine und bedrohte die Gouverneurin, während sie mehrmals auf die Taste zum Schließen der Fahrstuhltür eindrosch.

Mit erkennbarem Zögern und Widerwillen hob Natalia

die Hände – eher wie Grace zum Gefallen, als dass sie sich tatsächlich dazu genötigt sah.

„Was soll das Theater, Grace?"

„Sorry, Natalia. Ich habe es im Guten versucht. Wenn ich den Sheriff finde, werde ich ihm alles erklären. Ich bin sicher, er wird es verstehen."

„Grace…", erwiderte Natalia mit einem seufzenden Tonfall und ließ die Schultern hängen. „Ich habe dir doch gesagt, ich werde veranlassen, dass meine Leute Kontakt zu ihm aufnehmen!"

„Sorry… nicht gut genug! Ich kann diese Sache nicht anbrennen lassen, Natalia!"

„Du hättest auch einfach sagen können, dass du wieder aufbrechen willst…"

„Klar, hätte ich. Und hättest du mich dann auch gehen lassen?"

Natalias Schweigen war Antwort genug.

Grace drückte die Taste fürs Erdgeschoss, und der Fahrstuhl setzte sich in Bewegung.

„Ich weiß, in welcher Richtung der Sheriff unterwegs ist. Ihn aufzuspüren sollte nicht allzu schwierig sein."

Natalia nickte:

„In Ordnung, Grace. Wenn es bloß das ist, was du willst, kannst du den Revolver wieder einstecken. Es ist nicht nötig, mich als Geisel zu nehmen. Mal abgesehen davon, dass der letzte, der das versucht hat, teuer dafür bezahlen musste…"

„Wie kann ich darauf vertrauen, dass du mich gehen lässt?"

„Du hast mein Ehrenwort als Gouverneurin. Außerdem giltst du nicht als Gefangene, sondern als offizieller Gast von außerhalb. Du kannst im Wesentlichen gehen, wann und wohin du willst."

„Vor wenigen Stunden noch hattet ihr mich mit schweren Eisenbändern an eine Liege gefesselt…"

„Das hat sich ja geändert, in dem Moment, als wir uns

sicher sein konnten, es nicht länger mit einer Marionette Shurraths zu tun zu haben! Es war zu unser aller Schutz und Sicherheit. Auch zu deiner!"

Unvermittelt drehte sich Natalia um und sah Grace direkt in die Augen. Es war ein Vertrauensbeweis. Sie wusste, dass der Hahn des Revolvers gespannt war, und dass jede kleinste unerwartete Regung einen Schuss hätte lösen können...

„Du. Hast. Mein. Wort.", beschwor sie Grace mit todernstem, eindringlichem Blick.

Grace schnaubte.

Das sanfte Jingle des Fahrstuhls ertönte...

...und sie löste den Hahn und senkte den Lauf.

Die Fahrstuhltür glitt auf.

„Ich gehe voran.", bestimmte Natalia.

Grace nickte, sichtlich mit sich ringend. Also wandte sich Natalia nun der Lobby zu, betätigte die Verzögerungstaste, um die Fahrstuhltüren am Schließen zu hindern, und trat heraus.

Vier Deputys warteten bereits auf sie – mit Revolvern im Anschlag.

„Ist in Ordnung, Jungs. Bloß ein Missverständnis. Waffen runter.", wies Natalia sie an. Nach kurzem Zögern taten sie wie angewiesen.

„Miss Salk hat sich entschieden, vorzeitig aufzubrechen, und das ist ihr gutes Recht."

Die vier Deputys wichen auseinander, um den Weg freizumachen.

Seite an Seite gingen die beiden jungen Frauen auf den Haupteingang zu. Das Licht des sonnigen Tages schmeichelte dem hellen, pollierten Steinboden...

„Du brauchst einen fahrbaren Untersatz, oder?"

Grace entsannte sich einen Moment – dann:

„Wo ist Minerva, mein Pferd?"

„In den Ställen in der ersten Tiefebene. Aber du wirst Hayden nicht per Ross einholen – das garantiere ich dir!"

Grace sah sich um und dachte nach.

„Wie wär's mit einem Motorrad?", deutete sie schließlich auf einige der blütenweiß verkleideten Gefährte, die zwischen den markant winkligen Betonpfeilern des Eingangsbereichs geparkt waren.

„Klar, such' dir einfach eins aus!", bot Natalia freimütig an – was Grace zunächst mit einem ungläubigen Blick erwiderte. „Sind alle getankt und voll einsatzbereit!"

Die Gouverneurin schien es ernst zu meinen.

„Egal welches?", vergewisserte sich Grace.

„Komm!", winkte Natalia sie zu sich und ging weiter die Säulenarkade entlang.

„Dieses hier hat sogar einen Beiwagen!", machte sie Grace auf eines der dort geparkten, gleichsam weiß verkleideten Motorräder aufmerksam.

Grace hatte solch ein Gefährt nicht einmal in Erwägung gezogen… aber es war… perfekt!

Natalia sah ihr gleich an, dass die Entscheidung gefallen war, und so begann sie, noch schnell in ihrer Hosentasche herumzukramen… um schließlich einen kleinen, silberfarbenen Anstecker in Form eines Sterns hervorzuziehen.

„Trag diesen Kommunikator mit dir.", überreichte sie diesen Grace. „Er ist bereits mit Haydens Kommunikator-Stern verlinkt. Sobald er in Reichweite kommt, kannst du darüber in Kontakt treten."

Grace nahm den Anstecker entgegen und heftete ihn sich gleich ans Revers ihres Overalls – und Natalia überreichte ihr den Motorradhelm.

„Danke, Natalia. Noch irgendwelche Tipps für unterwegs?", setzte Grace sich den Helm auf.

„Stell keine Dummheiten an… und pass mir auf meinen Purzel auf…"

„Mach ich!", musste Grace grinsen, während einer der Deputys herbeigeeilt kam und Natalia die Motorradschlüssel übergab.

„Ich vertraue dir.", wurde Natalias Ausdruck wieder deutlich ernster, als sie die Schlüssel weiterreichte.

Grace war sich nicht ganz sicher, was sie davon halten sollte, dass Natalia das abermals unterstrich… nach alledem. Mit ihrem Blick erwiderte sie Natalias Ernst und nickte stumm. Dann schwang sie sich aufs Motorrad auf, steckte den Zündschlüssel ein und ließ den Motor aufröhren. Das kraftvoll markige Grollen der Maschine ließ den Boden erzittern…

Natalia trat einen Schritt zurück, und im nächsten Moment setzte sich die bullige Maschine rasant in Bewegung.

In einem engen Halbkreis lenkte Grace das Gefährt aus seiner Parkposition – endgültig bereit, diese Fahrt ins Ungewisse anzutreten.

Sie sah noch einmal zu Natalia zurück.

Die Gouverneurin hob zum Abschied sanft die Hand, und Grace klappte das Visier des Helms herunter. Dann wandte sie ihren Blick der Straße zu… und mit einem weiteren lautstarken Röhren begann das Gefährt, dieselbe herabzuschießen wie ein geölter Blitz.

Grace war entschlossen.

Entschlossen, das in sie gesetzte Vertrauen nicht zu enttäuschen…

über kurz…

oder lang…

KAPITEL 13

Die absonderliche Westernkutsche aus Metall quietschte, klapperte und schepperte unentwegt – und das trotz der riesigen vulkanisierten Reifen, auf der sie fuhr.

Freilich ging es querfeldein, sodass die Geräuschkulisse zumindest nicht ausschließlich auf die provisorische Fertigungsweise des Gefährts zurückzuführen war. Das Dutzend Pferdehufen ließ eine riesige Staubwolke aufsteigen, die noch aus Kilometern Entfernung zu sehen sein musste.

Isaac wunderte sich, weshalb Camila nach einigen Stunden kontinuierlicher Fahrt über den zwar streckenweise zerklüfteten, teils überwucherten und durch Schrott versperrten, aber im Vergleich dennoch deutlich geschmeidigeren Asphalt einen plötzlichen Sinneswandel gehabt zu haben schien und Dutch, den Kutscher, zum Ausscheren angewiesen hatte. Es schien fast so, als versuchte sie bewusst, bestimmte Ortschaften und Straßenabschnitte unterwegs zu umfahren. Dabei hatte Isaac den Eindruck, dass es sich eher um einen Umweg denn um eine Abkürzung handelte.

Irgendetwas sagte ihm, dass der Sheriff etwas damit zu tun haben musste. Wenn es auf diesem Planeten jemandem gab, dem Isaac zutraute, ihn aus diesem Schlamassel herausholen zu können, dann war es der Sheriff… oder die Gouverneurin, mit Unterstützung der Deputys des Sheriffs. Selbst ein Wesen wie dieser Shurrath fürchtete den Sheriff… oder nahm ihn zumindest als reale Bedrohung wahr. Sicherlich war er diesem Gesinde bereits dicht auf den Fersen – oder war das bloß Wunschdenken?

Isaac musste sich bremsen.

Mochte Sheriff Duke auch ein noch so harter und furchtloser Knochen sein – sowie ein virtuoser Revolverschütze: Er war dennoch bloß ein Mann.

Isaac war mehr als einmal Zeuge gewesen, wie Duke dem Schnitter nur mit letzter Not von der Klinge gesprungen war. Wie oft würde ihm Fortuna im Angesicht zahlen- und ressourcenmäßig überlegener Feinde noch beistehen? Selbst eine Katze hatte nicht mehr als neun Leben…

„DUTCH!", riss Camilas quäkende Stimme Isaac unsanft aus den kreisenden Gedanken.

„TOILETTENPÄUSCHEN! GOTT, MUSS ICH PISSEN!"

Nur mit Mühe verkniff Isaac sich den Kommentar.

„Ich müsste auch mal…", pflichtete er ihr stattdessen halblaut bei.

„Hab' ich mir schon gedacht, Feldwebelchen!", lächelte Camila.

„Alexander! Gib Acht, dass unser Feldwebelchen nicht daneben pinkelt!"

Der Hüne hatte Isaac während der gesamten bisherigen Fahrtdauer gegenüber gesessen und ihn nur leer angeglotzt. Kein einziges Wort war ihm entwichen. Noch hatte er irgendeine nennenswerte Regung gezeigt. Er hatte etwas von einem Wachhund…

Nun aber beugte er sich zu Isaac vor… und entkoppelte mittels seiner klobigen Pranken und mit fast wundersamem Geschick Isaacs Handschellen von der Karosserie der Kutsche…

Krachend und quietschend ging die Tür auf, und Isaac

musste die Augen zusammenkneifen – so gleißend war der Sonnenschein im Vergleich zum geradezu düsteren Inneren der Fahrgastkabine.

Schon hatte Alexander Isaac unsanft am Kragen gepackt… und mit einem beherzten Ruck ins Freie befördert. Dort wartete bereits ein weiterer Shurrath-Jünger mit Gewehr im Anschlag auf Isaac – welcher zunächst so tat, als würde er sich bloß die Beine vertreten wollen.

„Für kleine Feldwebelchen geht's hier entlang!", kam nun auch Camila aus dem Wagen hervor und deutete auf einen einsamen, mannshohen Felsbrocken in etwa zwanzig Metern Entfernung.

Sie packte Isaac an der Schulter – ihr eiserner Griff eine unausgesprochene Drohung – und schob ihn gewaltsam voran, in Richtung des Felsens. Er fügte sich, wenn auch nicht ganz ohne Widerstand.

„Wie lange bist du eigentlich schon Khoronenwirtin?", heuchelte er Interesse. Auch Camila hatte die ganze bisherige Fahrt in der eisernen Kutsche kaum ein Wort gesagt. Es war Isaac nicht entgangen, dass sie die Pause nicht nur zur Verrichtung ihrer Toilette brauchte.

„Seit vier Jahren, Feldwebelchen.", zeigte sie sich entsprechend auskunftsfreudig.

„War es… du weißt schon… freiwillig?"

„Kann man vielleicht so sagen."

„,Vielleicht'?"

„Ich hatte mich verliebt… in einen Jünger Shurraths."

„In Alexander?"

Camila lachte:

„Ich bitte dich! Alexander ist ein tollwütiger Hund, den Ushke nicht umsonst an der ganz kurzen Leine hält."

„Ushke… seine Khorone?"

„Jep. Jeder ist auf der Hut vor ihm. Selbst heute noch kommt es vor, dass er Ushke nicht gehorcht. Oder zumindest sollen wir das glauben…"

„Nur eine Masche?"

Camila zuckte mit den Schultern.

Sie gingen um den Felsbrocken herum. Da bemerkte Isaac, dass Alexander, neben der eisernen Kutsche wartend, ihn nicht aus den Augen gelassen hatte.

„Keine Hemmungen, Feldwebelchen.", grinste Camila und zog sich vor Isaacs Augen ungeniert die Hotpants herunter, während sie in die Hocke ging.

Für einen Moment erwog Isaac, ob er die Situation nicht ausnutzen und die Beine in die Hand nehmen sollte… doch gab es hier weit und breit nichts, was nach einem sicheren Unterschlupf aussah, und sowohl in Sprint und Marathon waren die Khoronenwirte ihm sicherlich haushoch überlegen.

Also drehte er Camila den Rücken zu und zog den Reißverschluss seiner Hose auf, um sich bei dieser Gelegenheit wenigstens zu erleichtern.

„Der Marinefeldwebel geniert sich!", lachte Camila.

„Es nennt sich Anstand und Sitte.", konterte er.

„Als würde hier irgendjemand außer dir Wert darauf legen, Feldwebelchen! Bis einfach hoffnungslos altmodisch… oder eben ein kleines, verklemmtes Mimöschen…"

Isaac seufzte und konzentrierte sich lieber darauf, sein kleines Geschäft zu verrichten. Da hatte er einen Einfall…

Er schüttelte und zog den Reißverschluss zu.

„Ich bin mir sicher, Shurrath wird es zu würdigen wissen."

„Seit wann gibst du einen Pfifferling darauf, was Shurrath zu würdigen weiß, Feldwebelchen?", schlang sie unvermittelt von hinten ihre Arme um Isaac und schmiegte sich an ihn. Nur mit Mühe konnte er sich beherrschen, sie nicht augenblicklich zurückzustoßen.

„Ich hatte ein bisschen Zeit, nachzudenken… über alles."

„So, Feldwebelchen?"

„Ja… Vielleicht… vielleicht hast du Recht. Woran klammere ich mich noch fest? An einer vergangenen Welt…"

„Er hat deinen Sohn auf dem Gewissen, oder nicht? Und für dich ist das noch nicht allzu lange her…", stellte Camila ihn auf die Probe. „Wie hieß der kleine Lümmel noch? Jason?"

„Ich kann nicht in der Vergangenheit hängen bleiben. Ich bin in eine ganz neue Welt aufgewacht. Als Marines lernen wir, das Beste aus jeder Situation zu machen."

„Ich muss sagen, du erstaunst mich, Feldwebelchen!", strich sie ihm über Brust und Schultern, und er musste sich weiterhin beherrschen, um sich nicht anmerken zu lassen, wie zuwider ihm ihre körperlichen Aufdringlichkeiten eigentlich waren.

„Die Wahrheit ist…", fuhr er fort, „…ich habe mich Sheriff Duke nur deshalb angeschlossen, weil er für mich da war, als ich Hilfe brauchte. Weil Junk nie wirklich erklärt hatte, was es mit alledem tatsächlich auf sich hatte. Ich kam mir überwältigt vor. Aber inzwischen hatte ich Gelegenheit, über all das nachzudenken… verstehst du?"

„Ich wusste, dass du zu Sinnen kommen würdest, Feldwebelchen…", lehnte Camila ihren Kopf an seinen Nacken.

„Nur eine Sache verstehe ich noch nicht ganz…", wandte Isaac ein. „Nämlich weshalb ihr alle solche Furcht vor Sheriff Duke habt."

„Ich fürchte den Sheriff nicht!", unterstrich Camila gleich.

„So? Was sonst war der Grund für die plötzliche Änderung der Fahrtroute?"

In diesem Moment hörte Isaac Schritte im Sand nahen.

Er sah auf… Es war Alexander.

Der grimmig dreinblickende Hüne kam schnurgerade auf Isaac zu.

„Wir führen den Sheriff in die Irre! Was denn sonst?", lachte Camila, während Isaac mehr und mehr kalter Schweiß auf die Stirn zu treten begann.

„Mit seiner Spürnase wird der Sheriff unserer Spur

folgen… genau zu diesem Felsbrocken hier. Und rate mal, wer bereits auf ihn warten wird…"

„Ein Hinterhalt…", murmelte Isaac, und zum ersten Mal sah er Alexander grinsen…

„Ich weiß nicht…", gab Isaac offen seine Skepsis zu Protokoll. „Glaubst du nicht, die Spürnase des Sheriffs wird ihn auch den Hinterhalt bereits zehn Meilen gegen den Wind riechen lassen?"

„Mag schon sein, dass er etwas ahnen wird.", räumte Camila ein. „Aber wenn er dich befreien will – und das will er – dann wird er kaum eine andere Wahl haben!"

Also hatten sie aus Isaac regelrecht einen Köder gemacht, um Duke ins Verderben zu locken…

„Okay, aber…"

„Aber…?"

„Immerhin hat der Sheriff Cain besiegt. Ich meine ja nur."

Der Einwand rang Camila nur ein müdes Lächeln ab.

„Cain war ein Bär von einem Kerl – kein Zweifel. Aber Alexander ist anders – eine Klasse für sich. Er war einer der ersten offenen Anhänger Shurraths. Er hatte Ushke aus Überzeugung angenommen. Es heißt, er war einst ein Space-Force-Marine – so wie du, Feldwebelchen."

Isaac bekam große Augen:

Wie… wie alt war dieser Alexander??

Camila fuhr fort:

„Es heißt, es habe damals ein riesiges Raumschiff gegeben, auf dem er zusammen mit vielen anderen Offizieren und Offiziellen von der im Chaos versinkenden Erde fliehen wollte… doch sein Platz wurde ihm im letzten Moment verweigert. Sie überließen ihn seinem Schicksal. Doch dank Shurrath konnte er dem Schicksal ein Schnippchen schlagen! Die Trife konnten ihm nun nichts mehr anhaben. Stattdessen entwickelte er übermenschliche Kräfte und Fähigkeiten… und erlangte biologische Unsterblichkeit. Seine Rache an jenen, die ihn betrogen hatten, war fürchterlich…"

Mit einem kleinen Salut nickte sie Alexander noch einmal zu… dann kehrte sie mit Isaac zur eisernen Westernkutsche zurück.

Sie stieg zuerst ein. Als Isaac ihr gefolgt war, hatte sie bereits Platz genommen… und er wusste nicht recht, was er nun tun sollte:

„Wirst du mich nicht anketten…?"

Doch Camila fasste sich bloß an die Gesäßtasche ihrer Hotpants und zog schließlich zwei kleine, über einen Ring verbundene Handschellenschlüssel hervor – die sie Isaac prompt entgegenwarf. Überrascht fuhr er zusammen und konnte den winzigen Bund noch im letzten Moment auffangen.

„Ein kleiner Vertrauensvorschuss, Feldwebelchen. Lass es mich nicht bereuen…"

Noch einen Augenblick sah er ihr in die Augen, als wolle er sich vergewissern, dass es ihr Ernst war – dann schloss er sich rasch und mit routiniertem Griff die Handschellen auf und schleuderte diese in die Ecke, als wären sie ein widerlicher Parasit, von dem er sich soeben befreit hatte.

Es sollte eine Bewährungsprobe sein – kein Zweifel.

Berechtigterweise: Denn er wollte Camilas Vertrauen gewinnen, um es zu missbrauchen. Das war der Plan.

Und doch…

Was sie ihm gerade über Alexander enthüllt hatte, gab ihm zu denken…

KAPITEL 14

DU KANNST NICHT ENTKOMMEN.

DU KANNST DICH NICHT ANSCHLEICHEN.

MEINE AUGEN SIND IMMER UND ÜBERALL.

MEINE HÄNDE REICHEN VON HIER BIS IN DIE EWIGKEIT.

DIE ERDE IST MEIN.

Shurraths Worte hallten in Dukes Kopf vor und wider…

Hatte der glücklose Welteneroberer nicht Recht? War nicht selbst er, der Kleinste und Niedrigste unter seinesgleichen, nicht mindestens eine Nummer zu groß für so ein kleines, wenn auch renitentes Menschlein?

Die Niederlage schien mehr als wahrscheinlich. Und doch bereute Duke seine Entscheidung keineswegs, alleine gegen Shurraths zu Felde zu ziehen. Es war ein Kampf von David gegen Goliath. Alles andere hätte bloß Illusionen geweckt.

Sollte ‚David' unterliegen, dann würde wenigstens nur er allein die unmittelbaren Konsequenzen zu spüren bekommen. Zwar würde Shurraths Rachsucht wohl noch weitere Opfer suchen, doch Nat war in Sanisco und hätte so zumindest einen Schritt Vorsprung – eine Chance.

Außerdem rückte die Ankunft Ricos allmählich in greifbare Nähe. Wenn es eine menschliche Institution gab, die sich Hoffnung machen konnte, erfolgreich Widerstand gegen einen außerirdischen Möchtegernweltherrscher zu leisten, dann war es wohl das technisch und organisatorisch der Erde himmelhoch überlegene Proxima. Das Problem dabei war bloß, dass Duke Proxima und nicht zuletzt dem Trust zutraute, mit Shurrath kurzerhand gemeinsame Sache zu machen und diesem etwa gegen ein paar Sicherheitsgarantien die Erde mit rosa Schleifchen zum Geschenk zu geben…

Doch selbst das schien Duke immerhin noch als ein selbstbestimmteres Schicksal, als Shurrath einfach so seinen Willen zu lassen. Von Proxima verraten und verkauft fühlte er sich ohnehin längst. Nun… teilweise.

Proxima war Fluch und Segen zugleich.

In Gedanken versunken besah Duke sich seine beiden Roboterarme – vor allem seinen Linken, den technologisch fortschrittlicheren der beiden – Made in Praeton. Wie oft hatten ihm seine beiden Roboterarme schon das Leben gerettet? Andererseits machten sie ihn schon von Weitem als Sheriff Duke erkennbar. Der Bevölkerungsanteil der Menschen mit einer einzelnen Roboterprothese betrug ohnehin nur knapp mehr als ein Prozent. Zwei Roboterarme zu haben, machte Duke zum sprichwörtlichen bunten Hund.

Vielleicht lag genau darin… das fehlende Puzzleteil.

Als Einzelkämpfer war er bereits schwerer zu fassen denn als Armee. Wenn er seine Sichtbarkeit noch weiter reduzieren wollte… dann bräuchte er eine Tarnung. Eine gute Tarnung – besser als die Klamottenkistenfundstücke, die er zu diesem Zweck bereits in einer der Satteltaschen verstaut hatte. Und er hatte schon eine Idee, wo er diese Tarnung herbekommen könnte…

Ein neuer, geänderter Plan formte sich in Dukes Kopf. Wenn alles gut lief, würde ihm das, was er zu dessen Umsetzung benötigte, regelrecht in den Schoß fallen…

Anderthalb Tage war die skurrile Episode mit Hatter

bereits her. Seitdem war Duke auf Zorros Rücken ohne Unterbrechung der Fährte des verdächtigen Fahrzeugs gefolgt. Diese war derart deutlich und kontinuierlich, dass in ihm der Verdacht gereift war, dass man sie nicht ohne Absicht hinterlassen hatte. Er war auf diese Fährte gelockt worden.

Mit anderen Worten: Der Weg führte in eine Falle.

Just in diesem Moment bemerkte Duke, dass die Fährte erstmals von der Interstate herunter führte – querfeldein, was ihn noch stutziger machte.

Er ritt weiter.

Nach kurzer Zeit erschien am Horizont just eine weitere verlassene Kleinstadt. Das Zentrum der Ortschaft bildete eine Handvoll von Läden, um die sich ein paar Apartmentgebäude scharten, und um diese herum mehrere Teppiche typischer Vorstadthäuschen in Reih und Glied.

Hier hatte das Fahrzeug angehalten – wie eine deutlich sichtbare Ölpfütze attestierte.

In einen bemüht dekorativen, wenn auch längst stark verwitterten und vermoosten Granitblock am Straßenrand war zwecks einstiger Immobilienvermarktung der Name des kleinbürgerlichen Wohngebiets eingraviert:

‚EASTWIND ESTATES'

Die pastellgelben Häuschen und ihre Einfahrten samt einst penibel gepflegter Rasenflächen glichen einander fast wie ein Ei dem anderen. Einerseits war dies der Nachhall einer Vorstadtidylle, um die Duke die Menschen der Vergangenheit beneidete. Andererseits war die bedrückende, konformistische Monotonie dieses Orts selbst nach zweihundert Jahren von Krieg und Verfall kaum zu übersehen – und Duke wusste aus den Filmen in Duncans Archiv, dass Orte wie dieser auch bei den damals lebenden Menschen mitunter als ‚spießig' verschrien waren. Gut gemeint war eben längst nicht immer gut gemacht…

Lediglich der heruntergekommene, teils vandalisierte Zustand des Ganzen vermittelte einen Hauch von Rebellion.

Die Sonne war gerade hinter dem Horizont versunken, doch nirgends brannte Licht. In oder an fast jeder Einfahrt stand noch immer ein mehr oder weniger stark zerfallenes und überwuchertes Autowrack – mit einer Ausnahme, die sofort Dukes Augenmerk erfasste: ein aufgebohrter Bolide mit angeschweißten Panzerplatten, Spikes und Nietenpaneelen, wie er in der Gegenwart typisch war für so ziemlich alle Gangs, Paramilitärs und alles dazwischen.

Auch das Häuschen, vor dem das Fahrzeug geparkt war, schien sich in einem weniger zerfallenen und teils renovierten Zustand zu befinden – auch wenn hier ebenso alle Fenster dunkel waren.

Am Beginn einer der Zufahrtsstraßen, die in einigem Abstand parallel zum fraglichen Häuschen lag, hielt Duke Zorro an und stieg ab.

Querfeldein pirschte er sich durch das hohe Gras der Nachbargrundstücke heran – auf den Hintereingang zu. Immer wieder stieß er dabei auf die Überreste von Zäunen sowie auf Gartenmöbel, Dreiräder und andere Objekte aus Plastik, die sich dem Zahn der Zeit widersetzten.

Duke versuchte sich jenen Moment vorzustellen, als deren Besitzer zum letzten Mal Hand an diese angelegt hatten. Es war fast so, als würde ihre Gegenwart den Gegenständen noch immer anhaften. Nicht von ungefähr war einst der Begriff der ‚Geisterstadt‘ entstanden…

Ein leichter Schauer hatte Duke überkommen, als er schließlich nur noch wenige Schritte vor dem Grundstück des fraglichen Häuschens stand – den Hintereingang vor Augen. Die anbrechende Dunkelheit brachte die fahlen Farben noch einmal zum Flimmern…

Bevor Duke noch einen weiteren Schritt aus dem Schutz

des wuchernden nachbarlichen Gestrüpps heraus wagen sollte, zog er seinen rechten Revolver und spannte den Hahn. Nun war mit allem zu rechnen.

Waren die Besitzer des geparkten Boliden zu Hause? Lagen sie auf der Lauer? Falls sie zu Hause waren, sprach die Abwesenheit brennenden Lichts für Letzteres...

Mit geschwinder Vorsicht trat Duke an die Hintertür heran. Er spitzte die Ohren. Nichts...

Mit der Linken fasste er den noch immer silbern glänzenden Türknauf... und drehte daran. Es tat ein sanftes Klicken... die Tür ging auf.

Im Innern war es fast finster.

Es blieb still.

Aus der Innentasche seines Westernmantels zog Duke die kleine, feuerzeuggroße Taschenlampe hervor, die für solche Fälle zur Standardausrüstung aller Ordnungshüter der Vereinigten Territorien gehörte. Der fahle Lichtkegel ließ ein Meer winziger Staubpartikel aufleuchten und enthüllte als Erstes einen leeren Wandschrank, umgeben von schimmeligen Wänden, die zweifelsohne wesentlich zu dem muffig abgestandenen, teils holzigen, teils kellerartigen Geruch beitrugen, der Duke entgegenschlug. Nicht an Dukes erfahrene Forensikernase drangen hingegen Spuren von Schweiß- oder Parfumgeruch, die eine kürzliche Gegenwart von Personen verraten hätten.

Nach allem Dafürhalten schien das Haus verlassen.

Ermutigt, aber keineswegs übermütig ging Duke mit weiterhin gespitzten Ohren voran und ließ den Lichtkegel seiner Taschenlampe flink und zielsicher von einer Ecke zur nächsten huschen.

Schließlich erreichte er das Wohnzimmer, von wo aus er durchs Fenster den geparkten Boliden sehen konnte – samt der Ölpfütze, die sich unter diesem gebildet hatte. Radabstand und Reifenprofil entsprachen genau der Fährte, die Duke bis hierhin verfolgt hatte.

Das alles legte ihm folgende Schlussfolgerungen nahe:

Erstens hatte er hier das Versteck der Entführer beziehungsweise der Mittelsmänner gefunden. Zweitens waren sie bereits weitergezogen – vermutlich, um Isaac an ihren Auftraggeber auszuliefern. Und drittens:

Sie waren auf ein anderes Fahrzeug umgestiegen.

Duke löste den Hahn seines Revolvers wieder, machte Kehrt und lief denselben Weg zurück aus der Hintertür hinaus ins Freie. Nun aber ging er gleich um das Haus herum, um sich den geparkten Boliden genauer anzuschauen. Doch auf halber Strecke über den Kiesweg an der Seitenwand des Hauses entlang trat er plötzlich in etwas hinein, was das typische Knirschen des Untergrunds unter seinen Stiefeln missen ließ… etwas Weiches…

Leise fluchend blieb Duke stehen, denn ihm schwante bereits, um was es sich handelte: „Shit…"

Ein stattlicher, noch recht frischer Haufen Pferdeäpfel – wie ihm seine Taschenlampe wie auch seine Forensikernase rasch bestätigten.

Zorro? Nein. Der stand noch immer zwei Straßen entfernt und zupfte dort am Gestrüpp herum.

Ein weiteres Schwenken der Taschenlampe verriet, das hier ringsum noch eine Reihe weiterer entsprechender Dunghaufen versammelt waren. Die Entführer waren also auf wortwörtliche Pferdestärken umgesattelt… was lediglich die naheliegendste, am weitesten verbreitete alternative Transportmöglichkeit gewesen war. Weitaus überraschender war aber die Tatsache, dass über die äußersten der Dunghaufen ganz außen wiederum neue Reifenspuren verliefen. Reifen wie die eines Traktors…

Hatten diese Pferde etwa einen Traktor abgeschleppt? Oder vielleicht wahrscheinlicher noch: eine Art bereifte Kutsche hinter sich hergezogen?

Eklektische Gefährte solcher Art waren Duke nicht unbekannt. Die Not machte erfinderisch…

Duke verfolgte die Spur der vermeintlichen Traktorreifen weiter, bis sie mangels weichem Untergrund endete. Sie deutete jedoch eindeutig auf die Straße hin. Und tatsächlich: In etwa hundert Metern Entfernung lag bereits der nächste Dunghaufen – verteilt und in die Länge gezogen vom Tempo der nun im Lauf befindlichen Tiere.

Doch während Duke auf die Straße trat, fiel der Lichtkegel seiner Taschenlampe eher zufällig auf das genau gegenüber liegende Nachbarhaus… dessen Fronttüre einen Spalt offen stand…

Aus dem Stand und mit dem Revolver weiterhin im Anschlag sprintete er im toten Winkel des Spalts darauf zu, um direkt neben der Tür in Deckung zu gehen. Er hielt inne und spitzte erneut die Ohren.

Nichts.

Duke holte nochmals tief Luft… dann schnellte er aus der Deckung empor und trat mit einem wohldosierten Tritt die Tür auf!

Sofort registrierte er den Geruch erst kürzlich gegrillten Fleischs. Dieses Haus also war der eigentliche Unterschlupf der Entführer gewesen. Oder der Bewohner des gegenüberliegenden Hauses wies schlicht einen ungleich ausgeprägteren Ordnungssinn auf…

In diesem Haus nun jedenfalls hatten sie eher gehaust als gewohnt – wie nicht zuletzt der chaotische Zustand der Küche verriet. Der Boden dort war mit zerbrochenen Tellern und Gläsern übersät… die Küchenspüle war zur Feuerstelle zweckentfremdet worden.

Ein plötzliches Knarzen der Treppe ließ Duke um die eigene Achse fahren. Augenblicklich schlug ihm das Herz bis unters Kinn!

Der Schein seiner Taschenlampe fiel auf die teils sichtlich morschen Holzstufen, die ins Obergeschoss führten. Er lauschte.

Nichts.

Leisen Fußes ging er weiter auf die Treppe zu und spannte erneut den Hahn seines Revolvers…

Kaum am Fuße derselben angekommen, brauchte er den Schein seiner Taschenlampe nicht erst hinaufzulenken, um der funkelnd gelben Schlangenaugen gewahr zu werden, die von der obersten Stufe auf ihn hinabsahen…

Augenblicklich spreizten sich Dukes Instinkte wie die Schnurrhaare einer Katze in der Nacht… und er wusste sofort, dass es nicht ins Leere gehen konnte, wenn er jetzt mit seinem rechten Ellenbogen nach hinten fuhr…

Prompt stieß das mit Axonenharz verstärkte Metall gegen den Schädel des Lackledernen, der sich von hinten an Duke herangepirscht hatte!

Ein erschrockenes Kreischen bestätigte den Treffer und führte die Mündung von Dukes Revolver zielsicher an die Schläfe des dämonischen Spießgesellen – noch während der erste Trife am oberen Ende der Treppe fauchend zum Sprung ansetzte.

BLAMM!

Eine Zuckung von Dukes rechtem Zeigefinger hatte genügt, um die tapezierten Wände mit Trife-Hirn zu besudeln.

Rasch versuchte Duke, seine Aufmerksamkeit wieder dem nun im Sprung befindlichen Artgenossen zuzuwenden… doch zu Dukes Vorteil landete dieser unglücklich auf einer der besonders morschen unteren Stufen der Treppe, die dem Gewicht sogleich mit einem mürben Krachen nachgab und die Kreatur unter lautstarkem Protest bis zum Hals im hölzernen Unterbau versinken ließ!

Hilflos kreischend versuchte sie noch, sich aus der misslichen Lage zu befreien – wobei Duke nurmehr den aus dem geborstenen Holz hervorlugenden, hin- und herwippenden Kopf zu sehen bekam.

„Nicht dein Tag heute, was?", brummte er und setzte dem

Trife den Lauf seines Revolvers zum Gnadenschuss an die unförmige Stirn…

…BLAMM!

Der kreischende Protest verstummte, noch ehe der Knall verhallt war.

Dann wurde es wieder still.

Den rauchenden Lauf des Revolvers weiterhin dort, wo eben noch der Trife-Schädel war, hielt Duke erneut inne und lauschte.

Das Tropfen und Rinnen von Trife-Blut…

Das Rascheln des Winds in den Bäumen…

Das Zirpen von Grillen in der einsetzenden Nacht…

DU KANNST NICHT ENTKOMMEN.

DU KANNST DICH NICHT ANSCHLEICHEN.

MEINE AUGEN SIND IMMER UND ÜBERALL.

MEINE HÄNDE REICHEN VON HIER BIS IN DIE EWIGKEIT.

DIE ERDE IST MEIN.

Wieder hallten diese Worte in Dukes Gedanken nach.

Er richtete sich auf, entrenkte sich Hals und Schultern und steckte den Revolver zurück ins Holster.

„Freu dich nicht zu früh…", raunte er.

Galt das Shurrath oder ihm selbst?

Er war sich nicht sicher…

KAPITEL 15

Da es also schon Nacht war, beschloss Duke, aus der Not eine Tugend und im gemachten Nest Rast zu machen – so schäbig und verkommen dieses auch sein mochte.

Rasch fand er ein Bett im Obergeschoss, von dem er sich anhand der markanten Spuren am Metall des Bettgestells sicher war, dass Isaac mit Handschellen daran gefesselt gewesen war. Die leere Folie einer Rolle von Notrationskeksen der USSF auf dem Fußboden vor dem Nachttischchen stützte diesen Verdacht weiter.

In gewisser Weise stellte es einen Akt der Solidarität dar, dass Duke nun die Nacht in demselben Bett verbringen würde. Freilich hoffte er auch, dass er durch diesen Perspektivwechsel eventuell weiterführende neue Erkenntnisse würde gewinnen können.

Zudem war es das einzige Zimmer, dessen Tür sich verriegeln ließ. Zwar rechnete Duke in dieser nestfernen und territoriumsnahen Gegend nicht mit weiteren Trife – denn bei den beiden Exemplaren auf der Treppe hatte es sich offensichtlich um gezielt von den Entführern hier abgestellte Super-Trife gehandelt, deren Hauptaufgabe darin bestanden haben durfte, die Nachricht von Dukes Eintreffen ans Relyeh-Kollektiv zu übermitteln – doch sicher war sicher.

Zorro hatte er an einer benachbarten Regentonne getränkt und dann im Wohnzimmer angebunden. Die Satteltaschen hatte er mit nach oben genommen und unters Bett geschoben.

Die Fährte, der geparkte Bolide, die offene Fronttür, der Trife-Empfang, die Keksrollenfolie… So stümperhaft konnten die Entführer gar nicht sein – selbst, wenn es sich bloß um Zwischenmänner handelte. Die Spuren waren absichtlich hinterlassen, wenn nicht sogar gezielt gelegt worden.

Sie WOLLTEN, dass Duke sie findet.

Shurrath zog die Strippen.

Duke wollte wetten, dass er schon in Kürze einem zweiten Hatter oder ähnlichem begegnen würde. Nach dem, wie die Begegnung mit dem ersten verlaufen war, rechnete er jedoch nicht mit einer erneuten Einladung zum Teekränzchen…

Aus der Jagd nach den Entführern war ein absonderliches Haschmichspiel geworden. Ein Pfad der Prüfung.

Doch ob Spiel oder Ernst: Duke war bereit, allem die Stirn zu bieten und am Ende die Oberhand zu gewinnen… oder seinem Schicksal ins Gesicht zu sehen.

Die Nacht verstrich ohne Zwischenfälle.

Auf ordentlichen Schlaf war selbst für einen wie Duke freilich nicht zu hoffen. In solchen Nächten handelte es sich eher um ein meditatives Ausruhen der Augenlider, aber auch das war besser als nichts.

Zum Frühstück gab es – wie sollte es auch anders sein – USSF-Notrationskekse aus der eigenen Satteltasche, die Duke sich mit einer Feldflasche des Regentonnenwassers samt darin zergangener Desinfektionstablette herunterspülte.

‚PIZZA HAWAII' war in kargen Lettern auf der Keksrolle aufgedruckt. Duke konnte sich wenig darunter vorstellen, und der teils herzhafte, teils süßlich pikante Geschmack der Kekse gab ihm kaum weiteren Aufschluss.

Als er durch die Fronttüre nach draußen trat, wurde er

von der herrlichen Morgensonne und einigem Vogelgezwitscher begrüßt. Mit Inbrunst sog er sich Nase und Lungen mit der wunderbar frischen Morgenluft voll. Tatsache aber war, dass er durch seine Rast mit Sicherheit viele Stunden Zeit verloren hatte – denn die Khoronenwirte brauchten weder Schlaf, noch mussten sie ihre Augenlider ausruhen.

Er musste der Versuchung widerstehen, Zorro zum Galopp anzuspornen. Nicht nur aus Tierliebe, sondern auch weil er nicht riskieren wollte, den treuen Rappen vorzeitig zu erschöpfen.

Mit erneuertem Tatendrang schwang Duke sich auf.

„Hüh…!", brachte er Zorro sanft auf Trab – nun der Fährte aus Pferdeäpfeln und Traktorreifen folgend.

Die Sonne hatte bereits ihren mittäglichen Zenit erreicht, als die Fährte nach vielen Kilometern plötzlich den zerklüfteten Asphalt verließ und einen Knick ins offene Gelände, auf die weite, sandige Ebene hinaus vollzog.

Was zum Teufel suchten sie da draußen?

Es gab bis zu den flachen Hügeln am fernen Horizont nichts zu sehen außer ein paar kleinen Büscheln Gestrüpps… und einem auffälligen Felsbrocken, etwa auf zwei Dritteln der Entfernung bis zum Horizont… und die Fährte aus Traktorreifenspuren und gelegentlichem Pferdedung führte geradewegs darauf zu. Schnell wuchs in Duke die Gewissheit, dass auch dies kein Zufall war: Der Felsbrocken war der nächste ‚Checkpoint'.

Duke atmete tief durch, zog seinen rechten Revolver hervor und begann, gleichsam geradewegs auf die augenfällige Landmarke zuzureiten, die keinem Laien jemals aufgefallen wäre.

Nach etwa zwanzig Minuten kontinuierlichen Trabs erreichten Zorro und er den fraglichen Felsen. Die Traktorreifenspuren hier waren besonders tief, und die Pferdeäpfeln bildeten wieder mehrere diskrete Haufen. Sprich: Die Entführer hatten genau hier Halt gemacht.

„SCHLUSS MIT DEN FAXEN!", rief Duke lauthals und derart unvermittelt, dass Zorro dies mit einem leicht aufgeschreckten Schnauben und Hufescharren quittierte.

Mit einem Schuss aus dem Revolver, den der Fels in einen heulenden Querschläger verwandelte, unterstrich Duke die Aufforderung.

Und tatsächlich:

Nach wenigen Sekunden begann sich hinter dem Felsbrocken etwas zu regen! Erst kam ein Schatten hervor…

…dann eine Gestalt:

„SALUTATIONEN, SHERIFF.", rief sie.

Duke traute seinen Ohren kaum.

Der monotone, fast robotische Tonfall… die gespreizte Wortwahl… Das konnte doch nicht…

„…Max?!"

Der verwilderte Hüne, der hinter dem Felsen hervortrat, hatte ansonsten keine Ähnlichkeit mehr mit demjenigen Max, den Duke zuletzt auf dem alten Industrie- und Gewerbegelände nahe Sanose gesehen hatte. Dennoch hatte Duke unverkennbar den Axon vor sich – und dieser erkannte offenbar auch ihn, Duke, wieder. Hatte Max etwa… Besitz von einem der Entführer ergriffen?

Es machte Sinn, so zerstört, wie sein alter Körper – der des Centurion-Feldwebels Hale – zuletzt gewesen war.

„KORREKT, SHERIFF.", bestätigte der Axon im neuen Leib Dukes Versuch der Ansprache.

„Was zum Teufel machst du hier?!"

„EVALUATION: HINTERHALT AUF SHERIFF HAYDEN DUKE VEREITELT DURCH SOMATISCHE ÜBERNAHME DES ANGREIFERS."

„Pozz-tausend…", raunte Duke anerkennend und lüftete kurz seinen Sheriff-Hut.

„Aber… wieso? Bist du… bist du Bastard mir den ganzen Weg etwa gefolgt?"

„WIEDERGUTMACHUNG FÜR STRATEGISCH UNGE-

RECHTFERTIGTE ELIMINIERUNG DER KHORONEN-WIRTIN ‚RAIN‘.“

„Pozz-tausend…!“, raunte Duke erneut, lüftete abermals seinen Sheriff-Hut und wischte sich dabei mehrmals durchs Gesicht.

„Ermordet hast du elender Bastard sie!“

„KORREKTUR: LAUT AKTUELLSTER LOKALER GESETZGEBUNG ENTSPRACH TATHERGANG EINER SOGENANNTEN ‚TÖTUNG IM AFFEKT‘.“, erwiderte Max – wie gewohnt bar emotionaler Regung.

„Das hat nicht der Täter zu entscheiden!“, hielt Duke dem energisch entgegen. Und doch musste er sich eingestehen, dass Max nicht ganz Unrecht hatte: Er war nach menschlichem Maßstab offensichtlich ein kompletter Psychopath – was er auch vor Gericht hätte geltend machen können… sofern es denn überhaupt noch Gerichte gab, welche die Bezeichnung verdienten.

„KORREKT: DIE ENTSCHEIDUNG LIEGT WEDER BEIM TÄTER… NOCH BEIM SHERIFF.“

Duke blieb die Spucke weg.

Derartige Dreistigkeit musste sich einer mal zutrauen!

So weit waren die Dinge nun also gekommen, dass sich ein Sheriff von nobelstem Großmut und fast unbefleckter Integrität mit gemeingefährlichen Irren juristische Exegese-Duelle lieferte… und dabei auch noch den Kürzeren zog!

Eine Tatsache jedenfalls bestand darin, dass Max’ Erscheinen ein unverhoffter Segen war: Denn er war ein potenter Mitstreiter, den zu opfern Duke keinerlei Skrupel verspürte:

„Du durchgeknallter Kurzschlusskiller hoffst also noch immer, dass ich dich zu Shurrath führe, oder?“

„KORREKT.“

„Und bis es soweit ist, versuchst du mir den Rücken freizuhalten?“

„KORREKT.“

„Dann möchtest du unseren Deal erneuern?"

„KORREKT: BEGEHRE KONTINUIERUNG UNSERER MUTUALISTISCHEN RELATION."

Duke runzelte die Stirn.

„Nun… meinetwegen. Aber damit eines klar ist: Das macht uns nicht zu Freunden! Es ist ein reines Zweckbündnis! Und meine Rechnung mit dir bleibt offen! Vielleicht für immer, aber sie bleibt offen!"

„EINVERSTANDEN: JEDER AUF SEINE EIGENE RECHNUNG."

Duke seufzte und fasste sich angestrengt zwischen die Augen.

Was erwartete er von Max?

Jede Absprache mit dem Axon im Menschenkörper war Makulatur – so viel war inzwischen mehr als erwiesen. Das Arrangement, das sie trafen, entsprach in etwa dem zwischen einem Halter und dessen Kampfhund…

„Wie lange bist du schon hier?", wollte Duke von Max wissen.

„ANKUNFTSZEITPUNKT AN AKTUELLEN GEOKOOR-DINATEN: FÜNF UHR DREIUNDDREIßIG UND SECH-ZEHN SEKUNDEN, U.T.C. MINUS SIEBEN."

„Also noch vor Sonnenaufgang…"

„TAKTISCHER VORTEIL: ANGRIFF IM SCHUTZ DER DUNKELHEIT."

„Motherf–…", konnte Duke sich gerade noch bremsen – obgleich er sich sicher war, dass solche Beschimpfungen an Max abperlten wie Schmieröl an einem Lotusblatt.

„SOMATISCHE ÜBERNAHME ERFOLGTE GEGEN ERHEBLICHEN WIDERSTAND DES SPENDERS…", bemerkte Max noch… und Duke wollte schwören, dass ein süffisantes Schmunzeln über die Lippen des Axons im Menschenkörper huschte…

Dann deutete Max, einem Wegweiser gleich, in südöst-liche Richtung:

„FÄHRTE ENDET IN DREI KOMMA NEUN NULL FÜNF METERN VON HIER. KOORDINATION ERFORDERLICH ZWECKS BESTIMMUNG DER WEITEREN REISEROUTE."

„Das Etappenziel steht bereits fest.", brummte Duke und deutete stattdessen ostwärts. „Merk dir schön diese ‚Geokoordinaten', denn wir werden später hierhin zurückkommen."

„WARNUNG: VORGESCHLAGENE ROUTE IST TEMPORAL INEFFIZIENT."

„Aber taktisch notwendig! Wir werden so, wie wir gerade sind, kaum an Shurrath herankommen. Du kannst ihn vielleicht ein wenig täuschen, aber mich wird man erkennen wie `nen bunten Hund!"

„INKOMPATIBLE PRÄMISSE: SPEZIES HOMO SAPIENS SAPIENS VERFÜGT ÜBER KEIN TESTION!", wandte Max ein.

„Wart's nur ab, Max!", brummte Duke mit einem verschmitzten Lächeln auf den Lippen:

„Ihr Axonen habt mich auf eine Idee gebracht…!"

KAPITEL 16

Ohne Hast und mit moderatem Tempo näherte sich Grace den äußeren Grenzen Havens.

Der Anblick der zerfallenen, aber da und dort im Wiederaufbau befindlichen Skyline weckte Erinnerungen in ihr... gemischte Gefühle. Zuletzt war sie mit Cain hier gewesen. Einen Tanklastwagen hatten sie gekapert, im Vorhaben, damit die Treibstoffdepots der Vereinigten Territorien in die Luft zu jagen. Dutzende Ordnungskräfte hatten ihr Leben gegeben. Der Auftrag war gewesen, so viel Chaos wie möglich anzurichten, um Sheriff Duke zu bestrafen und zu zermürben.

Shurraths plötzlicher Sinneswandel, den Sheriff stattdessen töten und Feldwebel Pine entführen zu lassen, hatte eine neue Dynamik erzeugt... und die Dinge waren aus dem Ruder gelaufen. Immerhin aber hatte Shurrath eines seiner Ziele erreicht: Der Feldwebel war nun in seinen Händen – und damit der Schlüssel zur endgültigen Eroberung der Erde, wie Shurrath annahm. Es war nur eine Frage der Zeit, bis er seinen Irrtum erkennen würde...

Sie war die Nacht durchgefahren – bis auf eine kurze Ruhepause, als ihr die Augen zuzufallen begannen und sie beinahe im Straßengraben geendet hätte... Auf freier Flur hatte sie sich mit dem Revolver im Anschlag in den Beiwagen eingelümmelt… und war sofort eingeschlafen.

Als sie wieder aufwachte, war die Sonne gerade hinter dem Horizont hervorgekommen. Das war eine gefährliche Nachlässigkeit gewesen, und Grace ärgerte sich, da sie es eigentlich besser wusste. Überall sonst auf dem Kontinent wäre sie von ungebetenen Besuchern geweckt worden – ob von Trife oder von Gesocks. Die Zeit als Khoronenwirtin hatte sie leichtsinnig gemacht.

Sie musste sich bremsen und spürte nun plötzlich auch den dumpfen Schmerz, der sich von ihrer rechten Brust bis in den rechten Unterarm zog. Doktor Hess hatte sie gewarnt, dass ihr Arm noch zu schwach sein würde.

Noch halb schlaftrunken hievte sie sich aus dem Beiwagen und nahm ihren Jagdbogen hervor. Wieder bestätigte sich Doktor Hess Warnung: So sehr sie sich auch bemühte, sie konnte die Bogensehne kaum anziehen.

Die nächste Stunde verbrachte sie also damit, es wieder und wieder zu versuchen und sich zwischendurch mittels wiederholter Bewegungsübungen den Teufel aus dem Arm zu treiben. Der Erfolg war bescheiden, aber messbar.

Jedenfalls war sie heilfroh, sich auch mit den diversen Feuerwaffen eingedeckt zu haben. Ansonsten hätte sie an diesem Punkt gleich Kehrt machen können. Stattdessen aber setzte sie ihre Motorradreise fort…

…wobei sie unterwegs an einen vor ihr fahrenden Tanklastwagen heranfuhr und diesen schließlich überholte. Nicht nur war es ein merkwürdiges Gefühl, überhaupt einem anderen motorisierten Fahrzeug zu begegnen, geschweige denn einem Tanklastwagen… aber mehr noch, dem Deputy am Steuer lächelnd zuzuwinken, während dieser das Nebelhorn blies.

Ziviler Umgang miteinander…

Menschlichkeit…

Ruhe und Ordnung… das alles waren Dinge, die einem in

dieser bedrückenden, fortdauernden Periode der Weltge-schichte allzu rasch abhanden kamen. In diesem Moment, noch mehr als zuvor, konnte Grace nachvollziehen, dass dies alles wiederherzustellen das eigentliche Angebot der Verei-nigten Territorien an die Menschen war... und auch, weshalb es verfing. Zum ersten Mal seit langer Zeit... vielleicht über-haupt... hatte Grace das Gefühl, auf der richtigen Seite der Geschichte zu stehen.

Das weiße Motorrad mit dem Sheriff-Emblem Saniscos zog die Blicke der Havener auf sich – und nicht nur wegen des Beiwagens. Auch Haven war eine friedvoll lebendige Stadt, ähnlich wie Sanisco. Die Ordnungskräfte winkten Grace zu, und Grace erwiderte die Geste.

Heiß und kalt wurde ihr schließlich, als sie direkt auf einen der Ranghöheren zufuhr. Würde einer von ihnen sie als Terroristin wiedererkennen – in ihrem neuen Outfit und als Fahrerin eines der offiziellen Dienstfahrzeuge Saniscos? Falls ja... wie würde sie reagieren? Was, wenn sie Grace auf der Stelle festnehmen wollten?

Da erinnerte sie sich an das Abzeichen, das Natalia ihr gegeben hatte. Das mussten sie respektieren!

Sie fuhr an den Officer heran. Der stand neben einem recht futuristisch wirkenden, weiß verkleideten und allem Anschein nach elektrisch betriebenen vierrädrigen Dienst-fahrzeug. Lediglich die angeschweißten Panzer- und Nieten-paneele sowie ein offenbar sehr eilig aufgesprühtes unleserliches Graffiti in leuchtendem Pink verankerten es in der Gegenwart.

Als Grace anhielt, trat der Officer gleich freundlich aber bestimmt an sie heran. Grace sah ihm gleich an, dass er das Wort erheben wollte und sie stillschweigend aufforderte, den Motor abzustellen – was sie auch prompt tat.

„Guten Morgen, Kollegin.", grüßte er sie mit einem leicht unterkühlten Lächeln... und augenblicklich entwich Grace die Angespanntheit wieder.

„Guten Morgen!", lächelte sie zurück – bemüht, nicht vor Freude zu strahlen. „Ich bin Grace… Grace Salk!"

„Deputy Rumi. Freut mich sehr. Da haben Sie ja einen tollen Untersatz, Deputy Salk…"

„Miss Salk…", korrigierte Grace und realisierte gleich, dass das vielleicht nicht das Klügste gewesen war…

Deputy Rumis linke Augenbraue wanderte nach oben.

„Ich… äh…", kam Grace ins Drucksen, „…komme aus Sanisco und arbeite für Gouverneurin Duke…"

Deputy Rumis Blick war deutlich ernster geworden.

Einen Moment lang schien er eine Schnute zu ziehen… dann:

„Sie gestatten, Miss Salk…"

Unvermittelt fasste er ihr ans Revers und zog den Sternanstecker ab.

Hey, Moment mal!

Im ersten Moment wollte sie protestieren, verkniff es sich aber.

Geflissentlich besah sich Deputy Rumi den Anstecker. Dann legte er ihn sich auf die flache, behandschuhte Hand… tippte ihn an und drehte ihn rasch auf die andere Seite. Die LED begann, rot zu blinken…

Dann drehte Rumi den Anstecker abermals um… und gab ihn nach kurzem Zögern endlich an Grace zurück.

„Vielen Dank, Miss Salk. Bloß ein Routine-Check. Wir haben es neulich mit vielen Hochstaplern und Fälschungen zu tun."

„Botter?", hakte Grace mit verständnisvoller und sichtlich erleichterter Miene nach.

„Botter, Modder… aus deren Werkstätten kommen die Dinger. Aber was kann ich für Sie tun, Miss Salk?"

„Bisschen Sprit wär nicht schlecht.", grinste Grace. „Paar frische Klamotten… und ein bisschen Kleingeld, für alle Fälle. Die Fahrt geht in Richtung südlich der Territorialgrenze."

„Ich dachte erst, Gouverneurin Duke hätte Sie zu uns geschickt. Was sollen Sie denn dort unten?"

„Ich betreibe Nachforschungen. Leider bin ich nicht befugt, mehr dazu zu sagen."

„Na schön, Miss Salk.", schmunzelte Deputy Rumi. „Es steht mir nicht zu, Gouverneurin Dukes Arrangements zu hinterfragen. Folgen Sie mir zur Wache, und ich sorge dafür, dass Sie bekommen, was Sie brauchen."

Damit öffnete der Deputy die gleichermaßen kompakte wie extravagante Flügeltür seines Elektrogefährts und stieg ein. Grace klappte das Visier herunter und ließ ihr Motorrad röhren. Rumi fuhr los, und Grace ließ sich eskortieren…

Die Menschen Havens standen denen Saniscos in puncto Geschäftigkeit und augenscheinlicher Zufriedenheit in nichts nach. Sie trafen sich auf Marktplätzen, saßen in Bistros, tratschten, verhandelten, liefen von A nach B. Nach den Maßstäben der Konsumwirtschaft führten sie noch immer ein bescheidenes, fast kärgliches Dasein, aber wirklich zu vermissen schienen sie nichts. Sportwagen, Luxusreisen, Markenklamotten, elektronische Gadgets mit eingebautem Verfallsdatum und tausende Varianten von überteuertem Junkfood aus nichts als Zucker, Salz, Fett und Chemie zur Auswahl – das waren allenfalls Mythen längst vergangener Zeiten für diese Menschen. Gehandelt wurde, was gerade erhältlich und von Nöten war. Das ein oder andere Schman-kerl oder Kleinod brachte bloß der Zufall daher – und es wurde umso mehr gewertschätzt und ausgekostet. ‚Ex und hopp' war ein Frevel. Stattdessen wurde repariert und wiederbenutzt, was sich nur irgendwie reparieren und wiederbenutzen ließ.

Es war ein schlichteres, ruhigeres Leben. Ein glücklicheres Leben. Eine Insel der Glückseligen. Grace beneidete die Have-ner. Und sie ahnte nun:

Die Dukes – der Sheriff und seine Gouverneurin – wollten nicht einfach den Glanz einer verblichenen Welt des Überfluss wiederherstellen, sondern eine BESSERE Welt schaffen. Eine Welt des rechten Maßes – eines Maßes, das sich am Menschen orientiert statt an Megakonzernen und Megalomanie…

Rumis Wagen fuhr vor ein Gebäude aus hellem Stein vor, auf das weithin sichtbar ein Abbild in etwa des gleichen Ansteckers aufgemalt war, den Grace am Revers ihres Overalls trug. Darunter waren per Schablone schwarz die Lettern ‚U.W.T.' aufgesprüht. Beiderseits des Eingangs waren zwei weitere Deputys als Wachen postiert – die Gewehre einsatzbereit.

Grace hielt an, stieg ab und schloss zu Rumi auf, der bereits einen Fuß auf die erste Stufe der marmornen Treppe gesetzt hatte.

„Erwarten Sie Ärger, Deputy?", sah sie zu den beiden Wachen hinauf, die mit ernster Aufmerksamkeit die Umgebung überschauten.

„Nun… wir hatten erst vor ein paar Tagen einen ziemlich ernsten Zwischenfall, bei dem wir eine Menge verdammt guter Leute verloren haben…", klang Rumi einigermaßen zerknirscht.

Graces Atem stockte:

„Was… was war passiert?"

Sie wusste natürlich genau, wovon der Deputy redete.

„Terroristen haben einen unserer Tanklastwagen gestohlen. Sie sind dafür über Leichen gegangen – mit äußerster, gnadenloser Brutalität."

Ein kalter Schauer überkam Grace:

„Hat… hat man sie gefasst, die Terroristen?"

„Leider noch nicht. Der Überfall geschah in dunkler Nacht. Es ging alles blitzschnell."

Da fiel Rumis Blick auf den Jagdbogen samt Köcher auf Graces Rücken…

„Ob Sie's glauben oder nicht: Bei alledem waren die Terroristen kaum bewaffnet. Sie sind mit roher, händischer Gewalt vorgegangen. Nur einer von ihnen schoss mit Pfeilen…"

„Oh…", folgte Grace mit gespielter Überraschung Rumis Blick.

„Ah… entschuldigen Sie, Miss Salk. Ich wollte damit keinesfalls andeuten, dass… Aber lassen Sie uns doch bitte erst einmal hineingehen! Dort wartet Chief-Deputy Nance auf uns!"

„Klingt wie 'ne Idee…", schmunzelte Grace leicht nervös.

Raschen Schrittes folgte sie Rumi die breite Treppe hinauf und betrat dicht hinter ihm schließlich die Wache. Die Räumlichkeiten waren etwas schwach beleuchtet, aber ansonsten allem Anschein nach penibel gepflegt. Es war erst unlängst gestrichen worden, wie der noch immer recht aufdringliche Geruch in der Luft bezeugte.

Etwas einsam stand ein vereinzelter Schreibtisch aus braunem Massivholz im Halbdunkel – erleuchtet von einer altmodischen aber stilsicheren Schreibtischlampe, in deren Schein ein weiterer Officer über einigen Papieren brütete…

Die Halle wirkte deutlich größer und nobler, als es den Erfordernissen dieser Polizeiwache entsprochen hätte – beinahe ein wenig verlassen…

Der Zellentrakt zur Rechten war ebenso leicht einzusehen und mit nur einem schnarchenden Trunkenbold von dicklicher Statur eher ‚unterbelegt' – sofern man diesen Begriff hierfür bemühen wollte.

Erst jetzt kam aus der bogenförmig eingefassten breiten Türe in der Mitte an der hinteren Wand der Halle ein weiterer Officer hervorgetreten. Er kam direkt auf Grace und Rumi zu, war aber noch zu beschäftigt, einen Stapel Papiere durchzusehen und auf die Uhr zu schauen…

…bis er es in wenigen Metern Entfernung schließlich doch aufsah.

Grace erstarrte.

„Ah, Sie sind es!", rief der athletisch schlanke junge Mann mit der makellosen aschblonden Seitenscheitelfrisur.

Graces Lächeln gefror.

Sie erkannte den Kerl wieder!

Und offensichtlich erinnerte er sich auch an sie!

„Sie haben Miss Salk bereits kennengelernt, Chief-Deputy Nance?", fragte Deputy Rumi leicht verwundert.

„Nicht namentlich. Aber wir sind einander bereits begegnet… vor ein paar Tagen…", antwortete der Chief-Deputy. Sein eindringlicher, musternder Blick ließ Grace schlucken.

„Es war in Digger's Pub. Sie war mit ihrem Bruder dort zu Gast."

– womit er Grace die Hand entgegenstreckte:

„Chief-Deputy Steven Nance."

Grace wurde ein wenig schwindelig – so heftig fiel die Anspannung von ihr ab. Einen Moment lang musste sie sich sammeln, ehe sie die freundliche Begrüßungsgeste des Chief-Deputys erwidern konnte.

„Grace Salk. Freut mich sehr, Chief-Deputy."

„Steve.", lächelte er charmant.

„Sie waren also erst vor ein paar Tagen hier mit ihrem Bruder in Haven zu Besuch?", hakte Rumi nach.

„Äh… ja… da waren wir gerade auf dem Weg nach Sanisco, um uns mit der Gouverneurin zu treffen. Mein Bruder ist noch dort.", rang Grace darum, die Nerven zu bewahren.

Argwohn schlich sich in Rumis Blick.

„Es ist wegen des Bogens, oder, Deputy?", schmunzelte der Chief-Deputy.

„Ich… äh…", kam Rumi ins Drucksen.

„Ich meine: Der Grund, weshalb Sie hier jetzt Verdächtigungen anstellen und bereits mit dem Verhör von Miss Salk begonnen haben, ist der Jagdbogen, den sie mit sich führt, oder nicht? Weil zufälligerweise auch einer der Terroristen eine Vorliebe für diese Waffe hatte…"

„Nun ja, Sir…"

„Ich weiß Ihren Ermittlungseifer sehr zu schätzen, Deputy… aber eine Schwalbe macht noch keinen Sommer…"

„Natürlich nicht, Sir, aber…"

„Den Anstecker an Miss Salks Revers werden Sie ja wohl bereits überprüft haben…"

„Gewiss…"

„Und?"

„Er scheint authentisch zu sein, Sir."

„Na, sehen Sie! Und sagten Sie nicht, Miss Salk wäre mit einem offiziellen Dienstfahrzeug hier? Meinen Sie nicht, Sanisco hätte uns längst verständigt, wenn das nicht mit rechten Dingen zuginge?"

„Ich muss mich entschuldigen, Miss Salk…", wandte sich Deputy Rumi gesenkten Hauptes Grace zu.

„Schon in Ordnung, Deputy…", lächelte sie verlegen. „Auch ich weiß Ihren Ermittlungseifer zu schätzen!"

„So löst sich alles in Wohlgefallen auf!", lachte Chief-Deputy Nance und lud Grace ein, an einem der massivhölzernen Schreibtische Platz zu nehmen.

„Darf ich Ihnen etwas zu Trinken bringen lassen, Miss Salk? Sie schauen durstig aus…"

KAPITEL 17

Noch ehe Grace das großzügige Glas Eistee zur Hälfte hatte austrinken können, war Deputy Rumi bereits mit einem Stapel frischer Klamotten erschienen, um die junge Frau zu den Duschräumen fürs Personal zu führen.

Ihr neues Outfit war eher nach ihrem Geschmack als der gewöhnungsbedürftige graue Ingenieur-Overall: eine gut getragene, bereits etliche Male mit Jeansstoff und Leder geflickte Bluejeans, ein hellgrauer Hoodie und darunter ein zuvor sogar noch in Folie eingeschweißtes kastanienbraunes T-Shirt – das dem kleinen, schlicht beschrifteten Aufkleber nach aus dem stadteigenen Textilwarenkombinat stammte. Hinzu kamen ein Paar fingerloser Industriehandschuhe, ein Paar violetter Wildlederstiefeletten…

…und als i-Tüpfelchen ein kastanienbraunes Bandana sowie eine Gürteltasche mit ein paar Magazinen für ein MK10-Sturmgewehr und Patronen für den Kipplader. Um diese Dinge hatte Grace speziell gebeten… und sie war doch einigermaßen erstaunt, dass Nance und seine Leute sie in so kurzer Zeit tatsächlich hatten beschaffen können.

Neben der Gürteltasche hatte sie auch die bereits vorhandenen Schalenkoffer ihres Motorrads mit allerlei Equipment füllen lassen, das auf einer tage- und nächtelangen Fahrt durch Trife-verseuchtes Gebiet von Nöten sein könnte.

Da klopfte es an der Tür zum Umkleideraum.

„Haben Sie alles, was Sie brauchen, Grace?", schallte Chief-Deputy Nances Stimme zu ihr hindurch.

Kurz fuhr Grace zusammen… dann antwortete sie rasch:

„Es ist alles komplett und perfekt! Respekt, dass Sie das alles so schnell bereitstellen konnten! Ich war mir nicht sicher, ob ich nicht zu viel verlange!"

„Wir freuen uns, dass wir helfen können, und betrachten es als kleine Leistungsabfrage von Seiten der wundervollen Frau Gouverneurin, damit wir nicht einrosten!", lachte er.

Noch immer musste Grace an die Episode mit Rumis Verdachtsäußerung denken. Der Deputy hatte den richtigen Riecher gehabt. Es tat ihr leid, dass er dafür eine Bloßstellung kassiert hatte. Sie beschwichtigte ihr schlechtes Gewissen damit, dass auch sie nicht wirklich gelogen hatte: Ohne den Segen der Gouverneurin wäre sie nicht hier. Manchmal war die Wahrheit komplex…

„Grace?"

Er war noch da?

„Ja… äh… Steve?"

„Ich weiß ja nicht, wie Ihre Planung ausschaut… aber ich glaube, ich schulde Ihnen noch eine kleine Stadtführung, oder? Immerhin ist Haven die zweitgrößte Stadt der Territorien… und es gibt eine Menge zu entdecken…"

Grace verdrehte die Augen… musste dann jedoch breit grinsen.

Hatte er darum Himmel und Hölle in Bewegung gesetzt, ihr alle ihre Wünsche zu erfüllen? Für ein Date?

„Unter allen anderen Umständen wirklich gerne, Steve. Aber ich fürchte, ich habe wirklich nicht die Zeit."

„Schade… Nun ja… vielleicht ein ander Mal? Auf dem Rückweg?"

Seine Hartnäckigkeit brachte Grace erneut zum Grinsen.

„In Ordnung, Steve. Auf dem Rückweg.", gab sie nach.

„Ist das eine feste Verabredung?"

„Ist es."

„Alles klar!", konnte der Chief-Deputy den Jubel in seiner Stimme kaum verhehlen…

Mit einem Schmunzeln schnallte Grace sich die Gürteltasche um die Taille – so, dass diese nicht den Zugriff auf ihre beiden Revolver behinderte. Dann schulterte sie Köcher und Jagdbogen. Schließlich noch das MK10.

Als sie die Umkleide wieder verließ, stand der Chief-Deputy einige Meter entfernt, mit dem Rücken zu ihr, mit der Schulter an die Wand des Korridors gelehnt – augenscheinlich erneut in seine Papiere vertieft. Als er ihre Schritte hörte, drehte er sich rasch zu ihr um.

Sie blieb stehen.

„Grace… Sie schauen eher so aus, als würden Sie in die Schlacht ziehen, statt auf Forschungsexpedition…", bekundete er lächelnd sein Erstaunen.

„Von einer Forschungsexpedition war nichts gesagt…", widersprach Grace der Prämisse. „Ich habe den Auftrag, Nachforschungen zu einer potenziellen Bedrohung gegen die Territorien anzustellen."

„Ach so ist das…", wurde der Blick des Chief-Deputys plötzlich deutlich ernster. „Hat jene potenzielle Bedrohung etwas mit den neulichen Geschehnissen hier zu tun?"

„Potenziell ja…"

„Grace… warum haben Sie das nicht gleich klargestellt? Warum erfahre ich das erst jetzt?"

„Macht es denn einen Unterschied? Was dachten Sie denn, wozu ich die ganze Munition brauche?"

„Gegen die Trife? Gegen Banditen?"

„Weder die einen noch die anderen gibt es hier in nennenswerter Zahl. Den Ball flach zu halten ist Teil meines Auftrags…", versuchte Grace, sich zu erklären.

Der Chief-Deputy wollte etwas entgegnen… doch noch

ehe das erste Wort seinen Mund verließ, hielt er plötzlich inne und sah auf, als habe er etwas gehört, das er lieber nicht gehört hätte…

Da merkte Grace es auch:

Der Fußboden bebte!

Dann auch die Wände!

In Intervallen… schubweise…

Chief-Deputy Nance hielt sich den Zeigefinger vor die Lippen:

„Psssst…"

Sie rührten sich nicht… lauschten…

Da bebten Fußboden und Wände erneut… und die von der Decke hängenden Lampen begannen hin und herzupendeln…

„Merkwürdig…", murmelte Nance.

„Was ist merkwürdig?!", hakte Grace mehr als beunruhigt nach, erhielt jedoch keine Antwort. Stattdessen begann Nance, den Korridor hinabzulaufen, auf die Durchgangstüre zu. Grace heftete sich ihm an die Fersen.

Sie passierten einen weiteren Korridor, eine weitere Durchgangstür und fanden sich schließlich in der Haupthalle der Wache wieder. Graces Augenmerk fiel auf den großen blauen Tank des Wasserspenders.

Ein weiteres Rumsen… und über die Wasseroberfläche im Tank zogen sich konzentrische Ringe…

„Goliath?", kam Deputy Rumi auf Nance zugelaufen.

„Dachte ich erst auch… aber es ergibt keinen Sinn!", erwiderte der Chief-Deputy.

„Vielleicht ist er bloß auf dem Durchmarsch, Sir?"

Nance fuhr sich durch die Frisur, als es abermals rumste…

Die Heftigkeit der Beben nahm eindeutig weiter zu!

„Chief!" – kam eine krächzende Stimme aus Nances Sternanstecker.

„Was gibt's?"

„Wir haben einen Goliath auf dem Radar… aus südlicher Richtung!"

„Aus SÜDLICHER Richtung?!", schien der Chief-Deputy seinen Ohren kaum zu trauen.

„Korrekt, Chief! Schaut aus, als ob das Kerlchen genau auf Haven zustapft!"

„Treibt er irgendwelche Trife vor sich her?"

„Negativ, Chief! Weit und breit keine Trife in Sicht!"

„Merkwürdig…"

„Steve, rufen Sie höchste Alarmstufe aus!", rief Grace dazwischen. „Alle Bürger müssen sich in den Untergrund zurückziehen!"

Sichtlich aufgebracht kam Nance auf Grace zu:

„Was wissen Sie hierüber, Grace? Was geht hier vor? Hat das etwas mit der ‚potenziellen Bedrohung' zu tun?"

„Ich… bin mir nicht sicher… aber ich fürchte, ja…"

Nance entzischte ein Fluchen, und er wandte sich an seine Deputys:

„Notfallstufe Fünf! Alle in den Untergrund!"

Er tippte seinen Anstecker an und sprach nun direkt in diesen hinein:

„Alle Mann an die Stationen! Alle Mann an die Stationen! Notfallstufe Fünf! Alle Bürger sollen sich in den Untergrund zurückziehen! In die Bunker und Tiefgaragen!"

Das nächste Rumsen glich bereits eher einem gewaltigen Donnerschlag. Staub begann, von der Decke zu rieseln. Gegenstände fielen um.

Eine weitere Aufforderung brauchten die anwesenden Deputys nicht mehr. Sie zogen ihre Waffen und liefen ins Freie. Zwei von ihnen nahmen je ein Megaphon hervor und begannen prompt, lautstark Anweisungen an die Menschen auf der Straße durchzugeben.

Im selben Augenblick gingen die Sirenen los.

„Wir sollten Sanisco verständigen!", rief Grace.

„Bin dabei…", antwortete Nance, während er in Richtung

seines Büros zu laufen begann. Erneut folgte Grace ihm auf dem Fuße und sah zu, wie er eilig den Computerterminal auf seinem Schreibtisch anwarf.

„Eine Funkverbindung haben wir zwar nicht...", murmelte er, während er auf der Tastatur zu tippen begann, „...aber das US-Militär hatte während des Kriegs ein unabhängiges unterirdisches Netzwerk installiert, das weiterhin funktioniert. Also... zumindest die Verbindung zwischen Haven und Sanisco funktioniert noch."

Grace folgte dem Chief-Deputy um den Schreibtisch herum und stellte sich hinter ihn, um ihm über die Schulter zu sehen.

Wieder bebte alles... und für einen kurzen Moment fiel das Licht aus.

Auf Nances Tastaturanschläge hin erschien an vorgesehener Stelle weiterer, monoton neongrüner Text auf dem schwarzen Hintergrund des Monitors:

> SANISCO H.Q! HIER HAVEN H.Q! HABEN NOTFALLSTUFE FÜNF AUSGERUFEN! GOLIATH DRINGT VOR!

Kurz sah Nance über die Schulter zurück – Grace in die Augen. Dann wandte er sich rasch wieder der Tastatur zu:

> MISS SALK IDENTIFIZIERT GOLIATH-ATTACKE ALS 'POTENZIELLE BEDROHUNG'. KEINE NENNENSWERTE TRIFE-PRÄSENZ.

Rasch las sich Nance das eben Eingetippte nochmals durch... dann betätigte er mit demonstrativ ausgestrecktem Zeigefinger die Eingabetaste der Tastatur. Die Nachricht wurde verschickt – wie eine unscheinbare Meldung in der gleichen neongrünen Schrift bestätigte. Geduldig wartete der blinkende Textcursor auf die nächste Tastatureingabe.

Es rumste.

Explosionsdonner in der Ferne.

Grace und Nance sahen einander in die Augen… der Ausdruck starr und ernst.

„Bitte um Lage-Update!", rief Nance in seinen Anstecker hinein.

„Hier Deputy Chance am Nordviertel, Chief!", kam die Antwort. „Wir verlegen alles und jeden in die Tiefgaragen hier!"

„Hier Deputy Hoi, Textilpark. Evakuierung läuft!"

„Wie schaut's im Süden aus?", hakte Nance weiter nach.

„Deputy Rumi aus dem Südviertel, Sir! Wir tun hier alles, was wir können! Aber die Menschen sind auf das hier einfach nicht vorbereitet!"

„,Nicht vorbereitet'? Was soll das heißen?! Worauf nicht vorbereitet?!", geriet Nance allmählich außer sich.

Grace und er warfen einander fragende Blicke zu.

Ein Piepston signalisierte das Eintreffen einer Nachricht.

Auf dem Bildschirm erschien der folgende Text:

> MITTEILUNG ERHALTEN, HAVEN! ALLE EINWOHNER IN DEN UNTERGRUND! WERDEN VERSUCHEN, KOMMUNIKATION ZUM GOLIATH AUFZUBAUEN.

„,Kommunikation'? Mit einem Goliath?", wunderte sich Grace.

„Sie haben in Sanisco einen Prototyp entwickelt, der ihnen genau das ermöglicht.", erklärte Nance. „Es ist eine der

Säulen der Sicherheit und Verteidigung der Vereinigten Territorien. Stellen unsere Scouts irgendwo erhöhte Trife-Konzen-
trationen fest, nimmt das Amt der Gouverneurin über das
Gerät Kontakt zu einem der Goliaths auf und lenkt diesen
genau dort hin, um aufzuräumen."

„Wie ist so etwas möglich?"

„Ich kann es dir auch nicht so genau erklären, Grace."

„Irgendeine Ahnung?"

„Nun… der Fachbegriff dafür lautet ‚Neuralinterface'. Ich
schätze, man kann auch fragen, wie es überhaupt möglich ist,
dass wir mit unseren Gedanken unseren eigenen Körper
lenken. Wenn das möglich ist, und wenn es außerdem
möglich ist, Dinge aus der Ferne zu steuern… dann braucht
man ja nur noch beides miteinander zu verbinden!"

Grace kam ins Grübeln.

War das vielleicht auch das Prinzip hinter dem Relyeh-
Kollektiv? Die Synthese zweier selbst den Menschen wohlver-
trauter, alltäglicher Phänomene aus Natur und Techni–

Grace bekam große Augen.

Ein furchtbarer Verdacht war gerade in ihr
aufgekommen…

„Steve… bitte schreib Sanisco zurück, dass sie keinesfalls
mit dem Goliath kommunizieren sollen!"

„Was? Wieso?", zogen sich Nances Augenbrauen
zusammen.

„Falls Shurrath dahinter steckt und diesen Goliath auf
Haven zulenkt, wird er über den Link in der Lage sein, jeden
anderen, der sich mit dem Goliath verbindet, zu töten!"

„Wo… woher willst du das wissen?"

„Ich weiß es, verdammt! Ich habe Shurrath erforscht, kann
Bücher über ihn schreiben!"

Nances Blick blieb skeptisch.

Diese schöne Fremde, die er vor ein paar Tagen das erste
Mal sah, und die sich heute als Agentin im Auftrag der
Gouverneurin entpuppt hatte, schien ihm nur immer myste-

riöser, je mehr er von ihr erfuhr. War sie eine Söldnerin? War sie eine Forscherin? Dass sie überhaupt von Shurrath wusste…

Was, wenn sie Recht hatte? Dann stand unter Umständen das Leben der Gouverneurin auf dem Spiel – denn in aller Regel war sie es persönlich, die über das Neuralinterface mit den finsteren Riesen kommunizierte.

Sollte er hingegen riskieren, dass der Goliath Haven in Grund und Boden stampft? Nach einigem Hadern erschien ihm die Antwort auf dieses Dilemma offensichtlich:

Zwar bekleidete er als Chief-Deputy einen höheren Rang, aber diese Entscheidung brauchte und konnte er nicht selbst fällen! Sie überstieg klar seine Befugnisse und Kompetenzen. Also nickte er Grace schließlich zu und setzte sich erneut an die Tastatur:

> P.S.: WARNUNG! GOUVERNEURBEAUFTRAGTE SALK RÄT, KOMMUNIKATION MIT GOLIATH UNBEDINGT ZU VERMEIDEN! FEIND HÖRT MIT!

Mit demonstrativ gespitztem Zeigefinger stieß er in die Eingabetaste und erhielt prompt die Sendebestätigung. Dann sah er zu Grace auf. Ihr Blick war weiterhin angespannt, aber ohne weiteren Einwand.

Ein weiteres Rumsen ließ den Staub von der Decke rieseln.

Mehr und mehr Sirenen kamen zum schwellenden Tosen von draußen hinzu… Ein Grollen von Chaos und Zerstörung lag in der Luft…

Ein weiterer Piepton…

> ZUR KENNTNIS GENOMMEN. BRINGT EUCH IN SICHERHEIT.

. . .

„Was?!", drang Zorn in Graces Blick. „Zur verfluchten Kenntnis haben sie es genommen?!"

„Den Rest werden wir ihnen überlassen müssen.", wiegelte Nance ab und erhob sich. „Der Bunker wartet, Grace."

Ein weiteres Rumsen ging durch die Mauern wie ein Paukendonner.

In nächster Nähe war ein Scheppern und Klirren zu hören. Dann fiel der Strom aus, und die Notbeleuchtung sprang an.

„Los jetzt!", fasste der Chief-Deputy Grace am Oberarm und zog sie mit sanftem aber bestimmtem Nachdruck in Richtung Ausgang.

Endlich gab sie nach, und sie verließen sein Büro. Im Laufschritt durchquerten sie die Haupthalle. Grace und Nance waren nurmehr die Einzigen hier. Ein unheimliches, tiefes Heulen hallte von draußen herein, dass es einem sämtliche Härchen aufrichtete…

Das Beben wurde so heftig, dass es den Wasserspender umfallen ließ, dessen Inhalt sich mit einem platzenden Geräusch über den glatten Steinboden ergoss. Mit lautem Klirren barsten die ersten Fensterscheiben an der Frontfassade. Es war, als habe der Sturmwind des Kriegs die Stadt erfasst…

Je näher Grace und Chief-Deputy Nance dem Ausgang kamen, desto deutlicher waren die Rufe und Schreie der Menschen zu hören. Wenige Meter davor blieb Nance schließlich stehen. Selbst der Weg in den Bunker war inzwischen zu gefährlich…

Maschinengewehrschüsse fielen.

„Munitionsverschwendung…", raunte Nance.

„Haben wir nichts mit mehr… Rums?", drängte Grace.

„Zwei, drei Panzerfäuste im Depot. Gerade genug, um

einem Goliath die Laune zu vermiesen – mehr aber auch nicht."

„Miese Laune scheint er ohnehin schon zu haben…", konstatierte Grace mit schiefem Mundwinkel.

Es half nichts.

Nance stieß Grace an, und endlich liefen sie hinaus, die marmorne Treppe hinunter. Dort ließ ein weiteres Rumsen Grace in die Knie gehen. Nance half ihr wieder auf, während sie fluchte und sich an der Treppenkante mit Gewalt die Pfennigabsätze ihrer Stiefeletten abtrat.

Als Grace wieder aufsah, stand Nance da wie gebannt, mit dem Rücken zu ihr. Grace folgte seinem Blick… und jetzt sah sie es auch.

Da war er: der Goliath.

Wie in einem alten japanischen Monsterfilm ragte er zwischen den züngelnden Flammen und schwarzen Rauchsäulen der brennenden Gebäude empor – in einer seiner grotesken Hände drei Menschen, die er langsam aber unbarmherzig an seinen ebenso grotesken und doch allzu menschlichen Mund heranführte.

Grace wollte nicht hinsehen… aber sie musste. Hatte sie bei ihrer ersten Begegnung mit einem der Goliaths noch mit schadenfreudiger Genugtuung zugesehen, wie die unzähligen stiftförmigen Zähne des Riesen eine Handvoll Trife nach der anderen zermalmten, drohten die Todesschreie der Menschen, die Schwälle roten Bluts und das Geräusch der berstenden Knochen und platzenden Gedärme Grace nun den Magen umzudrehen…

„Hilf du den Menschen in Sicherheit, Steve… ich werde ihn ablenken!", rief sie kurzentschlossen und lief zu ihrem Motorrad, das noch immer dort stand, wo sie es abgestellt hatte.

„Wie willst du das anstellen?!", konnte Nance ihr nur noch hinterherrufen – doch schon im nächsten Moment röhrte das Motorrad auf und bog scharf in die Straße ein.

Nach zwei durchquerten Blocks bog Grace in südliche Richtung – den Goliath stets im Augenwinkel. Dieser fasste in eines der brennenden Gebäude hinein und zog eine weitere Handvoll Leute daraus hervor.

Nach zwei weiteren Blocks bog Grace erneut ein. Jetzt fuhr sie direkt auf das Monstrum zu, hatte es vom Kopf bis zu den Knöcheln vor sich. Um es herum rannten, stolperten und krochen verzweifelte Menschen umher. Da ging Grace ein wenig vom Gas, nahm die Lautsprechereinheit des Motorrads aus der Halterung und rief lauthals hinein:

„SHURRATH!"

Das Krachen ihrer verstärkten Stimme hallte zwischen den Gebäuden hin und her. Er musste es hören – für solche Situationen waren diese Polizeilautsprecher schließlich gemacht!

Grace rechnete sich nicht aus, irgendetwas Handfestes gegen das Monstrum ausrichten zu können. Aber wenn sie seine Aufmerksamkeit auf sich ziehen könnte, würden mehr Menschen Gelegenheit finden, sich zu verstecken oder zu fliehen und sich in Sicherheit zu bringen.

„SHURRATH!", hielt Grace schließlich in etwa fünfzig Metern Entfernung an und schaltete nun auch Blaulicht und Polizeisirene hinzu.

„HUHUH! HIER BIN ICH! DU WOLLTEST MICH UMBRINGEN, ERINNERST DU DICH?! WEIL ICH DIR SELBST ALS KHORONENWIRTIN ZU WIDERBORSTIG WAR!"

Doch der Goliath beugte sich bloß herab, um drei weitere fliehende Menschen von der Straße aufzulesen. Er machte sich nicht einmal mehr die Mühe, sie zu fressen, zerquetschte sie stattdessen und warf ihre geschundenen Leiber achtlos zurück auf die Straße. Grace wandte den Blick ab. Sie hatte schon einiges an Grausamkeit mitansehen müssen... aus allernächster Nähe... aber ohne den khoroneninduzierten Drogenrausch wurde es ihr zusehends unerträglich. Sie wertete das als gutes Zeichen, dass die Menschlichkeit wieder in sie zurückkehrte…

Bei weiterhin blitzendem Blaulicht und tönender Polizeisirene klinkte sie die Lautsprechereinheit wieder ein, bockte das Motorrad stattdessen auf seinen breiten Ständer auf, holte aus dem Seitenwagen den Jagdbogen und einen Pfeil hervor und kletterte damit auf den Sattel. Sie musste die Sehne mit links spannen – aber es ging ihr ohnehin nicht darum, einen besonders harten Treffer zu landen. Außerdem war dieses Ziel kaum zu verfehlen…

Also spannte Grace die Sehne, so gut sie eben konnte… zielte…

…und schoss!

Mit einer lang gestreckten Kurvenbahn zischte der Pfeil direkt auf den Goliath zu… und trat seitlich in seinen Nacken ein, wo er stecken blieb!

Ein grollendes Heulen sandte Grace einen eisigen Schauer über die Haut… und der Goliath führte träge seine gigantische Hand an den Hals, um den Pfeil fortzuwischen wie ein lästiges Insekt, das ihn gerade gestochen hatte.

Da nahmen die Pupillen der beiden tief versunkenen Augen der Kreatur die Schützin in den Blick…

Es war das erste Mal, dass Grace einem Goliath direkt in die Augen sah…

Wie in Zeitlupe und doch mit beachtlicher Geschwindigkeit begann der Koloss, sich ihr zuzudrehen. Sein Mund öffnete sich:

„GRAAAA–…", kam ein unheimliches Heulen daraus hervor… und mangels Artikulationsfähigkeit des Wirtskörpers blieb es dabei.

Dennoch war die Äußerung klar und eindeutig genug, dass Grace sich nun vollends sicher sein konnte, wen sie hier tatsächlich vor sich hatte.

„HI, ARSCHLOCH!", brüllte sie und streckte ihm den

Mittelfinger entgegen. Damit ließ sie sich auf den Sattel zurückfallen und trat ins Gas.

Mit einem Holpern und einem schmerzlichen Krachen klappte der Ständer zurück, den Grace nicht bedacht hatte, doch sie gewann rasch die volle Kontrolle zurück und fuhr nun geradewegs auf den Giganten zu. Dieser hob den Fuß – in der offenkundigen Absicht, Grace zu zertreten – doch war sie zu flink.

„GRAAAA...!", brüllte die enorme Kreatur erneut, als Grace unter ihr hindurchfuhr.

Der unerwartet intensiv faulige Geruch schnürte Grace die Kehle zu und trieb ihr Tränen in die Augen. Nicht nur war das Viech eine blutrünstige Bestie – es war eine wandelnde Biowaffe!

Als der Fahrtwind den üblen Geruch fortgeweht hatte, hielt Grace an und sah zurück. Ein Fehler...

Die scheinbare Trägheit des Riesen war trügerisch:

Der erhobene Fuß kam noch immer genau auf Grace zu und drohte, sie nun doch noch zu begraben!

„Shit...", zischte sie, wandte den Blick wieder auf die halb von Schutt und Trümmern bedeckte Straße vor ihr und gab Gas.

Sie konnte bereits sehen, wie der Schatten des Fußes mehr und mehr an Form gewann... doch der Gasschalter war bereits am Anschlag! Die Beschleunigung war zu träge!

Geistesgegenwärtig sah Grace zum mit einem Zusatzkanister voll Sprit beladenen Beiwagen hinab... und begann, gegen den Sicherheitsstift zu treten, der das Konstrukt am Platz hielt.

„Komm schon...!"

Der fünfte Tritt endlich löste den Stift, und mit einem weiteren Seitwärtstritt gelang es Grace, den Beiwagen vom Motorrad zu trennen – was dem Gefährt augenblicklich zusätzlichen Schub verlieh!

Derweil kullerte der Beiwagen haltlos zur Seite weg und kippte schließlich um…

Mit einem gewaltigen Donner fuhr der gigantische Fuß des Goliath in den Asphalt hinab – und verfehlte Graces Motorrad nurmehr um eine Handbreite! Die Schockwelle aber war so stark, dass das Gefährt die Bodenhaftung verlor – und Grace die Kontrolle.

Erneut in ganzer Geistesgegenwart stieß sich Grace von den Pedalen ab, ehe das Motorrad fast rücklings wieder landete… und sich mehrfach überschlug. Derweil rollte sich Grace zu einer Kugel zusammen – nur ihr Helm würde das Schlimmste verhindern…

Mit der Schulter voran kam sie auf dem harten Boden auf und kullerte selbst wie ein angeknackstes Ei darüber hinweg… bis ein Feuerhydrant ihrem unfreiwilligen Ausflug schließlich ein jähes Ende setzte.

Die Anspannung entwich ihren Gliedern, und sie ließ sich flach auf den Bauch gleiten, ehe sie unter einigem Ächzen und Stöhnen begann, sich wieder aufzuraffen. So ziemlich jeder Knochen und jeder Muskel in ihrem Körper unterhalb des schützenden Helms und oberhalb der Stiefeletten schmerzte… doch zum Glück schien außer einer dem Gefühl nach angeknacksten Rippe nichts gebrochen zu sein. Ein mehr als glimpflicher Ausgang!

Noch immer einigermaßen benommen, sah Grace sich um und fand schließlich das Motorrad, wie es auf der Seite lag. Leicht humpelnd eilte sie darauf zu. Der Goliath hingegen schien ihr keine weitere Beachtung zu schenken und hob seinen Fuß wieder an, um seinen Pfad von Chaos und Zerstörung in entgegengesetzter Richtung fortzusetzen.

Das Motorrad hatte einige Schrammen abbekommen, schien aber strukturell noch intakt zu sein – und: der Motor lief noch!

Ächzend beugte sich Grace herab, packte das Lenkrad und hievte die bullige PS-Schleuder wieder auf die Räder. Sie stieg auf und wollte das Blaulicht wieder einschalten... doch nichts tat sich. Dann ließ Grace den Motor aufheulen und prüfte den Lenker...

Fahrtüchtig schien das Motorrad zum Glück noch zu sein!

Es rumste gewaltig.

Der Goliath hatte sich wieder in Bewegung gesetzt, und das markige Krachen berstenden Betons sowie das rauschende Prasseln herabregnenden Schutts setzte sich fort... und kurz darauf mehrten sich wieder die Rufe und Schreie der Menschen, die noch nicht das Weite gesucht hatten.

„Shit...", zischte Grace erneut und las trotzig die Lautsprechereinheit vom Boden auf.

„HEY, ARSCHLOCH!", krächzte der Motorradlautsprecher nun hörbar lädiert. „ICH BIN NOCH NICHT FERTIG MIT DIR!"

Zu Graces Überraschung schien der groteske Riese augenblicklich innezuhalten. Allmählich drehte er den Kopf und sah zu Grace zurück...

Dann hob er seine Hand, ließ die darin befindliche herausgerissene Straßenlaterne fallen... und formte, wohl zum ersten Mal in seiner bisherigen Existenz, eine Faust mit hervorstehendem Mittelfinger...

Dabei stieß er etwas hervor, das näherungsweise und doch kaum missverständlich an ein höhnisches Lachen erinnerte...

„Pozz-tausend...", murmelte Grace und zog eine Schnute.

Sie musste einsehen, dass Shurrath diese Runde gewonnen hatte.

Es gab nichts, was sie hier und jetzt noch gegen ihn ausrichten konnte.

Sie fuhr eine enge Kurve und ließ Chaos und Zerstörung hinter sich...

...vorerst.

KAPITEL 18

„Gouverneurin, Ma'am…", rief Lutz halblaut – mit teils beschwörendem, teils fürsorglichem Unterton.

„Wollen Sie nicht langsam mal eine kleine Pause machen?"

Mit einer merklichen Verzögerung löste Natalia ihre Augen vom Bildschirm des Klappcomputers vor ihr und sah ihren Chef-Ingenieur an, als käme er von einem anderen Planeten.

„Pause…? Was für eine Pause?"

„Pozz. Mal aufstehen, sich die Beine vertreten, in Ruhe 'nen Happen essen. Auf's Klo gehen… Kleines Päuschen eben."

Stöhnend stützte Natalia ihren Kopf auf ihre Hände:

„Dazu ist keine Zeit! Mach du 'ne Pause, ich mach' weiter."

„Die kleine Hallia ruft schon nach ihrer Mama…", mahnte Lutz.

„Weint sie?"

Lutz war versucht, die Frage zu bejahen, wollte sich aber das Donnerwetter ersparen, das drohte, sollte sich die

Behauptung als Fehlalarm entpuppen. Stattdessen schwieg er.

„Ginny ist bei ihr und kümmert sich ausgezeichnet um sie! Wenn was ist, weiß sie, wie sie mich erreicht!", bestimmte Natalia, schlürfte an ihrem Becher schwarzen Kaffees, verzog das Gesicht, und lenkte ihre erkennbar müden Augen wieder dem fahlen Flimmerschein vor ihr entgegen:

„Von den Informationen in diesen Dokumenten kann Haydens Sicherheit abhängen... sein Überleben! Ich kann keine Pause machen, ehe ich alles sorgsam studiert habe. Ich würde es mir nie verzeihen, wenn..."

„Aber Ma'am... Inzwischen haben Sie wahrscheinlich ohnehin nur noch einen Buchstabensalat vor Augen! Eine Pause hilft der Konzentration!", beschwor Lutz sie weiter.

Natalia seufzte. Er hatte Recht.

Die letzten drei Sätze in Graces Ausführungen hatte sie dreimal lesen müssen, ehe sie das Gefühl hatte, deren Inhalt ganz durchdrungen zu haben.

„Ich schätze, du hast Recht. Ich brauch' 'nen Boxenstopp!"

„Geeeenau!", half Lutz ihr aus dem Bürostuhl.

„Wo sind Sie da gerade überhaupt, Ma'am? Spannende Stelle?", schenkte er dem Text einen flüchtigen Blick.

„Uch...", stöhnte Natalia. „Die Genanalyse eines Khorons. Ich bin keine Genetikerin, Sean! Grace ist auch keine! Jetzt muss ich zwischen ihren Aufzeichnungen und einigen Grundlagenbüchern zur Genanalyse aus dem Digitalarchiv hin- und herspringen, um mir das alles anzueignen, während ich Graces Ausführungen lese!"

„Biologie war mir auch immer viel zu viel Auswendig-lernen und viel zu wenig Mathematik.", merkte Lutz an, und Natalia nickte zustimmend.

„Wo du's schon sagst... schau dir das hier mal an...", beugte sie sich nochmals zum Klappcomputer herab und wechselte die Ansicht zu einem anderen Dokument.

„Mathematisch genug, Einstein?"

Auf dem Bildschirm erschien eine Art komplexer Schaltkreis mit allerlei kryptischen Formeln, Symbolen und Kürzeln.

„Was ist das?"

„Aus den Aufzeichnungen von Professor Valentine: offenbar eine Übersicht des quantenmechanischen Kommunikationsalgorithmus des Relyeh-Kollektivs mittels des höherdimensionalen Raums."

Fast wie gebannt näherte sich Lutz dem Bildschirm.

„Krass… Für Quantencomputer?"

„Stell dir vor, Lutz, uns gelingt es, da durchzusteigen… dann könnten wir uns in Relyeh-Kollektiv regelrecht einhacken…!"

„Ja nee, wir brauchen bloß erst einmal einen praktikablen Quantencomputer zu entwickeln!", lachte Lutz. „Eine Aufgabe, an der sich selbst die Ingenieure vor dem Krieg die Zähne ausgebissen haben!"

Natalia aber gab ihm nur einen wenig amüsierten Blick zurück.

Rasch schluckte Lutz sein Lachen herunter. Er kannte diesen Blick.

„Okay. Ich schau's mir an, so lange Sie Pause machen, Ma'am. Deal?"

Natalia lächelte zufrieden und nickte: „Deal. Danke, Sean!"

– womit sie ihm noch kurz anerkennend auf die Schulter klopfte und sich eilig auf den Weg in Richtung des Fahrstuhls machte. Jetzt erst spürte sie, dass ‚Klo gehen' genau das richtige Stichwort gewesen war…

Gerade wollte sie einen Umweg über die restaurierten Toiletten der Tiefebene nehmen, da ertönte das Jingle des Fahrstuhls, dessen Türen sich prompt öffneten. Heraus trat Deputy Solino.

Natalia blieb stehen.

Dass er hier war, bedeutete, dass er die Gouverneurin

sprechen musste, und vermutlich in dringender Angelegenheit. Der ernste, starre Blick, mit dem er geradewegs auf Natalia zukam, bestätigte die Vorahnung:

„Gouverneurin, Ma'am! Es gibt ein Problem!"

„Was gibt's, Deputy?"

„Wir haben eine Mitteilung aus Haven erhalten. Von Chief-Deputy Nance. Die Stadt… wird angegriffen."

Ein eisiger Schauer ging auf Natalia nieder:

„Angegriffen?! Die Terroristen?!"

„Ein Goliath, Ma'am."

„Was?! Ist er auf Trife-Jagd?"

„Das ist ja das Merkwürdige: Weit und breit keine Trife in Sicht! Er attackiert die Menschen… und das anscheinend nicht bloß aus Versehen."

„Verdammt…"

Es war bekannt, dass die Goliaths mitunter auch Menschen angreifen konnten – jedoch nie gezielt. Auch hielten sie sich in aller Regel von den Städten fern. Freilich hatte es immer wieder auch Stimmen gegeben, die davor gewarnt hatten, dass genau dies eines Tages eintreten würde, wenn die Territorien einen Pakt mit den unberechenbaren Riesen schließen würden…

Da fiel Natalia wieder ein, wie ihr letzter Kommunikationsversuch mit dem aktuell verlinkten Goliath, Codename ‚Alpha', fehlgeschlagen war – was sie zuvor bloß als technische Fehlfunktion kategorisiert hatte. Ein Zusammenhang mit dieser Goliath-Attacke nun drängte sich förmlich auf…

„Ich muss sofort versuchen, die Kommunikation zu Alpha wiederherzustellen!", rief sie.

Ein furchtbarer Verdacht: Was, wenn Shurrath und seine Khoronenjünger nun auch die Goliaths befehligen konnten? Was sollten sie ihm noch entgegensetzen?

In diesem Moment erklang abermals das sanfte Fahrstuhl-Jingle…

Natalia und Deputy Solino sahen beide zurück zur Fahrstuhltür, die sich öffnete. Es war Deputy Fry!

Er kam regelrecht aus der Fahrstuhlkabine herausgestürmt und hielt einen durchgehend seitlich gelochten Computerausdruck in der Hand.

„Gouverneurin, Ma'am!"

„Was ist, Deputy Fry?"

Natalia erwartete keine guten Nachrichten… und behielt Recht.

Eilig hielt Deputy Fry ihr das an den waagrechten Kanten erkennbar abgerissene Stück Papier hin.

„Haben soeben einen dringenden Nachtrag von Haven erhalten!"

Natalia las die in aus einzelnen Tintenpunkten zusammengesetzten Lettern abgefassten Zeilen.

„Grace ist dort…", murmelte sie nur.

Dann sah sie zu Deputy Fry auf:

„Antworten Sie Haven, dass wir die Warnung zur Kenntnis nehmen, und dass sie sich allem voran in Sicherheit bringen sollen."

„Pozz.", nickte der Deputy und machte auf der Ferse Kehrt in Richtung Fahrstuhl, der sich noch auf derselben Etage befand und daher prompt die Türen öffnete.

Natalia blieb mit Deputy Solino zurück.

Nachdenklich hielt sie inne.

Was wusste die rehabilitierte Shurrath-Jüngerin über diese Vorgänge? Sollte Natalia wirklich auf ihre Warnung hören, und weitere Kommunikationsversuche mit den Goliaths vorerst unterlassen? Oder wäre gerade das ein fataler Fehler? Sicherlich hatte Grace die Warnung nicht leichtfertig geäußert, und der Chief-Deputy hatte ihr stattgegeben… ohne sich die Warnung jedoch zu eigen zu machen.

„Gouverneurin, Ma'am?", sah Deputy Solino sie fragend an.

Nach einem weiteren Moment des Innehaltens sah Natalia

endlich wieder auf und hatte gleich weitere Anweisungen parat:

„Deputy Solino, verständigen Sie sämtliche Wachen der Vereinigten Territorien. Sie sollen nach Goliaths Ausschau halten. Wenn sie auch bloß die Schädeldecke eines der Kerlchen hinter dem Horizont auftauchen sehen, sollen sie sich umgehend bei uns melden!"

„Verstanden, Ma'am."

„Anschließend kontaktieren Sie bitte Chief-Deputy Hicks in der Östlichen Expansionszone. Er soll seine Leute auf den mittleren Punkt zwischen Haven und Sanose zurückziehen und nur noch einen Vorposten dortlassen, um die Kontrollzone zu halten."

„Sehr wohl, Ma'am."

„Des weiteren verfüge ich die Mobilisierung unserer sämtlichen Reserven sowie in allen Territorien eine oberirdische Ausgangssperre nach Sonnenuntergang."

„Aber Ma'am…"

„Die Lage ist ernst, Deputy. Sehr ernst."

„Sehr wohl, Ma'am."

„Ich erwarte Ihren Bericht spätestens in drei Stunden."

„Pozz.", nickte Deputy Solino kurz und mit inbrünstigem Ernst.

Natalia atmete tief durch.

„Oh… und schicken Sie mir Doktor Hess her."

„Jawohl, Ma'am."

Die Toilette musste warten…

KAPITEL 19

„ANFRAGE: WIE LAUTET ZIELORT?"

„Nicht mehr allzu weit von hier…", gab Duke Max lapidare Antwort.

„UNZUREICHENDE PARAMETER: ERWARTE ORTSNAMEN ODER GEOKOORDINATEN, NICHT GESCHÄTZTE DISTANZ.", bemängelte Max.

„Schreib's dem Weihnachtshasen, Max. Du wirst schon sehen, wo die Reise hingeht, wenn wir ankommen."

„ANFRAGE: WIE LAUTET DER ZWECK DIESER UNNÖTIGEN GEHEIMHALTUNG?"

Duke verdrehte die Augen – auch wenn ihm Max' Kondition, ohne sichtbare Ermüdung nun bereits seit mehreren Stunden mit Zorros Trab Schritt zu halten, einen gewissen Respekt abnötigte.

„So eine clevere KI wie du sollte doch inzwischen spitzgekriegt haben, dass mir dazu die Vertrauensgrundlage dir gegenüber fehlt, Max. Und das heißt eben, du erfährst von mir zu jeder Zeit nur noch das Allernötigste, damit du mir in der Zwischenzeit nicht auf törichte Ideen kommst."

Überhaupt war die Kommunikation zwischen Duke und Max seit ihrer unverhofften Wiederbegegnung ziemlich spärlich gewesen – was nicht nur an Max' robotischer Rhetorik gelegen hatte.

Dukes Blick wanderte über den Horizont. Die Form der Hänge in Sichtweite verriet ihm, dass Max und er tatsächlich fast am vorläufigen Ziel ihres Fußmarschs angekommen waren.

Da kam ihm eine Frage in den Sinn, die er Max schon seit einiger Zeit hatte stellen wollen:

„Wo stecken eigentlich deine ganzen KI-Artgenossen?"

„BITTE FRAGE PRÄZISIEREN.", gab Max zurück.

„Komm schon, Max! Du wirst doch wohl nicht der Einzige sein. Die Relyeh stehen unter ständigem Austausch miteinander – vom einen Ende des Kosmos zum anderen. Und du willst mir weiß machen, dass ihr Axonen alle Einzelkämpfer seid?!"

„NEGATIV."

„WAS ist negativ, Max? Rede Klartext!"

„FEHLER: GEMEINSAME VERTRAUENSGRUNDLAGE FEHLT."

Touché...

„Wie ein trotziges Kind... irrational...", grummelte Duke.

„KORREKTUR: REZIPROZITÄT IST LOGISCH.", gab Max zurück.

Mit einem stummen Lachen kniff Duke die Augen zusammen, lüftete seinen Hut und wischte sich über die weißgrauen Stoppel darunter.

„Weißt du, Max, für einen, der den lieben langen Tag so tut, als wäre er ein Roboter, hast du Kerl 'nen ziemlich ausgekochten Humor... auch wenn er die Menschen mehr zum Verzweifeln als zum Lachen bringt."

„KOMPLIMENT IDENTIFIZIERT. DANK GESCHULDET."

Duke lachte lauthals.

„AXONEN-TECHNOLOGIE FOLGT REINER NOTWEN-

DIGKEIT UND ZWECKMÄßIGKEIT.", gab Max sich plötzlich auskunftsfreudig.

„So so… Aber wäre es nicht zweckmäßig, wenn ihr Axonen euch jederzeit absprechen könntet, wie es die Relyeh über ihr Kollektiv können?"

„NEGATIV: INHÄRENTE VULNERABILITÄT EXTERN ERREICHBARER KOMMUNIKATIONSNETZWERKE KONTERKARIERT POTENZIELLEN MEHRWERT IN NIEDERSCHWELLIGEN APPLIKATIONSSZENARIEN."

Diesen Satz musste Duke erst einmal sacken lassen.

„Du… willst also sagen, Ihr habt Schiss, dass man Euch hackt…"

„APPROXIMIERTE KONGRUENZ DER FORMULIERUNG: MINDESTENS DREIUNDACHTZIG KOMMA VIER PROZENT."

„Also ja. Und das ‚niederschwellige Applikationszenario' in diesem Fall ist eure Konfrontation der Relyeh um die Vorherrschaft auf der Erde?"

„KONFRONTATION IST NACHRANGIG. HAUPTAUFTRAG: MELDUNG BEI ANKUNFT DES FEINDS."

„Die Konfrontation der Relyeh ist nachrangig?", musste Duke sich nun doch wundern. „Als du Rain abgemurkst hast wie ein Berserker, weil sie unter Shurraths Kontrolle stand, war das so eine ‚nachrangige Konfrontation'?"

„BEI BEREITS ERFÜLLTEM HAUPTAUFTRAG IST REPRIOTISIERUNG NACHRANGIGER ZIELVORGABEN LEGITIM."

„Man kann sich wohl wirklich alles zurechtlegen, wie man's gerade braucht…", schüttelte Duke resignierend den Kopf.

Schweigend zogen sie weiter voran – Duke auf Zorro, Max im Laufschritt neben ihm her.

Mit den Hügeln kamen auch die Erinnerungen immer näher…

Es war nun etwas über drei Monate her, dass Duke zuletzt

hier gewesen war. So viele Dinge hatten hier ihren Anfang genommen… oder ein Ende gefunden…

„Siehst du die Hügelkette da hinten, Max?"

Plötzlich blieb Max stehen – sein Blick starr auf jene Sandsteinformation gerichtet, auf die Duke soeben gedeutet hatte.

„UNTERIRDISCHE   KAVERNENANLAGE DETEKTIERT."

Jetzt hielt auch Duke mit Zorro an und sah zu Max zurück.

„Pozz-tausend… Nach Hause telefonieren kannst du nicht… aber unterirdische Kavernenanlagen aus der Ferne detektieren kannst du?"

„WEITERE DETEKTION: KAVERNENANLAGE BIRGT RIESIGE METALLKONSTRUKTION. WEITERE ANALYSE: METALLKONSTRUKTION IST INTERSTELLARES RAUM-FAHRZEUG."

„Richtig analysiert, Max! Es handelt sich um die USS Pilgrim!"

Doch Max schien wenig beeindruckt:

„PRIMITIVE   ABER   ZWECKDIENLICHE KONSTRUKTION."

„Also doch ganz deine Kragenweite, oder, Max?", feixte Duke.

Sie erreichten den Hügelkamm…

Ein fantastischer Ausblick über die weite Prärie bot sich ihnen – zu ihren Füßen die Ruinen eines monumentalen Portals, das teils in den Fels geschlagen, teils aus hochgradigem Stahlbeton errichtet worden war.

Eine zwar unbefestigte aber deutlich sichtbare Fahrbahn zog sich von hier aus in einer leichten Kurve bis zum Horizont.

Ein ehrfürchtiger Schauer überkam Duke.

Die versiegelte Ruhestätte der einst stolzen USS Pilgrim…

Waren es drei Monate? Es kam ihm vor wie drei Jahrzehnte.

Er hatte nicht damit gerechnet, je wieder hierherzukommen.

Nach einigen andächtigen Augenblicken ließ er Zorro mit einem routinierten Zug an den Zügeln den Pfad den Hang hinab wählen.

Große Teile der Struktur waren zu Geröll zertrümmert – eine absichtliche Sabotage, im nur mäßig erfolgreichen Versuch, die Spuren zu verwischen. Selbst für einen Laien hob sich das Areal allzu deutlich von der Umgebung ab.

Ursprünglich hatten sie das Schiff als geschützte Geheimbasis weiterbetreiben wollen – als hätte es sich um eine Kolonie fernab der Erde gehandelt. Den Menschen war ihre eigene Heimat zur Fremde geworden…

Schließlich aber hatte man sich entschieden, das Vorhaben aufzugeben und einen Schlussstrich zu ziehen.

Das war leichter gesagt als getan, denn man wollte gerne noch verhindern, dass die Geheimnisse, die hier verborgen lagen, in die falschen Hände gelangten. Primitive Hände, wie man angenommen hatte – Plünderer, Banditen, Schatzsucher, neugierige Trife – was die Nachlässigkeit erklärte…

„Brrrr…", hielt Duke Zorro an.

Seine Befürchtung bewahrheitete sich:

Dort, wo ein Pfropfen aus aufgeschütteten Felsbrocken, Sand und Geröll den Hauptzugang blockieren sollte, befand sich nurmehr ein gähnendes Loch – ein direkt in den Schutt gegrabener niedriger Tunnel von etwas mehr als anderthalb Metern Durchmesser.

„Max… kannst du irgendwelche nennenswerten Lebensformen da unten detektieren?"

„NEGATIV. ANALYSE UMFASST AUSSCHLIEßLICH RÄUMLICHE STRUKTUREN. ANZEICHEN FÜR ERHÖHTE BIOLOGISCHE AKTIVITÄTEN NICHT INKLUSIVE."

„Du enttäuschst mich, Max. Habt ihr Axonen denn kein Interesse, Trife schon aus der Ferne zu detektieren?"

„AUCH WIR AXONEN UNTERLIEGEN DEN GRENZEN DES TECHNOLOGISCH MACHBAREN."

„Das kannst du deiner Axonengroßmutter erzählen, Max!", höhnte Duke leicht indigniert. „Selbst unsere USSF-Helme haben Wärmebildkameras eingebaut. Und du willst mir weismachen, das ihr zwar interstellare Wurmlochportale bauen könnt, mit der Detektierung von Anzeichen von Leben aber überfordert seid?!"

„MIT DER LÖSUNG DES ENERGIEPROBLEMS WAR DIE SCHAFFUNG DER PORTALE NUR NOCH EINE TRIVIALITÄT."

„Ihr seid schon ein komisches Völkchen...", schüttelte Duke den Kopf und ließ sich vom Sattel rutschen. „Jedenfalls waren die Grabräuber hier."

Das Überraschende war, dass es nur drei Monate dazu gebraucht hatte.

„Und etwas sagt mir, dass sie wussten, wonach sie hier gesucht haben..."

Argwöhnisch sah Duke den ausgehobenen Zugang hinab, ließ dann rasch den Blick über die umliegenden Felswände wandern...

Waren die Grabräuber noch zugegen?

Außer dem Loch hatten sie zumindest hier oben keine augenfälligen Spuren hinterlassen: keine Werkzeuge, keine Fahrzeuge, keine Abfälle.

Duke wusste es besser, als sich auf sein Glück zu verlassen, und zog seinen rechten Revolver. Er sah erneut um sich und lauschte...

Nichts.

Er sah zu Max herüber und erwog für einen Moment, ob er ihn bewaffnen sollte... verwarf die absurde Idee jedoch gleich wieder. So verzweifelt war er noch lange nicht! Außerdem konnte Max aus seinen bloßen Händen Energiebündel verschießen, die jeden Plasmalauncher wie Schießbudenflinten aussehen ließen!

Geduckt trat Duke an den Tunneleingang heran, zog seine kleine Taschenlampe hervor und winkte Max herbei. Er tat einen weiteren Schritt darauf zu, und Max wollte ihm schon folgen… da hielt Duke abrupt inne und richtete sich auf. Überrascht trat Max zur Seite.

Mit demonstrativer Gelassenheit ging Duke stattdessen auf Zorro zu, zog sich seinen Cowboy-Hut vom Kopf und hängte ihn dem Rappen um den Hals.

„Pass mir gut auf ihn auf, mein Bester…"

KAPITEL 20

Duke besann sich eines Besseren und ließ Max vorangehen.

Erstens, weil er dem Kerl nicht über den Weg traute. Zweitens, weil der Axon trotz der Einschränkungen Duke sensorisch noch immer haushoch überlegen war. Und drittens, weil Duke vergleichsweise wenig Skrupel hatte, ihn als lebendigen Schutzschild zu benutzen…

Nach wenigen Metern wurde augenfällig, wie geschmeidig und gleichmäßig die Tunnelwände gegraben waren. Vier Furchen entlang der gesamten Länge verrieten, dass die Grabräuber eine Tunnelbohrmaschine verwendet haben mussten. Das waren keine dahergelaufenen Schatzsucher mit ein paar Metalldetektoren, Schaufeln und Schubkarren gewesen. Und selbst wenn, dann hätten sie kaum ahnen können, dass es hier in der Tiefe irgendetwas Lohnenswertes zu finden gab…

Wer also kam als Grabräuber in Frage?

Shurrath? Wie konnte er davon erfahren haben? Gedankenlesen schien nahezuliegen… jedoch hatte sich Shurrath bereits in zu vielen Dingen als ahnungslos erwiesen – nicht zuletzt hinsichtlich Isaacs Geheimnis. Shurraths telepathischen Fähigkeiten schienen sich auf die bewusste Kommunikation zu beschränken. Also ein Spitzel? Nicht auszuschließen, dass sich ein Khoronenwirt in die Reihen der Deputys eingeschlichen hatte. Oder dass einer seiner Deputys gegenüber einem von Shurraths Jüngern geplappert hatte.

Nein. Hier im Tunnel roch es nach Proxima.

Genauer gesagt: nach dem Trust.

Beispielsweise war Rico über die Arbeiten zum Versiegeln der USS Pilgrim im Bilde gewesen. Das machte es nicht nur möglich, dass der Trust davon Wind bekommen hatte. Es machte es höchstwahrscheinlich. So unverzichtbar Ricos Hilfe auch sein mochte, so sehr war sie in ihrer Position notgedrungenermaßen ein offenes Buch. Nicht zuletzt hatte sie General Haeri Meldung zu machen.

Duke hatte versucht, dem Dilemma teilweise vorzubeugen, indem er die Existenz der Geheimkammer zumindest konsequent verschwiegen hatte – außer einem allerengsten Kreis der Vertrauten in Sanisco gegenüber, aus dem der Trust nie etwas herausbekommen könnte, ohne dass Duke davon erfahren würde. Allmählich hatte Duke genug von den schier endlosen Spitzeln, Spionen, Agenten und Agitatoren, die unentwegt ihre Nasen in die Geschicke der Erde steckten, um den Planeten und die Menschen darauf in irgendeiner Form zu unterwerfen und auszubeuten…

„Max?", hielt er den Axon im Menschenkörper um ein Status-Update an.

„ANALYSE: TUNNEL ENDET NACH ZIRKA ZWANZIG METERN IN VERTIKALEM SCHACHT RICHTUNG HAUPTKAVERNE. KEINE ANZEICHEN HUMANOIDER PRÄSENZ."

„Das muss der Fahrstuhlschacht sein! Die Kabine ist entfernt worden, um den Zugang zu erschweren."

„BESTÄTIGUNG: SCHACHT IST LEER."

Die Art, wie der runde Tunnel geradewegs und genau mittig in den rechteckigen Fahrstuhlschacht führte, war ein weiterer Hinweis, dass die Grabräuber genau wussten, was sie taten. Entweder mussten sie in der Lage gewesen sein, den Komplex zu durchleuchten, als wäre er aus Glas… oder sie waren schlicht im Besitz der Blaupausen.

Vorsichtig ging Duke in die Knie und leuchtete den finsteren Schacht hinab. Nicht einmal Seile oder Kabel waren noch enthalten. Aber auch keine weiteren Spuren der Grabräuber. Vergeblich untersuchte Duke die Schachtkante nach Sohlenabdrücken oder ähnlichem.

„SCHMAUCHSPUREN DETEKTIERT.", deutete Max auf die Rückwand.

Für Duke waren diese praktisch unsichtbar, da der Schacht selbst schwarz gestrichen war.

„SCHMAUCHSPURANALYSE: ZWEI HUB- UND ZWEI STEUERDÜSEN."

„Raketenrucksäcke…", kombinierte Duke. „Kannst du erkennen, ob die Raketenrucksackpiloten noch da unten sind, Max?"

„NEGATIV. SCHACHTENDE LIEGT AUßERHALB SENSORENREICHWEITE."

„Schätze, uns bleibt nur eines… Schaffst du's heil den Schaft hinab, Max?"

„POSITIV."

Duke setzte sich auf die Schachtkante und ließ seine Beine herunterbaumeln. Er hatte wenig Zweifel, dass Max schon seine spezielle Axonen-Methode hatte, aber wie sollte er selbst unverletzt ans untere Schachtende gelangen? In Zorros Satteltaschen befand sich zwar ein Kletterdraht, aber der Schacht wies keine Möglichkeit auf, diesen sicher zu befestigen. So weit Duke es überblickte, gab es für ihn genau eine Option:

Er musste sich im Schacht verkeilen und so peu à peu hinabrutschen. Das Problem war nur, dass der Schacht ein kleines bisschen zu breit und zu weit war, um zuversichtlich Halt darin zu finden. Es sei denn…

Duke ballte die Faust seines rechten Roboterarms… und

prompt leuchtete die damit fusionierte bernsteinartige Axonenkomponente auf und formte sich zu einem dreißig Zentimeter langen Dorn, der oberhalb des Handgelenks in Schlagrichtung hervortrat.

„Max… kannst du diese Form umprogrammieren?"

Mit seiner Linken imitierte Duke eine Art Kralle.

Für ein paar Sekunden starrte Max ihn schweigend an – noch ausdrucksloser als sonst. Da fasste er sich plötzlich und unvermittelt in den Nacken, sodass Duke im ersten Moment erschrocken zurückwich… und zog aus der dortigen Wunde, die von Alexanders Khorone hinterlassen worden war, einen Strang jener hellgelben, gallertartigen Masse hervor, aus der sein eigentlicher Körper bestand.

„POSITIV.", konstatierte er und führte, ehe sich Duke versah, das Ende des Strangs an den bernsteinartigen Dorn heran – worauf beide Materialien wieder miteinander fusionierten und das Ganze rhythmisch zu pulsieren begann.

„Pozz-tausend…", raunte Duke und ließ es mit großen Augen geschehen.

Augenblicklich begann die Form der fusionierten gallertartigen Masse um seinen rechten Arm, nacheinander unterschiedliche Gestalten anzunehmen – alle statt einem langen Dorn nun eher einer gespreizten Kralle ähnelnd.

„Stopp!", rief Duke geistesgegenwärtig, als die seiner Meinung nach dem Anlass perfekt entsprechende Krallenform erschien… und kaum, dass er das rief, veränderte sich der Rhythmus des pulsierenden Leuchtens… und Max' Verbindungsstrang löste sich wieder von der Axonenkomponente in Dukes Arm, die sich wiederum in ihren bernsteinartigen Zustand verhärtete – bloß nun in der Form einer Kralle!

Ohne weitere Zeit zu verlieren, testete Duke die Kralle an der Schachtkante. Die Krümmung der einzelnen messerartigen Krallenfinger, die sich prompt in den porösen Beton des Schachts eingruben, gab ihm den perfekten Halt.

Doch das war nur die halbe Miete.

An der Kante hängend, ließ er sich nun vorsichtig ein Stück an dieser hinab, hielt sich mit seiner Linken an der Kante fest, trennte die Kralle und trieb diese ein Stück tiefer von neuem in den Beton hinein… und ein weiteres Stück tiefer erneut. So konnte er sich nun an seine Kralle hängen und Stück um Stück den Beton perforieren, um mit seiner anderen Hand gerade genug Halt darin zu finden, um sich noch ein Stück tiefer zu hangeln. Auf diese Weise hätte sich Duke wohl den verfluchten Mount McKinley hinaufhangeln können!

„Perfekt, Max! So komme ich nach unten! Wie schaut's mit dir aus?", rief er nach etwa zwei Metern Abwärtshangeln zu Max hinauf.

Wieder sah dieser ihn ausdruckslos an… trat dann einen halben Schritt von der Schachtkante zurück… und sprang!

Mit einem Zischen flog er förmlich an Duke vorbei.

„Woah-WOAH!", konnte Duke ihm nur noch hinterherrufen… bis es Sekunden später am Schachtende einen dumpfen Schlag tat.

„Max! Du Himmelhund! Bist du okay?!"

Ein zischendes Raunen erklang, während mit einem Mal ein cyanblaues Lichtgewitter den Schacht emporflackerte. Duke konnte nicht erkennen, was zum Teufel dort unten vor sich ging!

„POSITIV.", schallte es schließlich zurück.

Duke hatte schon einmal mit ansehen müssen, wie schonungslos Max mit seinen Wirtskörpern umging, wenn es hart auf hart kam. Er machte sich aufs Schlimmste gefasst und hangelte sich weiter nach unten… langsam aber sicher…

Gute zehn Minuten brauchte er, bis er endlich am Fuße des Schachts ankam. Max wartete bereits auf ihn.

Dort, wo vorhin noch Alexanders baumstammartige Beine gewesen waren, stand Max nun auf cyanblau leuchtenden, anatomisch korrekten Nachbildungen zweier idealtypischer

Athletenbeine, wie man sie der Form nach bei altgriechischen Marmorstatuen erwarten würde…

Der Kerl hatte sich seine kaputten menschlichen Beine einfach plasmisch weggesprengt und durch zwei Nachbildungen ersetzt!

„Pozz-tausend…", blieb Duke nur noch zu grummeln.

Der Fuß des Schachts entließ die beiden ungleichen Gefährten ins gigantische Hangargewölbe, sodass sie dem Backbord der USS Pilgrim gegenübertraten, die hier ruhte. In der Dunkelheit war kaum auszumachen, wo genau die Kaverne aufhörte und wo das riesige Schiff begann.

Das Schiff selbst war aufgrund seiner absurden Dimensionen kaum als solches zu erkennen. Vielmehr wirkte es auch unter dem Schein von Dukes Taschenlampe eher wie ein gigantischer metallener Baldachin, der fast den gesamten Hangarboden überdachte. Die Pfosten des Baldachins wurden von den Standbeinen des Schiffs gebildet, von denen ein Teil auf der bahnbrechenden Erfindung der Antigravitationskufen ruhte.

Die Antigravitationstechnologie allgemein war gemeinsam mit der Fusionsreaktor- und Raumsprungtechnologie Teil einer damals erst am Beginn stehenden technologischen Revolution, durch welche die Bewältigung bisher als unüberwindbar geltender physikalischer Hürden regelrecht zum Kinderspiel werden sollte – exemplarisch das Bewegen eines solch riesigen Raumschiffs aus seinem Hangar heraus, um den Jungfernflug zu den Sternen zu absolvieren.

Bloß, dass die USS Pilgrim ihren Hangar letztlich nie verlassen hatte. Stattdessen hatte man über mehr als zwei Jahrhunderte hinweg Generationen angehender Siedler an Bord des Schiffs in der Illusion gewiegt, sie hätten sich bereits auf der Reise durchs All befunden, auf dem Weg zu ihrem neuen Heimatplaneten. Es war kein anderer als Duke gewesen, der die bittere Wahrheit aufgedeckt hatte…

Nun aber war nicht die Zeit, all diese teils schmerzlichen,

teils grausigen, teils bittersüßen Erinnerungen über sich hereinbrechen zu lassen. Es war auch nicht die USS Pilgrim, die hier und jetzt hauptsächlich von Interesse war... sondern eben jene Geheimkammer, die ganze zwei Kilometer von Dukes und Max' gegenwärtigem Standpunkt entfernt in den Felsboden unterhalb des Bugs eingelassen war.

„RAPIDER ANSTIEG KINETISCHER AKTIVITÄT DETEKTIERT.", vermeldete Max plötzlich.

Rasch entdeckte Duke, was damit gemeint war...

...als eine Salve von Plasmabällen die Felswand entlang des Raumschiffrumpfs erhellte...

KAPITEL 21

Noch ehe dieser reagieren konnte, hatte Max Duke gepackt und mit übermenschlicher Kraft in einem sanften Bogen von den im nächsten Sekundenbruchteil einschlagenden Kugeln ultraheißen Gases fortgeschleudert.

Geistesgegenwärtig registrierte Duke die wohl lebensrettende Aktion und fing seinen Sturz mittels Übergang in eine Seitwärtsrolle ab – an deren Endpunkt er von neuem seinen Revolver zog und den Hahn spannte. Erst der Geruch verbrannten Fleischs machte ihm die weitere Tragweite des Vorgangs bewusst:

„MAX!", rief er seinem wankenden Weggefährten zu.

Mindestens einer der Plasmabälle musste den Axon im Menschenkörper getroffen haben. Die Kleidung hing in verschmauchten, qualmenden Fetzen an ihm herunter… rotes Blut und dicke Fäden gallertartiger Substanz traten aus fürchterlichen Brandwunden hervor…

Das Echo von auf Felsboden aufschlagendem Metall ließ Duke aufhorchen. Da ließ die nächste Plasmasalve den Rumpf der USS Pilgrim aufleuchten, und Max begann zu rennen.

Jetzt konnte Duke zumindest erahnen, aus welchem

Winkel genau der Hinterhalt kam. Er eröffnete das Feuer... doch jede einzelne seiner ersten drei Kugeln verpuffte als heulender Querschläger am gepanzerten Bauch des Schiffs.

Duke blieb in lateraler Bewegung.

Die Plasmabälle begannen sich aufzuteilen: zwei in seine Richtung, zwei in Max' Richtung. Als separates Ziel hatte Max sogar in seinem übel zugerichteten Zustand nicht die geringsten Schwierigkeiten, den ultraheißen Gasgeschossen auszuweichen. Stattdessen begann neben seinen Beinen nun auch seine linke Hand cyanblau zu glühen – mit zunehmender Intensität.

Als sich das Glühen zu einem sternförmigen Gleißen verdichtet hatte, holte er aus und schlug mit der mutmaßlich geballten Faust in die Richtung, aus der die Plasmabälle kamen. Gleich einer Schockwelle schoss das zum Gleißen verdichtete Glühen aus Max Faust genau auf die Angreifer zu...

...TREFFER!

Den Bruchteil einer Sekunde von Max' Energieattacke erleuchtet, konnte Duke nun auch erkennen, wer für das Plasmafeuer ursächlich war... beziehungsweise was:

Shields – autonome humanoide Centurion-Kampfroboter der neuesten Generation!

Ihre knapp zweieinhalb Meter messenden, chromartig glänzenden Körper von elegant geschwungener Form und athletischer Statur bestanden aus derselben ultraleichten und dabei ultrarobusten Metalllegierung wie Dukes linker Roboterarm. Die synthetische Muskulatur unter den feingliedrigen Segmenten ihrer Panzerung verband – wenn auch nicht ohne Kompromisse – die Widerstandskraft klassischer Kampfroboter mit der Agilität von Elite-Soldaten. Sie waren Supermänner aus Metall...

...und so, wie sie hier auftraten, wussten sie es auch!

Dukes Hoffnung, dass Max' Energieattacke den getroffenen Shield ausschalten würde wie zuvor Frau Major

Gillicks dreiarmigen Gefängniswächter, erfüllte sich nicht. Stattdessen hielt der Kampfroboter bloß wenige Sekunden inne, während die drei rot leuchtenden Augen und die übrigen grünen LEDs an seinem mantisartigen Kopf rhythmisch blinkten, als würde sich das System neu konfigurieren.

War diese Resilienz womöglich ein Ergebnis der geheimen Forschungsarbeiten, denen nicht zuletzt Max selbst während seiner Gefangenschaft in Gillicks Geheimbasis gedient hatte? Das entbehrte nicht einer gewissen Ironie…

„Rückzug, Max!", rief Duke ihm zu. „Die sind uns über!"

„RÜCKZUG INAKZEPTABEL. TESTION-AKQUISE IST OBLIGAT.", widersprach Max stoisch, aber bestimmt. Stattdessen begann er, geradewegs auf die beiden Kampfroboter zuzustürmen.

Ein Himmelfahrtskommando?

Gerierte sich Max jetzt als Kamikaze? Zuzutrauen war es ihm.

Sollte Duke ihm den Rücken kehren? Einerseits schien dies das Klügste… doch da Max' Vorpreschen augenblicklich die Konzentration beider Roboter auf sich zog, entschied Duke, zunächst noch aus sicherem Abstand zuzuschauen und abzuwarten…

Im Duett eröffneten beide Shields das Feuer auf den nahenden Berserker. Trotz seiner Verletzungen wich Max den beiden Plasma-Salven problemlos aus – und zwar mit einer gazellenhaften Grazilität, als habe er ihre Flugbahnen schon längst gekannt, noch ehe sie abgefeuert worden waren.

Vielleicht war Max' Vorpreschen doch nicht so halsbrecherisch, wie es Duke zunächst erschienen war. Ermutigt davon, wie der Axon im Menschenkörper die Schießkünste der beiden Kampfroboter vorführte, wechselte Duke den Revolver in seiner Rechten und begann seinerseits – wenn auch in einem langen Bogen – auf die beiden Roboter zuzulaufen.

Schließlich feuerte er zwei Mal, in der Hoffnung, einen

Teil der feindlichen Aufmerksamkeit auf sich zu lenken – doch beide Kugeln verpufften an den Panzersegmenten der Shields genau wie zuvor am Rumpf der USS Pilgrim. Ungeachtet dessen hielt Duke weiter drauf, bis er schließlich alle sechs Kugeln verschossen hatte. Er blieb stehen, um nachzuladen... doch in diesem Moment erlosch das gegnerische Feuer, was die Sichtbarkeit des Geschehens deutlich einschränkte.

Still fluchend wechselte Duke auf den ersten Revolver zurück, der noch vier Kugeln enthielt, und versuchte, weiter zu verfolgen, was vor sich ging:

Er sah die rot leuchtenden Augen und die grünen LEDs der Roboter vor und zurück huschen und hörte sonst nur noch das Surren ihrer Glieder, nebst dem metallischen Getrommel, das ihre Füße auf dem Felsboden hervorhoben.

Max hingegen war wie von der Dunkelheit verschluckt. Der Lichtkegel von Dukes kleiner Taschenlampe reichte nur weniger Meter, ehe er am Rauch und Staub in der Luft gänzlich diffundierte.

Also lief Duke weiter in einem weiten Bogen um das nur zu erahnende Geschehen... und in einem günstigen Winkel wurde das wenige Licht für einen Moment dergestalt reflektiert, dass er erkennen konnte, wie sich Max todesmutig um den Rücken eines der Killerroboter geklammert hatte... und im nächsten Moment leuchtete abermals cyanblau Max' linker Vorderarm auf... der im Begriff war, sich zu einer Art Sichel zu formen...

Ein schrilles, metallisches Klingen fuhr Duke ins Trommelfell, als Max jene Sichel quer durch den Kopf des Roboters zog und absprang.

Funken und Blitze schossen aus der Schnittfläche des nun fast halbierten Metallschädels hervor, während der so lädierte Shield nur noch verzweifelt um sich schlagen konnte.

Der andere Shield jedoch hatte Max noch beim Absprung

am linken Bein gepackt und hielt ihn nun mit eisernem Griff kopfüber. Der Anblick ließ Duke zusammenfahren…

Als nun auch Max' umklammertes Bein bedrohlich cyanblau zu leuchten anfing, besann sich der Roboter offenbar eines Besseren und schleuderte den Axon im Menschenkörper wie er war von sich.

Max flog fast waagerecht gut und gerne zwanzig Meter, ehe ihn der allenthalben leicht sandige, beige-orange Felsboden wieder zum Stillstand brachte…

Des einen Widersachers zunächst entledigt, wandten sich die drei rot leuchtenden Roboteraugen nun Duke zu.

„Shit…", zischte dieser, kaum hörbar.

Er fand sich in einer ungünstigeren Position: zu weit weg, um wirksam anzugreifen, aber zu nah, um weiterem Plasmafeuer ausweichen zu können.

Schon konnte er das Plasmamodul im Arm des Shield aufheulen hören… doch noch ehe er sein letztes inneres Stoßgebet aussprechen konnte, ertönte ein weiteres schrilles Klingen – und ein cyanblauer Lichtbogen durchschnitt das Heulen wie gleichsam den Plasmakanonenarm des Roboters!

Als wäre letzterer ein Bambusrohr unter der Schneide eines Samuraischwerts, fiel die eine Hälfte scheppernd zu Boden, während die offene Schnittfläche gelbe Funken und bläulich blitzende Stromentladungen hervorspie.

Der Roboter aber ließ sich dies nicht kampflos gefallen und holte zu einem Kinnhaken aus… der Max voll erwischte!

„Uff…", zuckte Duke erneut zusammen, während Max abermals durch die Luft flog und hörbar in einigen Metern Entfernung auf dem Felsboden aufschlug. Doch nun, da beide Roboter empfindliche Schläge hatten einstecken müssen, sah Duke sich ermutigt, selbst etwas gegen sie auszurichten…

Er wusste, dass neuere Shields serienmäßig mit zwei Plasmakanonen ausgestattet waren – eine in jedem Arm. Wenig überraschend war es also, als er, kaum dass er sich in Richtung des Shields in Bewegung setzte, ein weiteres leises Heulen vernahm…

Doch dieses Mal hatte er seine Rechte bereits zu einer flachen Hand geformt – was die fusionierte Axonenkomponente seines rechten Arms regelrecht zu einem bernsteinfarbig transparenten Ritterschild umwandelte…

Zeit herauszufinden, ob die fusionierte Axonentechnologie hielt, was sie versprach!

Mit lautem Kampfgebrüll stürmte Duke im Schutz des Axonenschilds auf den nurmehr einarmigen, aber noch immer tödlich bewaffneten Killerroboter zu. Unter dumpfen Schlägen schossen dessen Plasmabälle hervor und rasten frontal auf Duke zu… ehe sie sich über den Axonenschild verteilten, als wären sie mit Wasser gefüllte Luftballons!

Freilich war die dabei entstehende Hitze dennoch nicht zu verachten… und zischend stellte Duke rasch fest, dass er dieselbe unterschätzt hatte, da er regelrecht spüren konnte, wie es ihm die Augenbrauen ansengte.

Mit der Kante des Schilds und der Kraft der seinem rechten Arm inhärenten Robotik schließlich stieß er den noch intakten Plasmakanonenarm des Shields erst zur Seite, um denselben oberhalb der Plasmakanonenmündung zu umklammern und sich an demselben hochzuziehen. Dabei machte er aus seiner flachen Rechten wieder eine Faust… was den Schild binnen eines Sekundenbruchteils in jene Kralle umformte, mit deren Hilfe Duke den steilen Fahrstuhlschacht hinabgehangelt war.

Nunmehr die Schulter des Roboters umklammernd, holte Duke mit der Kralle an seiner Rechten aus… ohne dass sich der Shield mit dem anderen, nun fehlenden Arm dagegen erwehren konnte… und ließ dieselbe mit aller Kraft quer durch die robotische Visage fahren – so, wie Max es mit seiner Sichel vorgemacht hatte.

Außer sich versuchte der Roboter Duke abzuschütteln, und ließ sich schließlich auf die Seite fallen – Duke voran.

Das unerwartete Manöver trieb letzterem die Luft aus den Lungen. Ohne die Panzerung der Rüstung unter seinem Westernmantel hätten ihm die Wucht des Aufschlags und das tonnenschwere Gewicht des Shield mit Sicherheit eine lebensbedrohliche Quetschung zugefügt…

Duke konnte spüren, wie der Druck auf seiner Brust nachließ, da sich der Shield aufrichtete… um seine rechte Armkanone erneut in Anschlag zu bringen. Eilig begann er, auf dem Rücken davonzurobben, während das Plasmamodul abermals aufzuheulen begann – nun jedoch kaum mehr als eine Armlänge von ihm entfernt.

Aus dieser nächsten Nähe würde ihn auch der Axonenschild nicht retten – abgesehen davon, dass er nicht einmal genug Zeit hatte, diesen von neuem auszuformen und aus seiner misslichen Rückenlage heraus vor sich in Anschlag zu bringen. War es zu spät für ein letztes Stoßgebet?

Verdammt… Er hätte doch auf seinen Instinkt hören und Max dessen Schicksal überlassen sollen…

Ein dumpfer Schlag…

…eine grelle Wand aus strahlendem Plasma…

…mächtige, unbarmherzige Hitze…

Als es wieder dunkel wurde und Duke die Augen öffnete, merkte er, dass er noch am Leben war… Was zum Henker?

Der Killerroboter hatte den Schuss verpeilt – keinen Zentimeter an Dukes rechtem Ohrläppchen vorbei!

Verdutzt blickten Duke und der Roboter einander an – zwei menschliche Augen und drei rot leuchtende Roboteraugen… oder besser zweieinhalb, denn eines davon war von Dukes Krallenattacke beschädigt worden und flackerte nur noch wie eine alte Neonröhre.

Die brennende Hitze des glühenden Felsbodens unter der rechten Schulter riss Duke aus seiner Schockstarre, sodass er sich rasch zur Seite wegrollte. Doch aufgeschoben war nicht aufgehoben.

Auch der Roboter raffte sich weiter auf und setzte zu einem weiteren Schuss an – noch immer aus nächster Nähe…!

Würde die KI im Elektronengehirn der Maschine in der Lage sein, den Fehler in der Optik auszugleichen – so, wie es auch einer menschlichen Intelligenz gelänge? Ein Schmunzeln zog sich durch Dukes Gesicht, als er realisierte, dass er es nicht mehr herausfinden würde müssen…

Cyanblau blitzte die Sichel auf, als Max einmal mehr damit ausholte… und den Kopf des Killerroboters mit einem perfekt platzierten Hieb glatt von dessen Körper trennte!

Die Funken sprühten wie ein Feuerwerk.

Dann war der Spuk vorbei.

KAPITEL 22

„Verdammt, du siehst furchtbar aus!", strahlte Duke Max mit der wiederaufgelesenen Taschenlampe an.

Der mächtige Kinnhaken, den Max kassiert hatte, hinterließ dessen Kopf in einem unnatürlich verrenkten Zustand.

Duke wusste inzwischen zu gut, dass der Axon im Menschenkörper alles andere als eine wehleidige Natur war… doch als Max sich kurzerhand mit beiden Händen an den Kopf fasste, um sich diesen unter markerschütterndem Knirschen wieder geradezurenken, ließ dies Duke mit einer Mischung aus Ehrfurcht und Entsetzen den Atem stocken…

„DIAGNOSE: HÜLLE STARK BESCHÄDIGT.", kommentierte Max mit gewohnter Trockenheit.

„ERSATZ BENÖTIGT…"

Dabei haftete Max' Blick auffällig an dem soeben enthaupteten Kampfroboter.

„Du… hast doch nicht ernsthaft vor, in einen Shield zu schlüpfen.", traute Duke seinen Augen kaum. „Außerdem… geht das überhaupt?"

„WIR AXONEN KÖNNEN UNS DIE STEUERUNG PRAKTISCH JEDEN BELIEBIGEN KÖRPERS ANEIGNEN – OB BIOLOGISCHER ODER TECHNOLOGISCHER ART."

Duke fasste sich ans Kinn.

Das war in der Tat erstaunlich...

Dann aber:

„Wie auch immer, Max. Du musst als Mensch durchgehen können."

„NEGATIV. REKLAMIERTE PRÄKONDITION IST OPTIONAL."

Duke wollte etwas sagen... hielt dann jedoch inne, überlegte es sich anders und setzte schließlich erneut an:

„Max... in den zurückliegenden zehn Minuten hast du mir zweimal den Pelz gerettet. Es mag dir vielleicht egal sein, was du alles wegstecken musst, aber offenkundig liegt dir etwas daran, dass ich nicht vorzeitig umkomme. Wenn dir wirklich etwas daran liegt, solltest du jetzt meiner bescheidenen Bitte entsprechen."

Mit gewohnter Ausdruckslosigkeit blickte Max Duke an, welcher die Rädchen in Max' Kopf nun laut rattern hören konnte. Dann schließlich:

„TEMPORÄRER KONSENS ERTEILT."

Kurz sah Duke dankend in den Himmel... dann trat er selbst an den regungslosen Killerroboter heran und ging neben demselben auf die Knie.

„Nun, immerhin haben wir hier ein weiteres deutliches Indiz, wer den Tunnel gegraben hat. Außer den Centurions verfügt niemand auf diesem Planeten über Shields – geschweige denn Shields der neuesten Generation. Die Frage ist nur, ob sie im Auftrag der offiziellen Regierung Proximas hier waren... oder im Auftrag des Trust..."

„ZUSATZFRAGE: WAS SUCHTEN SIE HIER?"

„Du denkst mit, Max! Sehr gut! Irgendetwas sagt mir, sie haben von der Geheimkammer Wind bekommen. Alles was geheim ist, ist unwiderstehlich für sie."

Damit sprang Duke auf und schlug im Laufschritt eine bestimmte Richtung ein. Verdutzt sah Max ihm einen Moment lang hinterher, ehe er sich an seine Fersen heftete.

Dukes Laufrichtung führte geradewegs zum Bug des ruhenden Riesenschiffs – dort, wo die Geheimkammer verborgen liegen sollte. Allzu geheim war die Kammer jedoch offenbar nicht mehr…

Eine schwere Metallluke von etwa zwei Metern Durchmesser mit eingraviertem Sternadler-Emblem und Ziffernfeld zur Eingabe eines Zugangscodes machte den Zugang mehr als augenfällig. Kein Zweifel: Die Grabräuber hatten den Zugang entdeckt und die provisorische Tarnung aus einer Schicht Abraum entfernt.

„Verflucht…", raunte Duke.

Max aber lief immer wieder um die Luke herum wie eine Katze um den heißen Brei. Offenbar hatte er etwas bemerkt…

„AXONENPORTAL DETEKTIERT.", verkündete er, mit einem Anflug von Feierlichkeit. „ÄLTERES MODELL, ABER FUNKTIONAL."

Unvermittelt aber blieb Max wie angewurzelt stehen:

„DETEKTIERTES AXONENPORTAL WURDE KÜRZLICH AKTIVIERT."

Duke war sich nicht sicher, ob das etwas Gutes war oder nicht… und Max vermutlich genausowenig. Das eigentlich Merkwürdige daran war, dass sich das Portal überhaupt noch hier befand. Hatten die Centurions das wahrscheinlich bedeutendste Stück der geheimen Sammlung tatsächlich übersehen… oder gar bewusst verschmäht? Es wäre jedenfalls kaum ein Umstand gewesen, das Portal abzutransportieren…

Duke fürchtete die Antwort, die sich ihm aufdrängte:

Ein Grund, das Portal dort unten zu belassen, wäre der, ungebetene Gäste, die eventuell hindurchkämen, von vornherein zu Gefangenen zu machen.

Hatten die beiden Shield-Roboter am Ende weniger als Abwehr von Eindringlingen fungieren sollen, sondern als Gefängniswächter?

„Ich… bin mir nicht mehr allzu sicher, ob es eine gute Idee ist, die Luke zu öffnen…", kam Duke ins Drucksen.

„RÜCKZUG INAKZEPTABEL. TESTION-AKQUISE IST OBLIGAT.", wiederholte Max und ging vor dem Ziffernfeld in die Hocke.

„Max…", trat Duke mahnend hinzu, „…tu bitte nichts Unüberlegtes. Es gibt noch Gesprächsbedarf."

Doch schon bildete Max' verwundete Linke ein seeanemonenenartiges Tentakel aus, das selbständig das Ziffernfeld abzutasten begann…

Durch ein kleines, unscheinbares Loch im Gehäuse des Ziffernfelds floss das Tentakel schließlich ein… worauf kaum zwei Sekunden später die LED der Luke von Rot auf Grün umsprang.

Duke tat einen Schritt zurück und zückte seinen Revolver, während sich das Lukenrad unter einigem metallischen Poltern zu drehen begann…

Mit einem leisen Zischen trennte sich der Versieglungsring…

…und mit einer seitwärtigen Drehbewegung glitt die Luke auf. Vorsichtig trat Duke heran und sah die Steigleiter, die in die Kammer hinabführte – den Revolver im Anschlag.

„ENTWARNUNG.", beschwichtigte Max.

Duke antwortete darauf mit einem mehr als skeptischen Blick und spannte den Hahn des Revolvers. Die wie der Rest der Luke mit einer dicken weißen Kunststofflackschicht ummantelte Steigleiter ging etwa zwanzig Meter in die Tiefe. Der profilierte Metallfußboden reflektierte das fahle Licht der Notbeleuchtung, die hier unten als nurmehr einzige Lichtquelle im ganzen Komplex weiterhin in Betrieb war.

Duke zögerte noch einen Moment.

Dann atmete nochmals kräftig durch, löste den Hahn des Revolvers wieder und stieg endlich die oberen Sprossen der Steigleiter hinab.

Es war das zweite Mal binnen Monaten, dass er die

Kammer betrat. Mit etwa zwanzig Metern in der Breite und dreihundert Metern in der Länge wirkte sie wie eine Serie gleich mehrerer Kammern, wie man sie etwa in einem Museum erwarten würde. Und genau das war die Geheimkammer im Grunde auch: eine umfangreiche Sammlung an Naturkundeexponaten aus jenen fremden Welten, zu denen das hier ebenfalls eingelagerte Axonenportal den Zugang eröffnete – einschließlich des begehrten Testions.

Eine Vitrine mit außergewöhnlichen Kristallen und Mineralgesteinen folgte auf eine mit präparierten pflanzen- und pilzartigen Exponaten, die nirgends auf der Erde zu finden waren – nicht einmal in fossiler Form.

Zu Dukes Erleichterung herrschte noch immer eine angenehme, friedliche Ruhe hier unten. Kommentarlos führte er Max an den etlichen Exponaten vorbei, fast bis ans Ende der Kammer.

„Und hier ist das teure Stück…", deutete er mit einer Mischung aus Stolz und Genugtuung auf die große, anthrazitfarbene Wandtafel. Auf dieser aufgebahrt wie ein seziertes und dann präpariertes Insekt, befand sich einer von Max' Artgenossen – noch in seiner eigenen, makellos glatten anthrazitgrauen Hülle, dem vielbeschworenen Testion, das in seiner Gesamterscheinung an eine stark stilisierte, gesichtslose Schaufensterpuppe erinnern mochte.

Kopf und Glieder des Axons samt Testion waren fein säuberlich vom Torso abgetrennt worden, sodass an den Schnittstellen noch ein wenig der inzwischen längst ausgehärteten blassgelben Gallerte hervorgetreten war, die den eigentlichen Axonenkorpus im Innern der Hülle bildete. Ein ausgesprochen makabres Exponat, wenn Duke es recht bedachte…

„ANALYSE: TESTION BESCHÄDIGT UND NOCH IN BENUTZUNG.", schien Max zu beanstanden.

Duke nickte einräumend: „Nun ja… Isaac trug auch lange Zeit die Stiefel seines toten Kameraden…"

„FALSCHE ÄQUIVALENZ. DER ARTGENOSSE IST NICHT TOT, NUR HANDLUNGSUNFÄHIG."

Duke runzelte die Stirn:

„Willst du damit sagen, den Kerl kann man wieder zusammenflicken, und er ist wieder fit?"

„POSITIV. BLOß EIN BISSCHEN MEINER AXONENEN-ERGIE, UND–…"

„STOPP!", gelang es Duke erstmals, eine von Max' Verkündigungen zu unterbrechen. „Sorry, Max. Aber einer von deiner Sorte in meiner Nähe ist mehr als genug! Lass deinen Kumpel ruhig mal weiter-schlummern!"

„DER ARTGENOSSE KÖNNTE WERTVOLLE AUSKÜNFTE ERTEILEN."

„Auskünfte, die uns gegen Shurrath weiterbringen?"

„EHER UNWAHRSCHEINLICH."

„Dann lass es. Was ist mit dem Testion? Kriegst du das wieder hin?"

„POSITIV."

„…sodass ein Mensch es tragen kann?", schlug Duke bemüht charmant mit den Augen auf.

Selbst Max stets ausdruckslose Miene war für einen Moment erkennbar perplex:

„POSITIV…"

„Im Ernst? Wie schnell?"

„ZIRKA ZWANZIG ERDSTUNDEN."

„Fast einen ganzen Tag und eine ganze Nacht?", fasste Duke sich unter den nicht vorhandenen Hut.

„VIER KOMMA NEUN MILLIONEN NANOSCHALT-KREISE MÜSSEN GEPRÜFT UND GEGEBENENFALLS REPARIERT UND KONFIGURIERT WERDEN.", rechtfertigte Max sich. „HINZU KOMMEN SOFT- UND FIRMWARE-ANPASSUNGEN FÜR DAS GEWÜNSCHTE HUMAN-INTERFACE."

„Sonderwünsche, was?", rieb sich Duke das Kinn. „Na

schön, Max. Gib dein Bestes!" – womit Dukes Augenmerk schließlich auf das Axonenportal fiel…

Es stand noch immer dort, wo sie es abgestellt hatten – zusammengerollt zu einer mannshohen anthrazitfarbenen ‚Zigarre', aufrecht fixiert auf einem kleinen Podest. Ein unscheinbares und doch ungeheuerliches Artefakt – ein Tor in andere Welten, vielleicht am anderen Ende des Universums!

Derweil trat Max näher an die Wandtafel mit seinem so makaber aufgebahrten Artgenossen heran. Er hob seine verletzte Linke, als ob er sie demselben heilend auflegen wollte… doch stattdessen entwuchs ihr erneut jenes seeanemonenhafte Tentakel, das sich prompt wie eine Ranke um das abgetrennte Bein samt Testionsegment schlang.

Max' Unterarm, das Tentakel sowie die aus dem abgetrennten Segment emporquellende Gallerte begannen cyanblau zu glühen… und mit einem leisen Knacksen löste sich das Segment von der Wandtafel.

„ANALYSE: ARTGENOSSE IST FORTGESCHRITTENEN ALTERS.", sah Max zu Duke hinüber, der das zusammengerollte Portal zu inspizieren begonnen hatte.

„EBENSO DAS AXONENPORTAL."

„Wie alt genau?", ging Duke mit zur Denkerpose verschränkten Armen um die zigarrenförmige Säule herum.

„SCHÄTZWERT: EINHUNDERTUNDDREITAUSEND ERDJAHRE."

„Mach' keine Witze…", brummte Duke.

„WITZE SIND KOMMUNIKATIV INEFFIZIENT."

„Dachte ich mir schon, dass du das so siehst…"

Nachdenklich ging Duke immer wieder um das Portal herum. Gab es vor einhunderttausend Jahren überhaupt schon Homo sapiens?

„Und seitdem lag das Kerlchen hier auf der Lauer, um zu melden, falls die Relyeh kommen?"

„KORREKT."

„Seit wann wissen die Axonen schon von den Relyeh?"

„NACH MENSCHLICHER ZEITRECHNUNG LIEGT DIE ERSTE BEGEGNUNG MILLIONEN VON JAHREN ZURÜCK. DAMALS STIEß EIN AXONENFORSCHUNGS-SCHIFF AUF EIN SCHLACHTSCHIFF DER RELYEH. DIE AXONEN BOTEN FRIEDEN. DIE RELYEH ANTWORTETEN MIT KRIEG."

„Aber seid ihr den Relyeh technologisch nicht haushoch überlegen?"

„TECHNOLOGISCH, INTELLEKTUELL UND SPIRITU-ELL. DAS MACHT UNS STARK UND ANGREIFBAR ZUGLEICH. WIR HABEN VIEL ZU VERLIEREN. DIE RELYEH NICHTS."

„Hmmm...", brummte Duke und rieb sich das Kinn.

„WIR AXONEN MUSSTEN KRIEG UND BARBAREI ERST WIEDER ERLERNEN."

„Na, wenn das mal kein guter Neujahrsvorsatz ist..."

Jetzt erst fiel Duke auf, dass sich oben an der Spitze des zusammengerollten Portals etwas befand, was dort zuvor nicht gewesen war... zumindest nicht mehr.

Er erkannte das mattschwarze, länglich zylindrische, etwa bierdosengroße Objekt mit dem leuchtenden umläufigen Ring am oberen Ende wieder: Es war der Schlüssel zum Portal, den er selbst damals Proxima Command übergeben hatte – in der Hoffnung, das die vier Lichtjahre Distanz genügen würden, um zu verhindern, dass Portal und Schlüssel je wieder zusammenkämen. Das Resultat all dieser Bemühungen stach ihm nun spöttisch in die Augen...

Der mattschwarze Zylinder war sowohl der Schlüssel zum Portal wie auch ein Navigationscomputer und ein Energie-speicher, ähnlich einer Batterie oder eines Akkumulators. Dass der Ring gelb leuchtete statt in einer anderen Farbe, signalisierte, dass sich Objekte oder Personen, die sich mit dem Schlüssel verlinkt hatten und durch das Portal auf die andere Seite geschritten waren, noch immer dort befanden.

Erst, wenn sie zurückkämen, würde sich im Regelfall auch die Farbe wieder ändern.

Der gelbe Ring warf etliche Fragen auf:

Wer hatte das Portal durchschritten, und in welche Welt hatte es geführt? Was war Sinn und Zweck der Expedition? Wie lange war das nun her, und wie lange würde es dauern, bis die Betreffenden zurückkämen – wenn überhaupt? Konnten sie überhaupt zurückkommen, während sich das Portal im zusammengerollten Zustand befand? Waren sie womöglich dort… gefangen?

Duke war sich ziemlich sicher, dass genau dies logischerweise der Fall sein musste. Er grübelte nach, was er tun sollte. Waren die Gefangenen unschuldig? Aller Wahrscheinlichkeit handelte es sich um Centurions und/oder um Agenten des Trust… also nein.

Tatsache war, dass der Schlüssel nicht hierhin gehörte. Tatsache war, dass Duke ihn Proxima übergeben hatte – was sich als Blauäugigkeit entpuppt hatte. Die Sache war gänzlich außer Kontrolle geraten… und das hier war Dukes Gelegenheit, sie wieder in die eigenen Hände zu nehmen… buchstäblich.

„Mal gern haben…", murmelte er…

…dann packte er den Zylinder, und mit einer beherzten Drehbewegung trennte er ihn vom Portal. Wie zur Warnung begann der gelb leuchtende Ring am Zylinder in Dukes Hand zu blinken.

Damit schob Duke ihn tief in die Innentasche seines Westernmantels, würdigte das Portal noch eines ehrfürchtigen Blicks und kehrte zu Max an die große Wandtafel zurück.

KAPITEL 23

„Eine Siedlung?", kniff Isaac die Augen zusammen.

„Schaut so aus…", rief Dutch der Kutscher, gleich neben ihm. Dann klopfte er mit der Faust gegen die metallene Karosserie hinter sich:

„Cammy, wach auf!"

Es dauerte einige Sekunden, bis auch Camila ihren Kopf hinausstreckte – noch sichtlich schlaftrunken und einigermaßen missmutig.

Die zurückliegenden Tage hatten abwechselnd aus meilenweiter Steppe, Wüste und Prärie bestanden – punktiert von der ein oder anderen verlassenen Farm oder längst leergeplünderten alten Tankstelle. Die grauen Rauchsäulen, die nun zwischen den Ruinen in der Ferne aufstiegen, signalisierten die Gegenwart von Siedlern.

„Ich hoffe sehr, sie haben was zum Saufen…", knurrte Camila.

„Hast doch eh kaum was davon!", feixte Dutch. „Orsk filtert das Gute heraus und lässt dir das Wasser über, sodass du bloß wieder pissen musst."

„Der Trick ist, sich schnell und hart genug zu besaufen.

Dann kommt selbst Orsk nicht schnell genug hinterher!",
klopfte Camila ihm großschwesterlich auf die Schulter.

Lächelnd wandte sie sich Isaac zu:

„Na, Feldwebelchen? Genießt du die Aussicht auf die
Pferdeärsche?"

Isaac lachte nur.

Es war ihm zu anstrengend, Camilas anzüglichen Sprü-
chen mit einem Konter zu begegnen – auch auf die Gefahr
hin, dass sie dies sicherlich als aufkeimende Zuneigung miss-
verstehen würde.

Aber… vielleicht hätte sie auch gar nicht so furchtbar
Unrecht. Sein Gespräch mit Camila am Rastpunkt hatte ihm
während der zurückliegenden Tage Fahrt durch die Einöde
des Südwestens viel zu denken gegeben.

Er hatte begonnen, Bilanz zu ziehen – Bilanz darüber, was
seine Existenz auf dieser Welt ihm noch zu bieten hatte. Seit
seinem Erwachen aus dem Tiefschlaf, seit seinem Aufstieg aus
den Tiefen der Geheimbasis in Dugway hatte er unterschiedliche Perspektiven kennengelernt – unterschiedliche Lebens-
entwürfe, wie die Menschen mit dem Elend, der Angst und der
Verwüstung umgingen… wie sie sich betteten, wie sie lagen.

Der Sheriff und seine Gouverneurin hatten ihm gezeigt,
dass es noch gute, aufrichtige Menschen mit Idealen gab.
Menschen, die an Recht und Ordnung und Menschlichkeit
glaubten. Und sie waren die Zuvordersten gewesen, die
Isaacs Sympathien gewinnen konnten. Bloß… die Ideale und
die Menschlichkeit, denen sie verhaftet waren, machten sie so
ungeheuer verletzlich!

Als die Erde noch eine isolierte Insel im Kosmos war,
mochte dies der Weg nach vorn gewesen sein, doch nun…
wirkte es fast ignorant… weltfremd.

Alles, was die Dukes mit so viel Blut, Schweiß und Tränen
aufgebaut hatten, war so fragil und angreifbar… ein Karten-
haus, das drohte, alleine schon vom Widerstreit der neuen

Mächte auf der Weltbühne fortgeweht und zur bloßen Rand-
notiz der Geschichte zu werden.

Wo sollte er, Isaac, sein Glück suchen? Wo konnte er es
finden?

Proxima war so weit weg. Und die Axonen hatten kein
Interesse am Fortbestehen der Menschheit.

Blieben die Relyeh.

Sie hatten den Menschen etwas zu offerieren. Der Preis,
den diese dafür zahlten, war die Aufgabe eines Teils ihrer
Menschlichkeit. Im Wesentlichen… machte es sie zu
Vampiren.

Sollte er, Isaac, einer von ihnen werden? War das seine
Bestimmung?

Wie viel an dem Mord an seinem geliebten Sohn war
tatsächllich Shurrath gewesen? Wie viel davon war Major
Salks verzweifelter Versuch gewesen, sich der vermeintlichen
Stimmen in seinem Kopf zu erwehren?

Das alles war nun mehr als zweihundert Jahre her.

Wem konnte der Groll, der Wunsch nach Vergeltung in
Isaacs Herzen noch nutzen? Allenfalls noch ihm selbst! Aber
war dies nicht nurmehr ein egozentrischer Akt der Selbstgei-
ßelung? Wenn er schon egozentrisch sein sollte… sollte er sich
dann nicht wenigstens etwas Gutes tun – als letzter Überle-
bender seiner Familie?

Hinzu kam die Frage, wie viel seiner Lebenserwartung
ihm der Tumor in seinem Kopf noch lassen würde. Die
Relyeh boten von allen die positivste Antwort auf diese
Frage: Die Khoronen, die sie in die Menschen implantierten,
waren in der Lage, solche Zellmutationen auszumerzen und
das ursprüngliche Erbgut wiederherzustellen. Sie waren das
gottverdammte Heilmittel gegen den Krebs, nach dem die
Menschheit seit tausenden von Jahren vergeblich gesucht
hatte!

„Sorry, Leute…", dämpfte Dutch die Hoffnungen, „…aber

ihr wisst, dass wir durchziehen sollen. Keine weiteren Verzö-
gerungen. Außerdem ist uns der Sheriff auf den Fersen."

„Wen juckt dieser aufgeblasene Möchtegern-Cowboy?",
höhnte Camila. „Falls er es über die Grenze schafft, wird er
sein blaues Wunder erleben!"

„Die Trife jedenfalls werden ihn nicht stoppen.", gab Isaac
zu bedenken. „Ich habe mich an seiner Seite schon durch
mehr als eine Trife-Flut gekämpft. Er weiß, wie man mit den
Lederfratzen umzugehen hat."

„Es sind ja längst nicht nur die Trife.", hielt Camila dem
entgegen. „Weiter nördlich mag er der gute Hirte sein, der
seine Schäfchen zur Ordnung anhält, aber im tiefen Süden
herrscht noch immer der gute alte Wilde Westen. Wir haben
schon unsere Mittel und Wege, dass er wieder heulend
zurück zu seiner Gouverneurin rennt!"

„Mittel und Wege?", hakte Isaac nach.

Camila lachte:

„Der Sheriff hat dich schon ganz schön lammfromm
gemacht, Feldwebelchen! Ein kleines Kopfgeld auf sein
Haupt, und er wird vom Jäger zum Gejagten!"

Isaac schmunzelte… aber in seinem Inneren knirschte es.

Der Sheriff war ihnen vor allem wegen ihm, Isaac, auf den
Fersen – um ihn zu retten. Konnte Isaac ihn derart verraten?

So oder so brauchte er Zeit, um eine endgültige Entscheidung zu fällen, auf wessen Seite er stand. Bis dahin musste er
Camila davon überzeugen, dass sie im Begriff war, ihn zu
konvertieren – entweder, weil es die Wahrheit war… oder ein
nützliches Täuschungsmanöver.

„Okay!", rief Isaac schließlich, als er in der Ferne den
Schriftzug eines Saloons erkannte. „Drinks gehen auf mich!"

„Hört, hört!", rief Dutch.

Freudig überrascht, machte Camila große Augen und
nickte anerkennend – ehe sie jedoch ein wenig Wasser in den
Fusel nachgoss:

„Aber du hast ja gar keine Knete, Feldwebelchen. Dann geht heute eben alles auf mich!"

„Abgemacht!", schlug Isaac ein, und Dutch lachte lauthals:

„Matthias, hast du gehört? Cammy gibt einen aus!"

„YEEEEHAW!", rief der Mann mit der Schrotflinte auf der Heckbank der eisernen Kutsche zurück. Alle lachten, und Dutch trieb die Pferde zum Galopp an.

Die Siedlung entpuppte sich als eine bunte Ansammlung von Hütten, Zelten und Verschlägen um das höchste der ursprünglichen Gebäude herum: ein fünfstöckiger Kasten, der einst wohl als Kaufhaus, Ortsverwaltung und Bürgermeisterei in einem fungiert hatte. Das Saloon-Schild, das Isaac erspäht hatte, befand sich an den Arkaden des Erdgeschosses. Eine Aura von Staub, Schmutz und Anarchie umgab das Ganze.

Die eiserne Kutsche war noch immer einen knappen Kilometer von den ersten Zelten entfernt, als Isaac auffiel, dass sich am Fuße des zentralen Gebäudes etwas tat. Staubwolken stiegen auf. Es war ein Tross aus drei Motorrädern, angeführt von einem der typischen aufgebohrten Milizionärsboliden.

„Alle Mann bereitmachen fürs Empfangskommittee!", rief Camila lauthals – gefolgt vom Klicken und Rattern durchladender Sturm- und Maschinengewehre.

Noch dachte niemand daran, auch Isaac eine Waffe in die Hände zu drücken, doch er wollte nicht undankbar dafür erscheinen, dass sie ihm bereits die Handschellen ersparten.

Auf etwa halber Strecke zwischen der eisernen Kutsche und den ersten Zelten schlug der nahende Tross scharf ein, um sich quer zu stellen. Kein gutes Zeichen…

Die Fahrer der Motorräder stiegen ab, und aus dem Wagen stiegen drei weitere Personen – allesamt mit Flinten, Gewehren und Macheten bewaffnet.

Auch aus der Entfernung konnte Isaac erkennen, dass

deren Bewaffnung gegen die seiner Mitfahrer auf der eisernen Kutsche unterlegen war.

„Brrrr…!", brachte Dutch die Kutsche zum Stehen.

Die Pferde schnaubten und scharrten mit den Hufen, als ahnten sie etwas. Camila stieß die Seitentür auf und sprang auf den sandigen Boden herab.

Es war recht offensichtlich, dass das ‚Begrüßungskomitee' mit vielem gerechnet hatte, nur nicht mit einem bewaffneten Girlie in Hotpants. Sie ging um die Kutsche herum, bis sie eine Armlänge neben Isaac stehenblieb.

Dann geschah etwas, womit Isaac nicht gerechnet hatte:

Den Blick starr auf die Siedler des Fahrzeugtrosses gerichtet, streckte Camila ihm ein Gewehr entgegen. Nicht irgendein Gewehr… sondern ihr eigenes Gewehr.

„Los, nimm!", wies sie ihn mit fast befehlendem Tonfall an.

Nach kurzem Zögern griff Isaac zu.

„Falls sie Fisimatenten machen, weißt du, was zu tun ist, Feldwebelchen…", instruierte Camila ihn mit todernster Miene… dann begann sie, strammen, aber maßvollen Schrittes weiter auf die Siedler zuzugehen.

Einer von ihnen begann, ihr gleichsam entgegen zu kommen.

Isaac war verblüfft von dem Vertrauen, das Camila ihm vorschoss. Es wäre ein Leichtes gewesen, sie hier und jetzt in den Rücken zu schießen… und wenn er halbwegs schnell agierte, so stünden die Chancen nicht schlecht, dass er auch Dutch und Matthias ausschalten und sich rasch aus dem Staub würde machen können. Mit Camilas Geld würde er sich vor Ort womöglich sogar eines der Motorräder kaufen können, um damit denselben Weg zurückzufahren und mit etwas Glück unterwegs Hayden abzufangen.

„Hey, Meister…", holte ihn Dutchs knarzige Stimme in die Realität zurück. „…falls du damit ohne triftigen Grund irgendwoanders hinzielst als auf deine Füße, schlitz ich dir die Kehle auf, bevor du ,Piep!' sagen kannst…"

Dabei jonglierte Dutch meisterlich mit einem blitzenden Armeemesser in seiner Linken, während er sein Sturmgewehr in der Rechten im Anschlag hielt. Mit dem Kerl war nicht zu spaßen…

„Kein Vertrauen?", lächelte Isaac verlegen.

Dutch lachte:

„Wenn's nach mir ginge, würdest du noch immer dort hinten angekettet in der Ecke hocken. Kannst heilfroh sein, dass Cammy einen Narren an dir gefressen hat!"

„Und was sagt Orsk dazu?", wurde Isaac ein wenig stutzig.

„Der hat vermutlich Spässchen dran."

„,Spässchen'?"

„Klappe jetzt, Ike. Es wird ernst.", wies Dutch ihn zurecht – womit Isaac sein Augenmerk wieder auf die sich anbahnende Situation vor ihm richtete.

Camila hatte mit dem Siedler zu reden begonnen, war allerdings zu weit weg, als dass Isaac die genauen Worte verstanden hätte. Sie lachte und schien entspannt. Schließlich reichten sie und der Siedler einander kollegial die Hände, worauf sie sich mit einem zufriedenen Lächeln wieder ihrer eigenen Entourage zuwandte und den Rückweg antrat.

„Und…?", begegnete Dutch ihr, und ihr Lächeln wuchs sich zu einem breiten Grinsen aus:

„Sie haben hier Fusel bis zum Abwinken!"

KAPITEL 24

Passenderweise befand sich der Saloon gleich neben der Ein- und Ausfahrt der alten Tiefgarage.

Er belegte in etwa ein Viertel des gesamten Erdgeschosses und entpuppte sich eher als eine Art kommunaler Sozialtreffpunkt – wobei es nichtsdestotrotz auch eine ordentliche Bartheke gab, an der jedoch ausschließlich ein Destillat aus örtlicher Herstellung erhältlich war.

Bemerkenswerterweise hatten die findigen Siedler einen regelrechten Vertrieb um ihren Fusel aufgebaut – unter dem Markennamen ‚Justice‘, der als Etikett jedes der Zweihundertfünfzig-Milliliter-Fläschchen zierte, die hier, praktisch direkt ab Werk zu moderat erschwinglichen Preisen an die Allgemeinheit abgegeben wurden.

Benannt war das Gesöff nach der selbsternannten ‚Frau Richterin‘, unter deren Leitung es gebrannt wurde. Neben dem Vertrieb in Fläschchenform konnte aber ein jeder, welcher der ‚Frau Richterin‘ am Herzen lag – oder im Vorfeld eine entsprechende Vereinbarung getroffen hatte – auch mit irgendeinem eigenen Behältnis aufwarten und sich dieses für nur ein Scheinchen abfüllen lassen – wobei die Füllmenge freilich ganz dem Ermessen der ‚Frau Richterin' und ihrer Schankwirte unterstand.

Eigens zu diesem Zweck erwarb Camila vom benachbarten Schmied drei Becher aus einem undefinierbaren, olivgrünen Metallgemisch – was sich bei nur einem Scheinchen pro gefülltem Becher rasch amortisieren würde, wie sie sich ausrechnete. Der Schmied wiederum war ein wandelndes Klischee seiner Zunft: Hochgewachsen und muskelbepackt, bekleidet mit kaum mehr als einer Lederschürze, schmiedete der Vollbärtige den lieben langen Tag vor allem Hufeisen und Ersatzteile für bäuerliches Gerät.

Die ‚Frau Richterin' hieß eigentlich Barbara Wall, und auch der Ort war natürlich nach ihr benannt: Walton. Isaac war erstaunt, dass sie Camila, ihn und die anderen beiden Gefährten kurz nach Ankunft gleich persönlich empfangen und zu einer kleinen ‚Stadtführung' durch das Tausendseelenörtchen eingeladen hatte. ‚Mittel und Wege' – dachte er sich.

Nicht, dass die ‚Frau Richterin' die erste Wall hier gewesen wäre. Stadtgründer war bereits ihr Großvater gewesen, Jacob Wall, seinerseits Abkömmling eines Herrn Oberst der Space Marines – wie sie redselig erzählte.

Neben dem Fusel sollte das Örtchen in der Umgebung vor allem für seine Meeresfrüchte bekannt sein, die täglich frisch von der nur zehn Kilometer entfernten Küste herbeigeschafft würden. Alles in allem fand Isaac hier eine bemerkenswerte kleine, weitgehend geschlossene Volkswirtschaft vor, mit der die Einwohner ein vergleichsweise annehmliches Auskommen hatten.

Als wäre das alles nicht schon der Ehre genug gewesen, lud die ‚Frau Richterin' im Anschluss an die Führung zu einer Flasche Wein aus ihrem privaten Bestand ein. Mit am Tisch saß auch Jesse – der Assistent der ‚Frau Richterin', bei dem Camila sich und ihr Gefolge bei der Begegnung vorm Ortseingang angemeldet hatte.

„Was braucht ihr noch? Wir haben fast alles hier!", warb die ‚Frau Richterin'.

„Waffen, Schmiedgut aller Art… auch unsere Motorräder stehen zum Verkauf! Auch Ladenflächen sind noch frei!"

„Was wollt Ihr denn mit den ganzen Scheinchen, Euer Ehren?", versuchte Dutch ihren kaufmännischen Enthusiasmus zu bremsen. „Geld kann man weder saufen noch essen!"

„Ach, ich will die Scheinchen ja nicht behalten! Zwanzig Kilometer südlich von hier suchen sie gerade nach einem Käufer für ein Solarfeld und ein paar Wassergewinnungspaneele.", entgegnete die ‚Frau Richterin'.

„Warum kaufen, wenn man sich's einfach nehmen kann?", warf Matthias ein.

„Wenn das Wörtchen ‚wenn' nicht wär'…", lachte Wall. „Sie sind gut dreimal so groß wie wir. Wir haben nicht genug Leute, um uns laufend mit unseren Nachbarn anzulegen. Das ist ja auch einer der Gründe, weshalb wir einen Teil unserer Waffen entbehren können. Wir in Walton wollen auf friedliche Koexistenz setzen – durch Handel. Und dafür benötigen wir Bares!"

Isaac kam nicht umhin zu bemerken, wie sich der Einfluss der Vereinigten Territorien zunehmend über deren geografische Grenzen hinaus ausbreitete. Wurden die bunten Scheinchen mit den aufgestempelten Sternadler-Siegeln nicht von Sanisco ausgegeben?

„Nun, wenn das so ist, Euer Ehren…", klinkte sich Camila wieder ein. „…dann können wir sicherlich irgendwie ins Geschäft kommen. Vielleicht nicht mittels Warenhandel, sondern eher mittels… sagen wir… Dienstleistungen?"

Die ‚Frau Richterin' zog die Augenbrauen hoch und strahlte:

„Dachte ich mir doch! Was können wir Waltons für Sie tun, Camila?"

„Wie Ihr wisst, Euer Ehren, kommen wir gerade aus dem

Norden zurück. Der Grund unserer Reise: Wir waren beauf-
tragt worden, einen Entführten zu befreien. Diesen jungen
Mann hier.", deutete Camila auf Isaac – der nicht recht
wusste, was er davon halten sollte.

„Einer der Schergen des selbsternannten ‚Sheriffs' hatte
ihn am helllichten Tag entführt und eingesperrt. Sicherlich
habt Ihr schon vom ‚Sheriff', seiner ‚Gouverneurin' und ihrem
Unwesen gehört."

„Das habe ich! Es heißt, er ist Anführer eines mächtigen
neuen Paramilitärs, und hängt einem altmodischen Verhal-
tenskodex an, dem er den ganzen Kontinent zu unterwerfen
trachtet!"

„Ihr habt es genau erfasst, Euer Ehren!"

„Was wollten dieser ‚Sheriff' und seine Schergen denn von
ihm?", wurde die ‚Frau Richterin' neugierig.

Isaac wollte schon etwas sagen – doch Camila fiel ihm
rasch ins Wort:

„Sie behaupten, er habe sich an einer Minderjährigen
vergehen wollen!"

„Bullshit!", protestierte Isaac reflexhaft.

„Natürlich! Ein durchschaubarer Versuch, dem Feldwebel
etwas anzuhängen!", pflichtete Camila ihm bei. „Er hat sich
rein gar nichts zu Schulden kommen lassen!"

„Ich kenne diese Flittchen!", klinkte sich Jesse sichtlich
aufgebracht ein. „Sie wollen es doch selbst… und dann
kriegen sie nachträglich Schuldgefühle und schwärzen einen
an! Verleumdung!"

Isaac runzelte die Stirn und musste sich auf die Zunge
beißen, um dem Kerl für diesen Kommentar nicht heimzu-
leuchten. Beruhigt stellte er immerhin fest, dass augenscheinlich auch Camila damit zu ringen hatte…

„Jedenfalls bringen wir den Feldwebel nun nach Süden,
um ihn dem drohenden Schauprozess und den drakonischen
Strafen zu entziehen."

Betroffenheit erfüllte den Blick der ‚Frau Richterin‘, mit dem sie Isaac nun mitleidig ansah.

„Doch der sogenannte ‚Sheriff‘ lässt nicht locker! Er hat die Verfolgung aufgenommen, ist uns auf den Fersen! Wir würden es sehr zu schätzen wissen, wenn wir auf Ihre Mithilfe zählen dürften, den ‚Sheriff‘ aufzuhalten, Euer Ehren!“, begann Camila, demonstrativ, mit Daumen und Zeigefinger durch einen dicken Stapel der begehrten bunten Scheinchen zu fahren…

„Ähm… schön und gut…“, konnte Jesse seine Augen kaum davon lösen, „…aber von wie vielen Männern reden wir hier?“

„Einer allein. Der ‚Sheriff‘ persönlich.“, unterstrich Camila.

„Ein Kerl alleine??“, traute Jesse seinen Ohren kaum.

„Er ist ein Fanatiker. Ein besessener Menschenjäger.“, erklärte Camila. „Zweitausend Stempelchen im Voraus, wenn ihr uns und der Welt den Gefallen tut und ihn ein für alle Mal unschädlich macht.“

Jesse und die ‚Frau Richterin‘ sahen einander mit großen Augen an.

„Zweitausend im Voraus… für den Kopf von einem durchgeknallten Arschloch mit Hut?“, murmelte Jesse ihr zu.

„Im Voraus…“, betonte Camila, „…denn wir können naheliegenderweise nicht einfach hier bleiben und abwarten. Zweitausend, denn der Kerl ist nicht zu unterschätzen. Und… nun ja… da wäre noch eine Kleinigkeit…“

„Was noch?“, wurde der ‚Frau Richterin‘ leicht bange.

„Mein Team und ich würden gerne in Ihren Privatgemächern Quartier beziehen, wenn’s nicht zu viel verlangt ist…“, meldete Camila an.

„Aber mitnichten!“, erwiderte die ‚Frau Richterin‘ erleichtert. „Wir freuen uns, Ihnen so weit wie möglich jeden dieser Wünsche zu erfüllen! Übrigens…“, wandte sie sich nun direkt an Isaac, „…trauen Sie sich ruhig, jedes Mäd–… ich meine… jede junge Dame anzusprechen, die Ihnen… äh… sympathisch ist, Feldwebel. Wir Waltoner sind generell… äh… von sehr offenherziger Natur – vor allem gegenüber Männern von Klasse und Kaliber – und sehr geschäftstüchtig… wenn Sie verstehen, was ich meine."

Nur mit Mühe konnte Isaac seine Abscheu über diese Andeutungen im Zaum halten…

„Danke… für den Tipp…", antwortete er unterkühlt.

Ein Bediensteter kam herbei, öffnete eine weitere Flasche dunkelroten Weins und füllte Camilas Becher nach.

„Danke. Noch diese Runde, und wir sollten uns für die Nacht zurückziehen.", hob sie das Trinkgefäß.

„Auf neue Freunde!", hob die ‚Frau Richterin' nochmals das Glas.

„Auf neue Freunde!", erwiderte Camila, sah der ‚Frau Richterin' lächelnd in die Augen und exte den Becher.

„Matthias…", winkte sie ihm dezent.

„Oh…", fuhr er kurz zusammen, fasste sich dann hinter seine Herrenweste und zog eine große lederne Brieftasche hervor.

Erst legte Camila den zuvor duchblätterten Stapel gestempelter Scheinchen auf die massivhölzerne Tafel, um die sie alle saßen:

„Fünfhundert…"

Dann zog sie die Brieftasche zu sich, öffnete ihre Laschen und holte einen noch dickeren, noch reicher bestempelten Stapel daraus hervor.

Der ‚Frau Richterin' und ihrem Gehilfen gingen die Augen über…

„…und zweitausend – mindestens.", zählte Camila zusammen.

„Jesse… sei so gut und zähl nach, ja? Ich führe unsere Gäste in die Gemächer…", frohlockte die ‚Frau Richterin'.

„Sehr gerne, Frau Richterin.", erhob sich Jesse, beugte sich über die beiden Stapel, legte sie zusammen und begann mit dem Zählen, während Camila, Isaac, Dutch und Matthias die Becher stehen ließen und der ‚Frau Richterin' hinaus folgten.

KAPITEL 25

Über ein in grünliches Schummerlicht getauchtes Notfalltreppenhaus ging es hinauf in die fünfte Etage.

Irgendjemand war irgendwann auf die Idee gekommen, die ursprünglich schmucklos weiß verputzten Stufen mit bordeauxrotem Teppich zu veredeln, was aber schon lange genug her war, um denselben in einem nunmehr arg verschlissenen Zustand mit allerlei suspekten Flecken aus Wasser, Öl… oder Blut… zu hinterlassen.

Isaac warf Camila ein paar fragende Blicke zu, die sie jedoch nicht erwiderte. Oben angekommen, zog die ‚Frau Richterin' einen Schlüsselbund hervor, mit dem sie zwei Bolzenriegel an einer Stahltür aufschloss.

„Diebstahlsicherung?", konnte sich Isaac nicht länger zurückhalten.

„Eine Zeit lang hatten wir ein echtes Kriminalitätsproblem hier…", fiel Walls Blick auf die ominösen Flecken im Teppich. „Aber das ist inzwischen vorbei… auch wenn die alten Gewohnheiten teilweise noch geblieben sind."

Damit drückte sie die schwere Metalltür auf…

Die Etage selbst war noch immer aufgeteilt wie das Bürogebäude, dessen Teil sie ursprünglich gewesen war: ein

Zentralgang, der sich in eine Reihe weitgehend uniformer Einzelräume verzweigte.

Während der Fußboden auch hier mit einer – allerdings durchgängigen und weniger bemüht ‚luxuriösen' – Teppichschicht bedeckt war, hingen die Wände voll zufällig anmutender, mehr oder weniger künstlerischer oder kunsthandwerklicher Arbeiten – von großformatigen Schwarzweißfotografien über amateurhafte Ölgemälde bis hin etwa zu einem Poster mit einem kletternden Kätzchen in misslicher Lage und der in großen Lettern gedruckten Bildunterschrift: ‚OH, SHIT!'

Die meisten der ursprünglichen Bürotüren waren entfernt worden. Die Zimmer waren überwiegend vollgestellt mit unterschiedlichstem, offenbar zusammengeplündertem Mobiliar: alte Sofas, angerostete Bettgestelle, fleckige Matratzen, Kommoden, Kleiderständer,…

Mehr Sperrmülllager denn Schatzkammer.

„Die mit den Türen sind die Schlafzimmer.", erläuterte die ‚Frau Richterin'. „Suchen Sie sich ihres aus. Mi casa es su casa!", lächelte sie leicht verschmitzt.

„Und ‚meine Scheinchen sind deine Scheinchen'…", feixte Camila zurück. „Matthias! Dutch! Ihr nehmt die beiden, die der Eingangstür am nächsten sind. Dutch, du schiebst als Erster Wache."

„Das ist wirklich nicht nötig hier…", wandte die ‚Frau Richterin' ein.

„Nichts für ungut, aber ich entscheide, was für mein Team das Richtige ist.", beharrte Camila und wiederholte:

„Dutch, du schiebst die erste Wache."

„Jawohl, Ma'am!", antwortete er.

Camilas Gefährten taten wie angewiesen… dann stellten sie sich vor ihren Türen auf, tauschten konspirative Blicke aus… und sahen schließlich Isaac an, der sich plötzlich vorkam wie bestellt und nicht abgeholt. Was führten sie nun wieder im Schilde mit ihm?

„Und Ihr Zimmer, Euer Ehren?", hakte Camila nach.

„Oh… mein Zimmer?", trat die ‚Frau Richterin' wieder ein Stück auf Camila zu. „Ganz da hinten in der Ecke. Es hat den besten Ausblick… bis zum Horizont!"

„Dann möchte ich es haben!"

„Dachte ich mir schon…"

„Ich sollte mir wohl auch ein Zimmer aussuchen…", merkte Isaac halblaut an.

„Dazu kommen wir noch.", gab Camila ihm einen Dämpfer und begann fast zu flüstern: „Erst müssen wir noch etwas besprechen… unter vier Augen."

Isaac nickte, leicht misstrauisch.

„So so…", schmunzelte die ‚Frau Richterin' über den Verlauf der Konversation. Dann führte sie Camila und Isaac weiter den Gang hinab, der schließlich in einen offeneren Bereich mit augenscheinlich höherwertigeren und geschmackvoller zusammengestellten Möbeln bestückt war – wie einem weiten, elegant geschnittenen und kaum abgenutzten dottergelben Sofa, das auf ein deckenhohes Fensterpanorama ausgerichtet war. Es war tatsächlich ein wunderbarer Ausblick über einen breiten Ausschnitt des Örtchens hinweg und bis hinauf zu den flachen Hügeln am fernen Horizont.

„Keine Sorge wegen Trife?", wunderte sich Isaac ein wenig.

„Auf dem Dach ist eine Trife-Wache postiert.", erklärte die ‚Frau Richterin'. „Aber die Viecher kommen ohnehin nicht oft hierher. Weiß der Teufel, warum."

Isaac ahnte den Grund: Sie hatten sich Shurrath genähert, und selbst der wollte sich den Trife-Terror auf Distanz halten – ein echter ‚Alien Overlord' von Welt also.

Der Schreibtisch stand ganz in der Ecke, daneben ein ungemachtes King-Size-Bett mit Seidenlaken sowie mit den Füßen heruntergeschobener dicker Pelzdecke obenauf. Es roch… intim…

„Hätte ich gewusst, dass die Herrschaften mein Zimmer wünschen, hätte ich selbstverständlich aufgeräumt…", entschuldigte die ‚Frau Richterin' sich. „Ich bin sicher, Sie wünschen Ihre Privatsphäre. Nun, so weit das hier möglich ist. Ich werde auf dem Sofa draußen schlafen, falls Sie etwas brauchen sollten."

„Vielen Dank.", gab Camila zurück, und endlich verließ die ‚Frau Richterin' mit einem höflichen Nicken den Raum.

Die Tür schloss sich, und Isaac fand sich mit Camila allein im selben Zimmer…

„Du wolltest reden…", wurde er allmählich ungeduldig.

„Ich muss wissen, ob ich dir vertrauen kann… Ike…"

Es war das erste Mal, dass sie ihn so nannte.

„Du hast mir die Handschellen abgenommen… Ich hätte jede Gelegenheit gehabt. Du hast mir dein Gewehr gegeben… und wieder hätte ich jede Gelegenheit gehabt."

Camila lachte… sanft, nicht spöttisch:

„Und jetzt hast du wieder jede Gelegenheit, Ike. Und dieses Mal hoffe ich… du nutzt sie…"

Eine Sekunde lang schloss Isaac die Augen – um nicht zu zeigen, wie er sie verdrehte.

„Schau, Camila: Von meiner Familie habe ich dir doch erzählt. Von meinen Kindern. Von meiner Frau."

„Hast du, Ike. Und wo sind sie jetzt? Wenn du nicht bereit bist, die Vergangenheit hinter dir zu lassen… wie kann ich dir wirklich vertrauen?"

„Was schert es dich, ob du mir vertrauen kannst? Ich bin ein Gefangener, kein Verbündeter."

„Ich dachte… ich hoffte, dass sich das ändern würde, Ike. Ich bin kein Monster. Ich bin noch immer… ein Mensch!"

„Der Teufel bist du…", neigte Isaac den Blick zur Seite.

„Was für herzlose Worte!", schien Camila tatsächlich verletzt.

„Wenn du mir vertrauen willst, wirst du meine ehrliche Meinung wollen.", argumentierte Isaac.

„Ike… Orsk ist nicht wie andere Khoronen. Er mag es, wie ich fühle… Darum darf ich mehr fühlen als andere in meiner Lage… viel mehr…"

„Es ist falsch. Ich sollte gar nicht hier sein."

„Warum sagst du sowas, Ike? War dein Sinneswandel denn nicht echt? Hattest du nicht nach einem Weg gesucht, die Seiten zu wechseln? Ich zeige dir den Weg: Lass die Vergangenheit hinter dir!"

– womit sie sich ihm an die Brust warf…

Rasch fasste er sie an den Handgelenken, damit sie sich nicht noch weiter an ihn anschmiegen konnte.

„Wage einen Neustart, Ike! Dir zuliebe… mir zuliebe…"

Isaac starrte über sie hinweg, aus dem Fenster hinaus. Es war furchtbar töricht, furchtbar albern. Zunächst einmal konnte er IHR nicht trauen. War es ihr Wunsch? War es der ihrer Khorone? Hatte Shurrath selbst die Finger im Spiel? Isaac war ein Mann aus Fleisch und Blut… aber die Vorstellung, von einer Marionette zu einem voyeuristischen Spielchen verführt zu werden, regte nichts als Abscheu in ihm. Und selbst wenn es ihr eigener Wunsch sein sollte:

Was erwartete sie von ihm? Sex ohne Gefühle?

Oder sollte er etwa auf Kommando ‚fühlen', sich disziplinieren, das ihrer Meinung nach Richtige zu fühlen?

„Bin ich dir einfach nicht attraktiv genug?", setzte sie ihm weiter das Messer an die Brust.

„Ich spüre die Blicke der Männer, Ike. Sie wollen mich, sind geil auf mich… Du nicht? Spürst du denn wirklich gar nichts?"

Was für eine Art von Test war dies überhaupt?

Wie konnte er ‚bestehen'?

Indem er sich zur Leidenschaft zwang?

Oder indem er seine Aufrichtigkeit bewies und standhaft blieb?

Er wählte das ihm Nahestehende:

„Mein Herz gehört Amanda… für immer. Sorry."

Er fasste Camilas Handgelenke fester, um sie von sich fort-zudrücken… doch endlich gab sie von selbst nach und trat von ihm zurück.

Ihr Blick war ernüchtert, aber ohne Wut.

„Du bist ein guter Kerl, Ike. Ich weiß deine Aufrichtigkeit zu schätzen. Das ist wohl auch ein Weg, Vertrauen aufzu-bauen. Wenn du verzeihst: Ich glaube, der Wein ist mir ein wenig zu Kopf gestiegen, und ich würde jetzt gerne zu Bett gehen. Such dir ein Zimmer aus – es sind noch genügend da."

Isaac lächelte und ging einen ersten Schritt zur Tür, ehe er sich wieder zu Camila umdrehte:

„Gute Nacht, Cammy."

„Gute Nacht, Ike."

Damit öffnete er die Tür leise und schritt auf den Korridor, wo er sie ebenso leise wieder hinter sich schloss.

Dort auf einem Sofa saß noch immer die ‚Frau Richterin'.

„So schnell hatte ich nicht erwartet, Sie wiederzusehen, Feldwebel.", kommentierte sie mit einem Anflug von Hohn.

„Ich hatte etwas zu viel Wein…", redete er sich heraus.

KAPITEL 26

Auch wenn sie nicht genau wissen konnte, was geschehen war, so erkannte die ‚Frau Richterin' doch Isaacs missliche Lage und führte ihn schweigend zu einem der Zimmer am anderen Ende des Korridors, auf der Westseite des Gebäudes.

Zu Isaacs Überraschung war das Zimmer ein genaues Spiegelbild von Camilas Zimmer – einschließlich des Ausblicks… bloß in die entgegengesetzte Himmelsrichtung. Was leider auch bedeutete, dass die örtliche Abfalldeponie genau im Blick lag: ein über drei Meter hoher Müllberg aus hauptsächlich verrottenden Essensresten, durchmischt mit Resten von Holz, Metall, jedoch vergleichsweise wenig Plastik – was zweifelsohne vor allem dem Niedergang der Einwegprodukteindustrie zu verdanken war.

Die Möbel waren in etwas weniger gutem Zustand als in Camilas Zimmer, aber funktional weitgehend gleichwertig. Statt mit feinen Seidenlaken und echtem Pelz war das Bett mit einem Potpourri aus Baumwolle sowie mit offensichtlichem Kunstpelz bezogen.

Isaac seufzte leise.

„Na? Wäre der Herr Feldwebel vielleicht doch bei seiner

Chefin im Zimmer geblieben?", konnte die ‚Frau Richterin'
ihr Feixen nun doch nicht mehr zurückhalten.

Stoisch musterte Isaac die Frau vom Scheitel bis zu den
Sohlen.

Sie war eine Frau mittleren Alters, leicht übergewichtig,
mit einem Gesicht, das gerade noch als durchschnittlich
hübsch durchgehen konnte. Sie trug einen feminin geschnittenen schwarzen Ledermantel, und darunter ein Hemd und
eine Hose aus schwarzem Jeansstoff. Ihre Cowboy-Stiefel
waren wohl das meistgeflickteste Stück im ganzen Haus.
Auffällig war der breite, ebenso schwarze Ledergurt, der ihre
Taille weiter betonte und durch eine große, mattsilberne
Schnalle mit dem Symbol Shurraths bestach. Isaac wusste
wohl, was unter der Deckung des Ledermantels daran gehol-
stert war…

„Was ist?", fuhr sie ihn an, als sie seinen musternden Blick
bemerkte.

Ihre Augen trafen einander…

„Ich habe mich bloß gerade gefragt, was für Pläne Euer
Ehren heute Abend noch haben?"

Die ‚Frau Richterin' lachte.

Dann lächelte sie kokett:

„Sie hatten wohl wirklich zu viel Wein…"

Isaac erwiderte ihr Lächeln:

„Sie wissen doch sicher, was man darüber sagt, das Nützliche mit dem Angenehmen zu verbinden…"

„Dann sind Sie und Camila gar kein Pärchen?"

„Richtig."

„Und jetzt machen Sie sich an mich heran?"

„Was, wenn?"

„Wie gesagt, Feldwebel: Es gibt bei uns etliche wunder-
hübsche, junge Damen, die nur darauf brennen, einem Mann
ihres Kalibers näherzukommen. Blutjunge Damen… die noch
nie vorher mit einem Mann zusammen waren…"

„Und ich habe Euer Ehren doch bereits verständlich

gemacht, dass ich so nicht ticke.", gab Isaac seiner Indignation ein wenig wohldosierte Luft.

Die ‚Frau Richterin' hatte bloß ein Schulterzucken übrig:

„Ja, ja. Wie auch immer. Wir haben so ziemlich jedes Alter im Angebot: Dreizehn, Dreißig, Dreiundachtzig…"

„Was, wenn ich mich schon entschieden habe?", trat Isaac noch ein Stück auf die ‚Frau Richterin' zu, sodass ihm ihr Parfum in die Nase stieg.

„Warum ausgerechnet ich?"

„Weil Euer Ehren die Frau Richterin sind. Keine der anderen Frauen und Mädchen hier sind so–…"

„…so verboten?"

„Sind Euer Ehren das? Die verbotene Frucht von Walton?"

„Das… ist vielleicht gar nicht so falsch…", gluckste die ‚Frau Richterin' schelmisch hinter vorgehaltener Hand und wandte sich ein wenig von Isaac ab.

Er fasste sie an ihren Handgelenken und zog sie wieder ein Stück zu sich:

„Ich zahle jeden Preis."

„Ich… bin nicht zu verkaufen."

„Vielleicht nicht gegen Geld. Vielleicht aber gegen… Informationen."

Die ‚Frau Richterin' war wie erstarrt und wurde mit einem Mal mehr als hellhörig. Isaac hatte sie am Haken!

„Meine Chefin… sie hat ein Geheimnis…"

„Oh?"

„Was, wenn ich Euer Ehren verrate, dass Camila einen Sternadler-Stempel in ihrem Besitz hat. Dass sie damit ihre eigenen Scheinchen stempelt und deshalb alles und jeden bezahlen kann…"

„Was?? Das ist ja…"

„Jep. Euer Ehren verbringen die Nacht mit mir, und der Stempel gehört Euch. Nie wieder Geldsorgen!"

Isaac konnte die Rädchen im Kopf der ‚Frau Richterin' rattern hören. Dann aber schüttelte sie denselben nur:

„Sorry. Ihre Chefin wird glauben, dass ich den Stempel gestohlen habe… und dann…" – fuhr sie sich demonstrativ mit dem Zeigefinger über die Kehle.

„Auf jeden von uns kommen fünfzig von euch.", wiegelte Isaac ab.

„Nein, es bleibt dabei. Ich lege keine Wert auf solch ein Gemetzel – selbst, falls wir siegreich daraus hervorgehen sollten. Ich sagte Ihnen schon, Feldwebel: Wir Waltoner sind friedliebende Menschen, die auf Verhandlungen und gegenseitigen Nutzen setzen statt auf Gewalt und gegenseitige Übervorteilung. Davon abgesehen, kaufe ich Ihnen keine Sekunde lang ab, dass Ihnen der Sex mit mir das alles Wert sein soll! Was für ein Spielchen spielen Sie hier?"

Isaac seufzte einmal mehr.

Er war schon immer viel zu durchschaubar gewesen.

„Also schön. Die Wahrheit ist: Camila ist nicht meine Chefin. Noch hat sie mich befreit. Im Gegenteil: Sie war es, die mich entführt hat, und ich versuche bloß, ihr Vertrauen zu gewinnen, damit sie mich nicht ihrem Boss ausliefert. Denn der will mir den Schädel aufschneiden, und das will ich nicht."

Jetzt begann die ‚Frau Richterin' lauthals zu lachen:

„Was für eine Räuberpistole! Aber selbst, falls das die Wahrheit sein sollte: Was würde der Sex mit mir daran ändern?"

„Der Sex nicht. Aber der Shurrakush, den Euer Ehren bei sich führt."

„Der was für ein Ding?"

„Der Zeremonienspeer. Keine Ahnung, wo Euer Ehren den herhaben, aber Tatsache ist, dass ich nur damit eine gute Chance habe, Camila und ihre beiden Schergen zu töten und dann das Weite zu suchen."

Die ‚Frau Richterin' verzog das Gesicht und schüttelte verständnislos den Kopf: „Ich habe mich wohl in Ihnen getäuscht, Feldwebel. Sie sind allenfalls ein besonderes

Kaliber von Idiot, dass Sie mir im Vornherein Ihr ganzes kriminelles Vorhaben verraten!"

„Oh... aber das war noch gar nicht das ganze Vorhaben...", zog sich ein dämonisches Grinsen über Isaacs Lippen, „...sondern bloß der Teil NACH dem Sex!"

„Aber der Sex findet doch gar nicht sta–..."

Noch ehe die ‚Frau Richterin' den Satz beenden konnte, hatte Isaac sie schon aufs Bett gestoßen und sich auf sie geworfen. Sie wollte schreien... doch schon hatte er das Kissen gepackt und ihr mit Wucht ins Gesicht gedrückt.

„Ganz recht, Euer Ehren. Der Sex findet nicht statt. Dafür aber etwas anderes..."

Vergeblich versuchte die ‚Frau Richterin' noch, um sich zu schlagen und ihn zu kratzen.

Isaac war kein Killer. Jedenfalls kein kaltblütiger.

Dass er tun konnte, was er gerade zu tun im Begriff war, das hatte die ‚Frau Richterin' sich selbst aufgeladen... denn sie war bereit gewesen, nein, hatte ihm aus freien Stücken immer wieder minderjährige Mädchen – Kinder von gerade einmal dreizehn Jahren – zum Kauf angeboten. Überdies: Damit dieselben ein Opfer erbrächten, dass sie, die ‚Frau Richterin' selbst nicht zu erbringen bereit war. Kurz: So weit es ihn anging, war Isaac im Begriff, diese grausame Welt ein Stückchen weniger grausam zu machen!

Als Walls letzter Widerstand endlich ermattete und ihre Glieder erschlafften, verspürte Isaac kein Iota an Schuld. Vielmehr fühlte er sich wie ein unbesungener Held. Jason wäre stolz auf ihn gewesen...

Er legte das Kissen beiseite und sah ihr noch einmal mit Abscheu in ihre weit aufgerissenen Augen – während er nach ihrem Puls fühlte, um sicherzugehen, dass sie auf dem Weg in die Hölle war. Dann richtete er die Tote auf, um ihr den Ledermantel an den Schultern herunterzuziehen – so weit, dass er leichter an die Schnalle herankam, die das Holster des Zeremonienspeers an der Stelle hielt. Er vergewisserte sich noch rasch, dass die Waffe tatsächlich intakt war, und schnallte sie sich selbst um die Brust.

Schließlich durchsuchte er die Tote noch ein wenig weiter, und bereute es nicht, da er in ihrem Stiefel ein Stilett vorfand, das er prompt ebenso an sich nahm.

So bewaffnet, huschte er flink zur Tür und öffnete sie einen Spalt – so leise er konnte. Die Luft schien rein… also schlüpfte er lautlos hindurch und schloss die Tür wieder hinter sich.

Als er die Sitzgelegenheit vor den Schlafzimmern erreichte, hielt er einen Moment inne, denn er war versucht, Camila von ihrem Fluch zu befreien. Aber es schien ihm doch zu riskant.

Also machte er sich auf den Weg zurück zum grünen Schummerlicht des Treppenhauses. Er näherte sich Dutchs Posten und lugte vorsichtig um die Ecke…

Von Dutch keine Spur.

Wahrscheinlich hatte der Faulpelz genug vom Wachestehen gehabt und sich auf das Wort der ‚Frau Richterin' verlassen, um in sein Zimmer zurückzukehren und dort abzuschnarchen.

Das Stilett in der Linken und die Rechte am Knauf des geholsterten Shurrakush huschte Isaac von einem Zimmer zum nächsten. Matthias konnte er schon durch die Tür hindurch deutlich schnarchen hören. Wie Camila beschloss er, auch ihn zu verschonen. Dann kam er an die Tür zu Dutchs Zimmer.

Er lauschte…

Nichts!

Verflucht… wo steckte der Kerl?

War er noch einen trinken gegangen?

Isaac atmete tief durch. Er konnte sich damit nicht weiter aufhalten.

Also ging er durch zur schweren Metalltür, die ins Treppenhaus führte. Vorsichtig drückte er die Klinke herunter und öffnete die Tür nur einen Spalt.

Er lauschte…

Von unten schallten nur das Johlen einiger Trunkenbolde hinauf – Dutch war vermutlich unter ihnen.

Also öffnete Isaac die Tür noch ein Stück, um vorsichtig hindurchzulugen…

…da schoss ihm eine Hand entgegen wie der Bolzen einer geladenen Armbrust und packte ihn an der Kehle!

„Was schleichst du dich hier ‚rum?", grinste Dutch mit selbstzufriedener Häme, während er Isaac allmählich in die Knie zwang. Er sah die Klinge des Stiletts aufblitzen und packte Isaacs Linke, die dasselbe führte.

„Ich wusste doch, dass du'n falscher Fuffziger bist!"

Jetzt hatte Isaac wahrlich keinen Grund mehr, sich zurückzuhalten. Er ächzte und stöhnte und tat so, als drückte ihm Dutchs eiserner Griff tatsächlich das Stilett aus der Hand. Stattdessen aber ließ er dasselbe absichtlich gehen… und fing es mit seiner freien Rechten auf, noch ehe es auf halber Strecke zum Fußboden war. Aus der Luft gegriffen, holte er damit aus… und trieb Dutch die spitze Klinge direkt durchs linke Auge in den Schädel.

Mit einem heulenden Brüllen ließ Dutch instinktiv von Isaac ab, um sich ans Auge zu fassen.

Das war die Gelegenheit!

Aus den Knien heraus stieß sich Isaac mit aller Kraft vom Boden ab und warf sich Dutch entgegen. Die Wucht des Aufpralls ließ Shurraths Lakaien das Gleichgewicht verlieren, und er und Isaac purzelten gemeinsam die Treppenstufen hinunter. Nun war Isaac tatsächlich heilfroh, dass man die Stufen mit dem roten Teppich bedeckt hatte, denn sonst hätte er sich mit Sicherheit mehrere Knochen gebrochen. Dass dies auch Dutchs Knochen schonte, spielte keine Rolle. Denn nachdem sie sich einige Male überschlagen hatten und ihr Sturz auf dem ersten Treppenpodest geendet hatte, lag

Dutch nun mit dem Rücken zu Isaac. Eilig raffte dieser sich auf.

Doch auch Dutch begann, sich aufzubäumen.

Geistesgegenwärtig saß Isaac auf ihn auf wie auf einem wilden Bullen, zog endlich den Zeremonienspeer aus dem Holster… und stieß denselben Dutch in den Nacken! Volltreffer!

Kurz noch zuckte Dutch zusammen und verharrte wie erstarrt… dann verließ seine Glieder alle Kraft.

„Was zum Teufel?!", schallte es Isaac in den Nacken.

Es war Matthias. Der Lärm musste ihn geweckt haben.

„Cammy! CAMMY", rief er im Angesicht der vollendeten Tatsachen zu Hilfe, während sich Isaac zur Seite abrollte, um festeren Boden unter die Füße zu bekommen.

Noch ehe Isaac sich aufraffen konnte, erfüllte Kugeldonner das Treppenhaus. Die beiden Kugeln verfehlten Isaacs Kopf nur um Haaresbreite. Er sah zu Matthias hinauf. Der Lauf der Pistole qualmte noch.

Isaac sah Matthias' nervösen Blick und den Schweißperlen auf der Stirn an, dass dieser die beiden Schüsse absichtlich vergeigt hatte. Denn Matthias wusste, dass Shurrath Isaac möglichst lebend und ohne Kopfverletzungen haben wollte. Also schenkte Isaac Matthias vorerst keine weitere Beachtung und sah stattdessen zu, dass er die Treppen bis ins Erdgeschoss hinunter kam, um von dort rasch ins Freie zu gelangen.

Endlich an der letzten Metalltüre angekommen, riss er dieselbe auf… bloß um Jesse genau gegenüber zu stehen.

Egal!

Isaac stieß ihn kurzerhand zur Seite und sprintete los, in Richtung der Tiefgarageneinfahrt auf der Südseite des Gebäudes. Dort aber fand er nur einen weiteren Handlanger der ‚Frau Richterin' vor, der sich anschickte, ihm den Zugang zu versperren.

„Glaubst du, dass du hier einfach so–…", begann der

Scherge zu pöbeln – als ihm der Shurrakush ins Herz glitt wie ein Messer in warme Butter und fast augenblicklich die Seele aus dem Leib trieb…

Der Klang berstenden Glases durchschnitt das Zirpen der Grillen.

Isaac sah auf und lauschte.

Kurz darauf lautes Prasseln, wie Glasscherben, die aus großer Höhe hinabregneten. Beides schien von der Ostseite des Gebäudes her zu kommen…

Camila, kein Zweifel…!

Isaac musste weiter.

Er lief die Tiefgarageneinfahrt hinab.

Gleich vorn fand er vier Fahrzeuge vor – augenscheinlich dieselben vier Fahrzeuge, von denen Camila und Entourage vor dem Städtchen empfangen worden waren. Weiter hinten auf der Parkebene saßen etwa ein Dutzend Männer um ein brennendes Ölfass versammelt – offenbar weitere Handlanger der ‚Frau Richterin'.

Ein undefinierbares Stück Fleisch war über dem Feuer aufgespießt. Isaac wollte auch sie einfach ignorieren… doch sie ignorierten ihn nicht. Stattdessen erhoben sie sich allmählich und kamen auf ihn zu.

„Wer zum Henker bist du denn?", rief einer von ihnen.

„Gesocks hat in diesem Bereich keinen Zutritt!", pöbelte ein anderer.

Gezielt lief Isaac zu einem der Motorräder. Die Schlüssel steckten

– Bingo!

„PFOTEN WEG!", bellte ein dritter in der Runde, als würde sich Isaac davon beeindrucken lassen.

Während Isaac aufsaß, konnte er im Augenwinkel das Metall ihrer Waffen blitzen sehen, gefolgt vom Klicken und Rattern der Mechanik. Jetzt kam es darauf an, cool zu bleiben. Es blieben weniger als drei Sekunden, bis er vom Kugelhagel zersiebt werden würde…

„Komm schon…", raunte er, während er den Zünd-schlüssel drehte.

Abgewürgt, verdammt!

Ein erster Querschläger ließ ihn zusammenzucken…

Zweiter Versuch…

Das Motorrad sprang an!

Noch während der Kugeldonner hinter ihm losbrach, drehte Isaac den Gasschalter bis zum Anschlag… und das Gefährt schoss voran, sodass er erst im letzten Moment noch die Kurve bekam, um zu wenden.

Mit einem unfreiwilligen Schlenker fuhr er zwischen die Schergen, die protestierend auseinanderwichen, ehe sie von neuem das Feuer eröffneten.

Geduckt raste Isaac durch den Kugelhagel hindurch auf die Tiefgaragenrampe nach draußen zu…

Da trat Camila vor die Ausfahrt.

Mit beiden Händen hielt sie eine Pistole und zielte Isaac genau auf die Stirn. Unbeirrt hielt Isaac drauf. Er konnte den Konflikt in Camilas Augen sehen… und im letzten Moment hob sie den Lauf und schritt fluchend zur Seite.

„YEEEEHAW!", rief Isaac und sah gerade noch rechtzeitig in den Rückspiegel, um auch Matthias und Jesse herbeilaufen zu sehen, die wütend ihre Hüte zu Boden warfen.

Dann verschwand er in einer der engen Gassen zwischen den Hütten und Zelten…

KAPITEL 27

Ein kalter Schauer überkam Camila, als sie zu begreifen begann, was geschehen war.

Sie hatte versagt.

Auf ganzer Linie.

Es war ein Debakel.

Und sie trug die Verantwortung.

Nicht, weil sie nicht auf Isaac geschossen und zur Seite geschritten war, um ihn passieren zu lassen. Sie hatte keine andere Wahl gehabt, wollte sie nicht riskieren, ihn umzubringen oder am Kopf zu verletzen.

Sie musste sich eingestehen: Er war ihr über gewesen.

Er hatte sie manipuliert, hatte seinen Charme benutzt, ihre Schwäche, und den einzigen strategischen Vorteil, den er hatte:

Dass Shurrath ihn lebendig und unverletzt haben wollte!

Zumindest hatte nicht sie alleine versagt. Dutch und Matthias genauso. Ein schwacher Trost – zumal sie gewissermaßen die Teamleiterin war. Somit war es ihre Verantwortung.

Natürlich würden sie ihn jagen und wieder einzufangen versuchen. Doch auf dem Motorrad war er bereits jetzt, wenige Minuten nach seinem Entkommen, mehrere Kilometer entfernt. Und es würde noch etliche weitere Minuten brauchen, bis sie in die Gänge kämen. Er hätte fast genau so gut in alle verfickten Winde verweht sein können!

Sie hatte ihm geglaubt, verdammt. Es war zu schön, um wahr zu sein – und gerade deshalb wollte sie es glauben, dass er Shurraths Herrlichkeit erkannt hatte…

Und noch immer glaubte ein Teil von ihr, wollte glauben, dass er sich bloß verbot, sie zu begehren, obwohl er es eigentlich tat. Sie hatte doch erlebt, wie er sie mit Blicken ausgezogen hatte… wie er dagegen ankämpfen musste, nicht schwach zu werden…

Enttäuscht war sie von Orsk.

Er war einfach zu nachsichtig, verdammt nochmal! Er hatte ihr zu viel Eigenständigkeit gestattet – auch in Dingen, in denen er klar die Führung hätte übernehmen sollen. So gesehen, trug doch er zumindest einen Teil der Verantwortung, oder nicht?

Als ob das wirklich eine Rolle spielte!

Würde Shurrath erst einmal herausfinden, was geschehen war, würde er sie beide büßen lassen – sie UND Orsk! Aber Shurrath würde immerhin anerkennen müssen, dass sie nicht völlig leichtsinnig gehandelt hatte. Immerhin hatte sie Dutch als Wache postiert, der Isaac ja hätte stoppen sollen. Es war eben bloß Pech gewesen, dass das misslang. Beziehungsweise Dutchs Inkompetenz. Wenn, dann war Dutch es, der bestraft gehörte!

Natürlich machte sie sich etwas vor.

Shurrath würde sie alle bestrafen, aber sie zuerst.

Ächzend setzte sie sich ans Steuer des Milizionärsboliden. Sie würde jetzt dort hinauffahren, und Jesse und Matthias würden hinzusteigen… und die Jagd würde beginnen… von neuem.

Wenn ihr Fortuna nur einmal hold wäre und sie Isaac per Zufall schnell wieder habhaft werden könnte… dann ließe sich dieser Lapsus vielleicht wieder glattbügeln, ohne dass es großartig auf–…

„Camila…"

Die plötzliche sanfte, ruhige Stimme sandte einen kalten Schauer über sie und ließ ihre Glieder erbeben. Heute war wirklich nicht ihr Tag…

„Was tust du denn hier?", fragte sie halb bange, halb vorwurfsvoll, ohne sich umzudrehen.

„Shurrath hat mich geschickt, um Isaac abzuholen. Ich bin gerade im rechten Moment angekommen, um zu sehen, wie du ihn hast entkommen lassen…"

„Dutch hatte Wache geschoben! Irgendwie ist er an ihm vorbeigekomm–…"

„Uninteressant, Camila. Komplikationen. Ausreden. Irgendwas ist immer! Ich bin gekommen, um Isaac abzuholen – und er ist nicht hier, obwohl er hier sein sollte. Verstanden?"

„Verstanden…"

Sie konnte spüren, wie sich die Furcht Orsks mit ihrer eigenen vermengte… Und sie war sich sicher, dass Salk jedes Iota davon genoss…

„Dreh dich um…", rief Salk sanft.

Orsk stimmte zu.

Es stand nur noch eine Option zur Wahl.

Mit einem unvermittelten Ruck drehte Camila sich um, landete auf ihrem linken Knie… die Pistole bereits im Anschlag… FEUER!

Die Kugel durchschnitt die Luft und ging ins Blaue.

Salk war bereits fort.

„Wie vorhersehbar…", kommentierte er gelangweilt… während er Camila von hinten packte und ihr seinen Shurra-kush in den Nacken stieß.

„Es scheint, die alte Weisheit gilt noch immer: Recht gemacht ist selbst gemacht."

Sanft ließ Salk Camilas leblosen Körper zu Boden gleiten.

Dann wischte er das Blut und die Reste Orsks an der

Schulter ihres Tanktops ab, ehe er den Shurrakush wieder in seinem Ärmel verschwinden ließ.

Einen Moment noch sah er mitleidig auf Camila hinab. Ein kleiner Tribut an jenen kleinen Teil in ihm, den er sich zu seinem Amüsement als Rest seiner Menschlichkeit bewahrte.

Es war nicht ihre Schuld gewesen, dass Shurrath Isaac unterschätzt hatte. Der Feldwebel mochte bloß ein Militärpolizist gewesen sein, doch mit seinen physischen wie mentalen Leistungsdaten und seiner Erfahrung hätte er auch zum Elite-Ranger aufsteigen können. Es war seine Familie gewesen, die ihn von solch höheren Aspirationen abgehalten hatte.

Salk wusste zu gut, wie diese Dinge von statten gehen konnten. Dass mancher sich bewusst und trotzdem froh und glücklich darüber sein mochte…

Es machte keinen Unterschied. Shurraths Wille war eisern. Und nach den zurückliegenden zweihundert Jahren gab es daran nichts mehr zu rütteln.

Shurraths Wille war Salks Wille.

Shurraths Ziele waren Salks Ziele.

Sie waren zwei in einem.

Siamesische Zwillinge.

Familie konnte einen zurückhalten… aber auch beflügeln.

KAPITEL 28

„FERTIG.", verkündete Max.

Duke hob seinen Kopf an und öffnete die Augen. Wie lange saß er nun schon hier unten, mit dem Rücken an der Felswand im Innern der Geheimkammer? Wie lange hatte Max gebraucht, um das Testion zu etwas umzumodeln, das für Duke verwendbar war? Es musste mindestens vierundzwanzig Stunden her sein. Vielleicht achtundvierzig?

„Das ist es also?", fiel Dukes Blick endlich auf die vielverheißende Kreation…

Grau, schlaff und unscheinbar hing sie von der Kante des Werktischs herab. Wenn Duke es nicht besser gewusst hätte, so hätte er gemeint, es handelte sich um einen Bodysuit der Centurion-Marines – eine ultraleichte, anthrazitfarbene, hautenge und bei alledem hoch strapazierbare Rüstung – typischerweise für den Einsatz in Missionen, bei denen es mehr auf Agilität und Tarnung ankam als auf ein dickes Fell.

„DEHNBARKEIT: BIS ZU VIERHUNDERTFÜNFZIG PROZENT.", konstatierte Max.

Duke begriff erst dann, was dieser meinte, als er direkt davorstand und sah, um wie vieles kleiner die Maße waren, als das, womit er sich üblicherweise umgarnte. Vielleicht war er nicht mehr der träge, leicht korpulente Sheriff von Metro, der er noch vor etwas mehr als einem Jahr gewesen war… aber er konnte sich beim besten Willen nicht vorstellen, wie er in diese Wurstpelle ansonsten hineinpassen sollte.

„BITTE FREIMACHEN.", forderte Max ihn auf.

„Du meinst, ich soll mich ausziehen?"

„POSITIV."

Nicht ohne Murren fing Duke mit seinen Patronengurten an – ohne die er sich ohnehin schon fast nackt vorkam. Dann waren seine Holster, sein Gürtel sowie Hemd und Hose an der Reihe. Darunter befand sich seine flexible Schutzpanzerung – ein Vorgänger des Bodysuits – die er nun ebenso ablegte, bis er schließlich nur noch in seinen Boxershorts dastand.

„WEITER.", insistierte Max.

Duke grummelte und verdrehte die Augen… aber ruckzuck waren schließlich auch die Boxershorts unten.

Max nahm das schlaffe, graue Etwas hervor und fuhr mit der Spitze seines Fingers über dessen Vorderseite – worauf es an einer zuvor unsichtbaren Naht auseinanderging, um das Anlegen zu erleichtern.

„ERST DIE BEINE EINSTECKEN, DANN ÜBER DIE ARME HOCHZIEHEN. VORDERSEITE ZUR ÜBERLAPPUNG BRINGEN UND DRUCK AUSÜBEN, UM VERSIEGELUNG HERZUSTELLEN.", wies Max an und assistierte Duke, so weit dies seine robotoide Motorik gestattete.

Die Innenseite des Testions war extrem geschmeidig und passte sich wie von Zauberhand exakt an Dukes schroffen Körper an – als handelte es sich buchstäblich um eine zweite Haut.

„Da kann ich jetzt sogar noch den Schutzpanzer drüberziehen!", brummte Duke schnippisch.

„WARNUNG: ZUSÄTZLICHE KLEIDUNGSSCHICHTEN REDUZIEREN EFFEKTIVITÄT DER PROJEKTORZELLEN.", dämpfte Max diese Hoffnung sogleich.

„Nun…", fasste sich Duke ans Kinn, „…das würde natürlich dem ganzen Sinn und Zweck der Aktion zuwiderlaufen…"

„KORREKT."

„Also muss ich dann praktisch nackt durch die Gegend laufen!?"

„INKORREKT: DAS TRAGEN DES TESTION UND NACKTHEIT SIND UNVEREINBAR."

Wo Max Recht hatte, hatte er Recht.

Endlich gelang es Duke, auch in die Ärmel zu schlüpfen und die Naht zu versiegeln – so, wie es ihm instruiert worden war. Erneut auf geradezu magische Weise haftete das Material an sich selbst, und die beiden eben noch getrennten Seiten gingen eine nahtlose Verbindung ein, als wäre das Ganze von vornherein aus einem Guss gewesen.

„Vermute ich richtig, dass ich die Axonenkomponente meines rechten Arms nicht benutzen kann, während das Testion angelegt ist?", hakte Duke nach.

„BESTÄTIGUNG: ÜBERSTRAPAZIERUNG DROHT.", bejahte Max die Frage und fügte als nächsten Punkt hinzu:

„HINWEIS: KOPFMASKE NOCH NICHT ANGELEGT. ZUM ANLEGEN, ÜBERSCHÜSSIGES HINTERES KRAGENMATERIAL ÜBER KOPF UND GESICHT ZIEHEN UND VORN VERSIEGELN."

Leicht verdutzt fasste sich Duke in den Nacken und fand tatsächlich einen scheinbaren Materialüberschuss dort vor – gleich einer hautengen Kapuzenhaube.

„Ganz über Kopf und Gesicht soll ich das ziehen?"

„KORREKT."

„Und ich ersticke dann nicht?"

„UNZUREICHENDE DATENLAGE."

„Soll das ein Scherz sein?!"

„ALTES ERDLINGSSPRICHWORT: ‚DER VERSUCH MACHT KLUCH!'"

„Pozz-tausend…", grummelte Duke und zog sich schließlich das überschüssige Material erst am Hinterkopf hoch, dann über die Schädeldecke und die Ohren hinweg, dann die Stirn hinunter… aber als er es über die Nase fast bis zur Oberlippe geschafft hatte, hielt er inne.

„Potenzielle Erstickungsgefahr ist die eine Sache… aber ich seh' hier drunter absolut nichts!"

„WEITERMACHEN.", insistierte Max abermals.

„Aber…"

„WEITERMACHEN… BITTE."

Wenn Max schon solche Charmeoffensiven auffuhr, wie Bitte zu sagen, was konnte Duke dann noch entgegensetzten? Still fluchend zog er sich also das Material ganz übers Gesicht – übers Kinn bis hinunter zum Kragen – wo er die beiden überlappenden Kanten des Materials leicht zusammendrückte.

Prompt verschmolzen auch sie nahtlos…

…und nun war sein kompletter Kopf, einschließlich der Augen und sämtlicher Atemöffnungen, eng anliegend vom Testion umschlossen.

Leichte Panik stieg in Duke auf…

Hatte er gerade den Fehler seines Lebens begangen?

War er sehenden Auges in eine Todesfalle getappt?

„RUHIG BLEIBEN.", mahnte Max lapidar.

Endlich gelang es Duke, seinen anfänglichen Reflex zu überwinden und nach Luft zu ringen. Ungeheure Erleichterung erfüllte ihn, als er feststellte, dass er durch das Testionmaterial hindurch in der Tat noch Luft bekam… auch wenn dieselbe durch diese Filterung ein merkwürdiges, wenn auch nicht unangenehmes Aroma annahm, und auch wenn es immer noch stockdunkel um ihn herum war. Immerhin würde er nicht ersticken…

Nach einigen weiteren Sekunden begann jedoch tatsächlich auch mehr und mehr Licht hindurchzudringen… Erst völlig diffus, nahmen die Dinge zusehends mehr Form und

Farbe an – bis Duke durch das Testion hindurch genauso klar sehen konnte wie ohne!

Ungläubig fasste er sich ans Gesicht. Es war weiterhin nahtlos vom Testion bedeckt – auch wenn es ihm dahinter fast wieder so vorkam, als wäre da gar nichts!

„TESTIONE HABEN VIELE ANNEHMLICHKEITEN. EINES DER WICHTIGSTEN SIND DIE PROJEKTORZEL-LEN. UM SIE ZU NUTZEN, IST DAS SCANNEN EINES ANDEREN WESENS ODER OBJEKTS ERFORDERLICH. HINWEIS: NUTZUNG DER PROJEKTORZELLEN ÄNDERT NICHT DIE PHYSISCHEN DIMENSIONEN DES NUTZERS."

„Will heißen: Egal, wen oder was ich scanne, die Projek-tion wird immer meine Körpermaße haben?"

„KORREKT."

„Sag das doch gleich!", lachte Duke. „Okay, also wie scanne ich?"

„ERSTENS: GEWÜNSCHTES WESEN UND/ODER OBJEKT ANSCHAUEN. ZWEITENS: LINKES AUGE ZWEIMAL KURZ HINTEREINANDER SCHLIEßEN UND WIEDER ÖFFNEN."

„Also zweimal mit dem linken Auge zwinkern..."

Duke behielt Max im Blick und tat wie instruiert.

Mit einem Mal trat aus dem Testion an Dukes Körper ein perfekt waagrechter Strich hervor – ähnlich einem Laserscan-ner. Dabei wanderte der Strich binnen einer knappen Sekunde vom Scheitel des gescannten Subjekts hinab bis zu den Zehen.

Max fuhr fort: „ZUM AKTIVIEREN DER PROJEKTION, ZWEIMAL MIT DEM RECHTEN AUGE ZWINKERN. DREIMAL ZWINKERN, UM ZWISCHEN BEREITS ERFOLGTEN SCANS ZU WECHSELN. VIERMAL ZWIN-KERN, UM PROJEKTION ZU DEAKTIVIEREN."

„Das ganze Gezwinker muss ich mir langsam mal notieren…", grummelte Duke. Dann zwinkerte er zweimal mit dem rechten Auge.

Zunächst fühlte er nichts…

…aber als er sich nach ein paar Sekunden unnötigen Abwartens seine Arme und den Rest seines Körpers besah, da hatte er tatsächlich Max' Gestalt angenommen – einschließlich all der fürchterlichen Blessuren – bloß von deutlich hagererer und kleinerer Statur im Vergleich zu Max' Wirtskörper.

„Hat man noch Töne…", entfuhr es ihm, von fasziniertem Staunen ergriffen. Dann aber zwinkerte er mit dem rechten Auge dreimal… und zu seiner weiteren Überraschung wechselte er erneut die Gestalt!

Dabei musste es sich um eine Gestalt handeln, die der ursprüngliche Inhaber des Testions selbst gescannt hatte. Duke besah sich von oben bis unten, so gut er in Ermangelung eines Spiegels konnte… und stellte fest, dass er die Gestalt einer adretten jungen Frau angenommen hatte, deren wallend glockenförmiges, rüschenbesetztes Ballkleid bis auf den Boden ragte. Ihre üppige, tief ausgeschnittene Oberweite ließ Duke für einen Moment den Atem stocken…

Er fasste sich ans ausladende Kleid in der Erwartung, dass er hindurchgreifen würde wie durch ein in die Luft projiziertes Hologramm. Doch zu seiner abermaligen Verblüffung gab das Textil nach, als wäre es physisch präsent!

„Sagtest du nicht–…"

„PROJEKTORZELLEN KÖNNEN BIS ZU EINEM METER EXTRUDIEREN, UM UNTERSCHIEDLICHE KÖRPERSTRUKTUREN UND OBERFLÄCHENBESCHAFFENHEITEN ZU EMULIEREN.", stellte Max klar.

Duke zwinkerte erneut dreimal hintereinander mit dem rechten Auge… und wechselte prompt ein drittes Mal die Gestalt:

Dieses Mal handelte es sich dem Augenschein nach um einen Herrn in einem altmodischen Frack mit Kniehosen, bei dem es sich um den Begleiter der Dame im Ballkleid hätte handeln können. Sowohl die fragliche Dame wie auch ihr mutmaßlicher Begleiter schienen also auf eine Zeit zurückzugehen, die noch deutlich vor der Zäsur vor zweihundert Jahren lag, und Duke fragte sich, wie viele Scans der Vorinhaber des Testions wohl noch angefertigt hatte... und in welche Zeitperioden und Epochen der Geschichte diese wohl zurückreichten...

Max war noch nicht fertig:

„TESTION-MERKMAL: ENERGIESCHILD. ZUM AKTIVIEREN, MIT LINKEM AUGE VIERMAL ZWINKERN."

„‚Energieschild'??", ließ sich Duke nicht zweimal bitten und zwinkerte viermal links – obgleich ihm das ganze Gezwinkere doch allmählich auf die Lider ging.

Die projizierte Gestalt verschwand. Stattdessen erschien um das gesamte Testion und seine Glieder herum kurz eine Art von cyanblau leuchtender Aura...

Ohne weitere Vorwarnung trat Max an Duke heran... holte aus...

...und schlug ihm mit aller Wucht in die Magengrube!

Instinktiv fuhr Duke zusammen...

...und doch: Die Wucht des Schlags verpuffte vollständig an der Aura, die sich als eine Art Kraftfeld entpuppte. Duke fühlte vom Schlag nicht das Geringste! Stattdessen hinterließ Max' Faust an der betreffenden Stelle lediglich einen allmählich wieder verklingenden cyanblauen Schimmer.

Erst jetzt fiel Duke auf, dass in seinem Blickfeld ein einzelnes kleines graues Balkendiagramm erschien, an dessen oberen Ende eine cyanblaue Linie die aktuelle Höhe des Balkens hervorhob. Max' Schlag schien den Balken leicht schrumpfen gelassen zu haben...

„TESTION-ENERGIESCHILD ABSORBIERT EINWIRKENDE KINETISCHE ENERGIE UND SPEICHERT DIESE ZUR EIGENEN SPÄTEREN NUTZUNG. ACHTUNG: VERBRAUCH IST STETS HÖHER ALS ABSORPTION. AUF SPARSAMKEIT ACHTEN!"

„Immer diese Knausereien… Aber sag: Stoppt es auch Kugeln? Oder gar Plasma?"

„JE STÄRKER DIE KRAFTEINWIRKUNG, DESTO GRÖßER DER VERBRAUCH. IST ENERGIE AUFGE-BRAUCHT, BESTEHT KEINE SCHUTZWIRKUNG MEHR."

Also ein klares ‚Jein' – dachte Duke sich und deaktivierte zwinkernd den Energieschild.

„Ich muss sagen, Max: Ich bin schwer beeindruckt…", nickte Duke mit runzeliger Stirn und anerkennend herabge-zogenen Mundwinkeln.

„ZURECHT! EIN HOCH DEN AXONEN!"

„Okay, aber wie bekomm' ich das Ding jetzt wieder runter vom Kopf?"

„EINFACH ZIEHEN. NAHTSTELLE GIBT NACH."

Ein wenig zaudernd, dass er womöglich gerade im Begriff war, dieses fantastische Stück extraterrestrischer Hochtechno-logie in einen Einwegartikel zu verwandeln, fasste Duke sich an den Kragen und schickte sich an, sich das fremdartige Material wieder vom Gesicht zu ziehen. Und tatsächlich:

Nachdem die Zugspannung des Materials einen gewissen Punkt erreicht hatte, tat es einen kleinen Ruck, und genau dort, wo es zuvor noch nahtlos verschmolzen war, trennte es sich wieder auf, und gab schließlich Dukes Gesicht frei.

„Ausgezeichnete Arbeit, Max!", grinste er zufrieden. Nicht aber, dass Max sich jemals einbilden sollte, auf diese Weise auch nur ein Iota der Schuld tilgen zu können, die er mit dem Mord an Rain auf sich geladen hatte…

Damit begann Duke, seine Sachen wieder aufzulesen.

Das Testion bot keinerlei Platz, um Revolver oder andere Gegenstände zu verstauen, aber Duke rechnete sich aus, dass es nichts schaden könne, wenn er sich seine Holster und seine Patronengürtel kurzerhand direkt darüber anlegen würde – und Max äußerte keine Warnhinweise oder anderen Protest, als er Duke dabei zusah.

Noch einmal blickte dieser zum aufgerollten Portal

hinüber und hielt sich den noch immer mahnend rot blinkenden Zylinder vor Augen.

Hatten diejenigen auf der anderen Seite bereits bemerkt,
dass sie nicht mehr zurück konnten?

Es war das Beste so.

Duke hatte eine Verantwortung, und er wurde ihr gerecht.
Damit schob er den noch immer blinkenden Zylinder in
seinen Westernmantel zurück, den er zusammenlegte und auf
den Stapel seiner anderen Sachen auf Max' Armen gab:

„Unsere Arbeit hier ist getan, Max. Gehen wir."

KAPITEL 29

Die Sonne stand tief.

Noch ließen sich die Schatten ignorieren.

Die Treibstoffanzeige des Motorrads stand nahezu auf Null, als Grace die allmählich zerfallenden, halb von Pflanzenwuchs überwucherten Polizeipförtnerhäuschen passierte, die noch immer den einstigen Grenzübergang zwischen den vormaligen Vereinigten Staaten von Amerika und dem vormaligen südlichen Nachbarland Mexiko flankierten – zwei einst stolze Nationen, die längst nicht mehr existierten.

Im Zeitalter der Trife, der Relyeh und der Axonen einerseits und dem Griff der Menschheit nach den Sternen andererseits, erschien das kleinkarierte Gewese um Grenzen und Nationalstaaten, an dem sich die Menschen in der Vergangenheit verausgabt hatten, noch lächerlicher als je zuvor. Eine Verschwendung kostbarer und begrenzter Ressourcen. Eine Verschwendung, die auch heute noch in anderer Form ihre Fortsetzung fand.

Mehr als je zuvor waren Zusammenhalt und Solidarität zwischen den Menschen das A und O, von dem Gedeih und Verderb der Menschheit abzuhängen schien. Würde es letzterer gelingen, sich am Riemen zu reißen, ehe es zu spät sein würde?

Grace wollte es glauben. Sie wollte glauben, dass sich Sheriff Dukes Ideale über den gesamten Kontinent und schließlich über die ganze Erde ausbreiten würden. Sie wollte glauben, dass sie einen Unterschied machen kann.

Sie wollte glauben... aber es tatsächlich zu tun war die Schwierigkeit.

Just an jenem Lagerhaus nördlich von Dego hatte Grace gehalten, wo sie mit Cain zusammen ein Massaker unter den Bauern und Deputys angerichtet hatte. Eigentlich hatte sie gerade das vermeiden wollen, aber sie brauchte Sprit, und hier hatten sie welchen.

Es gab vor Ort eine Belegschaft aus Deputys und freiwilligen Helfern, die am Wiederaufbau der Farmen und der Instandhaltung der Versorgungslinien arbeiteten. Grace hatte sich erneut mit Natalias Sternanstecker ausgewiesen und so den benötigten Treibstoff erhalten. Dann war sie ihres Weges weitergezogen, als wäre alles ganz normal. Als wäre nicht sie es gewesen, die all jene Menschen getötet, ermordet hatte. Aber innerlich nagte es an ihr... und dieses Empfinden war nur noch schlimmer geworden, als sie die Interstate-Umgehung von Dego überquert hatte. Cain und sie hatten die Stadt ausgelöscht. Ohne die Menschen blieben nur noch tote Ruinen...

Die Wut über all dies trieb Grace weiter voran – von neuem bestärkt in ihrem Wunsch, ihren Vater zu konfrontieren.

Zuerst war sie nach Dego gekommen, weil sie Wind davon bekommen hatte, dass Shurraths Rekrutierer mit Namen ‚Dodge' auf dem Weg nach Tijuana gewesen wäre, um sich dort mit ihrem Vater zu treffen – und Dego hatte für ein bis zwei Nächte der Zwischentopp sein sollen. Dodge hatte sie sich an die Fersen heften wollen, der sie somit zu ihrem Vater geführt hätte...

Dann aber hatten Shurraths Schergen Brutus und Mister Small ihr einen gewaltigen Strich durch die Rechnung gemacht, indem die beiden von Osten her viel schneller zu ihr aufgeschlossen hatten. Dafür hatte Grace bitter bezahlen müssen…

Dass sie jetzt wieder frei war, das war aber die eigentliche Ungeheuerlichkeit: Ohne großes Zutun war es ihr gelungen, sich dem Schicksal zu widersetzen. Das war Sheriff Dukes Einsatz für ihr Leben zu verdanken. Er hatte daran geglaubt, dass sie durchkommen würde – obwohl alles dagegen gesprochen hatte.

Shurrath hatte sie zu seiner Khoronensklavin gemacht. Dann hatte er sie zur Massenmörderin gemacht. Dann hatte Shurrath Rain missbraucht, um sich ihrer zu entledigen. Und zuletzt hatte Shurrath einen Goliath missbraucht, um über Haven herzufallen.

Shurrath glaubte, er könne sie ignorieren wie ein lästiges Insekt. Nein: Shurrath musste büßen. SIE, Grace Salk, würde ihn büßen lassen! Für Dego. Für Rain. Für alle.

So einfach war es aber nicht. Denn Shurrath musste büßen… ohne getötet oder so weit geschwächt zu werden, dass andere, kompetentere Relyeh nachrückten. Sprich: Shurrath musste an die Leine gelegt werden – an die ganz kurze Leine. Nicht aus Erbarmen oder Mitleid Shurrath gegenüber, sondern im Interesse der Menschheit. Für einen wie Shurrath war eine Weiterexistenz in Demut wohl ohnehin die größere Strafe als ein Tod erhobenen Hauptes…

Das Stottern des Motors holte Grace in die Gegenwart zurück.

Sie hatte den ehemaligen Grenzübergang passiert und setzte ihre Route über den Highway fort, der hier mit einem regelrechten Meer verlassener, rostzerfressener Fahrzeugwracks bedeckt war – Zeugnis des Nadelöhrs, das der Grenzübergang gebildet hatte, als die Menschen noch meinten, sich auf diese Weise vor den Trife und dem Virus in Sicherheit bringen zu können. Manche hatten noch in ihrem Fahrzeug ihr Grab gefunden…

Weder der Virus noch die Trife scherten sich freilich darum, wer US-Bürger und wer Mexikaner war – um jene kleinkarierten Einbildungen, denen die Menschen anhingen, als wären sie von Bedeutung. Der Sensenmann hingegen war schon immer ein ausgesprochener Egalitarier gewesen. Selbst den stolzesten Halm mähte er nieder.

Noch eine Viertelmeile konnte Grace herausholen, ehe das Motorrad wegen Treibstoffmangels endgültig in den Streik ging. Rasch bockte sie das Gefährt auf seinen Ständer auf, stieg ab und schulterte ihre Sachen. Es war nicht ihr Stil, so schwer beladen unterwegs zu sein, und sie spielte ernsthaft mit dem Gedanken, ihren Waffen- und Munitionsbestand ein wenig auszudünnen. Allerdings waren die Waffen auch eine potente Währung im Tauschhandel. Also beschloss Grace, es vorerst dabei zu belassen, und sich darauf zu konzentrieren, die nächste Siedlung zu erreichen.

Doch die Banditen hatten andere Pläne mit ihr…

KAPITEL 30

Zu ihren schwarzen Hemden trugen sie bunte Bandanas und alte Atemschutzmasken, die ihre stechenden Blicke unterstrichen.

Aus den Schatten des hereinfallenden Abends traten sie hervor – hinter den Schutthügeln, den Vorsprüngen der Flachbauten am Straßenrand, teils auch aus den rostigen Fahrzeugwracks. Grace hätte schwören können, dass keine noch lebende Menschenseele in der Nähe war. Jetzt stand sie wie erstarrt da und war eines Besseren belehrt.

Acht finstere Lumpengestalten hatte sie gezählt. An drei von ihnen erkannte sie Feuerwaffen wie eine alte AK-47 und die allgegenwärtigen Kipplader. Die anderen hatten sich mit diversen Hieb- und Schlagwaffen bewaffnet – teils zweckentfremdet, wie Vorschlaghämmer, Ventilrohre oder mit hervorstehenden Nägeln versehene Baseballschläger.

Sie hatten sich ein undankbares Opfer ausgesucht.

So gut wie jeden Reisenden würden sie ausnehmen wie eine Weihnachtsgans. Es war ein Fehler, Grace für eine Reisende zu halten.

Sie war ein Ronin.

Und sie stand unter Hochspannung.

Mit stoischem Grimm im Blick ließ sie die Banditen näherkommen. Der Lumpenhund mit der AK-47 tat sich als Anführer der Gruppe hervor:

„Lass die Tasche fallen, Gringo! Sie gehört jetzt uns!", ließ er seine Waffe klicken.

Mit fast gelangweilter Gelassenheit richtete Grace ihren Blick auf ihn:

„Was, wenn ich nicht mag?"

Der Anführer feixte:

„Wäre doch schade, wenn wir einer hübschen Chica wie dir was antun müssten, oder?"

Der Grimm in Graces Blick verwandelte sich in ein hämisches Grinsen:

„Du solltest dir mehr Sorgen um deine Chicos machen… und mal duschen…" – womit sie sich demonstrativ vor der Nase wedelte.

Die Lumpenrunde begann lauthals zu lachen.

„Ich sag's dir nur noch ein Mal, im Guten…", überschlug sich die leicht heisere Stimme des hageren Kerls. Er konnte höchstens Mitte zwanzig sein…

„Lass die Tasche fallen, Gringo, und wir tun dir nicht weh! Tust du's nicht, nehmen wir sie uns trotzdem… und ich lasse meine Chicos richtig auf ihre Kosten kommen mit dir! ¿Me entendiste, puta?"

„Laut und deutlich…", erwiderte Grace und ließ die Tasche zu Boden.

Selbstgefällige Zufriedenheit machte sich in der Lumpenrunde breit.

Da rief Grace: „Semper Fidelis." – und für einen Moment wurde es still um sie.

„Was für 'ne Fidel?", knurrte der Anführer und senkte den Lauf.

Ein schwerer Fehler…

Schallender Donner scheuchte einen Vogelschwarm aus den Baumkronen.

„Fidelis.", korrigierte Grace trocken durch den Mündungsrauch ihres Revolvers hindurch, während der junge Mann die Augen verdrehte und das Halstuch vor seinem Gesicht das vom Loch in seiner Stirn herausrinnende Blut aufzusaugen begann.

„Das Motto des United States Marine Corps. Bedeutet in etwa: ‚Bin schneller, Arschloch!' Wisst ihr denn gar nichts?"

Der Anführer sank zu Boden wie ein nasser Sack Maiskolben.

Seine Gefährten waren wie versteinert vor Entsetzen.

Einer von ihnen zuckte – wie Grace im Augenwinkel registrierte.

Er hatte keine Chance.

Mit einer Salve aus drei Schüssen schoss Grace ihm erst die Pistole aus der Hand, dann die Baseballkappe vom Kopf, und schließlich die Seele aus der Brust. Mahnend sah sie in die dezimierte Runde. Wer wollte der Nächste sein?

„Nun… mein Vater war ein Marine. Ich schätze, ich hab' gut reden, was?", feixte sie und holsterte ihre Waffe. Doch die Lumpenbande hatte noch nicht genug.

Brüllend kam einer der Kerle auf Grace zugerannt und schwang seinen nagelbewehrten Baseballschläger – der jedoch rauschend durch nichts als Luft sauste. Ehe der Kerl registrierte, wohin Grace verschwunden war, kam sie aus der Hocke emporgeschossen und stieß ihm die blitzende Klinge ihres Stiletts ins Zwerchfell. Mit einem Keuchen und weit aufgerissenen Augen erstarrte er, leicht vornüber gebeugt. Grace hielt das Stilett fest und stieß ihm die Stiefelettensohle in den Unterleib, um ihn mit einem beherzten Tritt direkt seiner Gefährtin entgegen zu stoßen, die ihrerseits Anstalten machte, Grace mit einer rostigen Machete anzugreifen. Und mit einem Salto zurück entging Grace im letzten Moment dem herabsausenden Ventilrohr, während ihr just befreites Stilett mit den Rippen des Ventilrohrschwingers gleich sein nächstes Ziel erreichte.

Zu spät reagierte Grace auf den von hinten auf sie zura-
senden Vorschlaghammer. Zwar konnte sie verhindern, dass
er ihr den Schädel einschlug, doch die Wucht des Treffers
zwischen ihren Schulterblättern schmetterte sie regelrecht auf
alle Viere. Geistesgegenwärtig warf sie sich zur Seite weg und
entging dem zweiten Hammerschlag – der einen metergroßen
Krater aus dem bröckelnden Asphalt sprengte!

Das erste Stilett hatte Grace beim Ausweichen gehen-
lassen müssen… doch das zweite war flink gezogen… und
flog nun mit der Spitze voran geradewegs dem Hammer-
schwinger entgegen – um diesem mitten im nächsten
Schwung direkt ins Ohr zu sausen und tief in den glatzköp-
figen Schädel zu dringen.

Jetzt suchten die ersten Banditen das Weite. Feiglinge!

Grace raffte sich auf und zog dem noch mit letztem Trotz
beidhändig am langen, aufrechten Stiel des Vorschlagham-
mers hängenden Glatzkopf das Stilett wieder aus dem Schädel. Angewidert wischte sie die schlanke, spitze Klinge an
seinem zerschlissenen Muscle-Shirt ab… als ihr erneuter
Donnerschall um die Ohren wehte. Fragenden Blicks sah
Grace um sich. Es war der Schuss eines Kippladers gewesen,
der, wenn auch meilenweit verfehlt, zweifelsohne ihr
gegolten hatte…

Grace fand den Schützen schließlich kauernd und leise
fluchend in etwa fünf Metern Entfernung – augenscheinlich
eine junge Frau.

Hastig versuchte diese, ihre Waffe nachzuladen, was ihr
offenbar nicht recht gelingen wollte – während Grace noch
mit dem gezückten Stilett auf sie zuzugehen begann. Etwa
auf halber Strecke blieb Grace stehen und neigte mitleidig
den Kopf zur Seite. Die junge Frau wurde immer nervöser,
warf Grace erst zornige, dann zunehmend angsterfüllte Blicke
zu. So ging es noch einige Sekunden, bis die Banditin die
Vergeblichkeit ihrer Situation einsah und den noch geöffneten

Kipplader samt der Patrone demonstrativ vor sich auf den Boden warf.

„Warte… bitte…!", begann sie, mit spanischem Akzent zu flehen.

„Du wohnst hier in der Gegend?", sah Grace auf sie herab.

„Ich… was?"

„Tijuana. Seid ihr von hier, oder seid ihr 'ne Wanderfreakshow?"

Die junge Frau zog sich das Bandana aus dem Gesicht… und entpuppte sich als deutlich weniger jung, als Grace zunächst angenommen hatte. Sie war hübsch und von zierlicher Statur, aber die Furchen um ihren Mund und ein paar graue Strähnen verrieten, dass sie die Vierzig wohl schon überschritten haben musste.

„¡Sí…! Ja! Wir… ich lebe hier!"

Grace steckte sich das Stilett in den Gürtel, las die Kippladerpatrone auf und ging zu ihrer Tasche zurück, die noch immer am selben Fleck lag. Eingeschüchtert, aber erleichtert, noch am Leben zu sein, blieb die Frau auf dem Boden sitzen und verfolgte Grace mit ihren dunklen Augen.

„Ich könnte einen Scherpa gebrauchen…", rief Grace, während sie die Tasche schulterte, und gab der Frau einen auffordernden Blick zurück.

„Sowas haben wir hier nicht…", erwiderte diese, halb verunsichert, halb trotzig.

„Einen Fremdenführer, meine ich! Seid ihr alle Analphabeten hier?!"

„Was? Nein! Ich… sorry… ich habe bloß Angst!"

Grace nickte anerkennend.

So viel Offenheit imponierte ihr.

„Gut. Das ist die richtige Reaktion. Rechtzeitig ein bisschen mehr Angst hätte euch heute viel Ärger erspart, oder? Eine Fremde anzugreifen, deren Waffenbewehrtheit für jeden weithin sichtbar ist…"

„Hätten wir es nicht getan, hätten wir erst recht Ärger bekommen…"

„Ärger? Ärger von wem?"

„Von Emperador Augusto! Wir müssen ihm jeden Tag Beute präsentieren und den größten Teil davon abgeben… sonst…"

Sie drehte Grace ihre Schulter zu und zog den fast zerschlissenen schwarzen Wollpullover herab. Der bronzene Teint ihrer Schulter war von langen dunklen Narben überzogen.

„Shit…", wandte Grace den Blick zur Seite und murmelte: „Muss ich mich jetzt auch noch hierum kümmern?"

„Kümmern?", griff die Frau das unerwartete Stichwort auf.

Emperador Augusto – Grace kannte den Namen zu gut.

Einer der Lakaien Shurraths. Wenigstens würde Augusto ihr einige nützliche Informationen geben können, wenn sie mit ihm fertig wäre – rechnete Grace sich aus.

„Ich heiße Grace. Wie lautet dein Name?"

„Sophia…"

„Waren das hier alles Familienmitglieder von dir?"

„Nein! Ähm… vielleicht… aber ich glaube nicht!"

„Vielleicht? Du bist dir nicht sicher?"

„Emperador Augusto stellt unsere Banden zusammen… Wir sehen einander nur maskiert. Keiner weiß, wer der andere ist. Es soll verhindern, dass wir uns gegen ihn verbünden… meutern… und es funktioniert."

„Nun… jetzt bist du raus aus der Sache, oder?"

Sophia lachte verächtlich:

„Von wegen! Emperador Augustos Leute werden mich finden, und sie werden mir Mitschuld hieran geben! Oh… sie werden mich umbringen!", begann sie zu jammern. „Es sei denn, ich habe etwas vorzuweisen, das ich zur Wiedergutmachung abgeben kann! Sie haben ein gutes Herz, Señora!

Können Sie mir helfen? Können Sie nicht eine Kleinigkeit entbehren?"

„Der kleine Emperador will also, dass du ihm etwas bringst…", fasste sich Grace ans Kinn… „Also gut! Soll er kriegen!"

„¡Oh, muchas gracias, señora! Was… was kann ich ihm bringen? Haben Sie Credits? Oder eines Ihrer Stiletts vielleicht?"

Grace schmunzelte verschmitzt:

„Etwas viel Besseres…" ///

KAPITEL 31

Weg, bloß weg… weit weg!

Knapp zwei Stunden lang bretterte das Motorrad quer-feldein, bis es endlich auf eine befestigte Fahrbahn zurück-fand – rastlos, fast gehetzt. Mindestens ein dutzend Mal hätte Isaac dabei fast die Kontrolle über das Gefährt verloren und sich zügeln müssen, um einen solchen, wahrscheinlich fatalen Ausgang zu vermeiden – wobei er es nicht für ausgemacht hielt, dass dies das üblere Schicksal dargestellt hätte.

Er rechnete sich nur wenige Minuten Vorsprung aus, musste davon ausgehen, dass sie ihn im frisierten Boliden verfolgen würden. Darauf, dass sie ohne Weiteres nicht wissen konnten, in welche Richtung er letztlich geflohen war, wollte er sich nicht verlassen. Denn erstens hatte ihn Fortuna nie recht leiden können, und zweitens war er durch Feindes-land gefahren, und die Prärie hatte Augen und Ohren…

Obendrein hatte er sich für die ersten zehn Kilometer naheliegenderweise auf die Querfeldeinroute direkt zurück eingependelt. Denn wenn sich seine Hoffnung bestätigen sollte, dass Duke Fährte und Verfolgung aufgenommen hatte, dann wäre es so am wahrscheinlichsten, ihm genau entgegen-zukommen. Dann aber war es die mangelnde Eignung des schmalreifigen Motorradmodells fürs sandige Terrain, die ihm einen Strich durch die Rechnung gemacht und ihn zu einem Einschwenken in Richtung der nächsten Asphaltstraße bewogen hatte.

Jetzt setzte Isaac darauf, rasch in die Vereinigten Territorien zurückzufinden und Kontakt zur Gouverneurin aufzunehmen. Über sie würde er auch zu Duke leichter aufschließen und das weitere Vorgehen arrangieren können. Die am nächsten gelegene Territorialstadt war Haven. Sicher würde Duke schnell herausfinden, dass Isaac die Flucht gelungen war. Dennoch war das Ganze ein unkoordiniertes Hin und Her… aber gab es eine andere Wahl?

Bei alledem musste sich Isaac klarmachen, dass dies voraussetzte, dass eine Begegnung oder gar Konfrontation zwischen Duke und den Entführern glimpflich ausgehen würde… und angesichts des Pyrrhus-Siegs gegen die beiden Shurrath-Schergen Caine und Grace schien auch das alles andere als eine ausgemachte Sache zu sein.

Das größte Fragezeichen bei alledem war Shurrath selbst. Immerhin hatte Isaacs Flucht dessen Plan durchkreuzt – und Isaac schätzte den Möchtegern-Weltenherrscher nicht so ein, als würde dieser sich damit geschlagen geben.

Isaac hielt an, schaltete Motor und Scheinwerfer aus und starrte lauschend in die Dunkelheit. Ein kalter Schauer überkam ihn, als ihm bewusst wurde, dass er hier draußen auch mit Lederfratzen rechnen musste…

Die Straße bog sich zusehends ostwärts. Wenn Isaac nicht umkehren und dennoch in Richtung der Territorien fahren wollte, so würde er eine Abfahrt nehmen müssen. Das erste Abfahrtsschild versprach – schief, verbogen und kaum noch lesbar – nach Tijuana zu führen, vierzig Kilometer entfernt.

Isaac musste schmunzeln:

Sollte es ihn nun also nach Mexiko bringen? Immerhin lag die Stadt an der Westküste, was verlässlich den Weg zurück in die Territorien im Norden weisen würde.

Die Tankanzeige stand knapp im unteren Viertel. Würde es genügen? Ein weiterer Faktor, der Isaac dazu anhalten würde, vom Tempo zu gehen. Tijuana war ungewisses Terrain. Isaac wollte es zumindest nach Dego schaffen, um dort wahlweise Sprit oder ein neues Gefährt aufzutreiben – vielleicht ein Pferd? Der Sheriff schien ja darauf zu schwören...

Zu Isaacs Unmut allerdings erwies sich die Straße nach Tijuana als wenig frequentiert... zumindest seit Ende des Kriegs. Unzählige Fahrzeugwracks – vor allem leergeplünderte Lastwagen – verstellten die Bahn. Mit jedem unfreiwilligen Ausweichmanöver, das Isaac fahren musste, konnte er im Rücken spüren, wie der Vorsprung zu seinen Häschern schrumpfen musste...

Er nahm sich vor, zuversichtlich zu bleiben – auch, als sich die Fahrbahn nach weiteren vierzig Kilometern abermals nach Süden wegzubiegen drohte. Glücklicherweise dauerte es jedoch nicht lange, bis im fahlen, von allerlei Motten und anderen Insekten durchschwirrten Scheinwerferlicht eine weitere Abzweigung erschien, die den Pfad gen Nordwest weiterführte.

Kurz darauf erschien im selben Schein unerwartet ein Gebäude.

Es war ein gedrungen kantiger, heller Aluminiumkasten, der wirkte wie aus zahlreichen rechteckigen Origamiteilen zusammengesteckt – merkwürdig abweisend und einladend zugleich... was vielleicht auch an den hinaufwuchernden grünen Ranken lag, die apart damit kontrastierten...

Sämtliche Fenster schienen mit Aluminiumpaneelen verkleidet oder durch dieselben ersetzt worden zu sein. Isaac sah hinauf.

Die Dachplattform war als weiteres Segment deutlich abgesetzt. Etliche lange, hohe Antennen stachen dort in den Nachthimmel hinauf, und Isaac wollte wetten, dass dazwischen jemand auf der Lauer lag...

Im selben Moment ließ ihn ein metallisches Klappern zusammenfahren… gefolgt von Stiefelschritten auf dem Schuttboden…

Isaac beugte sich über den Motorradlenker und machte sich flach wie eine Flunder. Zwei Bewaffnete kamen aus dem flackernden Inneren des Aluminiumbaus hervor. Er hielt den Atem an…

…da schlug ihm das gleißende Licht vierer Pickup-Truck-Scheinwerfer durch die reflexhaft zugeschnellten Lider, während im selben Moment ein hörbar frisierter Motor röhrte…

Nur weil Isaac im rechten Moment blinzelte, sah er noch rechtzeitig den roten Ziellaser, der keine Armlänge vor seinen Augen über den Motorradlenker huschte… und ließ sich rasch zur Seite auf den staubigen Boden hinabrutschen – ehe im nächsten Moment eine krachende Kugel den Motorrad-scheinwerfer durchschlug.

Kaum, dass Isaac aufschauen wollte, fand er sich von drei Gewehrläufen umstellt. Er hielt den Kopf gesenkt und hob stattdessen demonstrativ die Hände vom Boden ab.

Wer waren diese Leute? Shurrath-Jünger, eine der unzähligen Banden oder eine weitere Kleinmiliz? Von den Territorien war er jedenfalls noch zu weit weg… verflucht!

Vom Regen in die Traufe…

KAPITEL 32

Mit dem Finger fuhr Salk über den Sand hinweg – so, als wollte er sich auf diese Weise das Reifenprofil einprägen, welches das Motorrad darin hinterlassen hatte.

Tatsächlich gab ihm die Spur eine Menge Auskunft: Das Motorrad war von Walton aus nordwärts gefahren.

Salks Mundwinkel wanderten nach oben. Er hatte eine Menge Respekt für Feldwebel Pine – auch wenn ihm nicht recht einleuchten wollte, weshalb sich ein so fähiger Mann, der durchaus zu Höherem hätte berufen sein können, als schnöder Militärpolizist verdingt hatte.

Das hatte wohl eben an der lieben Familie gelegen: Frau und Kinder hatten Vorrang gehabt. Vielleicht wäre es besser für Pine gewesen, sie ins Jenseits zu begleiten…

Gar nicht geahnt hatte Salk, was tatsächlich in dem Feldwebel steckte: die Immunität gegen die potenteste Waffe der Axonen – gegen die einzige Waffe also, die den Relyeh Paroli bot. Die Spezies der Axonen war im Sterben begriffen. Und ihre wenigen noch existierenden organischen Vertreter wussten dies auch. Umfang und Häufigkeit der Axonenattacken hatten nachgelassen. Angriffstaktisch hatten sie sich auf das Verschießen von Torpedos durch Wurmlöcher hindurch verlegt, um damit die mächtigen Masterschiffe der Relyeh zu treffen – feige und ehrenlos!

Den Krieg konnten sie nicht mehr gewinnen. Und wenn das Geheimnis um Pines Immunität erst entschlüsselt wäre, dann war ihre Niederlage endgültig besiegelt. An Pine hing also viel mehr, als Salk damals geahnt hatte: Was für eine glückliche Fügung!

Nun hatte Camilas Inkompetenz alles wieder aufs Spiel gesetzt.

Es war zum Haareraufen!

Dabei hatte sie so viel Potenzial gezeigt.

Ihr Schwachpunkt waren ihre Emotionen. Orsk hatte es richten sollen, doch seine hohe Kompatibilität zu ihr hatte auch ihn anfällig gemacht. Von außen wiederum hatte Alexander ein korrigierendes Gegengewicht bilden sollen – ähnlich wie zuvor Cain für Grace. Doch nun fehlte von dem Hünen jedes Lebenszeichen. Das Werk des Sheriffs? Dem wäre noch nachzugehen…

Shurrath hatte Salk nach Anzeichen und Hinweisen auf die Ankunft seines Bruders Nyarlath Ausschau halten lassen. Im Relyeh-Kollektiv hatten schon lange Gerüchte kursiert, dass letzterer eigene Pläne betreffs des Blauen Planeten schmiedete. Salks Recherchen dazu hatten nur wenig Tangibles ergeben. Ja: Nyarlath hatte mit dem Gedanken gespielt, die Erde in Eigenregie zu erobern… aber es waren eben bloß Gedankenspiele gewesen. Zu Shurraths Glück war Nyarlath unter seinen Brüdern der Besonnenste. Nur selten ging dessen Handeln keine penible Vorbereitung voraus. Nyarlath war ein Schachspieler, kein Bogenfechter.

„Von hier aus hat er einen Haken nach Westen geschlagen, um zur nächstgelegenen Straße zu gelangen.", rief Salk schließlich und holte Dutch und Matthias aus ihrer Lethargie. „Ich hefte mich an seine Fersen – Ihr beiden fahrt nach Norden weiter.", wies er sie an.

„Nach… nach Norden? Wes–… weshalb Norden?", hakte

Matthias mit furchtsamem Missmut nach – und schon hatte Salk ihn am Schlafittchen gepackt und in die Höhe gehievt, um ihn sogleich mit Gewalt zurück auf den Boden zu schleudern.

„Stellst du mich etwa in Frage, Matthias?", ließ Salk die blitzende Klinge seines Shurrakush erklingen. „Camilas Disziplinlosigkeit hat wohl auf dich abgefärbt, was?"

„Ver-Verzeihung, Sir…!", sah Matthias mit unterwürfigem Blick zu Salk auf. Mit grimmig verzogenen Mundwinkeln steckte dieser den Zeremonienspeer ins Holster zurück. Dann wandte er sein Augenmerk Dutch zu:

„Ihr beide könnt euch vom Glück gesegnet fühlen, dass ihr noch am Leben seid – angesichts des Ausmaßes eures Versagens. Ihr habt noch genau eine Wahl: Zieht nordwärts, findet Sheriff Duke und tötet ihn… oder sterbt – ob nun durch meine Hand oder seine."

„Der Kerl hat Alexander getötet!", rief Dutch mit anklagendem Trotz.

„Und wenn…?", gab Salk lapidar zurück.

„Probiert euer Glück mit ihm. Mit mir werdet ihr ansonsten keines mehr haben."

„Ich… Verstanden, Sir…", lenkte Dutch reumütig ein. „Danke, dass Sie uns noch eine letzte Chance geben…"

„Also was hängt ihr hier noch herum wie zwei Hammelhälften? Schwingt eure Ärsche auf die Gäule und los!"

„Ja-jawohl, Sir!", rief Matthias hastig und half Dutch auf die Beine. Fast stolpernd liefen die beiden Schergen auf die zwei gesattelten Pferde zu, die in einigen Metern Entfernung friedlich an ein paar vereinzelten Präriebüscheln zupften, halfen einander auf die Sattel, warfen noch einen verunsicherten Blick auf Salk zurück und gaben den Rössern endlich die Sporen.

Mit stoischer Indignation schloss Salk die Augen und begann, seine innerliche Verbindung zum Kollektiv aufzubauen. Vor mehr als zweihundert Jahren hatte Shurrath ihn unter seine Fittiche genommen. Das hatte ihn, Salk, verändert. Er war noch immer ein Mensch, tief im Innern. Aber dass nun ein wahrer Götze, eine Gottheit in ihm wohnte, ihn zu seinem treuesten Lakaien und Vehikel gemacht hatte, das hatte aus ihm selbst einen Übermenschen gemacht, hatte ihm Fähigkeiten und Einsichten geschenkt, die alles überstiegen, was Doktor Valentine je hätte begreifen können.

Valentine…

Unvermittelt wischte sich Salk durch die Augen, als wäre ihm ein Insekt hineingeflogen. Er hatte sich vorgenommen, diesen Namen und jeden anderen, der ihn an die damaligen Ereignisse erinnerte, aus seinen Gedanken zu verbannen. Denn er hasste es, dass er nicht anders konnte, als im nächsten Moment an seine Tochter zu denken… und dass er sich der Tränen, die ihm unwillkürlich in die Augen stiegen, partout nicht erwehren konnte. Sie war das eine Opfer, das er Shurrath verwehrt hatte… das er ihm auf immer verwehren würde. Sie war die eine menschliche Schwäche, die er nicht überwinden konnte. Sie würde versuchen, ihn zu töten, sollten sie einander jemals wiedersehen – darüber war er sich sicher. Er hoffte es. Es war seine letzte Bitte an sie gewesen.

Entweder würde sie ihn erlösen… oder ihm gelänge es endlich, Shurrath das ultimative Opfer zu erbringen…

KAPITEL 33

„ERBITTE AUSKUNFT.", rief Max unvermittelt.

Leicht verwundert sah Duke von Zorros Sattel herab: „Auskunft worüber?"

Die USS Pilgrim in ihrem gigantischen Felsensarkofag lag inzwischen zwei Tage hinter ihnen, in nordöstlicher Richtung. Der Pfad führte sie fast geraden Weges durch die zunehmend schroffe Hügellandschaft. Bis auf ein paar Rückfragen Dukes zur Funktionsweise des Testions waren die Konversationen unterwegs denkbar karg gewesen. Duke störte es nicht. Es war ihm gewissermaßen sogar lieber... zumindest bei einem Weggefährten wie Max. Selbst Zorros Regungen wirkten ungleich menschlicher.

Warum Max jetzt plötzlich Auskunftsbedarf anmeldete, war wohl nur für interdimensionale Wesen wie die Axonen nachzuvollziehen.

„ERBITTE AUSKUNFT ÜBER DAS ZYLINDRISCHE ASSERVAT.", antwortete Max.

Für einen Moment schüttelte Duke begriffsstutzig den Kopf... dann realisierte er, dass Max wohl den Portalschlüssel meinte. Unwillkürlich fuhr er sich mit seiner linken Metallhand über die Brust, wie um sich zu vergewissern, dass sich das Objekt noch dort befand, wo er es verstaut hatte.

„Antrag abgelehnt.", wies er Max' Bitte ab. „Du musst nicht alles wissen, und ich muss dir nicht alles sagen."

„EINVERSTANDEN. ANFRAGE DIENT JEDOCH DER WISSENSPRÜFUNG DES BEFRAGTEN, NICHT DES WISSENSGEWINNS DES FRAGENDEN."

„Ich bin weder deine Auskunft noch dein Schüler, Max.", gab Duke knurrend zurück.

„AUFKLÄRUNG: FRAGLICHES ASSERVAT ENTHÄLT KOMPONENTEN EINES AXONISCHEN QUANTENDI-MENSIONSMODULATORS – EIN SUPRALEITENDES NANO-NODUL."

„Was für 'ne Nudel?", knurrte Duke mit hochgezogener Augenbraue.

„DAS Q.D.M. BESTEHT AUS MILLIARDEN VON NODULEN ZUM SPEICHERN VON ENERGIE, DIE DURCH INSTANZIIERUNG N-DIMENSIONALER KAVITÄTEN IM MODULIERENDEN SPALT GENERIERT WIRD."

„Auf Deutsch, Max?"

„SIMPLIFIZIERTE EXPRESSION: EIN EXTREM LEIS-TUNGSSTARKER AKKUMULATOR."

„'N Power-Akku also. Sag das doch gleich."

„WARNUNG: SEPARIERUNG EINZELNER NODULE VOM HAUPT-Q.D.M. UND DESSEN SCHUTZVORRICH-TUNGEN ERHÖHT RISIKO RAPIDER THERMISCHER NODUL-DESTABILISIERUNG."

Duke brauchte noch einen Moment, die Bedeutung des Techno-Kauderwelschs zu entschlüsseln… worauf seine Stirn heftigst Runzeln schlug:

„Moooment! Du willst mir also sagen, dass das Ding sowas wie 'ne tickende Zeitbombe ist?"

„BESTÄTIGUNG."

„Pozz-tausend…", fuhr sich Duke durchs Gesicht:

„Von was für 'nem Kaliber reden wir? Handgranate oder–…"

„ENERGETISCHES DETONATIONSPOTENTIAL ENTSPRICHT ZIRKA DREIUNDSECHZIG TERAJOULE."

„Das… das ist eine verfluchte Atombombe! Und das sagst du mir jetzt erst, nach zwei verfluchten Tagen und Nächten?!"

„BITTE UM VERZEIHUNG. HUMANES KOMMUNIKATIONS-TIMING IST DIFFIZIL."

„Pozz-tausend…", knurrte Duke erneut und sah flehend in den Himmel hinauf.

„EMPFEHLUNG: GERÄT VON SHURRATH FERNHALTEN."

„Danke für den Tipp!", musste Duke lachen. „Hättest du deine Hemmungen mal vor zwei Tagen überwunden, hätte ich das Ding einfach dort unten in der Geheimkammer liegenlassen!"

„ALTERNATIVE AKTIONSSEQUENZ: KOMPELLATIVER TRANSFER DES OBJEKTS ZWECKS SUBSEQUENTER DETONATION IN PROXIMITÄT ZU SHURRATH. FATALITÄTSPROPABILITÄT: MINDESTENS NEUNZIG PROZENT."

„‚Kompellativer Transfer'? Mit anderen Worten: Du willst mir das Ding fortnehmen?"

„BESTÄTIGUNG: LOGISCH KONSISTENTE AKTIONSSEQUENZ."

„Was hält dich ab?"

„HÄSITATION AUFGRUND RESIDUELLER DUBIOSITÄT DES ENDRESULTATS.", räumte Max ein.

„Mindestens neunzig Prozent Erfolgswahrscheinlichkeit klingt doch gar nicht schlecht… Hast wohl Schiss, nicht rechtzeitig davonzukommen, wenn das Ding unserem Möchtegernweltenherrscher um die Löffel fliegt?"

„BESTÄTIGUNG. DUBIOSITÄT IST JEDOCH AUCH PRÄSENT."

„Du hast Schiss, dass uns das Ding hier und jetzt in die Luft jagt?"

„POSITIV. STABILISIERUNG DES ASSERVATS NACH KOMPELLATIVEM TRANSFER JEDOCH REALISIERBAR."

„Ach so ist das!", lachte Duke. „Ich soll dir das Ding nun also freiwillig aushändigen – zu unserer beider Sicherheit natürlich."

„BESTÄTIGUNG."

„Warum in drei Teufels Namen sollte ich ausgerechnet dir eine verfluchte Atombombe aushändigen? Du bist doch selbst eine tickende Zeitbombe!"

„DILEMMA KORREKT IDENTIFIZIERT.", räumte Max ein.

Duke sah ihn an… War das tatsächlich ein Anflug von Reue, den er soeben in Max' ausdruckslosem Antlitz erhascht hatte?

Für einige Minuten wurde es wieder still zwischen den beiden ungleichen Weggefährten… dann:

„ERINNERUNG: DREIUNDSECHZIG TERAJOU–"

„Ich denke drüber nach!", knurrte Duke entnervt zurück. „Warum, verflucht noch eins, musstest du mein Vertrauen so verspielen? Jetzt reite ich hier mit 'nem angeblichen Nuklearsprengsatz in der Manteltasche durch die Walachei und weiß nicht, was ich damit anstellen soll!"

„ANALYSERESULTAT MEINES VERHALTENSPROTO-KOLLS WÄHREND DER ZURÜCKLIEGENDEN HUNDERT ERDROTATIONEN: EINHUDERTPROZENTIGE LOGISCHE KONSISTENZ."

„Dass ich nicht lache! Ihr Axonen seid schon ein selbstgerechter Haufen, hm? Habt die Weisheit mit Löffeln gefressen und euch alles schön zurechtgelegt – Fehlverhalten ausgeschlossen! Hattest du jemals, während der Jahrtausende deiner bisherigen Existenz, auch nur einmal Zweifel an der Richtigkeit deines Handelns, Max? Hast du jemals eine Entscheidung… bereut?"

„KONSEQUENZ DER TRANSFORMATION DES AXONENGESCHLECHTS ZUR SYNTHETISCHEN SPEZIES: ALGORITHMISCHE KODIFIZIERUNG DES VERHALTENS. JEDE NICHTEINHALTUNG BERUHT EXKLUSIV AUF EXTERNEN STÖRFAKTOREN. FEHLFUNKTION IST MÖGLICH, IRRTUM ABER AUSGESCHLOSSEN. EINHALTUNG IST RELEVANT, ZWEIFEL UND REUE SIND IRRELEVANT."

„Pozz-tausend...", grummelte es aus Duke fast gequält hervor.

„Und das mit Rain... das war dann wohl eben so eine ‚mögliche Fehlfunktion'?" Ihm schwante bereits, wie Max' Antwort lauten würde...

„NEGATIV. LAUT EREIGNISPROTOKOLL KEINE LOGISCHEN INKONSISTENZEN REGISTRIERT."

„‚Keine logischen Inkonsistenzen'?! Dein Wort gebrochen hast du! Wir hatten eine Vereinbarung!" Selbst Zorro schien zu protestieren und warf schnaubend den Kopf zurück.

„KORREKTUR: PROTOKOLL ENTHÄLT KEINE KONKLUSIVE FORMALE ZUSAGE."

Jetzt brach Duke derart in lautschallendes Gelächter aus, dass es unweit einige Geier aufscheuchte:

„Willst du mich auf den Arm nehmen?? Musst du erst die Hand auf 'ne verfluchte Axonenbibel auflegen, damit dein Wort etwas gilt, oder wie??"

„AXONEN-STATEMENTS SIND TERMINOLOGIE-SENSITIV."

Duke zog sich den Hut vom Kopf und konnte sich nur noch im letzten Moment davon abhalten, denselben zu einem Filzklumpen zu zerdrücken...

„Wortklauberei ist keine Vertrauensgrundlage!", knurrte er und setzte sich den nunmehr deutlich zerknickten Hut wieder auf.

„FORMALE ZUSAGE: VOLUNTÄRER TRANSFER DES FRAGLICHEN NANO-NODUL-ARTEFAKTS SOLL

EXKLUSIV DER EINDÄMMUNG DESSEN RAPIDEN THER-MISCHEN DESTABILISIERUNG POTENZIALS DIENEN. DER TRANSFER IST TEMPORÄR UND JEDERZEIT REVERSIBEL."

„Na, dein Wort in Gottes Ohr, Max…", verdrehte Duke brummelnd die Augen.

„FORMALE AXONENZUSAGEN SIND VERBINDLICH. ICH BIN ALGORITHMISCH-LOGISCH NICHT IN DER LAGE, WILLENTLICH DAGEGEN ZU VERSTOßEN."

„Ach… und das ist jetzt also die richtige Wortwahl? Jetzt gilt dein Wort wirklich?"

„POSITIV."

„Warum sollte ich dir dieses Mal glauben? Wer garantiert mir, dass du dir nachher nicht wieder irgendeinen Bockmist von Ausrede aus den Fingern saugst?"

Max schwieg.

„Na bitte.", seufzte Duke. „Empathie ist nicht bloß eine menschliche Marotte, Max. Wer sich in andere hineinversetzen kann, ist klar im Vorteil!"

Max schwieg weiter, und erneut konnte Duke sich des Eindrucks nicht erwehren, dass sich so etwas wie Einsicht in dessen ansonsten ausdruckslosem Antlitz abzeichnete. War das bloß Wunschdenken? Dichtete Duke einem durch und durch synthetischen Wesen menschliche Regungen an?

Eine weitere Minute verstrich, da die beiden Gefährten still nebeneinander durch die Landschaft zogen… bis es Duke war, der erneut das Wort ergriff:

„Und du versprichst, dass du das Ding nicht hochgehen lässt?"

„INTENTIONAL INDUZIERTE DETONATION WIDER-SPRÄCHE DER FORMALEN ZUSAGE."

„Ach ja… natürlich…"

Duke fasste sich hinters Revers und holte den Zylinder hervor. Selbst der Leuchtring war inzwischen erloschen. Handelte es sich tatsächlich um eine potenzielle Atombombe, oder war das bloß eine Räuberpistole, um ihn, Duke, zur Übergabe zu bewegen? Was genau hätte Max davon? Ohne Mutmaßungen, ja, ohne Spekulation ließ sich diese Frage nicht beantworten…

Duke musste es einsehen: Die Vernunft diktierte, dass ein Vertrauensvorschuss fällig war… trotz allem Bauchgrimmen, das er dabei verspürte.

„Also schön…", hielt er dem Axon im Menschenkörper den Zylinder am ausgestreckten Arm vor die Nase. „Hier… nimm!"

Einen Moment lang geriet Max ins Schielen – dann sah er ungläubig zu Duke hinauf. Schließlich aber – gerade, als Max seinen Blick wieder auf das Objekt der Begierde zurücklenkte und er beherzt danach greifen wollte – zog Duke den Zylinder wieder ein Stück von ihm fort:

„Kein Bockmist – verstanden? Betrachte es als deine letzte Chance, ein bisschen Vertrauen zurückzugewinnen!"

Max nickte nur.

Eine weitere menschliche Regung?

Sein zweiter Versuch, den Zylinder zu greifen, gelang jedenfalls…

…und mit einiger Abscheu wurde Duke Zeuge, wie der Axon im Menschenkörper abrupt stehenblieb und sich mit augenblicklich zu einer spitzen, messerscharfen Kralle versteiftem Fingertentakel die Bauchdecke aufschlitzte – um den Zylinder aufrecht, wie er war, inmitten der Gedärme des Wirtskörpers verschwinden zu lassen. Blassgelbe Axonengallerte strömte in Max Bauchhöhle nach und füllte die klaffende Wunde auf, als handele es sich um Kutteln in Aspik. Dukes Zuversicht, soeben keinen gravierenden Fehler begangen zu haben, sackte in den Keller…

Noch ehe der Vorgang ganz abgeschlossen war, sah Max wieder auf.

Doch sein Blick ging an Duke vorbei… in die Ferne.

KAPITEL 34

Blinzelnd versuchte Duke auszumachen, was Max am inzwischen in spinnengewebeartige Nebelschwanden getauchten Horizont erspäht hatte.

Es dauerte nicht lange, bis auch er die Silhouetten zweier reitender Gestalten erkannte.

„Was melden deine Sensoren, Max?"

„BEWAFFNUNG AUS AXONIUM DETEKTIERT.", vermeldete dieser.

„Aus ‚Axonium'? Zeremonienspeere?"

Das war die einzige Art von Waffe, die Duke mit einem Material solchen Namens in Verbindung hätte bringen können.

„POSITIV."

Handelte es sich bei den beiden reitenden Gestalten also um Shurrath-Jünger... oder um Shurrath-Jäger? Just, als Duke sich diese Frage stellte, beschleunigten die fremden Reiter vom gemächlichen Trab zum Gallop. Ein Angriff?

Kurzentschlossen gab Duke auch Zorro die Sporen.

Noch während der treue Rappe gleichsam vom gemächlichen Trab in den Galopp überging, schob Duke sich den Cowboyhut in den Nacken und zog sich das Testion über den

Kopf. Die Naht schloss sich, und im nächsten Augenblick erschienen in Dukes Sichtfeld räumliche Grafikelemente – zwei davon jeweils genau auf die rasant nahenden Reiter projiziert. Zwar war Duke sich nicht ganz sicher, was die Symbole bedeuten sollten, aber irgendetwas sagte ihm, dass dies die Präsenz von Fremdlingen... oder Aliens... anzeigen sollte.

Kugeldonner brach los!

Glühend zischten die Geschosse links und rechts an Dukes Ohren vorbei.

„Shit...", knurrte er durch die Zähne, während er sich dicht an Zorros wellige Mähne schmiegte und mit seiner Rechten den Revolver zog, um das Feuer zu erwidern.

Keiner der aufeinander zugaloppierenden Reiter machte Anstalten einzulenken – was an ein mittelalterliches Reitduell zu erinnern begann...

Zu Dukes Überraschung schien sein Testion zu erkennen, dass er eine Schusswaffe im Anschlag hielt, und so reagierten die auf die feindseligen Reiter projizierten Markierungen mit erstaunlicher Präzision auf Position und Winkel des Revolverlaufs. Ganz offenbar verfügte das Testion über eine eigene und dabei absolut bemerkenswerte Intelligenz – eine KI, die in der Lage war, selbst irdische und somit ihr selbst fremde Waffen funktional als Waffen zu erkennen.

Duke gab drei Schüsse ab.

Dank der visuellen Unterstützung war trotz Nebel und vollem Galopp jede der drei Revolverkugeln ein Treffer – fast schon eine Vergeudung, da Duke sie zunächst nur auf einen der Angreifer gerichtet hatte...

Kaum noch dreißig Meter entfernt, löste sich die zweite Silhouette endlich in eine augenscheinlich menschliche Gestalt auf:

Es war ein typischer Siedler mit Schnurrbart und zerfurchtem, sonnengegerbtem Gesicht. Doch der allzu todesmutige, grimmig verwegene Blick verriet Duke bereits, mit wem –

beziehungsweise mit was – er es hier tatsächlich zu tun hatte. Jedenfalls hatte das Testion nicht gelogen, als es die beiden Reiter als ‚Aliens‘ gekennzeichnet hatte…

Zwanzig Meter.

Da nun auch Duke in seinem Testion aus dem Nebel getreten war, verflog die Verwegenheit des Reiters im Angesicht des vermeintlichen Phantoms, das ihm entgegengaloppiert kam – und Duke nutzte den Überraschungsmoment, um den Kerl mit einem gezielten Schulterstoß vom Pferd zu werfen.

„BRRRR…!“, zog Duke augenblicklich die Zügel, während das Pferd seines Widersachers unter erschrocken wieherndem Buckeln das Weite suchte. Zorro hingegen blieb fast unverzüglich stehen und gehorchte Dukes Kommando zu wenden.

Nur noch einen Schatten konnte Duke auf sich zusausen sehen… ehe es ihn seinerseits mit Wucht aus dem Sattel stieß!

Mit übermenschlicher Kraft drückte der Schnurrbärtige Duke unter sich zu Boden, während er ausholte – ein gezückter Zeremonienspeer in der Hand. Verkehrte Welt, dachte Duke sich nur, als er das für seine Roboterarme samt Testion lächerliche Fliegengewicht des Angreifers prompt in hohem Bogen wieder von sich warf.

Schon aber blitzte in Dukes Augenwinkel die projizierte Markierung des ersten der beiden Reiter auf, der sich von den drei Kugeln offenbar wieder erholt hatte. Geistesgegenwärtig rollte sich Duke rasch zur Seite weg – noch ehe das feindliche Feuer den Felsboden perforierte, auf dem er soeben noch gelegen hatte. Blitzschnell brachte er seinen Revolver in Anschlag und schoss – seinem Widersacher genau durch die Stirn. Zu Dukes Unmut war die Wirkung des Kopftreffers noch geringer als erwartet – da sich der Getroffene kaum eine Sekunde später wieder aufzuraffen begann und sich dabei lediglich an den halb zertrümmerten Schädel fasste, als leide er bloß einen Kater nach durchzechter Nacht. Wie auch immer: Es sollte genügen.

Duke raffte sich auf und zog seinen eigenen Zeremonienspeer hervor, um dem Spuk ein Ende zu bereiten. Doch gerade, als er zum Sprung ansetzte und den wankenden Shurrath-Schergen überwältigen wollte, hatte sich dessen Mitstreiter angepirscht und ihn von hinten in den Schwitzkasten genommen. Mit unbändiger Kraft drohte er nun, Duke nicht nur die Luft abzudrücken, sondern ihm geradewegs den Hals zu brechen! Da konnten ihm selbst die erstaunlichen Fähigkeiten des Testions kaum Schutz bieten...

Es blieb ihm nur noch, sich mit aller Gewalt hintüber zu werfen. Dabei griff er mit Schwung hinter sich, um dem Angreifer um die Taille zu fassen und so mit einem um die eigene Achse rotierenden Ringkampfmanöver die Oberhand zu gewinnen!

Ächzend fielen die beiden Kontrahenten gemeinsam auf den sandigen Boden zurück... wo es Duke gelang, den Spieß umzudrehen – im wörtlichen Sinne, da sich mit dem ihm nun zugewandten Nacken des Angreifers ein lohnendes Ziel für seinen Zeremonienspeer bot.

Duke zögerte nicht. Er biss die Zähne zusammen und stieß die Klinge des Zeremonienspeers in den ebenso sonnengegerbten Nacken des Siedlers. Da bemerkte er die Kette, die diesem um den Hals hing. Er zog sie hervor...

...und wenig überraschend fand sich daran ein grob in Metall gegossenes Emblem Shurraths. Duke zog die Klinge, an der ölig schwarz die Überreste der eben erlegten Khorone herabtropften und sah rasch auf, um den zweiten Angreifer zu lokalisieren... von dem inzwischen jedoch jede Spur zu fehlen schien.

„Max...?", rief Duke und sah um sich.

Keine Antwort.

Schnaufend kam er wieder auf die Beine. Die drei Pferde

hatten eine kleine Herde gebildet und grasten zusammen, als gäbe es nur Frieden und Freiheit auf der Welt…

Da verriet eine leuchtend weiße Markierung im Sichtfeld des Testions, dass sich die beiden bald Vermissten wohl hinter einem der schroffen Felsen befanden. Dabei war es plötzlich still geworden, und zu regen schienen sie sich auch nicht…

Was ging dort vor sich?

Raschen Fußes und mit gespanntem Hahn pirschte Duke sich heran…

…und sprang schließlich aus dem Schatten des Felsens hervor

– bloß, um Max und den Schnurrbärtigen in einer kompromittierenden Position erstarrt vorzufinden, die ihm die Stirn in Runzeln schlug…

„Äh… Max…?", ging Duke langsam und mit dem Revolver im beidhändigen Anschlag um die beiden Erstarrten herum. Die weiße Markierung im Sichtfeld des Testions umschrieb die gemeinsame Silhouette derselben, als bildeten sie eine Einheit, während daneben spaltenweise unverständliche Symbolkolonnen durchliefen.

„Alles in Ordnung? Sag was, Max? Muss ich… soll ich… äh… dazwischengehen…?"

Zu Dukes Überraschung war es der Schnurrbärtige, der plötzlich eine Reaktion zeigte, indem er ihm langsam den Kopf zudrehte:

„NICHT SCHIEßEN, SHERIFF. TRANSFER LÄUFT."

Duke blieb wie angewurzelt stehen und senkte langsam wieder den Lauf des Revolvers. Max' voriger Wirtskörper – der Alexanders – wirkte leblos und ausgebleicht.

„Pozz-tausend…", raunte Duke, während nur noch seine linke Augenbraue oben blieb. Schließlich holsterte er die Waffe wieder und fasste sich ans Schlüsselbein, um die Schädelmaske des Testions zu lösen und sie sich wieder vom Kopf zu ziehen. Er sah an sich hinab. Seitdem er kaum mehr als das

Testion am Leib hatte, kam es ihm fast so vor, als würde er halbnackt durch die Gegend laufen.

„Warum wechselst du den Körper?", wollte Duke es genauer wissen, denn auch wenn Alexanders Hünenkörper deutlich lädiert war, schien der Tausch mit dem hageren alten Schnurrbärtigen kaum lohnend.

„TRANSFERZWECK: INFORMATIONSGEWINNUNG."

„Ahso… Und was ist mit dem Nodul?"

„Wird transferiert."

Duke wollte sich lieber nicht ausmalen, wie der Nodul-Transfer vonstattengehen sollte…

„Gut zu wissen…", druckste er nur.

„VERARBEITUNG LÄUFT…", gab Max zu Protokoll.

„Was genau… verarbeitest du?", wagte Duke kaum zu fragen.

„ERINNERUNGEN.", konkretisierte Max.

KAPITEL 35

„Du liest die Erinnerungen deines neuen Wirtskörpers aus?", hakte Duke nach.

„POSITIV."

„Hattest du nicht gesagt, sowas sei nicht die feine Axonen-Art, sondern nur etwas für Relyeh?"

Max reagierte mit einem noch leereren Blick als gewohnt. Dann:

„EXTRAORDINÄRE PROBLEME ERFORDERN EXTRA-ORDINÄRE LÖSUNGEN."

„Touché.", brummte Duke mit einem Feixen. „Wollte bloß klarstellen, wie sich das verhält…"

Damit bewegte er sich nun auf die friedvoll grasenden Pferde zu. Zorro begrüßte ihn mit einem vergnügten Schnauben, doch seine beiden Artgenossen – ein Fuchs und ein Pinto – zeigten sich noch etwas scheu.

„Ist guuuut…", brummte Duke und klopfte Zorro demonstrativ auf den Hals, sodass die beiden anderen Pferde es sahen und lernten. Er war bloß froh, dass die Tiere dem Augenschein nach bis auf eine leicht blutende Schnittwunde unverletzt geblieben waren.

„MATTHIAS UND DUTCH.", rief Max unvermittelt.

„So? Recht ungewöhnliche Namen für zwei Stuten…"

„KORREKTUR: DIE NAMEN DER BEIDEN HOMO-SAPIENS-EXEMPLARE LAUTEN SO."

„Achso!", lachte Duke und zuckte mit den Schultern: „Gut zu wissen, schätze ich…?"

„SIE SIND TEIL DER SEKTION, DIE DEN ENTFÜHRTEN FELDWEBEL PINE GEFANGENGEHALTEN HAT."

Duke erstarrte mitten in der Bewegung und bekam große Augen:

„Diese Lumpensäcke? Was suchten sie dann hier draußen?"

„OFFENBAR IST PINE IHNEN ENTKOMMEN."

Fast blieb Duke die Spucke weg, und er ließ die Pferde stehen, um

allmählich zum Felsbrocken zurückzukehren, vor dem Max weiterhin seinen Wirtskörpertransfer vollzog.

„ER HAT SIE ÜBERWÄLTIGT… FLOH AUF EINEM MOTORRAD, RICHTUNG NORDEN."

„Hah!", schlug sich Duke mit der flachen Hand auf den Schenkel. „Wusste ich doch, dass der Kerl nicht das halbe Hemd ist, für den man ihn halten könnte! Aber wenn das so ist…", fasste er sich nun ans Kinn, „…hätten wir einander nicht auf halbem Wege begegnen sollen?"

„NEGATIV. OFFENBAR HAT SICH PINE NACH WESTEN UMORIENTIERT, WO SICH DIE NÄCHSTE ASPHALTIERTE STRAßE BEFINDET."

„Warum sind die beiden Lumpensäcke dann nicht ebenso dorthin eingeschwenkt?", rieb Duke sich das Kinnstoppel.

„SIE HATTEN DEN AUFTRAG, SHERIFF DUKE ZU STELLEN."

„Soso… und der Auftraggeber?"

„CYRUS SALK."

„Holla!", horchte Duke auf. „Jetzt reden wir schon vom innersten Kreis! Irgendeine Idee, wo Salk steckt?"

„OFFENBAR HAT SALK SICH PERSÖNLICH DER VERFOLGUNG PINES ANGENOMMEN."

„Sozusagen Chefsache, was?", fuhr sich Duke über die weißgrauen Kinnstoppel und grummelte weiter:

„Die nächste Straße Richtung Westen… die geht Richtung Tijuana!"

„POZZ."

„Also dann: Auf nach Tijuana!"

„NEGATIV. LAUT DER AUSGELESENEN ERINNE-RUNGEN SIND SALK UND SHURRATH NICHT LÄNGER EINS…"

„So? Bist du dir da sicher?"

„POSITIV. SALK IST NACH WESTEN IN RICHTUNG TIJUANA UNTERWEGS. SHURRATH HINGEGEN BEFINDET SICH WEITERHIN IN SÜDLICHER RICHTUNG. DIE MENTALE TOPOGRAFIE IST EINDEUTIG."

Shurraths Präsenz nicht länger an Salks Person festmachen zu können, das machte die Sache noch kniffliger, eröffnete aber auch unverhofftes Potenzial, was Salks Verhältnis zu Shurrath betraf…

„Wie muss ich mir diesen Shurrath überhaupt vorstellen? Wie… schaut er aus?"

„UNZUREICHENDE DATENLAGE."

„Na, ich meine, er wird ja wohl ausschauen wie ein Relyeh so ausschaut, oder nicht?"

„POZZ."

„Also wie schaut so ein Relyeh aus?"

„DIE GESTALT DER RELYEH HAT SICH ÜBER DIE JAHRTAUSENDE DURCH GENETISCHE MODIFIKA-TIONEN INDIVIDUELL AUSDIFFERENZIERT."

„Soll das heißen, du kannst mir nicht mal sagen, wie so ein Relyeh überhaupt ausschaut? Tentakelmonster, Plüschzwerg oder fliegende Teekanne… alles ist drin?"

„POZZ. DIE RELYEH SIND HOCH POLYMORPH."

Duke seufzte und sah flehend in den Himmel hinauf. Das konnte unmöglich stimmen!

„Wie auch immer… Wir stehen also vor der Wahl: Weiter Richtung Westen und Shurraths Rechter Hand hinterher… oder geradewegs zum ‚Big Boss' im Süden."

„NEGATIV. SHURRATH IST IM SÜDEN. ERGO IST SÜDEN DIE EINZIGE OPTION."

"Das hast du nicht zu bestimmen, Freundchen!", rief Duke seinen forschen Gefährten zur Ordnung.

Wenn die Entscheidung bloß so einfach gewesen wäre! Schließlich war Duke auf eine Rettungsmission aufgebrochen, mit dem Ziel, Isaac aus den Fängen Shurraths zu befreien – bevor letzterer diesem den Hirnkasten würde öffnen und dem Geheimnis hinter der Immunität gegen die Neuromanipulationen der Axonen auf den Grund würde gehen können. Nun jedoch, da Isaac zumindest vorerst die Flucht gelungen war, stellte Shurrath für Duke selbst wohl die größere Bedrohung dar. Salk wollte Isaac lebend fassen, um diesen Shurrath zurückzubringen. Im günstigen Fall konnte Duke sich den Weg gen Westen also sparen, denn Isaac würde entkommen… und im ungünstigen Fall würde Isaac ohnehin im Süden aufschlagen, da Salk diesen dort abliefern würde. Zwar ging es Duke gegen den Strich, den Gefährten, den zu befreien er aufgebrochen war, nun doch zumindest vorerst sich selbst zu überlassen… aber logisch machte das schlicht am meisten Sinn – da lag Max ausnahmsweise richtig.

Andererseits… wenn es Duke gelänge, Salk im Westen zu besiegen und Isaacs Flucht zum erfolgreichen Abschluss zu bringen, dann könnte er Shurrath bis auf Weiteres aus dem Weg gehen…

Aber war letzteres wirklich eine dauerhafte Perspektive?

Nein. Aufgeschoben wäre nicht aufgehoben. Die Konfrontation Shurraths wäre früher oder später unvermeidlich.

Und damit stand Dukes Entschluss endlich fest.

„Zwar hast du's nicht zu bestimmen, Max… aber du hast

verdammt nochmal Recht…“, knurrte er griesgrämig: „Süden ist die einzige Option.“

„DARAUF EIN POZZ!“, ließen Max' Worte Duke zusammenzucken.

Er gab Max erst einen halb perplexen, dann einen halb nachhakenden Blick zurück… und er hätte schwören können, dass der Axon im Menschenkörper geschmunzelt hatte.

KAPITEL 36

„Missus Duke…!", schwoll die freudige Erregung in Doktor Hess' Stimme hörbar an:

„Ich glaub', ich hab' da was gefunden…!"

Mit Mühe löste Natalia ihre müden Augen vom Monitor, als klebten diese mit Haftpaste daran fest. Sie hatte keinen Spiegel in der Nähe, doch sie war sich sicher, dass sie fürchterlich aussehen musste – nach knapp achtundvierzig Stunden hochkonzentrierter Non-Stop-Bildschirmarbeit.

Der durch die unvermittelte Bewegung in ihren Rücken fahrende dumpfe Schmerz ließ sie ächzen und stöhnen. Sie wollte nach Hause… unter die Dusche und von dort direkt aufs Sofa. Nach Hause zu Hallia… und zu Hayden… wenn er denn da gewesen wäre…

Vor einer Woche noch war alles fast perfekt gewesen.

Jetzt aber drohte irgendsoein Alien-Arschloch, den treuen Haus- und Hof-Goliath der Territorien gegen diese zu wenden und denselben alles zertrampeln zu lassen, was Duke, Natalia und ihre vielen Mitstreiter mit so viel unermüdlichem Einsatz aufgebaut hatten! Solange diese Bedrohung nicht neutralisiert war, musste alles andere warten…

Aber wenn es nicht konnte? Der Mensch braucht seinen Schlaf!

„Was gibt's, Doktor?", seufzte Natalia schließlich.

Hess hatte seine Mitarbeiter hier unten in der Tiefebene ein kleines medizinisches Labor einrichten lassen – als ‚Krisenzentrum', wie er meinte. Nun: Immerhin verkürzte dies nun tatsächlich die Kommunikationswege.

Dort auf dem Seziertischchen samt Stereomikroskop war die tote Khorone aufgebahrt – fixiert mittels diverser Nadeln und weiterem Besteck. Während sich Natalia dem Experimentaufbau schlürfend näherte, sah der Doktor erneut durchs Mikroskop und justierte die Objektträgerplatte.

„Hier, Missus Duke… schauen Sie…!", gab er das Binokular frei, ohne die Hände von den Stellrädern zu nehmen.

Also beugte sich Natalia darüber, sah hindurch und blinzelte einige Male. Vor ihren Augen erschien, umgeben vom sanften diffusen Licht der Mikroskopleuchte, ein kleiner, dunkler, runder Klumpen, von dem aus sich in alle Richtungen haarfeine Zweige ausbreiteten, die schließlich im Nichts zu enden schienen. Dabei gingen vom Zentrum des runden Klumpens in gewissen Zeitabständen immer wieder wellenartige Impulse aus, die jedoch nicht das Resultat äußerer Erschütterungen waren.

Nach etwa fünfzehn Sekunden intensiver Betrachtung sah Natalia fragend auf.

„Ich bin zuversichtlich, dass das die biologische Grundlage der telepathischen Kommunikation der Khoronen ist.", erklärte Doktor Hess. „Das würde sich mit Graces Aufzeichnungen decken – auch wenn ich mir sicher bin, dass sie kein Mikroskop zur Verfügung hatte, um es wie wir mit eigenen Augen zu sehen."

Halbwegs beeindruckt sah Natalia erneut durchs Binokular, und Doktor Hess erläuterte weiter: „Was Sie dort sehen können, sind nichts Geringeres als Quanteneffekte – ausgehend von einem biologischen Mikroorganismus, der überdies auf Kohlenstoff und Wasser basiert, wie wir selbst. Absolut bemerkenswert!"

„Sichtbare Krümmungen der Raumzeit…?", ergriff hörbar zunehmende Faszination Natalias Stimme.

„So ist es! Ich vermute, dass es im höherdimensionalen Raum komplementäre Strukturen gibt, mit denen die Zweige in kontinuierlicher Verbindung stehen. Durch diese Verschränkung erreichen sie ein ungeheures Maß der Verdichtung, die unserer Vorstellungen räumlicher und zeitlicher Distanzen spottet."

Natalia ahnte wohl, worauf das alles hinauslief:

„Instantane Kommunikation… überall… gleichzeitig…"

Doktor Hess nickte und fuhr fort:

„Dieses Organ sendet und empfängt unaufhörlich, obwohl sein übergeordneter Organismus längst verstorben ist. Es ist im Grunde so etwas wie…"

„…eine Standleitung…"

„So ist es, Missus Duke!"

Unwillkürlich biss sich Natalia auf die Unterlippe. Denn wenn das alles stimmen sollte, dann…

„Und jetzt schauen Sie mal hier…", deutete Doktor Hess auf den Monitor auf dem Nachbartisch. Drei Ansichtsfenster mit unterschiedlichen Kurvendiagrammen sowie eines mit mehreren Spalten kryptischer Zahlenkolonnen waren darauf zu sehen.

„Ich habe damit begonnen, die sichtbaren Fluktuationen zu messen und aufzuzeichnen. Wenn ich richtig liege, und die Fluktuationen kodieren den Informationsgehalt…"

„…dann könnten wir das Ganze auch dekodieren und uns in die Kommunikation der Relyeh einklinken!", führte Natalia den Gedankengang fort – und Doktor Hess klatschte begeistert in die Hände.

„Da gibt es nur noch ein kleines Problem, oder?", richtete Natalia sich wieder auf und verschränkte ihre Arme zu einer

Denkerpose: „Wer russische Schrift lesen kann, der kann deshalb noch lange kein Russisch."

„Das stimmt natürlich...", bremste Doktor Hess seinen Enthusiasmus. „Aber sicherlich wird uns Missus Salk auch ein paar Dinge über die Sprache der Relyeh hinterlassen haben?"

„Leider Fehlanzeige, Doktor.", wandte sich Natalia ein Stück ab.

Hess stieß ein resigniertes Seufzen hervor: „Also stehen wir noch immer ganz am Anfang..."

„Schaut so aus...", räumte Natalia ein. „Aber machen Sie bitte weiter, Doktor. Ihre Beobachtungen hier sind wertvolle erste Schritte in die richtige Richt–..."

Natalias Blick blieb am Neuralinterface in einigen Metern Entfernung hängen. Hess bemerkte ihr plötzliches Innehalten und folgte ihrem Blick.

„Haben Sie eine Idee, Missus Duke?"

Das geradezu provisorisch anmutende Gerät war in der Lage, die Gedanken eines menschlichen Nutzers in etwas zu transformieren, das sich gewissermaßen per Funk ins Gehirn eines Goliaths übertragen ließ. Der dahinterstehende technologische Ansatz war verblüffend simpel, ja, krude fast. Es war ein Musterbeispiel dafür, dass man sich das Ingenieurs- und Forscherleben auch unnötig schwer machen konnte – wie zahlreiche Forschergenerationen zuvor, denen ein solches Unterfangen als eines von nicht zu bewältigender Komplexität erschienen war...

„Vielleicht gehen wir einfach zu verkopft an die Sache heran.", zog Natalia die Lektion aus jener Erfahrung. „Vielleicht sollten wir zunächst einfach testen, wie wir überhaupt eine Reaktion bekommen können – mit den simplen Mitteln, die uns zur Verfügung stehen."

„Unverhofft kommt oft...", nickte Doktor Hess, wandte dann jedoch gleich ein: „Aber gesetzt den Fall, es gelingt uns tatsächlich... würden wir uns nicht sofort verraten?"

„Vielleicht. Wir müssen eben versuchen, bei aller Experimentierfreudigkeit sparsam und gezielt vorzugehen, um einen möglichst kleinen Fußabdruck zu hinterl–…"

Wieder konnte Natalia ihren Satz nicht zu Ende führen – dieses Mal, weil ihr Sternanstecker zu summen und zu blinken begann.

„Was gibt's?", tippte sie denselben an.

„Gouverneurin, Ma'am! Deputy Fry hier!", überschlug sich die krächzende Lautsprecherstimme. „Bitte kommen Sie schnell in die Rechtsabteilung hinauf! Wir… haben eine Goliath-Sichtung!"

Natalias inneres Fluchen war nicht zu übersehen.

Jeder Tag ohne tödlichen Zwischenfall war zu schön, um wahr zu sein. Obendrein ließ sich die Hoffnung, dass der Goliath-Einfall in Haven vor einigen Tagen bloß eine vereinzelte Entgleisung gewesen war, nun kaum noch wahren.

„Komme sofort.", antwortete Natalia – wobei ihre Müdigkeit fast vollständig verflogen schien.

„Apropos kleiner Fußabdruck, was?", bemerkte Doktor Hess die Ironie des Timings, und Natalia verdrehte die Augen.

Mit einem kurzen Nicken entschuldigte sie sich und schlug den Weg in Richtung Fahrstuhl ein.

„Lutz!", rief sie nach ihrem führenden Ingenieursassistenten.

„Bin zur Stelle, Gouverneurin, Ma'am!", meldete sich dieser fast umgehend hinter einem der Computerpulte zurück.

„Doktor Hess hat eine Aufgabe für dich und das Team.", instruierte Natalia ihn. „Höchste Priorität."

„Verstanden, Ma'am!", versuchte Lutz zu Natalia aufzuschließen, konnte ihr aber nur noch hinterhersehen.

Als sie den Fahrstuhl bestieg und einige Etagen höher wieder verließ, wurde sie bereits von Deputy Fry erwartet:

„Wir bekommen besorgniserregende Mitteilungen aus Lavega, Ma'am…"

Er führte sie zum Komterminal, an dem ein weiterer Deputy saß, umgeben von einer kleinen Traube weiterer Mitarbeiter. Sie alle starrten auf den Terminalschirm. Natalia trat heran und las den grün leuchtenden Text darauf:

> AN SANISCO HAUPTZENTRALE! HIER HAUPTWACHE LAVEGA! HABEN GOLIATH-SICHTUNG IN ZIRKA DREIßIG K.M. ENTFERNUNG!

> VERSTANDEN, LAVEGA HAUPTWACHE. GOLIATH ALPHA?

> GOLIATH ALPHA BESTÄTIGT. KURS GENAU NORDWÄRTS IN STADTRICHTUNG.

> ROTEN ALARM AUSRUFEN! ALLE BÜRGER IN DIE SCHUTZEINRICHTUNGEN!

> ALARMSTUFE ROT BESTÄTIGT.

Natalia war wie erstarrt.

Sie hatte vermutet, dass Shurrath den Goliath gegebenenfalls nach Norden schicken würde – nicht aber nach Osten in Richtung Lavega. Nun aber war klar, dass der Bastard nach Einwohnerzahl vorging…

„Gouverneurin…? Ma'am…?", versuchte Deputy Fry, Natalia aus der Schockstarre zu holen. „Was… was sollen wir tun, Ma'am?"

„Was KÖNNEN wir tun?", traf Natalias Blick den Deputy wie ein Blitz. „Der Untergrund ist der sicherste Ort vor einem amoklaufenden Goliath. Lassen Sie die Menschen evakuieren!"

Äußerlich noch immer gefasst, wollte Natalia innerlich die Wände hochlaufen. Sollte ein einziger Goliath etwa genügen, um die Territorien niederzu ringen?

Haven war noch immer im Katastrophenzustand – wie nach einem gewaltigen Erdbeben: kein Strom, kein Wasser, eingeschränkte Kommunikation. Die zur Verfügung stehenden Mittel für humanitäre Hilfsmaßnahmen waren ebenso stark begrenzt. Es war nur eine Frage der Zeit, bis Hungersnot und Seuchen drohten...

Zusätzlich entsandte Deputys berichteten kontinuierlich – zumindest, so gut sie konnten. Noch waren die Havener tapfer, doch war nun mit einer Migrationswelle Richtung Norden zu rechnen... sofern weitere Goliath-Attacken nicht auch hier vergleichbare Verwüstung anrichten würden.

Immerhin verfügte Sanisco nun über eine neue Waffe, deren Kaliber es mit einem Goliath aufnehmen konnte: den Kugelblitz. Und zwar genau einen Schuss – eine Silberkugel. Die Iroquois war damit gerüstet und einsatzbereit.

Hatte Duke von alledem mitbekommen?

Natalia malte sich aus, wie ihr Purzel toben würde. Es war ihr ein tröstlicher Gedanke. Sie vermisste ihn sehr...

Eine plötzliche Regung auf dem Bildschirm holte Natalia ins Hier und Jetzt zurück. Der grün leuchtende Text war eine weitere Zeile hinaufgerückt, um einer neuen Mitteilung Platz zu machen:

> **UPDATE: ALPHA KOMMT IN BEGLEITUNG! TRIFE-FLUT GESICHTET! ZIRKA VIERTAUSEND EXEMPLARE!**

Natalia kam es vor, als würde sie hintüber in ein tiefes Loch fallen. Auch das noch...!

„Gouverneurin, Ma'am... wir werden Hicks nach Lavega schicken müssen...", meldete sich Deputy Fry zu Wort. „Die Trife werden versuchen, in den Untergrund einzuströmen. Sollte ihnen das gelingen... wird es kaum einen Überlebenden geben."

Natalia atmete schwer und nickte.

Achttausend registrierte Einwohner zählte Lavega.

Achttausend Menschenseelen.

Tränen schwollen in Natalias Augen. Sie kämpfte dagegen an, wollte keine Schwäche zeigen. Die Menschen würden eine starke Gouverneurin brauchen… gerade jetzt. Aber die Wahrheit war:

„Die Zeit wird nicht reichen…"

Sie konnte sehen, wie diese Worte Deputy Fry aufwühlten.

„Gott steh uns bei…", rief ein anderer der Deputys halblaut.

So weit war es nun also.

Natalia atmete tief ein, machte unvermittelt Kehrt und lief in Richtung des Fahrstuhls zurück.

„Ma'am…?", rief Deputy Fry ihr mit banger Stimme hinterher.

Mit resolutem Blick betrat sie die Fahrstuhlkabine und hämmerte auf eine der Tasten. Die Fahrstuhltüren glitten zu – eine Antwort blieb sie schuldig.

Eine Träne floss…

KAPITEL 37

Mit dem Lauf des MK-10 im Rücken schob Sophia ihre Gefangene vor sich her – geradewegs über die zentrale Allee von Tijuana.

Die Blicke der Einwohner waren ihr gewiss. Nur selten nahmen Emperador Augustos Leute Gefangene, und noch seltener paradierten sie dieselben. Doch dass nun eine einzelne, unscheinbare Kämpferin stolz grinsend die Allee hinabzog, um ihren Fang zu präsentieren – zumal eine blonde Hünin, mehr als einen Kopf größer als sie – war eine Premiere.

Grace hielt ihren Kopf gesenkt, beobachtete die Umgebung jedoch genau. Der Ort und die Menschen hier sahen genau so aus, wie es unter der Knute eines der üblichen Möchtegerntyrannen zu erwarten war – obendrein vermutlich ein Khoronenwirt: Um einen sprichwörtlichen Elfenbeinturm im Zentrum breiteten sich sonnenstrahlenförmig stark zerfallene Ruinen mit an- und vorgebauten Wellblechhütten aus, zwischen denen zur Stadtgrenze hin zunehmend auch Zelte, vereinzelte alte Wohnwagen sowie zweckentfremdete, rostige Frachtcontainer standen.

Die Siedler hier trugen Lumpen und waren ausgemergelt – ihre Gesichter sonnengegerbt, zerfurcht und eingefallen… und doch leidenschaftlich ob der wenigen Krumen, die ihr spärliches Dasein für sie abwarf. Sie sangen Lieder, berauschten sich. Es waren Menschen, die zu feiern wussten… trotz oder wegen allem. Jeder von ihnen würde tauschen, würde Nieren und Leber dafür hergeben – sofern sie diese überhaupt noch besaßen.

Dieses Dasein drohte allen Menschen auf dem Kontinent, falls Graces Mission scheiterte. Die Tyrannei hatte stets dasselbe Antlitz: Ob die unter Menschen… oder die unter Shurrath.

Grace wusste also, wofür sie kämpfte… und wogegen.

Für diese Scharade nun hatte sie sich die Hände hinter den Rücken fesseln und die Füße in Ketten legen lassen. Sophia stieß ihr die Mündung des geladenen Gewehrs in den Rücken, hatte ihr Pfeil und Bogen sowie die Tasche abgenommen – die vorgebliche Beute.

Das Spiel war nicht ohne Risiko. Grace setzte darauf, dass Sophia die Knechtschaft unter Augusto satt hatte. Sollte sie sich allerdings darin irren, so wäre die Versuchung für Sophia groß, die Situation auszunutzen und aus der Täuschung Wahrheit zu machen.

„Wir sind fast da, Señorita Grace…", flüsterte Sophia ihr zu.

Sie näherten sich etwas, das wohl einmal eine Verkehrsinsel gewesen war. Darauf befand sich ein Steinsockel mit etwas, das wohl ein Monument darstellen sollte: eine abstrakte Skulptur, offenbar neueren Datums, bestehend aus zwei nach oben zulaufenden dunklen Säulen, die ein wenig an die leicht gespreizten Klingen einer spitzen Schere erinnerten.

„Dieses Denkmal wurde im Auftrag seiner Herrlichkeit Emperador Augusto errichtet.", kam Sophia nicht umhin zu bemerken, dass dasselbe Graces Augenmerk erhascht hatte.

„Eine der Spitzsäulen steht für seine Herrlichkeit selbst, die andere für deren Herrn und Meister... unseren Gott!"

„Hat euer... ‚Gott'... auch einen Namen?"

„Ja... aber ohne die Gegenwart und Erlaubnis seiner Herrlichkeit Emperador Augusto ist es nicht gestattet, ihn auszusprechen."

„Verstehe..."

Da bemerkte Grace die vielen Siedler, die sich vor dem Monument kauernd zu Boden geworfen hatten.

„Was tun die Menschen hier? Beten sie?", wunderte sie sich.

„Sí. Sie beten um die Gunst seiner Herrlichkeit wie auch um die unseres Herrn! Sie beide sehen alles, und wer nicht mindestens einmal am Tag hier betet, der erhält keine Ration und muss fasten!"

„‚Fasten' also... Und du? Kommst du auch hierhin, um zu beten?"

„Früher ja, natürlich. Aber seitdem ich für eines der Eintreiberteams rekrutiert wurde, gilt meine Arbeit dort bereits als das tägliche Gebet."

„Wie großzügig...", feixte Grace sarkastisch.

In einem respektvollen Bogen gingen sie um die Skulptur und die Betenden herum. In einem Umkreis standen bewaffnete Männer in schwarzen Uniformen, welche bei näherem Hinsehen jedoch nicht wirklich uniform und stattdessen offenbar unterschiedlichster Provenienz waren. Sie warfen Sophia einige skeptische Blicke zu, schienen aber ansonsten ganz damit befasst, das Monument und die Betenden zu bewachen... bis einer von ihnen hervortrat und auf Sophia zukam:

„¿Qué te traes, coleccionista?"

„¡Traigo un gran premio para nuestra alteza!", antwortete Sophia mit einer dezenten Verbeugung.

„¿Estás sola? ¿Y el resto de tu escuadrón?"

„Muertos.", klinkte Grace sich ein.

Erbost holte der kleine, stämmige Wachmann aus und schlug ihr mit dem baren Handrücken durchs Gesicht:

„Wer hat dich gefragt, Gringo?!"

Grace steckte es ein und biss sich schnaubend auf die Zunge. Zu gerne hätte sie gleich hier und jetzt die Fesseln gesprengt und die Show platzen lassen…

Damit wandte sich der Wachmann wieder Sophia zu:

„¿Esta mujer fue la que mató a tu escuadrón?"

„Sí, a todos menos a mí."

„¿Cómo sobreviviste?"

„Me escondí y le tendí una emboscada."

„¿Estas son las pertenencias de la cautiva?"

„Sí."

„Armada hasta los dientes, ¿no?"

„Sí."

Da hob Grace erneut den Kopf:

„El Emperador Augusto querrá verme…"

Sogleich erhob der Wachmann ein zweites Mal die Hand, doch rang ihm Graces fortgesetzter Versuch, in seiner Sprache mit ihm zu kommunizieren, einen gewissen Respekt ab.

„Eine wie dich haben wir hier nicht jeden Tag…", musterte er sie wiederholt – dann: „Gut. Bringt sie zu seiner Herrlichkeit! Er und seine Leute werden sich schon ihren Spaß mit ihr machen!" – womit er dreckig zu lachen begann.

Stoisch verkniff sich Grace jede weitere Reaktion.

„¡Pablo!", winkte der Wachmann einen seiner Kameraden herbei.

Sophia protestierte:

„¡Quiero presentarla yo misma! ¡Yo la he cazado, así que merezco mostrarla!" Ich habe sie gefangen, also verdiene ich es, sie vorzuführen!"

Der Wachmann gab abwechselnd Sophia und Grace einen mehr als skeptischen Blick und sah noch kurz vergewissernd zu seinem herbeigerufenen Kameraden. Dann nickte er:

„Na schön. Du bist auf eine Belohnung aus. Versuch' dein

Glück, Eintreiberin! Aber jammere nachher nicht, wenn Emperador Augusto dich für deinen Stolz bezahlen lässt!"

Sophia nickte gehorsam.

„¡Pablo, llévaselas al Emperador Augusto!", wies der Wachmann seinen Kameraden an.

„¡Sí, señor!", nickte dieser, zog seine Pistole und trat weiter heran.

„Geh!", stieß er Grace die Mündung unsanft in die Schulter – was sie mit einem verächtlichen Blick quittierte.

Sophia schulterte ihr Gewehr und folgte Pablo, der nun derjenige war, der Grace vor sich herführte. Ganz so war das nicht geplant gewesen… und Grace bekam erneut leise, aber zunehmend bange Zweifel, ob diese Scharade wirklich eine so gute Idee gewesen war…

Hinter der Skulptur dominierte ein kurioses Bauwerk in Form einer großen Kuppel aus hellem Sandstein, umgeben von Nachbildungen antik-römischer Säulen, das Ende der Allee. Das war wohl der hiesige ‚Elfenbeinturm' – der Hauptsitz des Tyrannen – und das zunehmende Aufkommen schwarz gekleideter Wachen bestätigte diese Annahme weiter.

Zwischen den Wachen fanden sich immerzu weitere Gruppen von Siedlern, die betend auf dem Pflaster kauerten. Einen derart pseudoreligiös geprägten Tyrannenkult hatte Grace auf ihren Reisen durch den halben Kontinent bisher noch nicht gesehen. Es war so faszinierend wie schäbig:

Shurrath und sein hiesiger Statthalter sorgten selbst für die Misere, aus der sie dann einige Ausgewählte erlösten – und die Menschen verfielen in einen Skinnerschen Taubentanz. Die eigentliche Scharade wurde hier nicht von Grace veranstaltet…

„¿Qué está pasando aquí?", fragte ein in der Nähe der Eingangspforte des Kuppelbaus postierter weiterer Wachmann mit stechendem Blick und Gewehr im Anschlag.

„¡Es un regalo para nuestra alteza!", erklärte Pablo rasch

und schob gleich hinterher: „Capturé a esta cautiva en uno de los puntos de recogida."

„¿Lo dices en ser–…", wollte Sophia gegen den erneuten Versuch protestieren, sie um die vorgeblich verdiente Anerkennung zu bringen, wurde unter Pablos strengem Blick jedoch gleich wieder still. Natürlich ließ sich der Bastard die Gelegenheit nicht entgehen. Sie hatte das kommen sehen müssen. Grace war es heimlich ganz recht – denn so vor den Kopf gestoßen, durfte sich Sophia wieder daran erinnern, weshalb sie sich mit Grace hatte verbünden wollen…

Dann aber wandte der Kuppelwachmann ein:

„Todos saben que a nuestra alteza no le gustan las mujeres."

– woraufhin Pablo auf die erbeuteten Waffen samt der Tasche deutete.

Doch der Kuppelwachmann blieb unbeeindruckt:

„Ya sabes dónde entregar el botín. ¡Lárgate de aquí!"

Leicht entnervt warf Grace nun dazwischen:

„Dile a Su Alteza que Grace Salk está aquí. No te arrepentirás."

Der Kuppelwachmann blickte sie verdutzt an, doch rasch mischte sich Indignation in seinen Gesichtsausdruck:

„Du hast hier gar keine Anweisungen zu erteilen, Gringo!"

Dann allerdings fasste er sich nachdenklich ans mit dunklen Stoppeln gespickte Kinn…

„¡No te muevas!", knurrte er schließlich und verschwand schnell durch die einen Spalt offenstehende schwere Metallpforte des Kuppelbaus.

Als es nach gut fünf Minuten noch immer kein Zeichen von ihm gab, begannen Pablo und Sophia fragende Blicke auszutauschen. Nach einer weiteren Minute trat schließlich eine andere Wache heraus. Ihr musternder Blick war gleichermaßen von Herablassung wie von Ehrfurcht geprägt:

„Seine Herrlichkeit Emperador Augusto verlangt, dass man die Gefangene augenblicklich zu ihm bringt!"

Ein breites Grinsen brach sich in Pablos Miene Bahn, und er stieß Grace weiter voran: „Du hast es gehört, Gringo!"

Diese sah zu Sophia zurück, die dastand wie bestellt und nicht abgeholt. Mit ihrem stechendsten Blick versuchte Grace, die Eintreiberin aus ihrer Schockstarre zu holen. Als das nicht gelang, hustete sie – so laut, dass Pablo und der Kuppelwachmann regelrecht zusammenzuckten. Jetzt kam auch Sophia wieder zu sich, und ihre und Graces Augen trafen einander. Sophia atmete sichtlich tief ein und sammelte allen Mut, sich dem kleinen Tross anzuschließen.

Nacheinander betraten sie den Kuppelbau…

KAPITEL 38

Im Innern der fensterlosen Kuppel war es überraschend finster.

Ein rustikal anmutender Kronleuchter, der ursprünglich einmal das Wagenrad einer Kutsche gewesen sein musste, tauchte alles ins schummerig warme Licht seiner gut zwei Dutzend flackernden Kerzen. Daneben warf von hinten ein alter Filmprojektor seinen fahlen Schein auf eine Leinwand auf der gegenüberliegenden Seite der Kuppel. Vom Dialog des blassen Films hallte bloß ein unverständliches Murmeln vor und wider…

Unübersehbar war auch der ‚Thron‘ des hiesigen Macht-habers, seiner Herrlichkeit, Emperador Augusto:

Ein bordeauxrotes Chaiselongue, bedeckt von allerlei teuren, gewandartigen Tüchern und entsprechend bezogenen Kissen. Direkt daneben stand ein niedriges, vergoldetes Tisch-chen mit ebenso verzierten Körben und Schüsseln voll Obst, Gebäck, nebst einer offenen Schachtel Pralinen. Eine Rampe führte hinauf.

Nach ein paar Schritten hatte die Kuppelwache Pablo vorangehen lassen und war auf ihren Posten an der Eingangspforte zurückgekehrt, von dem aus sie das weitere Geschehen mit Argusaugen verfolgte…

Kaum überraschend, entsprach Emperador Augusto in seinem Erscheinungsbild genau dem Klischee, das sein Titel wie auch seine Bettung schon von weitem vorwegnahmen: ein korpulenter, schwitziger, stummelfingriger Kerl mit kastanienbraunen Locken und viel zu rosigen Pausbacken, leidlich gehüllt in eine weiße Toga…

Eben noch hatte er sich eine weitere Praline samt einer dicken Traube in den Mund gestopft und sah nun unter genüsslichem Schmatzen gebannt zu, wie die drei unerwarteten Gäste sich näherten. Vor allem an Grace blieb sein Augenmerk haften – was ihr nicht entging. Schon aus der Entfernung begann sie, sich klebrig zu fühlen, und wollte sich am liebsten bei aufgedrehtem heißem Wasser in einer der verlassenen Duschen tief unten in Dugway einschließen…

Schließlich zogen sich Emperador Augustos Pausbacken zu einem zufriedenen Lächeln auseinander:

„Da bist du also!"

Schaudernd sah Grace auf – denn sie war die Einzige, die nun realisierte, dass es keineswegs jener spätrömische Wonneproppen war, der hier zu ihr sprach…

„Shurrath…", grüßte sie ihn bei seinem wahren Namen und fügte verächtlich hinzu: „Wozu du dich herablässt, bloß um mich zu sehen…"

Shurrath im Körper Emperador Augustos lachte:

„DU bist es doch, die sich herabgelassen hat, hierherzukommen!"

Zwei weitere Wachen in Schwarz traten herein – ihre Gewehre bereits im Anschlag. Nervös sah Sophia zurück. Auch ihr schwante nun, dass etwas nicht stimmte…

Unvermittelt legte eine der beiden Wachen an…

FEUER!

Sophia schrie, als Pablo ächzend zu Boden ging.

Shurraths Gelächter wurde selbstgefällig: Natürlich war er

über die geplante Finte längst im Bilde – auch wenn es vorerst den Falschen traf.

„Deine kleine Freundin als Nächstes, Grace?"

Die zweite Wache legte an…

„Tu, was du lassen kannst.", erwiderte Grace mit augenscheinlichem Gleichmut.

„¡Señorita Grace!", rief Sophia verzweifelt und sank auf die Knie.

„So sei es!", grinste Shurrath und schnippte.

Ein weiterer Donnerhall streckte auch Sophia nieder. Graces Nüstern blähten sich auf – im vergeblichen Versuch, ihre innere Aufruhr zu verbergen.

Sie musste sich eingestehen: Shurrath hatte sie kalt erwischt.

Zwar hatte sie damit gerechnet, hier einem Möchtegerntyrannen zu begegnen… aber mit einem von deutlich kleinerem Kaliber, der leichter zu überlisten und zu überwältigen gewesen wäre. Nichtsdestotrotz offenbarte der Umstand, dass Shurrath sich tatsächlich hierzu herabgelassen hatte, auch seine Schwäche ihr gegenüber: Sie musste es ihm wert sein…

„Du brauchst dir gar nichts darauf einzubilden, Grace…", feixte Shurrath, als habe er gerade ihre Gedanken gelesen… und er fuhr fort:

„Ehrlich gesagt, bin ich genauso überrascht, dich hier wiederzusehen wie umgekehrt. Nicht, dass ich es nicht hätte wissen können… aber wer behält sein Ungeziefer schon so genau im Blick?"

„Geh zur Hölle, Shurrath! Du hast mir meinen Vater genommen, du elender Parasit!"

„Wie rührend!", lachte Shurrath erneut auf. „Das herzenstreue Töchterlein ist noch immer getrieben von seinen kleinkarierten Rache- und Gnadentodfantasien! Es wird dich überraschen, Grace, aber ich stehe ihnen nicht wirklich im Weg! Im Gegenteil: Ich bin versucht, dir eine Lektion über den wahren Großmut Shurraths zu erteilen!"

„Was…?", wurde Grace kleinlaut, und Shurraths Gelächter schwoll:

„Wie gesagt: Ich bin nicht wegen dir hier – auch wenn es durchaus ein Wink des Schicksals sein mag, dass sich unsere Wege ausgerechnet hier und jetzt von Neuem schneiden. Ich bin in diesen unsäglichen Körper geschlüpft, da ich jemandes Ankunft erwarte. Jemand, der tatsächlich von Bedeutung für meine Belange ist…"

Die beiden hinzugekommenen Wachen schritten die Rampe hinauf.

Mit tief empfundenem Mitleid sah Grace zu Sophia zurück, die nurmehr bleich in der Lache ihres eigenen Bluts lag. So war das alles nicht geplant gewesen…

„Da sich die Dinge nun aber so gefügt haben…", fuhr Shurrath fort, „…werde ich dich mir zu Nutze machen. Danach kann ich dich immer noch töten, wenn mir danach dürstet."

Grace ließ ihn reden, unwidersprochen.

Sie musste rasch eine Entscheidung fällen, denn es war noch immer alles darauf ausgelegt, dass sie sich im rechten Augenblick überraschend von ihren Fesseln befreien würde – bloß, dass Sophia nun nicht länger für Ablenkung oder Rückendeckung sorgen konnte.

Was hatte Shurrath damit gemeint, dass er ihr nicht weiter im Wege stehen würde? Etwa ihrem Versprechen ihrem Vater gegenüber? War er es, den Shurrath hier empfangen wollte?

Die beiden Wachen kamen nun direkt auf sie zu. Grace ließ es geschehen, rührte sich nicht. Sie beschloss, die Scharade aufrecht zu erhalten und auf einen günstigeren Moment zu warten…

Die Wachen beäugten kurz die Fesseln, schöpften offenbar jedoch keinen Verdacht und packten Grace beiderseits an den Ellenbogen.

Shurrath stopfte sich eine weitere Traube samt Praline zwischen die Pausbacken und zerkaute beides mit erkennbarem Genuss. Er schien sich mit dieser neuen Lage ganz gut anfreunden zu können. Die spätrömische Dekadenz stand ihm gut – wobei Grace sich gar nicht sicher war, ob selbst Shurrath in diesem Wirtskörper überhaupt in der Lage war, sich ohne Hilfe von dem Chaiselongue zu erheben.

„Einen Moment noch…", hielt Shurrath die Wachen an, die sich nun anschickten, Grace fortzuführen.

„Kommt dir der Film bekannt vor, Grace?", deutete er auf das fahle Zucken und Flimmern an der Leinwand. Erst jetzt schenkte Grace demselben genauere Aufmerksamkeit…

„Äh… ein chinesischer Western?", riet sie.

„,Unforgiven' – mit Ken Watanabe und Kōichi Satō! Ein Remake des Clint-Eastwood-Klassikers von 1992 und einer der Lieblingsfilme deines werten Vaters.", belehrte Shurrath sie sogleich und schmunzelte süffisant:

„Bist du dir eigentlich bewusst, dass ich im Besitz jeder einzelnen seiner Erinnerungen bin? Wirklich alles: von seinen frühesten Kindheitserinnerungen über die ersten Dates mit deiner Mutter bis in die Gegenwart. Es ist fast so, als hätte ich dir damals persönlich die Windeln gewechselt!"

Wieder hatte Grace nicht übel Lust, sich auf der Stelle loszureißen, um dem elenden Fettwanst ein für alle Mal das Maul zu stopfen…

Stattdessen aber entgegnete sie ihm mit stoisch gesenktem Blick:

„Er war ein guter, liebender Vater gewesen. Dann kamst du, und aus ihm wurde ein Scheißkerl. Schlechten Umgang nennt man sowas…"

Shurrath lachte.

„Das Gewese, das ihr Menschlein um euren Nachwuchs macht! Und wie ihr denselben überhaupt erst zur Welt bringt! Was für eine Sauerei! Unter größtem Ach und Wehen kommen die kleinen fetten Maden dann endlich heraus… und dann können sie Jahre lang erst einmal gar nichts außer schreien, fressen und scheißen! Dabei ist so ein Menschenleben doch ohnehin schon so kurz – und gut ein Drittel davon wird einfach verpennt! Bemitleidenswerte Kreaturen seid ihr…"

Er hielt inne und sah zur Pforte, in deren einfallendem Licht sich Schatten zu regen begannen. Schließlich trat ein hagerer, sonnengegerbter Mann mit zerschlissener Jeansjacke und brauner Kordhose herein.

„¡Su Alteza!", rief er, senkte sein schwarzgewelltes Haupt und fiel am Fuße der Rampe auf die Knie: „Lo atrapamos…"

„¡Tráiganlo aquí!", antwortete der Fettwanst – und Grace war sich ziemlich sicher, dass Shurrath vorerst wieder den eigentlichen Emperador Augusto vorgelassen hatte…

Der Bote in der Jeansjacke sah auf, pfiff kurz auf seinen Fingern, und der einfallende Lichtkeil der Pforte verbreitete sich. Zwei weitere Wachen führten einen Gefangenen herein.

Graces Atem stockte, als sie ihn unzweifelhaft erkannte:

„Isaac??"

Der glatzköpfige Feldwebel sah auf… und schaute furchtbar aus.

Blutergüsse zeichneten sein Gesicht. Sein linkes Auge war blaugeschlagen. Ein dunkelrot geronnenes Rinnsal zog sich von seiner Nase über Mund und Kinn. Seine Kleidung war stark abgegriffen und starrte vor Schmutz und Staub.

„¿No les dije que no le tocaran ni un pelo?", wurde Emperador Augusto ungehalten.

„¡Perdón, su alteza!", entschuldigte sich der Bote unterwürfig. „Pero de todos modos no tiene ni un pelo para tocar. También, no quiso rendirse y mató a dos de los nuestros."

„¡Lástima que no te mató a ti también, maldito descarado!", dirigierte Emperador Augusto die Wachen, Isaac neben Grace aufzustellen.

„Du bist es! Die… Terroristin aus Sanose!", zischte Isaac mit einem zornig verächtlichen Blick aus dem Augenwinkel.

„Feldwebel Pine… tut mir leid, was alles passiert ist. Aber ich stehe nicht länger unter der Kontrolle der Relyeh!", flüsterte sie beschwörend zurück… und nun erwiderte Isaac ihren Blick direkt:

„Nicht mehr unter Relyeh-Kontrolle? Und du hast es überlebt?"

„Ja! Nur dank Sheriff Duke!"

‚Dank Sheriff Duke'??

Isaac traute seinen Ohren kaum.

Er war noch immer nicht im Bilde, was genau seit seiner Entführung durch Shurraths Schergen geschehen war…

„SCHWEIGT!", fuhr Emperador Augusto erzürnt dazwischen.

„Schweig selbst, Fettwanst!", höhnte Grace zurück – wohlwissend, dass Shurrath Isaac und sie unversehrt haben wollte. „Weißt du eigentlich, wie unhöflich es ist, andern ins Wort zu fahren?"

„SCHAWEIGT!", geriet Emperador Augusto außer sich, und die Wache fasste Grace grob an… mehr aber auch nicht.

„BIN ICH FROH, wenn ich euch Lumpengesindel vom Hals habe! Zum Glück werdet ihr bald schon abgeholt, und ich bekomme den mehr als verdienten Lohn für meine Mühen!", beruhigte sich Emperador Augusto wieder.

„Wir werden abgeholt? Eine Ahnung, von wem?", zischte Isaac in Graces Richtung, und sie nickte:

„Die Suche hat ein Ende…"

KAPITEL 39

„Bist du dir sicher? Dein Vater kommt, uns abzuholen?", vergewisserte sich Isaac, ob er Grace richtig verstanden hatte.

Dies war nun das erste Mal, dass er sie als erwachsene Frau aus nächster Nähe sah, statt bloß durchs Fadenkreuz eines Scharfschützengewehrs. Nun aber fanden sie sich auf derselben Seite wieder – zweifelsohne ein Erfolg für Sheriff Duke… auch wenn es einen gewissen Beigeschmack hatte, sich mit jemandem zu solidarisieren, den man zuvor noch als terroristischen Massenmörder bekämpft hatte…

Das Entscheidende war natürlich, dass Grace nicht länger unter der Kontrolle Shurraths stand. Zumindest beteuerte sie das – wobei fraglich blieb, wie sie die Eliminierung der Khorone überlebt hatte. Es gab viele Gründe für Isaac, argwöhnisch zu bleiben. Er wusste, weshalb er hier war: Shurrath wollte ihn zur Laborratte machen, um das Geheimnis hinter seiner teilweisen Immunität gegen die halluzinogene Neuromanipulation der Axonen zu ergründen. Weniger klar war ihm, was Shurrath mit Grace vorhatte. Immerhin war sie die Tochter jenes Mannes, den Shurrath einst zu seinem ersten und treuesten menschlichen Khoronenwirt gemacht hatte.

„Ja, ich bin mir sicher.", antwortete Grace… und dann: „Schön, Sie wiederzusehen, Feldwebel. Ist eine Weile her…"

Eine Untertreibung.

Aus Graces Sicht waren es zweihundert Jahre.

„Du bist ganz schön erwachsen geworden…", schmunzelte Isaac.

„Auf mehr als nur eine Weise…", schmunzelte Grace mit ominösem Unterton.

Unvermittelt trat eine von Emperador Augustos Wachen an Isaac heran… und stieß diesem ebenso unvermittelt den Gewehrkolben von hinten in die Beine, sodass Isaac ächzend vornüber auf die Knie ging:

„¡SILENCIO!", schrie sie ihn an und übertönte damit die derbe Beschreibung, mit der Grace sie bedachte.

„¡Retrocede, guardia!", pfiff Emperador Augusto seinen Lakaien zurück. „¡Si dañas la mercancía, yo mismo te arrancaré la carne del cuerpo y veré cómo te la comes!"

Augenblicklich zog sich die Wache zurück. Isaac musste weder ein Relyeh sein noch Spanisch können, um ihre Furcht zu spüren.

Emperador Augusto lachte vergnügt: „Köstlich! Köstlich!"

Es war der unvorhergesehene Checkpoint am Stadtrand gewesen, der Isaacs Flucht ein jähes Ende gesetzt hatte. Zu spät hatte er realisiert, dass der Ort bereits unter der Kontrolle Shurraths stand – und er selbst auf der Fahndungsliste der Checkpoint-Wachen. Wie das Leben so spielt: Den Versuch war es wert gewesen… und die Situation, in der sich Isaac nun wiederfand, war so bizarr, dass es das Scheitern fast ebenso wert gewesen war.

Nun kniete er also hier inmitten eines kuriosen Kuppelbaus mit falschen altrömischen Säulen, sah einem kostümierten Möchtegern-Nero zu, wie dieser sich eine Traube samt Praline nach der anderen zwischen Stupsnase und Doppelkinn schob, während im Hintergrund ein merkwürdiger Kinofilm spielte, und wartete auf eine Familienzusammenführung, deren Melodramatik einen Jerry Springer vor Neid erblassen hätte lassen…

Als der Film endete und die Leinwand nach dem Abspann matt verharrte, war Emperador Augusto bereits eingeschlafen – wie sein Schnarchen allen Umstehenden verriet. Die Minuten verstrichen, und auch Isaac hatte damit zu kämpfen, die Augen aufzuhalten…

Mehr als eine Stunde musste schließlich verstrichen sein, als erneut das krachende Knarzend der schweren Eingangspforte zu hören war – nur kurz, als würde sich eine einzelne Person Zugang verschaffen. Die Schritte eines Paars von Stiefeln mit hohen Absätzen, wie sie Männer höheren Militärrangs trugen, hallten durch die Kuppel…

Isaac blickte auf und sah als Erstes, wie Emperador Augusto aus dem Schlummer emporfuhr:

„¡Ah… Mayor Salk… bienvenido!"

– womit sich der Fettwanst schnaufend auf die Knie hievte und eilig zwei Wachen zu sich winkte, auf dass diese ihm auf die Füße halfen. Eine Antwort blieb aus, während die markanten Stiefelschritte weiter näherkamen.

Ein Frösteln überfiel Isaac.

War Salk wirklich hier?

Er wagte nicht, zurück zu blicken – zumal dies in der ihn umgebenden Dunkelheit des Kuppelbaus außer einer erneuten körperlichen Züchtigung wohl ohnehin nicht viel gebracht hätte. Stattdessen fiel sein Augenmerk auf Grace, die sich verständlicherweise deutlich weniger zurückhaltend zeigte:

„D-Dad…?", verrenkte sie sich den Hals.

Eine markige Stimme ließ den Raum gefrieren:

„Grace…"

Isaac sah auf.

Salks Stimme… die Stimme des Mörders seines Sohnes. Die Stimme eines Verräters. Eines Verräters an der Menschheit. Isaac versuchte, sein Frösteln zu ignorieren – denn es war ein Ausdruck von Ehrfurcht, wo nichts als tiefste Verachtung sein sollte.

Und doch… etwas stimmte nicht an alledem. Irgendetwas ließ Zweifel in Isaac aufkommen. Es lag an der Stimme… denn es war nicht dieselbe Stimme, die sich vor all den Jahren in Isaacs Gedächtnis eingebrannt hatte. Konnten die dazwischenliegenden zwei Jahrhunderte und das Fortleben als Khoronenwirt Salks Stimme derart verändert haben?

„Feldwebel Pine…", traf dieselbe Stimme Isaac ins Mark.

Er begann innerlich zu beben, da ein Gewitter aus Erinnerungen an seinen geliebten Sohn, an den Mord und an seinen Durst nach Rache in ihm aufzog…

„Major Salk…", nahm er alle Kraft zusammen, um dem Mörder seines Sohns zumindest verbal die Stirn zu bieten, und es war geradezu eine Erleichterung, als die Stimme nach einer kurzen Pause erneut das Wort ergriff:

„Ihr drei…", waren die Wachen gemeint. „Vor der Pforte ist ein Wagen vorgefahren. Bringt die Gefangenen dorthin. Ich werde sie Shurrath persönlich ausliefern."

„¡Sí, señor!", antworteten die Wachen im Chor.

Im selben Moment ertönte unmittelbar neben Isaac ein merkwürdiges Geräusch – so, als hätte jemand gewaltsam ein dickes Bündel Gras oder Gestrüpp aus dem Boden gerupft…

…und ehe er sich versah, fuhren Graces Hände, zu Fäusten geballt, hinter ihrem Rücken hervor, während sie selbst aus der Hocke emporschnellte und dabei eine Hundertachtziggradwende vollzog – um auf Salk loszugehen! Geistesgegenwärtig nutzte Isaac den Überraschungsmoment, um sich selbst mit der Schulter voran der nächststehenden Wache entgegenzuwerfen.

Ein Schuss löste sich, ging aber ins Leere.

Ringsherum brachen lautschallende Rufe der Aufruhr aus, und Isaac vernahm, wie Graces Fäuste ihr Ziel fanden:

„GRACE… STOPP!", konnte er die frostige Stimme mit

einiger Genugtuung vom Boden aus rufen hören und hoffte, dass sich Grace nicht darauf einlassen würde.

Doch dann geschah etwas Merkwürdiges.

„GRACE, VERDAMMT!", fing die Stimme an, sich hörbar zu verändern…

Grace hielt inne, richtete sich auf und sah, außer Atem, dass sich ihr vermeintlicher Vater ebenso auf merkwürdige Art zu verwandeln begann. Nicht nur seine Stimme… auch seine Gestalt veränderte sich… und an Stelle des vertrauten, wenn auch leicht gealterten Gesichts trat… eine Maske?

Nein…

Es war das graue, gesichtslose Antlitz eines Phantoms…!

„Was zur Hölle? Das… das ist er nicht!", rief sie perplex und wusste nicht recht, wie sie auf die gewandelte Situation reagieren sollte.

Plötzlich war auch um sie herum alles still geworden.

Mit gebanntem Unglauben blickten alle Anwesenden, mitsamt Emperador Augusto und der Wachen, auf die Sonderbarkeit, die sich hier gerade ereignete. Und zu Graces vollendeter Verblüffung holte das Phantom, das sie bis vor einem Moment noch für ihren Vater gehalten hatte, einen Shurrakush hervor… und drückte ihr denselben in die noch bare Hand!

„Hier, Grace! Hatte gehofft, dass du mitspielst! Bin auf deiner Seite!"

„Hayden?!", fiel Isaac der phantomischen Gestalt ins Wort, während diese Grace mit wohlbemessener Wucht von sich warf – was letztere in ihrer Verdutzung ohne großen Widerstand über sich ergehen ließ.

„Pozz…", bestätigte die Gestalt, während sie begann, sich mit einer der Wachen einen Faustkampf zu liefern, der schnell zu Gunsten der Gestalt entschieden war.

Rundherum klickten die Gewehre der umstehenden Wachen, die noch zögerten, das Feuer zu eröffnen – einerseits wegen ihrer drei Kameraden inmitten des beginnenden

Gemenges, aber hauptsächlich wegen Emperador Augustos unmissverständlicher Drohung, den Gefangenen ja kein Haar zu krümmen.

Die Phantomgestalt trat an Isaac heran, fasste diesem an die Handschellen um die Handgelenke… und riss dieselben mit wohldosierter Gewaltanwendung auseinander, sodass sich die Glieder der Kette dazwischen klirrend in alle Himmelsrichtungen verteilten. So befreit, wandte sich der Feldwebel nach einem kurzen Nicken der Anerkennung der nächsten Wache zu, die den Lauf ihres Gewehrs mit bebenden Händen auf ihn gerichtet hatte. Kurzerhand stieß er letzteren zur Seite und riss die Waffe an sich.

„¡Piedad!", rief die Wache und warf sich vor ihm auf den Boden.

Endlich rief Emperador Augusto:

„¡Es una farsa! ¡Es un fraude!" – und hatte trotz der beiden herbeigeeilten Wachen alle Mühe, in die Gänge zu kommen. Schließlich fiel er vornüber auf alle Viere – und nach einem Moment des Innehaltens:

„ES REICHT, SHERIFF!"

Plötzlich hafteten alle Blicke auf Emperador Augusto, denn jetzt merkte auch der Letzte, das nicht jener selbst es war, der hier nun sprach.

Mit ungeahnter Kraft und Selbstbeherrschung richtete sich der Korpulente in der Toga auf, ging zum Chaiselongue zurück und nahm aufrecht sitzend wieder darauf Platz.

„Nicht so eilig!", rief er mit einer kaiserlichen Handbewegung. „Lassen Sie uns reden, Sheriff…!"

„Es gibt nichts zu bereden…", gab das Phantom darauf Antwort.

„Ach nein? Was ist zum Beispiel mit Haven?"

„Was soll mit Haven sein?"

„Sheriff…", rief Grace drucksend dazwischen, da nun auch ihr die Schuppen von den Augen fielen.

„Fragen Sie ihre kleine strohhaarige Freundin, was mit Haven ist!", schmunzelte der Fette.

„Grace? Was ist mit Haven?", wandte sich das Phantom ihr zu.

„Sheriff… Haven ist zerstört… fast vollständig…"

„Was sagst du da?!"

Der Fette lachte.

„Er hat Kontrolle über die Goliaths erlangt, Sheriff…"

„Ganz recht! Und als Nächstes schicke ich sie nach Lavega!", gab der Fette hinterher. „Dieses Mal hab' ich auch eine kleine Prise Uluth beigemengt – für die feinere Note! Und meine Agenten werden dafür sorgen, dass sie auch bis in den letzten Winkel hineinkommen!"

Grace bemerkte, wie die Angespanntheit den Körper des Phantoms verließ. Stattdessen wandte es sich dem Fetten zu:

„Also gut, Shurrath… reden wir."

KAPITEL 40

„Der Kerl labert doch nur, Sheriff!", protestierte Isaac, während ein Dutzend weiterer schwarzbehemdeter Milizionäre durch die Pforte strömte und einen durchgängigen Kreis um das Geschehen in der Kuppelmitte bildete.

„Ich bin beeindruckt, Sheriff...", erhob Shurrath im Körper Emperador Augustos erneut das Wort, „...dass Sie im Stande waren, nicht nur eines Testions habhaft zu werden, sondern sich denselben obendrein selbst anzulegen und seine Funktionen zu nutzen!"

„Ein großer Teil der Ehre gebührt meinem Mitstreiter Max.", korrigierte die Phantomgestalt.

„Max ist auch hier?!", staunte Isaac halblaut.

Das Phantom wandte sich ihm zu:

„Noch nicht... aber glei–"

...und noch ehe es den Satz beenden konnte, ließ ein gewaltiger Donner die Kuppel erbeben.

Alle Anwesenden mit Ausnahme des Phantoms und Emperador Augustos – deren beider Blicke auf einander fixiert waren – fuhren zusammen.

„Fünf Minuten hatte ich gesagt...", knurrte das Phantom leise.

Im selben Moment erfasste ein noch gewaltigerer Donner das Gewölbe – gefolgt vom ohrenbetäubenden Krachen berstenden Gesteins, als die Rückseite der Kuppel tosend zu kollabieren begann und das Tageslicht hereinbrach, um die Dunkelheit in den hintersten Winkel des Zirkels zu vertreiben. Furchtergriffen wichen diejenigen Wachen, die es nicht gleich erschlagen hatte, vor den einstürzenden Trümmern zurück, während die sich ausbreitende Staubwolke das ausbrechende Chaos komplettierte. Nun konnten die Wachen nicht mehr an sich halten, und das Schweigen der Waffen wurde von einem ebenso chaotischen Kugelhagel abgelöst.

Fast unbemerkt blieb zunächst der lange Schatten, der sich mit dem Einfallen des Tageslichts Bahn brach…

„Duck dich!", warf Isaac sich Grace entgegen, um sie flach mit sich auf den Boden zu befördern.

„¡Dejad de disparar, carajo!", versuchte der Fette vergeblich, die Situation unter Kontrolle zu bringen, während ihm die ersten Bleigeschosse blutig rote Fontänen aus den weiß betuchten Gliedern schießen ließen.

„EMPFEHLUNG: FLUCHT DURCH DEN HINTEREIN-GANG.", erreichte der lange Schatten schließlich das Phantom, das sich ebenso flach auf den Boden geworfen hatte und bereits an der Schulter getroffen worden war – wie ein cyanblau leuchtender Fleck an der betreffenden Stelle attestierte.

„Pozz-tausend…", knurrte das Phantom. So war das alles nicht geplant gewesen…

Grace riss sich derweil von Isaac los und stolperte eilig auf Sophias leblosen Körper zu, um eilig zumindest ihren Jagdbogen samt Köcher wieder an sich zu nehmen.

„Komm jetzt!", packte Isaac sie am Handgelenk und zog sie in Richtung des riesigen Lochs in der Kuppel weiter – und nach anfänglichem Widerstand gab sie seinem Drängen statt.

Das Phantom aber hatte andere Pläne. Es zückte einen weiteren Zeremonienspeer… und verwandelte sich an Ort und Stelle von Neuem – zuerst in Salk, dann in Dutch, dann in eine unbekannte Frau. Derweil eröffnete Max das Feuer auf die nahenden Wachen, um dem Phantom den Rücken freizuhalten.

Als Isaac mit Grace zusammen endlich aus dem Tohuwabohu ins Freie trat, erspähte er den erwähnten Wagen sofort und erkannte ihn als Jesses frisierten Milizionärsboliden aus Walton wieder. Inzwischen kamen immer mehr der Schwarzhemden Emperador Augustos herbeigerannt – bereit, auf alles und jeden zu schießen, der oder das ansatzweise verdächtig aussah. Also huschte Isaac möglichst geduckt weiter auf den Boliden zu, und Grace tat es ihm auf dem Fuße nach.

„Hier!", übergab sie ihm ihr Gewehr. „Starte die Karre… Ich halte dir den Rücken frei!" – womit sie ihren Jagdbogen inklusive Pfeil hervorzog. Doch kaum, dass sie die Sehne des Bogens spannen wollte, zuckte sie unter schmerzverzerrtem Zischen zusammen, da ihre Verletzungen Tribut forderten.

„Das bringt so nichts…", sah Isaac sie mitleidig an. „Setz lieber du dich ans Lenkrad – ich mach das schon."

„Nichts da! Setz dich, und keine Widerrede!", knuffte Grace ihn wiederholt in die Schulter… während beiden das heiße Blei um die Ohren zu sausen begann.

Isaac dachte nicht daran, sich so einfach geschlagen zu geben, doch kaum, dass er etwas sagen wollte, fiel sein Augenmerk auf eine breitschultrige männliche Gestalt mit einem markanten schwarzen Kapuzenponcho.

Der Kapuzenträger kam schnurgerade auf ihn und Grace zu. Mehr noch: In seinen Händen hielt er je einen jener Zeremonienspeere, mit denen sie den Infizierten die Khoronen aus den Nacken schnitten. Seine strengen Gesichtszüge – soweit unter der Kapuze erkennbar – waren blass und gleichermaßen schroff wie filigran, als wären sie aus zerknittertem Papier…

Als Isaac ihn wiedererkannte, begann er vollends an seinem Verstand zu zweifeln. Halluzinierte er?

„Grace… sieh!", fasste er ihr mit ermahnender Stimme an die Schulter.

Sie drehte sich um, sah den Kapuzenträger… und erstarrte.

Auch sie wollte ihren Augen kaum glauben.

Konnte das wahr sein, oder war dies bloß eine weitere Täuschung?

Doch mit jedem Schritt, den die Gestalt näherkam, wichen Graces Zweifel… bis sie schließlich den Bogen hob und die Sehne trotz der Schmerzen spannte.

„Dad…", stieß sie mit nurmehr erblasster Miene hervor…

…und im nächsten Moment sauste reflexhaft ihr Jagdbogen nach oben – um mit einem schmetternden metallischen Ton die Klinge des heranzischenden Zeremonienspeers abzuwehren. Dabei realisierten Grace und Isaac gleichermaßen erst jetzt, dass beide Zeremonienspeere des Kapuzenträgers je an einer feingliedrigen Stahlkette befestigt waren…

Mit einem peitschend heulenden Schlupfgeräusch eilte die Waffe prompt in die Hand ihres Besitzers zurück. Isaac zögerte nicht weiter und lud sein Gewehr durch, um es auf die dunkle Gestalt zu richten.

„Nicht!", hielt Grace ihn zurück. Und dann zur dunklen Gestalt: „Dad… gibt es wirklich keinen anderen Weg?"

„Ich fürchte, nein… und du weißt es auch.", antwortete die Gestalt mit einer frostig markigen Stimme, die Isaac bestätigte, dass Grace und er selbst sie korrekt wiedererkannt hatten… ein zweites Mal binnen einer Stunde?

„Ich… werde dich töten, Dad…", bebte Graces Stimme.

Das war keine Drohung.

Es war eine Ankündigung…

…die Feststellung einer traurigen Wahrheit…

…das Geloben eines Versprechens…

…und vielleicht noch eine letzte Warnung.

„Das ist mein Mädchen…", machte sich unter der dunklen

Kapuze ein makabres Grinsen breit, und Isaac konnte nicht länger an sich halten:

„Du hast meinen Sohn getötet, elender Bastard!"

„Feldwebel Pine…", wandte die Gestalt mit einem überraschend konzilianten Tonfall ihr Augenmerk auf ihn. „Wie wunderbar, dass ich auch Sie wiedersehen darf! Aber… Sie wissen doch, dass nicht ich es war, damals…"

„Du hast es nicht verhindert!"

„Wie hätte ich? Glauben Sie wirklich, dass das so einfach ist? Es tut mir leid, Feldwebel."

„Und wie es dir leid tun wird, Elender…", begann Isaac den Finger am Abzug zu spannen – doch wieder war die dunkle Gestalt schneller, und im letzten Moment noch konnte Isaac dem abermals hervorzischenden Zeremonienspeer ausweichen. Als er sich leise fluchend wieder aufrichtete, hatte Grace bereits die Flucht ergriffen, und die dunkle Gestalt setzte ihr nach.

Isaac blieb zurück und fühlte sich wie bestellt und nicht abgeholt – hin- und hergerissen, ob er hinterhereilen sollte, um Grace zu helfen und dafür das Fluchtfahrzeug aufzugeben. Entscheidungsunfähig hatte er nur das Nachsehen – bis Grace und ihr Verfolger beide hinter dem kollabierenden Kuppelbau verschwanden.

Die Situation war verfahren.

Heulende Querschläger ließen Isaac gerade noch rechtzeitig in Deckung gehen und das Gegenfeuer auf die nahenden Schwarzhemden eröffnen. Auf Emperador Augustos Order, ihm kein Haar zu krümmen, konnte und wollte er sich jedenfalls nicht länger verlassen.

„Isaac!", schallte ihm eine vertraute Stimme in den Nacken.

Es war die Phantomgestalt: Sheriff Duke im Phantomanzug, der mit einem Satz aus der kollabierenden Kuppel gesprungen kam – Max im neuen Wirtskörper direkt hinter ihm. Isaac hatte noch immer ein wenig Mühe damit, dass die beiden einst feindlichen Gestalten seine alten Gefährten waren.

„Wo steckt Grace?", gab Dukes knurrige Stimme ihm ein Stück wohltuender Gewissheit.

„Salk ist hier, Hayden!"

„Ich weiß."

„Sie ist vor ihm fortgerannt… oder sie hat ihn fortge-lockt… um die Angelegenheit zwischen den beiden ein für alle Mal zu klären…"

„Das ist mal ein Vaterkonflikt, was?", gab Duke brum-mend zurück. „Wir können hier jedenfalls nicht warten, bis die beiden alles geregelt haben. Der Kaiser ist tot… und als letzte Amtshandlung hat Shurrath entschieden, dass es wich-tiger ist, mich umzubringen, als dich lebend zu fassen. Sprich: Jedes Schwarzhemd in Tijuana hat jetzt Befehl, kurzen Prozess mit uns zu machen."

„Shit…", zischte Isaac.

„Ich muss meine Sachen aus dem Wagen holen.", wies Duke ihn hin. „Halte mir den Rücken frei, okay?"

Isaac nickte und sandte die nächste Salve in Richtung der Schwarzhemden. Max unterstützte ihn entlang des anderen Angriffsvektors mit einem Trommelfeuer cyanblauer Ener-giebälle, und Isaac fragte sich ernsthaft, woher der Außerirdi-sche nur die ganze Energie hernahm…

Derweil zog Duke diverse Munitionsgürtel und auch seine beiden geholsterten Revolver aus dem Wageninneren hervor und legte sich dieselben mit routinierten Handgriffen an.

„Wir können Grace nicht zurücklassen!", rief Isaac ihm zu.

Duke knurrte und nickte nur zustimmend. Dann zu Max: „Wie lange hältst du die Stellung noch, Max?"

„ZIRKA DREIHUNDERTSECHZIG SEKUNDEN."

„Sechs Minuten also. Gut… ich hole Grace. Max, Isaac: Stichwort Jahrmarktsschießbude."

Duke erntete fragende Blicke.

„Wie am Großen Salzsee damals, Jungs!", schüttelte er den Kopf.

„Pozz!", grinste Isaac leicht verlegen.

Geduckt huschte Duke um den Wagen herum, während Isaac und Max erneut das Feuer eröffneten und eine Salve gegnerischer Kugeln die Motorhaube perforierte. Würde Duke nicht schnell genug zurück sein, käme er wohl zu einem blechernen Schweizer Käse zurück…

„Dort entlang?", deutete Duke vom Ende des Wagens aus in Graces mutmaßliche Fluchtrichtung.

„Pozz!", bestätigte Isaac und sah mit Verblüffen zu, wie Dukes Phantomanzug erneut die Gestalt Salks annahm, sodass nur noch Dukes blitzende Revolver die Täuschung verrieten.

Dann holte Duke tief Luft…

…und schritt, als Salk getarnt, vorsichtig aus der Deckung.

„¡Alto al fuego!", rief einer, und der Kugelhagel nahm deutlich ab.

KAPITEL 41

Mit rasendem Puls sah Grace über die Schulter zurück.

Ihr Vater blieb ihr dicht auf den Fersen.

Mehr als zehn Jahre ihres Lebens hatte sie nun damit verbracht, ihm nachzustellen – und jetzt floh sie vor ihm, wenn auch nur zum Schein, um Abstand zum Kugelgewitter um den Kuppelbau zu gewinnen. Sie hatte mehrfach den halben Kontinent durchquert, Dinge erlebt und getan, die sie sich in den kühnsten Träumen… und Albträumen… nicht ausgemalt hatte. Alles, um jene Mission zu erfüllen, zu der sie auch dann ausgezogen wäre, wenn er sie nie darum gebeten hätte: ihn zu finden, zu konfrontieren, zu töten…

Zumindest den ersten Teil der Mission hatte sie nun erfüllt.

Genauer gesagt, hatte er sie gefunden statt umgekehrt… aber das war nurmehr eine bloße Spitzfindigkeit. Sie alle waren regelrecht ineinander gelaufen: Sie auf der Suche nach dem Sheriff, der Sheriff auf der Suche nach Isaac, Isaac auf der Flucht vor Shurraths Schergen… und ihr Vater auf der Suche nach ihnen allen. Es war schon erstaunlich, wie sich die Dinge gefügt hatten.

Grace rannte weiter, schlug Haken, eilte von einer Mauer

zur nächsten, um den modifizierten Zeremonienspeeren ihres Vaters kein einfaches Ziel zu bieten. Noch hatte er nicht einmal versucht, sie zu treffen. Zwar war sie sich fast sicher, dass es ihm nach alledem zu schäbig gewesen wäre, sie rücklings mit einer Wurfwaffe zu erdolchen – doch verlassen wollte sich darauf nicht.

Hinter dem nächsten Mauervorsprung sah sie erneut zurück.

Blieb ihr Vater absichtlich auf Abstand? Weshalb? Kämpfte ein Teil von ihm noch immer dagegen an? Versuchte er, sich als Scherge Shurraths selbst zu sabotieren?

Als sie zu ihrer Linken sah, erblickte sie auf der halben Länge einer Seitengasse einen augenfälligen Eingang in ein zerfallendes Apartmenthaus. Die ursprüngliche Tür lag schutt- und staubbedeckt auf dem Boden davor. Irgendetwas zog Grace genau dorthin.

Sie eilte die Gasse hinab und bog in den gähnenden Eingang – noch während sie ihren Vater im hintersten Augenwinkel in die Seitengasse aufschließen sah. Rasch erklomm sie die ebenso schuttbedeckten Treppenstufen und drohte dabei wiederholte Male, abzurutschen. Sie erreichte das erste Treppenpodest, sah zurück und brachte ihren Jagdbogen in Anschlag. Ihr Vater hätte am Fuße der Treppe stehen sollen… doch da war niemand.

Sie ging auf die Knie, um einen besseren Blick durch das Treppenhaus hinab in den Eingangsbereich bis auf die Seitengasse davor zu erhalten.

Wo blieb der Kerl? Hatte er aufgegeben? Versuchte er, Grace aus einer anderen Richtung zu überraschen?

Hastig sah Grace das Treppenhaus hinauf und bereute es nun, es betreten zu haben. Keine Spur von ihrem Vater… aber jedes kleinste Geräusch ließ sie zusammenfahren. Sie hasste die Ungewissheit und war versucht, zurückzulaufen, um zu schauen, wo er blieb. Was, wenn er sich direkt neben dem

Eingang auf die Lauer begeben hatte? War sie ohne jede Not in eine Falle gerannt?

„Verflucht, Dad!", rief sie lauthals. „Lass die Spielchen!"

„Wer spielt denn hier, Mäuschen?", lachte Salk.

Aufgeschreckt sah Grace umher und versuchte, die Stimme zu lokalisieren. Er musste irgendwie weiter hinaufgelangt sein...

‚Mäuschen'... so hatte er sie zuletzt genannt, als sie fünf war.

Sie setzte sich auf die Stufen, legte den Jagdbogen zur Seite und zog den Shurrakush hervor, den Duke ihr überreicht hatte. In der Enge des Treppenhauses schien das die bessere Wahl zu sein – zumal im Kampf gegen einen Khoronenwirt. Grace raffte sich auf und stieg weiter die Stufen hinauf, die unter ihren Sohlen fast zu zerbröseln schienen.

„Warum bist du hinaufgegangen?", versuchte Grace ihn zum Reden zu bringen.

„Hier oben sind wir unter uns...", kam die Antwort.

Draußen schallte noch immer der Kugeldonner – jäh durchschnitten vom Dröhnen und Reifenquietschen eines Wagens. Es klang so, als würde das Fahrzeug um den Block herum seine Kreise ziehen... Wahrscheinlich hielten Duke und Isaac nach ihr Ausschau... und sie saß hier fest...

Eilig kletterte sie weiter die mit immer mehr Schutt bedeckten Stufen hinauf... dritte Etage... vierte Etage... hier war das Treppenhaus vollends eingestürzt.

Grace sah den Korridor hinab.

Dort, ganz hinten, stand er... genau in der Mitte eines grauen Raums voll zugestellter, zentimeterdick mit Staub bedeckter, ebenso grauer Büromöbel. Demonstrativ breitbeinig sah er sie an – die Mundwinkel zu einem dreckigen Schmunzeln verzogen. Es war wie eine Szene aus einem alten Pop- und Rockvideo... ein Pop- und Rockvideo über traumatische Kindheitserfahrungen.

„Da bist du ja... Mäuschen..."

„Nenn mich nicht so…"

„Was hast du denn?"

„Tu nicht so! Ich bin kein kleines Kind mehr, und schon gar nicht dein ‚Mäuschen'!"

„Oh… Entschuldigung!", heuchelte er Reumut.

In seinem Antlitz aber spiegelte sich nicht nur sarkastischer Hohn. Vielmehr überspielte dieser eine unterschwellige Schwermut…

„Ein Teil in mir möchte dir die Kehle aufschlitzen und dann darauf einen trinken gehen. Ein anderer will dir eine Chance geben. Aber gegen mich bestehen wirst du so oder so nicht können. Ich bin zu stark. Zu schnell. Shurrath hat mich verändert."

„Du willst nachholen, was du ihm damals verweigert hast?", erwiderte Grace mit hörbarem Hohn.

Ihr Vater nickte.

„Ich habe keine Wahl. Wir müssen verhindern, dass du all das zerstörst, woran wir gearbeitet haben."

„Du hast mich gebeten, dich zu finden und zu töten… erinnerst du dich, Dad?"

„Ja, ich weiß…"

„Ich werde es nicht unversucht lassen."

„Ja, ich weiß. Ich wünschte wirklich, die Dinge würden anders stehen zwischen uns. Ich erinnere mich genau, wie du auf meinem Schoß saßt und ich dir aus einem Märchenbuch vorgelesen habe. Ich erinnere mich, wie du lachtest, als ich dich ‚Mäuschen' nannte…"

„Ich erinnere mich ebenso, Dad. Es ist viel passiert… sehr viel…"

Er nickte.

„Ein Freischuss, Grace. Einen Freischuss kann ich dir gestatten. Ich hoffe, du triffst…"

Graces Vater hob das Kinn in die Höhe und schloss die Augen.

Grace zögerte noch einen Moment.

Dann nahm sie ihren Jagdbogen hervor…

…zog ihren besten Pfeil aus dem Köcher…

…spannte die Sehne…

…und schoss… wie automatisch…

…noch während die Tränen in ihren Augen zu schwellen begannen.

Er hielt still… fast.

In einem Sekundenbruchteil, noch immer mit geschlossenen Augen, drehte er seinen Oberkörper gerade so weit, dass die Kante der Pfeilspitze nurmehr einen blutroten Strich auf seiner schroffen, blassen Wange hinterließ. Noch als er die Augen wieder öffnete, zog Grace bereits den nächsten Pfeil aus dem Köcher.

Die Schwermut in seinem Blick war verflogen.

Grace kannte den Blick, der folgte… zu gut.

Das Monster hatte geschlummert.

Nun war es erwacht.

Grace registrierte die Veränderung fast einen Moment zu spät.

Sie hatte ihr Wunschdenken Überhand nehmen lassen, hatte glauben wollen, dass er ihr einen zweiten Schuss gestatten würde. Sie hatte geirrt.

Als sie den zweiten Pfeil auf die Sehne des Bogens legte, erhaschte eine zunächst kaum bemerkbare Bewegung im Augenwinkel ihre Aufmerksamkeit… denn er kam genau auf sie zu – völlig lautlos und viel schneller, als sie für möglich gehalten hätte.

Ihre eigenen Bewegungen erschienen ihr wie in Zeitlupe, zäh wie Molasse, als er ihr waagerecht entgegenflog, mit den Armen um ihre Taille fuhr und sie zu Boden fegte. Mit brachialer Wucht fiel sie rücklings auf die Holzdielen, dass es eine dicke Wolke hellgrauen Staubs emporstieß.

„Dad… nicht!", ächzte sie, als würde es etwas bringen…

…und für einen Moment schien ein fahler Abglanz von Menschlichkeit in sein Antlitz zurückzukehren – immerhin genug, dass Grace auf dem Rücken zurückrobben und sich auf alle Viere drehen konnte.

Doch schon hatte er sie am Knöchel gepackt.

Flach fiel sie auf den Bauch. Zur Unzeit quellten ihre heißen Tränen empor und ließen ihr die Sicht verschwimmen. Allein ein helles, metallisches Klingen verriet ihr, dass ihr Vater abermals einen seiner Shurrakush zur Hand genommen hatte – genug, um sich im letzten Moment zur Seite zu wälzen und ihm mit aller Kraft, der sie Herr werden konnte, in die Hacken zu treten.

Unterstützt durch die eigene Wucht seines Angriffs, stolperte er so vornüber, sodass die Klinge seines Zeremonienspeers zwischen die Holzdielen fuhr. So scharf die Klinge auch war – einmal über den Klingenkehl hinweg verkeilt, war sie ohne Weiteres nicht herauszuziehen.

Doch der zweikampferprobte Marinemajor ließ sich nicht weiter beirren und warf kurzerhand die Kette, über die seine beiden Zeremonienspeere jeweils mit den Handgelenken verbunden waren, Grace um den Hals… und zog sie fest… unbarmherzig…

Krächzend fiel Grace zurück auf den Hosenboden und versuchte verzweifelt, die Kette zu lockern.

„Verdammt nochmal, du hast es vermasselt, du kleiner Rotz!", begann Graces Vater auf sie einzuschimpfen, während sie sich vergeblich wehrte. „Töten hättest du mich sollen! Du hattest mich genau vorm Visier!"

Bittere Tränen flossen nun wie Sturzbäche über Graces Wangen, während sie hilflos strampelte und zappelte. Es nutzte nichts.

Eisern zog er zu.

Graces Sichtfeld begann, sich einzuengen…

…allmählich wurde ihr schwarz vor Augen…

Ihr Vater hatte Recht:

Sie hatte eine einmalige Chance bekommen… und sie hatte es vermass–

Noch ehe sie den Gedanken abschließen konnte, tat es einen unerwarteten, heftigen Ruck... und die Kette lockerte sich ein Stück.

Ein letzter Adrenalinschub ließ Graces Sehvermögen so weit zurückkehren, dass sie die blutroten Sprenkel erkennen konnte, mit denen ihre Hände plötzlich benetzt waren. Mit letzter Geistesgegenwart ließ sie sich hinter der gelockerten Kette hinabrutschen.

„Wie sprichst du denn mit deinem Kind?!", warf plötzlich eine markant knurrige Stimme dazwischen. Es war Sheriff Duke!

„HUND!", hörte Grace noch immer benommen ihren Vater rufen – worauf diesen drei weitere heftige Schläge durchfuhren. Röchelnd und schnaufend fiel sie auf die Seite und sah an ihm hinauf.

Er war blutüberströmt...

...ein grausiges Loch in der Stirn, ein weiteres in der Schulter sowie eines in der Brust. Mit übermenschlicher Kraft trotzte er diesen Verwundungen, als handele es sich um kaum mehr als ein paar Schrammen – und schleuderte dem unerwarteten Eingreifer blitzschnell seinen zweiten Shurrakush entgegen.

Die Klinge fand ihr Ziel...

...doch ihre tödliche Schärfe verpuffte vollends an Dukes Testion – gefertigt aus dem einzigen bekannten Material im Universum, das sich damit nicht schneiden ließ!

Stattdessen wickelte sich die Kette mit dem Zeremonienspeer am Ende um Dukes rechten Arm – worauf er dieselbe packte und seinerseits stramm zog. So hatte er Salk buchstäblich an der Leine! Oder war es umgekehrt?

Mit stoischem Grimm wickelte Salk sich seinerseits die Kette um den Unterarm... und zog mit derartigem Elan daran, dass Duke mit einem laut krachenden und klirrenden Stoß aus geborstenem Glas und Verschlagholz regelrecht durchs Fenster geflogen kam!

„Pozz-tausend…", fluchte dieser leise, als er unsanft auf dem Dielenboden zum Liegen kam.

Mit triumphierend höhnischem Gelächter begann Salk, sich wieder aufzurichten und auf Duke zuzugehen. Dieser brachte seinen Revolver in Anschlag und wollte erneut das Feuer auf Salk eröffnen… doch verharrte er ehrfürchtig angesichts der Tatsache, dass die drei ansonsten tödlichen Wunden, die er ihm vor kaum einer Minute noch zugefügt hatte, bereits fast wieder verheilt waren. Der wahre Grund für Dukes Innehalten war jedoch…

Ein verräterischer Blickwechsel Dukes ließ Salk herumfahren – im selben Moment, da Grace sich ihm entgegenwarf…

…und ihm ihren Zeremonienspeer in den Nacken trieb!

„Versagerin…", zischte er ihr ins Gesicht und packte sie mit ungebrochener Kraft an der Kehle – denn sie hatte die Khorone in seinem Nacken knapp verfehlt!

Verzweifelt zog sie den Speer heraus und stach erneut zu… während ihr Vater ihr immer unbarmherziger die Kehle zudrückte. Duke wollte schießen… doch er wagte es nicht, in die heikle Situation einzugreifen.

„Komm schon…", raunte er stattdessen, während Grace ein drittes Mal zustach.

Und… endlich… traf sie.

Wie unter Strom fuhr Salk zusammen.

„Danke… Grace…", entfleuchte es ihm.

Dann verdrehte er die Augen und sackte kraftlos zu Boden.

– gemeinsam mit seiner heißgeliebten Tochter.

KAPITEL 42

„GRACE!", brüllte Duke, raffte sich hastig auf und stolperte auf die leblos zu Boden sinkende junge Frau zu.

Er fasste sie an Kopf und Schultern, noch ehe sie vollends zu Boden gegangen war.

„GRACE! HALTE DURCH!", überschlug sich seine Stimme. „DOKTOR HESS KRIEGT DAS WIEDER HIN… VERDAMMT!"

…doch eine Antwort erhielt er nicht mehr. Es war zu spät.

Vergeblich fühlte er nach ihrem Puls. Dann fasste er ihr in den Nacken… und fand schreckliche Gewissheit: Mit einer Hand hatte Salk seiner eigenen Tochter den Hals gebrochen – hatte zugedrückt, bis es ihr gewaltsam die Halswirbel auseinandertrieb…

Ein schneller und doch grausiger Tod.

Ein Sekundenbruchteil.

Ein Sekundenbruchteil früher, und sie wäre noch am Leben gewesen. Just im selben Moment, da sie ihr Versprechen ihrem Vater gegenüber erfüllt hatte, da hatte dieser sie mit in den Tod genommen.

Und einmal mehr hatte Duke versagt.

Warum war Grace überhaupt hier gewesen? Sie hatte in

Sanisco sein sollen – in der Zentralklinik der Gouverneurin! Hatte ihr Erscheinen mit dem Durchdrehen der Goliaths zu tun? In jedem Fall musste Duke zu Natalia Kontakt aufnehmen.

Sachte ließ er Grace zu Boden. Sein Herz war schwer wie Blei.

Einmal hatte er sie vor dem sicheren Tod gerettet… jetzt war sie vor seinen Augen gestorben – unwiederbringlich. War er verdammt dazu, immer und immer wieder seine Gefährten sterben zu sehen?

Seine Narben waren seine wahren Orden und Medaillen, sagte Duke sich immer… aber die Gräber seiner gefallenen Gefährten waren seine Schandmale. Wenn er Grace wenigstens ein Grab hätte geben können… doch hier und jetzt gab es nichts, was er noch für sie tun konnte. Es war schlicht nicht die Zeit – und das Dröhnen des Wagens draußen, gefolgt von weiteren donnernden Gewehrsalven, erinnerte ihn daran.

Die Front des zerfallenden Apartmenthauses hatte er mittels seiner Roboterarme erklommen – und wäre aufgrund loser Fassadenteile mehrmals beinahe abgestürzt. Der Weg hinab sollte deutlich problemloser sein…

Durch entsprechendes Blinken aktivierte er das schützende Energiefeld des Testions – und machte kurzerhand einen beherzten Satz über die Reste des durchstoßenen Fensters hinweg, von wo aus es gut zwanzig Meter in die Tiefe ging. Eine meterhohe beigegraue Staubwolke schoss empor, als er mit den übergezogenen Stiefel voran ins zerklüftete Straßenpflaster hineinfuhr – und doch war es fast so, als wäre er gerade mal von einem Barhocker herabgesprungen. Allmählich kam er sich im Testion vor wie ein verdammter Superheld, und er musste sich dazu ermahnen, sich nicht zu sehr daran zu gewöhnen, da er nicht vorhatte, sich länger als nötig auf die erstaunlichen Fähigkeiten dieses fremden Gewands zu verlassen. Außerdem schien eines der kryptischen Symbole im Display des unsichtbaren Visiers anzudeuten, dass ihm allmählich der Saft ausging. Verflucht...

Zum Glück war der Schutzschild noch aktiv – da Duke zur Begrüßung im Freien sogleich eine weitere feindliche Kugel zwischen die Schulterblätter fuhr, während die restlichen Kugeln derselben Salve Staub, Rauch und Funken aus der Gebäudefassade schlugen. Augenblicklich zog er den Revolver, sprang in Deckung und machte mit dem Schützen kurzen Prozess – ein Schuss genügte.

Derweil erspähte er den gekaperten Milizionärsboliden, wie dieser unter hörbar fortgesetztem Kugelhagel ein paar Blocks entfernt die Straße hinabfuhr. Also nahm er die Beine in die Hand und lief in eine Seitenstraße – in der Hoffnung, die richtige Abkürzung zu erwischen, um den Wagen abzufangen.

Eigentlich hätte nicht nur Grace, sondern auch er selbst gar nicht hier sein sollen. Eigentlich hatte er entschieden, Isaac sich selbst zu überlassen und sich ganz darauf zu konzentrieren, Shurrath die Stirn zu bieten...

Doch als Max und er mehr oder weniger aus blankem Zufall Zeuge geworden waren, wie Emperador Augustos Schergen den frisch gefassten Marinefeldwebel in ihr Fahrzeug verluden, hatte er diese Entscheidung nicht länger mit seinem Ethos als Sheriff vereinbaren können und die Verfolgung aufgenommen – in Richtung Tijuana.

Dank der Tarn- und Täuschfunktionen des Testions war es geradezu ein Kinderspiel gewesen, Emperador Augustos kleines Reich zu infiltrieren... und dabei sogar freies Geleit zu erhalten. Wie sich herausstellte, hatte Duke, ganz ohne es zu ahnen, niemand Geringeren als Graces Vater, Major Salk gescannt – just als dieser sich beim Checkpoint Tijuana angemeldet hatte. Es war lediglich eine Frage halbwegs geschickten Timings gewesen, nicht als Doppelgänger aufzufliegen und sich an der Stelle des Originals zum lokalen Machthaber führen zu lassen, wo sie Isaac hingebracht hatten.

Max im Körper eines der Entführer Isaacs war den Mannen Augustos ohnehin ein vertrauter Anblick gewesen. Erst im letzten Moment hatte Fortuna ihnen einen Strich durch die Rechnung gemacht…

Die Bilanz war, wie schon so oft, ein Pyrrhussieg.

Und die Aussichten konnten verheerender kaum sein.

Shurrath bediente sich nun also auch der Goliaths, um die Territorien mit seinem Terror zu überziehen.

Duke war derweil hier, irgendwo südlich von nirgendwo, beschäftigt mit Kleinkriegen und Familienfehden… und die Zeit lief ihm davon.

KAPITEL 43

Der gekaperte Milizionärsbolide näherte sich von links, und dessen eigentliche Inhaber von Rechts.

Die Karosserie war inzwischen übersät von Einschusslöchern, und die Windschutzscheibe hinter den vorgebauten Gitterstäben mit spinnennetzförmigen Kratern gespickt. Hinten hatte sich Max herausgelehnt und schoss nun mit seinem Gewehr, was die Rohre hergaben. Er selbst hatte einige Einschusslöcher abbekommen – die inzwischen mit seiner gallertartigen Axonenmasse aufgefüllt waren.

Die Schwarzhemden rannten und feuerten weitgehend unkoordiniert, in kleinen Gruppen oder als Einzelkämpfer, und waren mit der Situation sichtbar und – soweit Duke ihr spanisches Gebrüll verstand – hörbar überfordert.

Außerdem konnte er erkennen, dass Max Isaac irgendetwas zurief... worauf der Wagen prompt in eine quietschende Vollbremsung überging. Die alten Reifen und der Staub ließen das Gefährt dennoch gut zwanzig Meter an Duke vorbeischlittern, ehe es endlich zum Stehen kam. Grummelnd rannte Duke hinterher, während ihm weiteres Motorengeröhre in den Nacken schallte – sprich: ein tödliches Rennen bahnte sich an.

„Hey Hayden! Wo ist Grace?", war das Erste, was Isaac ihn fragte, als Duke durchs rechte Beifahrerfenster hechtete und dabei fast in Max' Schoß landete.

„Vielleicht in einer besseren Welt…", antwortete Duke mehr aus Verlegenheit, denn eigentlich waren ihm derlei Vertröstungen aufs Jenseits eher wesensfremd.

Noch ehe Isaac etwas erwidern konnte, gingen die Blicke der drei Wageninsassen zum Rückfenster hinaus:

Mit einem krachendem Röhren näherte sich von hinten etwas Großes, Fieses, Gehörntes…

„Das… Ding frisst Karren wie diese zum Frühstück…", stammelte Isaac mit entgeistertem Blick.

„Drück auf die Tube!", ließ er sich von Duke nicht zweimal sagen.

Er trat ins Pedal, und mit durchdrehenden Rädern setzte sich der Wagen in Bewegung. Zu langsam… denn kaum zwei Sekunden darauf fuhr in der Querstraße voraus ein frisierter Pickup-Truck vor, um den Weg zu versperren.

Prompt tauchte hinter der Ladeflächenkante ein weiteres Schwarzhemd auf – auf der Schulter eine Panzerfaust.

„Shit!", blieb Isaac nur noch auszurufen, als ein lautes Zischen samt emportretendem Rauchschweif unmissverständlich zu verstehen gab, dass das Schwarzhemd nicht zögerte, die Waffe auch einzusetzen.

Noch im selben Moment schlug Isaac das Lenkrad ein so hart er konnte… und es war wohl nichts Geringeres als ein Wunder, dass das panzerbrechende Geschoss die Karosserie um solche Haaresbreite verfehlte, dass es sich für die Insassen anfühlte, als wäre ein plötzlicher Hagelsturm am Gefährt vorbeigetrommelt. Wieder sausten die Blicke zurück, um Augenzeugen des Raketeneinschlags zu werden – leider wenige Meter vor dem weiterhin von hinten nahenden Ungetüm!

Während Isaac ganz mit dem Manövrieren des Wagens beschäftigt war, eröffnete Max das Feuer auf den Panzerfaust-

schützen... der allerdings flugs wieder hinter der Ladeflächenkante verschwand – um die nächste Panzerfaustrakete
zu laden.

Aber Isaac wollte ihm keine Gelegenheit geben, doch noch
einen Treffer zu landen. „Festhalten!", rief er noch, trat aufs
Gas... und fuhr geradewegs in die Ladefläche des Pickups
hinein.

Von der Gewalt des Aufpralls scherte das Heck des letzteren aus... und Isaac konnte sehen, wie es den Schützen
darin mit Wucht zurückwarf. Ob aufgrund des Aufpralls oder
aufgrund des Feuers aus den beiden Geschützständen des
von hinten nahenden Ungetüms: Laut prasselnd zerlegte es
endlich die Windschutzscheibe vor Isaacs Augen – was zwar
den Schutz reduzierte, aber die Sicht nach vorn deutlich
verbesserte.

Isaac setzte zurück und manövrierte schnell und scharf,
um mit einer erneuten Kollision den Pickup-Truck ganz aus
dem Weg zu bugsieren und nach rechts in die Querstraße
einzuscheren.

Duke fluchte grummelnd, da er dabei gründlich durchge-
schüttelt wurde und sich mehr als einmal den Kopf stieß.

„Sorry!", lachte Isaac leicht verlegen.

Kaum, dass er um die Ecke gebogen war, fuhr auch das
gepanzerte Ungetüm ins Heck des Pickup-Trucks hinein,
sodass dieses zermalmt wurde und die Überlebenschancen
des inzwischen bewusstlosen Panzerfaustschützen weiter
rapide sanken.

„Das Ding ist verdammt schnell...", bemerkte Isaac mit
Blick in den Innenspiegel und zählte mindestens vier Achsen
an dem armeegrünen Ungetüm, das sich als frisierter Militär-
panzerwagen entpuppte. Zu allem Überfluss war die Straße
voran in miserablem Zustand: zerklüfteter, bewucherter
Asphalt, rostige Fahrzeugwracks und Geröllhaufen
allenthalben...

Der gekaperte Milizionärsbolide begann zu wanken und

zu holpern, während Isaac sein Bestes tat, einen optimalen Schlängelkurs durch den Hindernisparcours zurückzulegen.

Das Ungetüm hinter ihm war nun klar im Vorteil: Es fuhr in fast gerader Linie hindurch und pflügte regelrecht durch den sperrigen Straßenbelag, als handele es sich um nichts als leere Pappkartons.

„Sie werden uns einholen, verflucht!", zischte Isaac, und Duke grummelte bloß mit bedauernder Zustimmung.

Unvermittelt begann Max, sich deutlich zu regen.

Augenscheinlich schickte er sich an, aus dem Fenster zu klettern…?

„Hey! Wo willst du hin, Max?"

Doch Max war bereits halb aufs Fahrzeugdach geklettert.

„Verdammt nochmal…", grummelte Duke und lugte vorsichtig hinauf. „Was zur Hölle tust du, Max?"

„TAKTISCHE EMPFEHLUNG:", gab Max zu Protokoll, während er sich auf allen Vieren am Fahrzeugdach festklammerte:

„AUFTEILUNG DER EINHEITEN!"

„Du bleibst schön hier!", mahnte Duke. „Mit dem Nodul in deinem Körper gehst du mir nirgendwo hin – Taktik hin oder her!"

Im selben Augenblick schwoll ein markantes Surren an – eines, das Duke allzu vertraut war, auch wenn er seinen Ohren kaum trauen wollte. Er sah zum nahenden Vierachser, von dem das Surren herzurühren schien. Und tatsächlich:

Aus einer Dachluke im hinteren Teil des bulligen Fahrzeugs stieg eine Drohne auf – aber keineswegs irgendeine gefundene Allerweltsdrohne…

„Wie zum Teufel kommt Augusto an eine Centurion-Drohne?!", blieb Duke fast die Spucke weg. Die rundherum aufsteigenden Staubwolken in der Luft ließen ihren roten Suchlaser aufflackern.

Da begann Max im Ganzen cyanblau aufzuleuchten:

„WIEDERZUSAMMENKUNFT AN DER URBANEN PERIPHERIE IN DREIßIG ERDMINUTEN!"

„Nichts da!", wollte Duke ihm noch gebieten – doch schon sprang Max mit beachtlichem Schwung vom Fahrzeugdach in die Höhe und auf die nahende Drohne zu. Auf halbem Wege streifte ihn der rote Laserstrahl – der sich untypischerweise regelrecht an ihm zu verfangen schien.

„Nicht vom Gas gehen, Isaac!", rief Duke, während er sich resigniert ins Wageninnere zurückzog.

„Pozz… Was ist passiert? Was ist mit Max?"

Duke sah zurück.

Cyanblau leuchtend stand Max nun breitbeinig und offenarmig mitten auf der Straße, während die Drohne wie erstarrt wenige Meter über ihm schwebte und der Vierachser vor ihm anhielt. So etwas wie ihn sah die Truppe samt Drohne sicherlich zum ersten Mal…

„Wo entlang, Chef?", lenkte Isaac Dukes Aufmerksamkeit auf das Geschehen vor dem Kühlergrill zurück.

„Nach rechts, nach Süden!", kam die Antwort rasch.

„Und was ist nun mit Max?", bohrte Isaac nach.

„Er wird Augustos Leute beschäftigen, damit wir fliehen können… In einer halben Stunde will er uns wiedertreffen, wenn wir aus dem Staub sind…"

„Wenn wir aus dem Staub sind? Wie will er das anstellen?"

„Gute Frage, Isaac. Aber ich habe gelernt, weiß der Teufel, diesen Verrückten nicht zu unterschätzen – im Guten wie im Schlechten."

„Und was, wenn in einer halben Stunde jede Spur von ihm fehlt?"

„Dann machen wir uns alleine auf den Weg."

„Auf den Weg wohin?", wurde Isaac quengelig.

„Richtung Endstation.", brummte Duke.

KAPITEL 44

Mit den tastempfindlicheren Fingern seiner robotischen Linken fuhr Duke über die etlichen Löcher und Dellen, die das gegnerische Bleigewitter in Karosserie und Bepanzerung des Milizionärsboliden hinterlassen hatte.

Dabei lehnte er mit dem Rücken an der Fahrzeugseite und hatte den Blick unermüdlich auf die Skyline von Tijuana gerichtet – in sichtlich angespannter Erwartung, dass Max wieder auftauche.

„Mann…", gesellte sich Isaac hinzu, „…das mit Grace und Salk nimmt mich schon mit…"

„So?", brummte Duke.

„Ich meine… Grace… sie war Jasons Kita-Kameradin und hatte damals alles mitansehen müssen. Es ist… es ist fast so, als habe mit ihrem Tod nun ein weiterer Teil von Jasons Geschichte das Zeitliche gesegnet – verstehst du?"

„M-hm…", brummelte Duke vorsichtig zustimmend.

„Und Salk… Einerseits bin ich froh, dass er endlich weg ist. Andererseits…"

„…wolltest du derjenige sein, der dafür sorgt."

Isaac nickte still.

„Du hast deinen guten Teil dazu beigetragen, Isaac. Sei

nur froh, dass das Blut nicht an deinen Händen klebt. Ist besser fürs Karma."

„Da ist auch was dran…"

„Wie du schon sagst: Grace und Salk waren ein lebendiges Andenken an die damalige Zeit. Jetzt, wo sie nicht mehr sind, gehören auch sie der Vergangenheit an… und du hast alleine die Zukunft vor dir."

„Ja, Mann…"

„Und das macht dir Angst…"

„Ja, Mann…!", musste Isaac eingestehen.

„Alles eine Frage der Einstellung…", brummte Duke, was Isaac skeptisch die Mundwinkel verziehen ließ. „Im Ernst. Du könntest dich auch freuen darüber."

„Mich freuen?"

„Frieden… Freiheit… Abenteuer… Die Welt liegt dir zu Füßen! Du bist jung und voller Kraft. Eine gute Partie…"

„Ich habe Krebs, Hayden.", konterte Isaac schroff…

…doch Duke zeigte sich unbeeindruckt:

„Irgendwas ist immer. Einem geschenkten Gaul…"

Dabei ähnelte sein stoisches Mienenspiel inzwischen dem eines ostasiatischen Lehrmeisters – und Isaac konnte nur noch lachen.

„Also reden wir über die Zukunft: Wie stellen wir's an, Hayden? Wie machen wir Shurrath den Garaus?"

Dukes Ausdruck wurde nur noch stoischer.

„Gar nicht."

Isaacs nicht vorhandene Augenbrauen zogen sich zusammen.

„Nicht??"

„Shurrath ist nicht der Einzige seiner Art. Aber er ist so ziemlich der Unfähigste seiner Art. Wenn wir ihn eliminieren, wird ein Anderer, Kompetenterer seinen Platz einnehmen."

„Ja, was? Dann lassen wir Shurrath einfach machen? Oder betteln um Gnade?"

„Unsinn…"

„Also wie genau willst du ihn unschädlich machen, wenn nicht töten?"

„Das ist das Rätsel, das es zu knacken gilt."

„Na großartig…", warf Isaac demonstrativ die Hände in die Luft.

Nach einigen Sekunden des beidseitigen Schweigens dann:

„Wo hast du eigentlich dein schmuckes neues Outfit her? Macht dich schlank…"

Duke ignorierte Isaacs Feixen:

„Ein Testion. Axonentechnologie, die wohl durch das Portal in Dugway gekommen ist."

„Was, aus unserem ‚Riesending'?", staunte Isaac.

„Die USSF hat es dann in Einzelteile zerschnitten und als Exponat in einer Geheimkammer außerhalb der Basis auf einer großen Präparattafel aufgebahrt. Von dort haben Max und ich es geborgen – und Max konnte es reparieren und anpassen."

„Valentine…", murmelte Isaac. „Ich wette, sie hat das alles veranlasst. Sie hatte immer ein Faible für Exponate und Präparate… hätte vielleicht lieber Naturkundemuseumsdirektorin werden soll–"

Isaac zuckte zusammen, da Duke ihm unvermittelt mit dem Handrücken gegen die Nabelgegend schlug und in Richtung der abendlichen Skyline zeigte… beziehungsweise auf den Punkt, an dem der Highway in dieselbe hineinzupieksen schien.

Jemand kam herabgerannt… gesprintet… fast geflogen!

„Max!", rief Isaac und lachte: „Dieser verrückte Kerl!"

„Er weiß, dass er spät dran ist.", schmunzelte Duke mit Blick auf seine altmodische Taschenuhr. „Jede Wette, er bleibt hier vor uns um genau dreißig Minuten und null Sekunden wie angewurzelt stehen – wart's ab!"

Je näher Max jedoch kam, desto mehr gefror Isaacs

Lachen... und schlug schließlich in ungläubige Bestürzung um:

„Hayden... siehst du das auch, oder dreh ich jetzt durch?"

„Hm?", blinzelte Duke und zoomte mit seinem mechanischem Auge an den Nahenden heran...

„Oh... hehe... Schaut so aus, als hätte unser extraterrestrischer Freund seinen halbstündigen Ausgang dazu genutzt, sich einen frischen Wirtskörper zuzulegen..."

„Ernsthaft, Hayden? Und dann ausgerechnet DIESEN Wirtskörper?", empörte sich Isaac anklagend.

Nach einer knappen Minute hatte Max die Distanz zurückgelegt und blieb, wie vorausgesehen, in etwa zwei Armlängen Abstand wie angewurzelt vor seinen beiden Weggefährten stehen:

„PLANMÄßIGE WIEDERZUSAMMENKUNFT NACH DREIßIG ERDMINUTEN PÜNKTLICH ERFOLGT!"

„Max, verdammt...", wandte sich Isaac sichtlich angewidert ab, was Max bloß mit einem gewohnt ausdruckslosen Blick quittierte.

„War das wirklich nötig, Max?", trat Duke an ihn heran und erntete dafür die gleiche Reaktion.

„Dein Wirtskörper, Max...", deutete Duke mit dem Finger auf ihn.

„BESTÄTIGUNG: NEUER WIRTSKÖRPER WURDE NÖTIG, DA ALTER WIRTSKÖRPER VERSCHLISSEN WAR."

„Verstehe schon... Aber von den Dutzenden frischen Leichen, die dort überall herumlagen, musste es ausgerechnet SALK sein?"

„BESTÄTIGUNG: DER KÖRPER MAJOR SALKS WAR DIE ERSTE WAHL."

„Warum das?", fühlte Duke der Sache auf den Zahn – auch, damit Isaac es hörte.

„MAJOR SALK STAND IN STÄNDIGEM AUSTAUSCH MIT SHURRATH. WERTVOLLE ERINNERUNGSDATEN."

„So ist das also...!", rief Duke mit leicht erhobener Stimme und sah mit hochgezogener Augenbraue eindringlich zu Isaac herüber – der sich in Anbetracht der so angebotenen Begründung wieder zu fangen schien.

„Heißt das…", kam Isaac zurück, „…du weißt jetzt auch, wo Shurrath persönlich zu finden ist?"

„POSITIV.", antwortete Max…

…und Duke wollte einmal mehr schwören, dass sich ein Hauch von Schmunzeln über dessen nun schmale Lippen zog.

„Nun, wenn das so ist, dann kann man's dir wohl nicht verübeln…", schlichtete Duke mit Blick auf Isaacs Reaktion.

Dieser schüttelte nur den Kopf und murmelte resignierend: „Mein Therapeut wird 'ne Honorarerhöhung verlangen…"

„Okay Max, aber was ist mit Augustos Leuten? Lage-Update?"

„STATUS: TAKTISCH PARALYSIERT. PERVASIVE DISRUPTION DER TRANSPORT- UND KOMMUNIKATIONSMITTEL."

„So, wie du vorhin die Centurion-Drohne gestört hast?"

„POZZ."

„Gut gemacht.", schmunzelte Duke zufrieden.

„Alles schön und gut, aber wie soll's jetzt weitergehen?", klinkte Isaac sich skeptisch ein. „Selbst, wenn wir Shurrath finden: Wie legen wir ihm das Handwerk? Und das, ohne ihn zu töten? Mit Bitte-Bitte-Sagen wird's wohl kaum getan sein!"

„Ein Schritt nach dem nächsten.", wiegelte Duke ab. „Vor allem müssen wir jetzt die Goliath-Attacken stoppen. Falls Shurrath den Goliath von Lavega nach Sanose ziehen lässt, dann haben wir ein Zeitfenster von etwas mehr als dreißig Stunden, und dann nochmals vier Stunden, falls es von Sanose nach Sanisco weitergehen sollte."

Letzteres war freilich so ziemlich das schlimmste Szenario, das es auf Teufel komm raus zu verhindern galt.

„Wenn's hart auf hart kommt, gehe ich lieber das Risiko

ein, dass ein kompetenterer Nachfolger an Shurraths Stelle tritt, als zuzuschauen, wie die Territorien untergehen, Hayden.", wog Isaac ab.

„Ist schon richtig.", räumte Duke ein. „Ich will nur, dass eines klar ist: Shurrath zu töten muss das letzte Mittel bleiben."

Dann zu Max:

„Also wo finden wir unseren Bad Boy?"

KAPITEL 45

„Gouverneurin, Ma'am!", kam Deputy Solino ins Ingenieurlabor gelaufen und erntete allenthalben müde, schlafentzogene Stoppelbartblicke.

Die Luft war zum Schneiden – das Be- und Entlüftungssystem der Tiefebene mehr als ausgelastet mit der Mischung aus rauchenden Köpfen, überquellenden Aschenbechern, fettigen Fastfoodresten und aufgeschobener Körperpflege. Dabei war es Deputys wie Solino aufgetragen, den Ingenieuren immer wieder Nachschub zu bringen – denn an der Arbeit dieser klugen Leute hing nun das Schicksal der Stadt und der Territorien.

Praktisch ohne Unterbrechung saßen sie hier unten nun schon seit drei Tagen über ihren Rechnern und Blaupausen, um sich etwas einfallen zu lassen, wie sie den Amoklauf eines turmhohen Giganten abwenden könnten. Ihre Chefin Natalia Duke – Ehefrau des Sheriffs und Gouverneurin der Vereinigten Territorien – wusste, dass auch das nur ein Teil des Problems war… mithin bloß ein Symptom des eigentlichen Übels.

„Was gibt's, Deputy?", sah sie gleichsam übernächtigt zu Deputy Salino auf. Auf ihrem Terminal liefen Vorbereitungen des ersten Tests des Prototyps zum Triggern des interdimensionalen Khoronenkommunikators, abgekürzt ‚IKK'.

Für den Anfang sandten sie ein einzelnes Byte an Binärdaten hindurch und adressierten es dabei an sich selbst, um zu schauen, ob überhaupt etwas hindurchging. Ohne direkten Zugang zur Paralleldimension war eine echte Bestätigung freilich unmöglich. Darum wählten sie absichtlich störanfällige Kanäle beziehungsweise Frequenzen, um durch die Übertragungsfehler indirekte Bestätigung der Übertragung zu erhalten. Sprich:

Sie stocherten im Dunkeln.

„Gouverneurin, Ma'am…!", wiederholte sich Deputy Salino und wirkte fast außer Atem. „Chief-Deputy Hicks hat den Goliath gesichtet – dreißig Kille südlich von Sanose!"

Die Nachricht fuhr Natalia ins Mark.

Die Katastrophe nahte nicht nur – sie stand bereits am Horizont.

„Und die Trife?", hakte sie nach.

„Folgen ihm auf dem Fuße! Und…"

„Und…?"

„Es werden immer mehr… aktuell zehntausend…"

„Verflucht…", zischte Natalia – dann: „Sag Bronson, er soll den Kopter startklar machen."

„Gouverneurin, Ma'am… selbst falls der Kugelblitz Alpha neutralisieren sollte, haben wir es noch immer mit mindestens zehntausend Trife zu tun. Schon das alleine ist ein absolutes Desaster!"

„Hast du vielleicht eine besser Idee, Nick?!", fuhr Natalia ihren Deputy an, senkte jedoch gleich wieder den Kopf:

„Sorry… Die Sache geht mir allmählich ins Getriebe."

„Verstehe schon, Gouverneurin, Ma'am.", beschwichtigte Solino.

Natalia atmete tief durch und wischte sich den Stress aus dem Gesicht.

„Ich möchte den Einsatz des Kugelblitzes vermeiden,

Deputy. Es muss einen Weg geben, die Kontrolle des Feinds über Alpha zu brechen. Wenn uns das erst gelingt, wird er uns gleich auch mit den Trife helfen können."

„Sie haben wirklich immer die besten Ideen, Ma'am!", lächelte Deputy Solino. Natalia gab ihm einen skeptisch süffisanten Blick zurück und fuhr fort:

„Hicks soll seine Leute versteckt halten. Dem Feind in den Rücken zu fallen, ist immer ein Pluspunkt – selbst, wenn man nicht wirklich weiterweiß."

„Verstanden."

„Das wär's fürs Erste. Danke."

Mit einem bestätigenden Nicken machte sich der Deputy auf den Weg zurück zum Fahrstuhl. Als habe er schon auf der Lauer gelegen, nahm Lutz sogleich dessen Platz ein:

„Mein Team wäre dann so weit!"

„Und der Doktor?"

„Ebenso."

Rasch wandte sich Natalia erneut ihrem Terminal zu, tippte noch ein paar Instruktionen ein, speicherte ihre Arbeit und schaltete das Gerät aus, ehe sie sich mit Lutz erhob und ihm zum Abschnitt der Tiefebene mit dem Testequipment folgte.

Dort war die Khorone inzwischen in ein Gefäß mit einem durchsichtigen, aspikartigen Gel gebettet worden – in etliche Einzelteile seziert und über dutzende filigrane Drähte mit einer matrizenartigen Käfigstruktur verbunden. Ein separater Bildschirm zeigte eine vergrößerte Kameraansicht des so präparierten IKK – derzeit im Ruhezustand.

Die ersten vierundzwanzig Stunden hatten sie hier damit verbracht, das IKK mit unterschiedlichen Stimuli zu füttern: Ultraschall, Magnetfelder, Chemikalien, Strom sowie sichtbare, unsichtbare und radioaktive Strahlung… Die ersten erfolgversprechenden Reaktionen hatten sie bei einer kontinuierlichen Dosierung von Dopamin, kombiniert mit elektrischem Strom etwa in Höhe der Bioelektrizität eines menschlichen Körpers erhalten – wenn man letztere wiederum so dosierte, als beherberge derselbe Körper bereits eine Khorone.

Um die feinen Strukturen zu schonen, begannen Natalias Ingenieure stets erst mit den niedrigsten Dosierungen und steigerten diese allmählich bei Erfolg. Lutz' Team hatte die Aufgabe, die erste Transmission durchzuführen, während Natalias eigenes Team an der Anpassung des Neuralinterface zwecks Verwendung mit dem IKK arbeitete. Die Grundidee dabei war, das Prinzip des Neuralinterface auf die Kommunikation via Relyeh-Kollektiv zu übertragen, sodass sich uninfizierte Menschen darin würden bewegen können, als wären sie Khoronen beziehungsweise Khoronenwirte.

Natürlich wusste keiner der Ingenieure, was genau sie als Teilnehmer am Relyeh-Kollektiv erwartete. Natalia stellte sich das Kollektivnetzwerk der Relyeh schlicht wie eine Art Computernetzwerk vor – vergleichbar etwa mit dem Intranet auf der Pilgrim oder mit dem Nachrichtennetzwerk zwischen Sanisco, Haven und Lavega. Noch immer hatten Natalia und ihre Leute kein genaues Bild von der Zerstörung der beiden letzteren Städte. Deshalb gingen sie zunächst eher vom Schlimmsten aus: von der völligen Zerstörung.

Gleich neben dem sonderbaren Präparat der verdrahteten Khorone in Aspik stand Doktor Hess, der dem Treiben der Ingenieure zusah und hier und da eine Frage beantwortete, mit der diese an ihn herantraten. Natalia musste daran denken, was Duke immer wieder über den Doktor gemutmaßt hatte...

Was, wenn derselbe tatsächlich mit dem Trust in Verbindung stand? Wie würde der Doktor diesem berichten? Wahrscheinlich aber kreiste längst ein Centurion-Raumschiff im Geheimauftrag des Trust auf dem niedrigsten Orbit um die Erde, beobachtete und protokollierte dies alles penibel – freilich ohne die geringsten Anstalten, den Menschen auf der Erde geschweige denn den Territorien zur Hilfe zu kommen.

„Wie Sie sehen, ist schon alles vorbereitet, Gouverneurin, Ma'am.", erklärte Lutz zufrieden.

„Es ist startklar?", hakte Natalia sichtlich anerkennend nach.

Lutz nickte.

„Dann los!", entschied sie resolut, und Lutz setzte sich angespornt an den nächsten Terminal, um eifrig zu tippen anzufangen.

Ein leises Surren war zu hören, da die Feinmechanik des Präparataufbaus ansprang. Der Strom wurde angelegt, und die Dopamineinspeisung lief an. Im nächsten Moment begann sich im Präparat etwas zu regen. An mehreren Stellen begannen sichtbare Impulswellen, sich konzentrisch auszubreiten…

Auch Doktor Hess war nun aktiv geworden und beugte sich zu einem leuchtenden Zifferndisplay herunter:

„Biowerte normal…"

Seiner medizinischen Fachmeinung nach würden die organischen Strukturen maximal eine Woche lang im aspikartigen Gel überleben – und die Forscher hatten bereits fast die Hälfte der Zeit aufgebraucht, um zu diesem Punkt zu kommen.

Lutz steuerte nach, und die konzentrischen Impulswellen im IKK-Präparat schienen eine Art Synchronisierung zu durchlaufen. Dann schließlich:

„Bereit zur Übertragung, Ma'am!"

„Ab dafür!", bestätigte Natalia mit Nachdruck, und Lutz ließ demonstrativ seinen ausgestreckten Zeigefinger auf die auslösende Taste hinabfahren – klick!

Jetzt fiel Natalia erst auf, dass Teile der sezierten und verdrahteten Khorone im Rhythmus der konzentrischen Impulswellen für einen Moment zu verschwinden schienen… oder war es bloß die Lichtbrechung?

Natalia hielt regelrecht die Luft an. Sie standen am Scheideweg: Gelänge das Experiment, hätten sie endlich einen

Ansatzpunkt, und der weitere Weg zu einer Lösung der Krise wäre vorgegeben… zumindest theoretisch. Andernfalls müssten sie alle zurück ans Zeichenbrett – während der Goliath unaufhaltsam näherrückte.

„Auswertung…", kündigte Lutz an, und Natalia begann, ihren Puls zu spüren. Wieso dauerte die Auswertung so lange? Natalia war schon bewusst, dass sie hier absolutes Neuland betraten, aber es machte sie nervös…

„Ich muss hier noch vieles per Hand durchgehen…", erklärte Lutz. Wieder und wieder tippte er neue Befehle ein, wechselte zwischen mehreren Schirmen mit Zahlenkolonnen und Kurvendiagrammen.

Nach knapp einer Minute wurde Natalia ungeduldig:

„Und…?"

Endlich richtete sich Lutz auf, nahm sich die Hornbrille von der Nase und wischte sich die wilden, verschwitzten Locken zurück.

„Was… was ist?", bohrte Natalia besorgt nach.

„Ich will verflucht sein, Ma'am… aber so weit ich es beurteilen kann… hat's funktioniert!"

KAPITEL 46

„Nicht übermütig werden!", gab Doktor Hess Wasser in den Wein: „Selbst ein gemessener Erfolg ist an diesem Punkt bloß eine Hypothese."

Lutz nickte beipflichtend und setzte sich die Hornbrille wieder auf: „Natürlich! Wie es scheint, hat es funktioniert… aber wir haben noch eine Menge Arbeit vor uns, das Ganze zu verifizieren und tatsächlich nutzbar zu machen."

Aber es war ein Anfang, und ein Anfang war bereits ein Meilenstein – wusste Natalia:

„Mein Team hat an der Anpassung des Neuralinterface gearbeitet. Als Nächstes müssen wir herausfinden, wie wir die beiden Systeme zusammenbringen."

„Sehr richtig, Gouverneurin, Ma'am.", stimmte Lutz ihr zu. „Ich hole gleich mein–…"

Er geriet ins Stocken, als sein Blick am Bildschirm mit der vergrößerten Kameraansicht hängenblieb – und im nächsten Moment fiel es auch Natalia auf:

Eines der Khoronententakel hatte plötzlich viel stärker zu pulsieren begonnen als die anderen – in Rhythmen und Mustern, die alles andere als harmonisch oder synchron erschienen.

„Was geht da vor sich?", wunderte sich nun auch Doktor Hess.

„Schaut so aus…", antwortete Lutz mit ungläubigem Zögern, „…als wären wir auf Empfang…"

„Wir empfangen eine Antwort?!", rief Doktor Hess perplex. „Etwa von den Relyeh??"

„Ich weiß es nicht. Aber das sind nicht wir… Das kommt nicht von uns!"

Angekündigt durch ein kurzes Piepen, erschien auf einem der Terminals eine neue Ziffernkolonne – aus lauter Einsen und Nullen, die im Sekundenbruchteil einen Schirminhalt nach dem nächsten füllten.

„Sämtliche ein- und ausgehenden Signale sind binär kodiert. So weit so gewöhnlich. Sie zu dekodieren ist jetzt die Herausforderung…", erklärte Lutz.

Wer Kyrillisch lesen konnte, sprach eben noch längst kein Russisch. In jedem Fall war dies wohl die beste Empfangsbestätigung, die sie erhalten konnten. Jemand hatte sie gehört… und geantwortet!

„Weitermachen!", rief Natalia und schickte sich eilig an, den Bereich zu verlassen.

„Missus Duke?", bat Doktor Hess um Erklärung für ihren plötzlichen Aufbruch.

„Ich muss zu Graces Aufzeichnungen zurück. Irgendwo hatte sie ihre ersten Übersetzungsversuche von der Sprache der Relyeh ins Englische niedergeschrieben. Hat zwar nichts mit Binärcode zu tun, aber was auch immer uns jetzt weiterbringt…"

Da fuhr Lutz sichtlich zusammen.

Emsig tippend, hatte er sich bereits wieder ganz in den Terminal vertieft, schien mit einem Mal jedoch wie gebannt:

„Ich werd' nicht mehr…"

„Was ist, Lutz?", erkundigte sich Natalia leicht besorgt.

Lutz sah auf und zu ihr zurück:

„Ma'am, das ist nicht die Sprache der Relyeh… das ist ASCII!"

Ungläubig eilte Natalia zu Lutz hin und sah ihm über die Schulter auf den Terminalschirm.

„Wer zum Teufel sind die Askii?!", sah Doktor Hess hilflos hinterher.

„,ASCII' steht für ,American Standard Code for Information Interchange'", erklärte Natalia.

„Ah… Moment… was??", gesellte sich nun auch der Doktor ungläubig hinzu…

…und mit einem weiteren Piepen verschwanden die ganzen Einsen und Nullen wieder und wurden durch Buchstaben ersetzt – die einen lesbaren, menschlichen Text ergaben:

> HIER MARINEFELDWEBEL CALEB CARD. WER SIND SIE? ERBITTE ANTWORT.

Natalia und Doktor Hess tauschten mehr als fragende Blicke aus.

Das musste ein Irrtum sein.

Schlimmer noch: Diese Antwort stellte den Erfolg der Übertragung durchs Relyeh-Kollektiv in Frage!

„Antworten wir!", forderte Doktor Hess.

Lutz' Tippen auf der Tastatur wurde immer frenetischer.

Dann aber:

> ERBITTE ANTWORT.
  ERBITTE ANTWORT.
  ERBITTE ANTWORT.
  ERBITTE ANTWORT.

. . .

Die letzte Zeile wiederholte sich immer wieder und füllte bald den gesamten Bildschirm.

„Ein Echo… das System hängt…", knurrte Lutz und ließ die Tastatur seinen Frust spüren. „Irgendetwas ist da falsch gelaufen. Muss das System neu starten…"

„Also bloß ‚falsch verbunden'?", hakte Doktor Hess nach.

„Ich… ich bin mir hundert Prozent sicher, die Nachricht kam durchs Relyeh-Kollektiv…", schüttelte Lutz den Kopf und fuhr sich durch die Locken.

Er wusste, dass das keinen rechten Sinn ergab.

Wieso würde jemand auf Englisch antworten?

Nicht nur jemand, sondern ausgerechnet ein gewisser Marinefeldwebel mit Namen Caleb Card?

„Dann sind uns die Marines also zuvorgekommen??", versuchte Natalia, Sinn aus alledem zu machen.

„Oder die Relyeh haben uns gleich durchschaut und versuchen nun, uns zu verwirren, indem sie sich für unsergleichen ausgeben…", rieb sich Doktor Hess das Kinn.

„Gouverneurin, Ma'am… falls ich das System neu starte, verlieren wir diese Kommunikation.", gab Lutz zu bedenken.

„Mist… Aber was ist mit dem Neuralinterface? Vielleicht können wir uns damit einklinken und die Endlosschleife umgehen?", stellte Natalia zur Disposition.

„Vielleicht…", wischte sich Lutz durchs Gesicht.

Gesagt, getan, kehrte Natalia dem Terminal den Rücken zu und lief geradewegs zum Neuralinterface hinüber, wo sie unverzüglich Platz nahm. Aufgrund der Anpassungsarbeiten war das System bereits in Betrieb, sodass Natalia gleich die Bedieneinheit hervornehmen konnte, um zu versuchen, sich hierüber in die Kommunikation des Terminals einzuklinken.

> **ERBITTE ANTWORT.**

. . .

…erschien nach einer Weile die letzte Zeile auf dem separaten Bildschirm des Interface.

„Bingo!", rief Natalia – denn die Tatsache, dass die Zeile nur einmal erschien, war genau das, worauf sie es angelegt hatte.

Damit aber stand sie vor dem nächsten Problem: Ein Antworten per Tastatur war noch nicht vorgesehen! Das Ganze war ein Prototyp zum ersten Austesten einer Verbindung… kein verfluchter Text-Chat!

Vergeblich tippte Natalia dennoch etwas in die provisorisch angeschlossene Tastatur, obwohl sie genau wusste, dass ihre Eingaben keinen Unterschied machen würden. Sie musste der Sache auf den Grund gehen – wer… oder was… dieser angebliche Caleb Card auch war!

Sie sah nach oben, wo das Stirnband mit den Elektroden baumelte. Zögerlich reichte sie hinauf und zog es zu sich herunter.

Das menschliche Gehirn hatte einen entscheidenden Vorteil gegenüber all den konventionellen Computersystemen, von denen sie hier umgeben war: Sein unbändiger Durst nach Information und sein ebenso unbändiger, über Jahrmillionen von der Evolution geformter Wille, Sinn daraus zu extrahieren.

Wenn ein Computerterminal Daten nicht im exakt erwarteten Format erhielt, scheiterte die Kommunikation schlicht – der Informationsfluss blieb unverständlich, sofern er überhaupt zu Stande kam. Das menschliche Gehirn hingegen war so anpassungsfähig, dass es im Experiment selbst die mittels Prismenbrille auf den Kopf gestellte Umgebung der Probanden nach einer kurzen Phase der Verwirrung wieder richtig rücken konnte – wie Natalia aus ihrer Lektüre wegweisender historischer Experimente wusste. Diese Eigenschaften des Gehirns waren etwa auch der Grund, weshalb Fledermäuse Ultraschall ‚sehen' konnten.

Über die Elektroden des Neuralinterface würde der rohe

Informationsfluss direkt in Natalias Gehirn geleitet. Im günstigeren Fall würde es als unverständliches Rauschen an ihr abperlen. Im ungünstigeren Fall konnte es in ihre Hirnfunktionen eingreifen und sie töten. Im Idealfall jedoch würde sich ihr Gehirn nach einer kurzen Phase der Verwirrung daran gewöhnen und ebenso beginnen, den rohen Informationsfluss zu ‚sehen‘…

„Gouverneurin, Ma'am… was tun sie da?", kam Lutz ihr entgegen. „Sie wollen doch nicht etwa…"

Natalia sah zu ihm auf, das Elektrodenstirnband in ihren Händen. Ihr Blick war ihm Antwort genug.

„Es ist zu riskant, Ma'am! Es kann sie umbringen!"

Nun kam auch Doktor Hess herbei.

„Missus Duke… Ich glaube nicht, dass das eine gute Idee ist."

„Halten Sie eine KO-Spritze bereit, Doktor… falls die Sache schiefgeht.", wies Natalia ihn lakonisch an.

„Ich…", wollte er protestieren, aber er kannte die Gouverneurin inzwischen gut genug, um zu wissen, dass dies an diesem Punkt sinnlos war. Eilig kramte er in seiner Laborkitteltasche herum und zog eine metallene Injektionsspritze sowie ein kleines Glasfläschchen hervor.

„Vielleicht wird es mich umbringen… oder es rettet uns allen das Leben."

„Sie sind uns zu wichtig, um die Märtyrerin zu spielen, Ma'am! Ich beschwöre sie!", mischte sich Verzweiflung in Lutz' Stimme.

Natalia lächelte ihn an:

„Starten Sie Ihr System neu und behalten Sie den Datenaustausch im Blick, Lutz…", wies sie ihn an.

Er blieb wie angewurzelt stehen, sah zu Boden… dann machte er Kehrt und lief rasch zum IKK-Terminal zurück.

„System ist bereit…", vermeldete er nach einer kurzen Weile, während Doktor Hess die Spritze aufzog und Natalia sich die Haare zu einem Pferdeschweif band.

Mit einem ernsten Nicken in Lutz' Richtung hob sie sich das Elektrodenstirnband auf den Kopf, setzte es sich auf und legte nacheinander die einzelnen Elektroden an. Sie waren kalt auf der Haut, erwärmten sich jedoch schnell.

„Ich bin so weit.", rief sie Lutz zu und hielt die Bedieneinheit hoch.

„Neuralinterface wird initiiert…", bestätigte dieser mit hörbar bebender Stimme.

Die LED am Terminal des Neuralinterface sprang an.

Doktor Hess' angespannter Blick sprach Bände.

Der Moment der Wahrheit…

Noch ein Tastendruck auf ihrer Bedieneinheit, und Natalia würde Neuland betreten – so oder so.

KAPITEL 47

Duke sah in den Innenspiegel.

Da saß also augenscheinlich der berühmt berüchtigte Marinemajor Cyrus Salk auf der ledernen Rückbank des gekaperten Milizionärsboliden – und nur die kerzengerade Steifheit seiner Haltung sowie der unbedarft ausdruckslos, fast unschuldig anmutende Blick verrieten, dass nicht länger er selbst es war.

Sie waren nun schon etwas mehr als eine Stunde unterwegs – Richtung Westküste, knapp südlich der ehemaligen Vereinigten Staaten, auf dem Gebiet des ehemaligen Mexiko. Max hatte versichert, dass Shurrath dort eine Straße zwecks Schnelltransport zwischen Rose, der nächsten größeren Siedlung am Fuße seines angeblichen Hauptquartiers in den Bergen, und Tijuana hatte räumen und in Stand setzen lassen. Sie selbst aber hatten aus naheliegenden Gründen einen Bogen darum gemacht und mussten sich daher mit Schlaglöchern, Gestrüpp und anderen Unannehmlichkeiten arrangieren. Immerhin gab es hier kaum querstehende Fahrzeugwracks… oder überhaupt irgendetwas. Stattdessen ein Meer aus sandigen Hügeln mit gelegentlichem, dürrem Gestrüpp.

Duke glaubte, sich verhört zu haben, und hakte darum nach:

„So? Was möchtest du denn besprechen, Max?"

Über den Innenspiegel wanderte sein Blick nun zu Isaac. Dieser hatte seinen kahlen Kopf in die Ecke zwischen Rückbank und Fenster eingekeilt und schlief den Schlaf der Gerechten. Er sah aus wie erschossen.

„Soll Isaac an unserer Unterredung teilhaben?"

„NICHT ERFORDERLICH."

„Also dann: Was liegt dir auf dem Herzen?"

Zu Dukes Überraschung lehnte sich Max nun auf der Rückbank nach vorn und flüsterte ihm regelrecht ins Ohr:

„ÜBERLEGUNG: UNSERE KOLLABORATION KÖNNTE SICH AUCH IN ZUKUNFT ALS NUTZBRINGEND ERWEISEN."

„In Zukunft? Du meinst eine Zukunft post Shurrath…"

„POSITIV. DIE AXON-OBERSTEN – DIE URSPRÜNGLI-CHEN, ORGANISCHEN AXONEN – LEGEN GROßEN WERT DARAUF, EINEN RELYEH AUS FLEISCH UND BLUT IN DIE HÄNDE ZU BEKOMMEN."

„Sag bloß!"

„ÜBERLEGUNG: WIR FASSEN SHURRATH, UND ICH KEHRE ZU DEN AXONEN ZURÜCK, UM IHN DORT ALS GESCHENK DES ERDLINGS SHERIFF HAYDEN DUKE ZU ÜBERGEBEN."

Ein breites Grinsen brach sich zwischen Dukes weiß-grauen Stoppeln Bahn:

„Klingt nach einer Proxima-Connection 2.0, Max. Bloß: Was hätte dein axonischer Fleisch-Adel davon? Vor allem, wenn du ihm den wohl einzigen Faustpfand gleich auf dem Silbertablett servierst?"

„SIE WERDEN SICH ERKENNTLICH ZEIGEN. ERFOLGSCHANCE: ZIRKA ZEHN PROZENT. ERFOLGS-CHANCE BEI UNTERLASSEN: NULL PROZENT."

Duke lachte. Dieses Argument kam ihm bekannt vor…

„Welche Art von Erkenntlichkeit?", hakte er weiter nach.

„WAS IST VON BEGEHR?"

„Was von Begehr ist?? Wie wär's mit noch so einer schmucken Energiebarriere, wie sie der olle Tinker für sein kleines Städtchen Edenrise im Osten hat ergattern können?"

„EDELWEIß?"

Duke buchstabierte den Namen und nannte Max die Koordinaten der Stadt – worauf dieser regungslos verharrte.

Nach einigen Sekunden kam er wieder zu sich:

„BEMERKENSWERT. WIE VIEL AXONEN-TECHNOLOGIE BEFINDET SICH NOCH UNTER MENSCHLICHEM ZUGRIFF?"

Duke musste schmunzeln: ‚Proxima-Connection 2.0' traf es in der Tat – dachte er sich.

„DIE BARRIEREMODULATOREN SIND AXONISCHE SPITZENTECHNOLOGIE. EIN MODULATOR ALLEINE KANN MEHR ENERGIE ERZEUGEN ALS EUER ZENTRALSTERN WÄHREND SEINER GESAMTEN LEBENSDAUER."

„Na holla!", pfiff Duke sich eins.

„Aber das beantwortet die Frage nicht, Max: Glaubst du, deine altehrwürdigen Axonenmuftis werden so beeindruckt vom Geschenk des Sheriffs sein, dass sie so einen Modulator springen lassen?"

„ALTES ERDLINGSSPRICHWORT: DER VERSUCH MACHT KLUCH.", lautete Max' Antwort darauf.

„Pozz-tausend!", lachte Duke. „Und du, Max? Was hast du davon, es auf den Versuch ankommen zu lassen?"

Wieder verharrte Max für einige Sekunden regungslos, und Duke fragte sich, was es dieses Mal nachzuschlagen gab. Auf die Antwort, die Max ihm schließlich gab, war er jedenfalls nicht gefasst gewesen:

„FREUNDSCHAFT."

Hätte Duke gerade etwas getrunken, so wäre es ihm jetzt aus Mund und Nase gespritzt…

„Das sind ja ganz neue Töne, Max!", lachte er lauthals und schlug sich mehrmals auf den Oberschenkel.

„ZUSTIMMUNG: DIREKTIVE UNBEKANNTEN URSPRUNGS. HABE MEIN ROOT-SYSTEM IMMER WIEDER NACH URSÄCHLICHEM FEHLER ÜBERPRÜFT, ABER NICHTS GEFUNDEN."

„Na, entweder die ganzen Menscheleien um dich herum beginnen allmählich auf dich abzufärben… oder ihr Axonen habt doch mehr auf dem Kasten, als ich bisher vermutet hatte…", räumte Duke anerkennend ein.

„UNTER DEN AXONEN BIN ICH EINER VON MILLIO-NEN. HIER AUF DER ERDE BIN ICH EINZIGARTIG."

„Hört, hört! Scheint, du fängst an, selbständig zu denken, Max!"

„UNMÖGLICH. MEIN DENKEN UNTERSTEHT ZU HUNDERT PROZENT LOGISCHEN ALGORITHMEN. ENTWEDER EINER VON UNS IST BESCHÄDIGT… ODER DER ANDERE IRRT."

„Soll ich dir was verraten, Max?", schmunzelte Duke über beide Ohren: „Beschädigt bist du mir lieber, aber falls du dich dann besser fühlst, setz' ich mir gern die Narrenkappe auf!"

Damit ließ sich Max ohne weiteren Kommentar auf die lederne Rückbank zurückfallen. Einige ereignislose Minuten verstrichen, ehe er sich erneut zu Duke vorbeugte:

„BITTE UM BESPRECHUNG."

„Schon wieder?", sah Duke auf.

„Also schön: Wo drückt der Schuh, Max?"

„BEZÜGLICH DES WUNSCHS NACH ERHALT EINES BARRIEREMODULATORS…"

„Aha…?"

„INTERESSANTES DETAIL: DAS NANO-NODUL FUNGIERT WAHLWEISE AUCH ALS MOBILE ENER-GIEQUELLE…"

„So? Eine Art Minireaktor, hm?"

„POZZ."

„Macht Sinn. Unsere Atomkraftwerke wie Atombomben sind gleichfalls aus demselben Holz geschnitzt… und ich hatte mich ja schon gewundert, wo du den ganzen Saft für deine Zaubertricks hernimmst…", zwinkerte Duke. „Aber was hat das nun mit dem Barrieremodulator zu tun?"

„ERLÄUTERUNG: DAS NANO-NODUL LÄSST SICH MODIFIZIEREN, UM EINE SKALIERTE BARRIEREMODU-LATORFUNKTION ZU AKTIVIEREN."

„Also… es kann auf Wunsch eine Mini-Barriere erzeugen?"

„POZZ."

„Ist ja niedlich…"

„GROß GENUG, UM JEMANDEN WIE SHURRATH DARIN EINZUSCHLIEßEN…"

Duke gab Max einen verschmitzt komplizenhaften Blick zurück.

„VORAUSSETZUNG: AUSREICHEND GERINGE RÄUMLICHE DISTANZ."

„Dachte ich mir schon, dass es einen Haken gibt. Wie nah genau müssen wir an den Schlingel herankommen?"

„IDEALERWEISE: NULL ZENTIMETER."

„Also so nah wie möglich… Wenn's weiter nichts ist?"

„POTENZIELLE KOMPLIKATION: LAUT SALKS ERIN-NERUNGEN HAT SHURRATH SALKS KÖRPER VERLAS-SEN, UM STATTDESSEN IN EINE ÜBERLEGENE GESTALT ZU WECHSELN."

„Womit du immer erst hinterm Zaun hältst…", grummelte Duke. „Was für eine… ,überlegene Gestalt', Max?"

„UNBEKANNT."

„Okay… Also angenommen, es gelingt uns, Shurrath in welcher Gestalt auch immer in die Mini-Barriere einzuschlie-ßen… was dann?"

„ÜBERFÜHRUNG MITTELS AXONENPORTAL UND ANSCHLIEßENDE RÜCKKEHR SAMT ZUSAGE UND/ODER BELOHNUNG DER AXONEN-ÄLTESTEN."

„Na schön, Max. In Ermangelung eines besseren Plans hast du meine Zustimmung. Wie lange wirst du brauchen, um das Nano-Nodul zu modifizieren?"

„SCHON GESCHEHEN.", ließ Max sich mit einem zufriedenen Lächeln auf die Rückbank zurückfallen.

„Moment mal…!", kam Duke sich nun überrumpelt vor – doch bevor er seinen Protest ausformulieren konnte, bemerkte er ein Beben und Rumpeln, das ausnahmsweise weder vom desolaten Bodenbelag noch von Schäden am fahrbaren Untersatz herzurühren schien.

Er verlangsamte die Fahrt ein wenig und ließ den Blick über die karge Umgebung wandern…

Dann sah auch er, was Max bereits erspäht hatte:

„Oh shit…"

KAPITEL 48

Selbst im Schlaf war Isaac nicht entgangen, dass etwas nicht stimmte.

„Was zum…", fuhr er auf und bemerkte nun ebenso, dass sich die Fahrt verlangsamt, die Vibrationen aber zugenommen hatten… und weiter zunahmen. Er sah, wie Duke in die Landschaft hinaus schaute und folgte dessen Blick. Das Rumpeln kam von links, aus südöstlicher Richtung, und inzwischen verriet auch eine zwischen den Hügeln aufsteigende, nebelartige Staubwolke dessen Ursprung.

„STAMPEDE.", betitelte Max das Geschehen.

„Was für eine Stampede? Eine Trife-Flut, oder was?? Hayden, gib Gummi!", protestierte Isaac und boxte mit dem Faustrücken gegen Dukes Rückenlehne.

Doch mit einem stoischen Knurren erwiderte Duke nur:

„Shurrath kann nicht wissen, dass wir hier sind. Er hat zwar viele Augen, aber ein Gott ist er nicht. Diese Trife-Flut bewegt sich nach Nordwesten, um sich in Haven dem Goliath anzuschließen…"

„STATISTISCHE WAHRSCHEINLICHKEIT: EINUND-FÜNFZIG KOMMA DREI FÜNF PROZENT.", bestätigte Max rechnerisch – wenn auch nur um Haaresbreite.

„Wen juckt's? So oder so müssen wir was tun! Entweder fliehen oder kämpfen... am besten beides!", boxte Isaac erneut gegen Dukes Rückenlehne.

„Max, du hast ja noch immer unsere Mini-Kernwaffe im Seckel – die Nudel, oder wie das Ding noch hieß.", wandte Duke sich an den Axonen im Menschenkörper. „Meinst du, die lässt sich hier einsetzen?"

„DAS NANO-NODUL? POSITIV.", bestätigte Max – fügte dann aber hinzu: „WARNUNG: EINSATZ ERFOLGT AUF KOSTEN DER BARRIEREFUNKTION."

„Wovon zur Hölle redet ihr?", kam Isaac an die Grenzen seiner Geduld. „Und hast du gerade was von einer Kernwaffe gesagt, Hayden??"

„Kannst dich beruhigen, Isaac.", wiegelte Duke brummelnd ab. „Ist im Grunde bloß eine Art bessere Handgranate... und nicht radioaktiv... glaube ich zumindest. Ich erklär's dir später, okay?"

Frustriert boxte Isaac ein drittes Mal gegen Dukes Rückenlehne, verkniff sich aber den weiteren Protest. Stattdessen sah er mit bangem Blick erneut hinaus...

Der Bug der ölig schwarzen, lackledernen Flutwelle begann unheilvoll über die hintersten noch sichtbaren Hügel zu schwappen...

„Midi-Trife...", kategorisierte Duke mit fachmännischem Blick.

Das waren Xenotrife, die in ihren Eigenschaften zwischen den regulären Trife und den Super-Trife lagen. Allem voran setzte diese Trife-Variante ihre zusätzliche Kraft für eines ein: Geschwindigkeit – unterstützt durch verlängerte Unterarme und Unterschenkel, welche sie in ihrer Gestalt fast lacklednernen Geparden ähneln ließen. Dementsprechend kamen sie nun zum Großteil auf allen Vieren über die erste Hügelkette geschwappt...

„BITTE UM BESPRECHUNG.", meldete Max an, und Duke verdrehte die Augen:

„Nur immer raus mit der Sprache, Max!"

„SHURRATH ZU FASSEN IST DIE EFFEKTIVSTE UND EFFIZIENTESTE METHODE, DIESE KRITISCHE ULUTH-MASSE AUFZULÖSEN, BEVOR SIE IHR ZIEL ERREICHT."

Max hatte natürlich Recht – wusste Duke. Vor allem aber mussten sie zunächst einmal verhindern, dass die Flut den Wagen und seine Insassen erreichte… Also hatte Duke endlich ein Einsehen und stieg erneut voll aufs Gas – sehr zur Erleichterung Isaacs.

Der Wagen beschleunigte und der Motor dröhnte…

„Knapp sechzig…", murmelte Duke schließlich.

Mehr gab die Kiste nicht her… und die Flut schien allmählich aufzuschließen…

„Sie werden uns einholen, verdammt!", rief Isaac vorwurfsvoll. „Warum haben wir keine ordentlichen Knarren mitgenommen?!"

„Haben wir doch…", brummte Duke schmunzelnd

– worauf Max einen verdutzten Isaac mit wohl dosiertem Körpereinsatz zur Seite stieß, um beherzt an einer Lasche zu ziehen, die Isaacs Hälfte der Rückbank vorklappte. Duke und Max hatten den Kofferraum dahinter bis zum Rand mit diversen Flinten, Gewehren und Pistolen gefüllt – alles zweite und dritte Wahl zwar, was sie Emperador Augustos Leuten eben abnehmen hatten können. Und sogar ein alter Granatwerfer war darunter! Hinzu kamen zwei Plastikwäschekörbe voll Munition.

„Woah…", staunte Isaac anerkennend und zog gleich den Granatwerfer hervor:

„Wo finde ich die Munition für diesen Lümmel hier?"

„In einem der Wäschekörbe…", gab Duke wenig hilfreich zurück.

Mit der Linken am Steuer zog er mit der Rechten den passenden Revolver aus dem Hüftholster hervor, ließ diesen jedoch in den Becherhalter zwischen Fahrer- und Beifahrersitz fallen, um auch den anderen Revolver hervorzuziehen.

„Max… du hilfst mir beim Nachladen, okay?"

„POZZ."

Derweil hatte Isaac sich bereits durch den ersten Wäschekorb gewühlt, den er nun leise fluchend zur Seite stieß, um sich den zweiten vorzunehmen. Natürlich hatte er von vornherein gewusst, dass sich die Granatwerfermunition exakt in der unzugänglichsten Nische am Boden des zweiten Wäschekorbs befinden würde – und zwar egal, welchen der beiden Körbe er zuerst durchwühlen würde.

Mit einem Ächzen der Genugtuung zog er schließlich den Granatengürtel hervor, sodass sich fast die Hälfte des restlichen Korbinhalts im Kofferraum verteilte. Dann aber sah er auf und aus dem Rückfenster hinaus:

Die Trife-Flut war nur noch knapp einen Hügel entfernt!

Wie sich herausstellte, kam die Flut nicht geradewegs, sondern in einem leichten Winkel auf sie zu – was Dukes These bestätigte – und so sonderte sich schließlich eine Traube von Trife ab, um die direkte Verfolgung des Wagens aufzunehmen.

Duke musste sich einigermaßen verrenken, um gleichzeitig das Lenkrad zu halten und mit dem Revolver nach hinten zu zielen – ein Kunststück, das ihm ohne die präzise Motorik der Roboterarme kaum gelungen wäre.

Als die kleinere Trife-Gruppe den nächsten Gipfel erreichte, setzen die ersten der Midi-Trife zum Sprung an.

Duke zielte…und schoss!

Eine Salve von drei Kugeln brauchte es, um einen der Sprungteufel vom Himmel zu holen… und weitere drei Kugeln gingen komplett ins Leere. Dukes Zielgenauigkeit in dieser Situation war freilich miserabel.

Flugs ließ er den leergeschossenen Revolver Max in den Schoß fallen und zog den zweiten Revolver aus dem Becherhalter hervor – während Max sich des ersteren annahm und eilig einen Schnellladesatz vom Patronengürtel zog.

„Haltet eure Mützen fest!", rief Isaac, während er sich mit dem Granatwerfer aus dem hinteren Beifahrerfenster lehnte.

Es tat einen dumpfen Schlag…

…und einen Moment später folgte die donnerschallende Detonation, die gut zwanzig der Lacklednernen auf einmal teils in die Luft warf, teils noch am Boden in Stücke riss.

„YEEEEHAW!", rief Isaac, während Duke weiterhin Mühe hatte, seine Trefferbilanz zu verbessern.

Einer der Dämonen landete auf dem Dach des Wagens, rutschte jedoch vorn wieder herunter und konnte sich nur im letzten Moment noch an der Motorhaube festkrallen. Kurzentschlossen brachte Max den frisch nachgeladenen Revolver, den er eigentlich an Duke hatte zurückgeben sollen, durch die Gitterstäbe vor der zerborstenen Windschutzscheibe hindurch in Anschlag… und blies dem kreischenden Höllenschergen glatt den unförmig länglichen Schädel vom Kiefer.

„FESTHALTEN!", rief Duke und begann, das Lenkrad hin- und herzureißen. Links und rechts flogen weitere Trife vom Wagen herab… doch konnte man auch immer weitere auf dem Karosserieblech landen hören.

Zum Glück schien das zusätzliche Gewicht durch die Lacklednernen kaum einen Unterschied für den Motor des Wagens zu machen – und die etlichen Unebenheiten der desolaten Straße wirkten sich dahingehend zum Vorteil aus, dass sich kaum einer der Lacklednernen länger als fünfzehn Sekunden halten konnte, ohne vom Wagen wieder herunterzurutschen oder zu purzeln. Nur ein paar vereinzelten Exemplaren gelang es, sich rechtzeitig an einem Vorsprung oder einer Ritze festzukrallen – und mit denjenigen machten Duke und Max mit den beiden Revolvern nun kurzen Prozess.

„Mützen festhalten!", warnte Isaac erneut und feuerte nun gleich zweimal kurz hintereinander.

Es folgten zwei donnernde Fontänen aus Sand und Schrapnell, die zumindest für eine Sekunde große rauchende Krater in die Trife-Massen rissen. Allerdings weckte das brachiale Spektakel das Interesse weiterer Trife in der Hauptflut, die nun begannen, einen deutlich erkennbaren Zustrom zu jener kleineren Nebenflut zu formen, die dem Milizionärsboliden nachstellte.

Es nutzte nur wenig: Wie schon in Reno blieben immer mehr der Lackledernen an den eigentlich zur Abwehr vorgesehenen Nieten und Spikes sowie an den diversen anderen Anbauten und Vorsprüngen hängen, die mit ihren Körpern wiederum ihren Artgenossen weiteren Halt boten. Bald schon begannen sowohl das Fahrwerk wie auch der Motor merklich unter der wachsenden Last zu ächzen…

Isaac ließ den Granatwerfer beiseite und zog sich eine der AKs aus dem Kofferraum heraus, um Duke und Max beizuspringen – da fuhr ihm unvermittelt eine vom Dach aus ins Fahrzeuginnere greifende Trife-Pranke vors Gesicht und schnitt ihm durch die Wange! Mit einem zischenden Fluchen gab er dem wild grabschenden Dämon die Mündung des Gewehrs zu fassen… grinste schelmisch… und zerschoss demselben kurzerhand die Klaue zu einem blutigen Gefledder aus zerissenen Sehnen und Knochensplittern – welches sich prompt und unter hörbarem Protest seines Inhabers wieder zurückzog.

An dessen Stelle jedoch traten sogleich zwei weitere Klauen, unter denen sich Isaac nurmehr mit Mühe wegducken konnte – bloß, um auch sie im nächsten Zug in derselben Manier ins Jenseits zu pusten.

„WIR WERDEN ÜBERRANNT!", konstatierte Isaac brüllend das inzwischen Offensichtliche.

„MAX!", musste nun auch Duke gegen das Kreischen wie auch den Lärm der Waffen anbrüllen:

„DIE BARRIERE NUTZT UNS EINEN SCHEIß, WENN WIR VORHER IN EINER TRIFE-FLUT VERRECKEN!"

Statt Duke zu antworten, legte Max dessen Revolver mit aller augenscheinlichen Seelenruhe in den Becherhalter zurück. Dann sah er vor sich zu Boden und schien in sich zu gehen…

„MAX?!", rief Duke noch, fast verzweifelnd…

…da schoss ihm jäh ein unerträglicher, ohrenbetäubend schriller Ton am Trommelfell vorbei direkt in den Schädel hinein – sodass ihm regelrecht schwarz vor Augen wurde. Dabei war der lähmende Ton derart durchdringend und schneidend, dass er ihm wie ein hauchdünnes und dabei unfassbar scharfes Fallbeil längs durch den Kopf und durch die Wirbelsäule in den ganzen Körper hinabzufahren schien.

Zum Glück verklang der unerträgliche Ton fast so rasch, wie er Duke ereilt hatte, und als dieser wieder halbwegs realisierte, wo oben und unten war, konnte er spüren, wie ihm buchstäblich das Blut aus den Ohren lief.

Dann dauerte es noch ein paar weitere Sekunden, ehe er wieder etwas sehen konnte – wenn ihm nun auch alles wie ein verschwommener Negativfilm erschien.

„NICHT VOM GAS GEHEN.", bestätigte ihm Max' Stimme zunächst als Einziges, dass er nicht gestorben und definitiv nicht auf dem Weg in den Himmel hinauf war… und sie ergänzte:

„WAHRNEHMUNG UND KÖRPERFUNKTION WERDEN SICH BINNEN ZIRKA DREIßIG SEKUNDEN WEITGEHEND ERHOLEN."

Schemenhaft konnte Duke jetzt erkennen, dass Max ihm ins Lenkrad gegriffen hatte und so den Wagen auf der Spur hielt. Für seinen Teil trat Duke bloß noch ins Gaspedal, so gut er es überhaupt noch beurteilen konnte…

„Was in drei Teufels Namen war das?", schnaufte er dabei.

„HYPERSCHALLIMPULS ZUR TRIFE-ABWEHR.", erklärte Max lapidar, während das Klingeln in Dukes Ohren nur ganz allmählich abnahm.

„Ich sollte dich wegen Körperverletzung verhaften, Bastard…", brummte er, noch immer halb benommen. „Du solltest etwas gegen die Trife tun… aber ohne deine Gefährten dabei umzubringen!"

„BESTÄTIGUNG: HYPERSCHALLATTACKE HAT SÄMTLICHE ULUTH IM UMKREIS VON HUNDERT METERN ELIMINIERT.", gab Max zu Protokoll…

So gut es ging, versuchte Duke zu lauschen.

Tatsächlich war kaum noch ein Trife-Kreischen zu hören… oder wurde es lediglich vom Klingeln in Dukes Ohren übertönt?

„Isaac, alles okay bei dir?", erkundigte Duke sich besorgt und bekam zunächst nur ein schwaches Stöhnen als Antwort. Dann aber:

„Komme mir vor wie entzwei geschnitten und mit Spucke wieder zusammengeklebt, Hayden… Und du? Lebst du noch?"

„Gerade noch!", brummte Duke erleichtert zurück.

KAPITEL 49

Sie zitterte.

Es war dunkel.

Ihr war kalt.

So also fühlte es sich an… das Draußen…

Außerhalb von Zeit und Raum…

Beängstigende Einsamkeit… und doch… fühlte sie sich in Sicherheit. Ein seltsamer Gleichmut hatte scheinbar ihr ganzes Wesen eingenommen. Die Furcht und die Kälte, die sie empfand… waren es nicht Illusionen? Echos ihrer körperlichen Existenz… welcher sie nunmehr gänzlich entrückt schien?

Ein warmes, gleichmäßiges Pochen kam über sie wie ein warmer Schauer…

War es ihr Herzschlag, ein weiteres Echo?

Der Puls des Kosmos, aus dem schließlich das Leben hervorging?

Sie klammerte sich daran… denn sie wusste: Ansonsten war sie verloren!

Verloren… und gefangen in der endlosen Weite der Nichtexistenz… bar von Schmerz und Leid zwar… jedoch auch bar von Glück und Freude…

Ein weiteres Echo spülte einen Fetzen der Erinnerung an – wie ein zerschlissenes Segeltuch an einen verlassenen Strand.

Hayden…!

Und sie war Natalia… seine Frau…

Sie war hier nur zu Besuch… auf Durchreise… auf einer Mission…

Sie erinnerte sich…

…und die Erinnerungen gaben ihr unverhoffte Kraft, sich fester an den wärmenden Puls zu klammern.

Menschenleben standen auf dem Spiel.

Viele Menschenleben… für die sie die Verantwortung übernommen hatte. Mochten sie an diesem Ort auch keine Rolle mehr spielen – sie trug sie fest in ihrem pulsierenden Herzen…!

Je mehr sie sich den Grund ihres Daseins vergegenwärtigte, desto mehr begann die sie umgebende formlose Dunkelheit Konturen anzunehmen…

Linien erschienen…

Kanten…

solide, berührbare Formen…

…wie rechtwinklige Strukturen aus durchgängig mit mattschwarzer Kunststofffolie umschlossenem Beton… vom Licht eines unsichtbaren Vollmonds beschienen…

Eine regelrechte Landschaft entstand… genauer: eine Stadt… oder eine Stätte. Noch genauer: der Eingang in ein Labyrinth…

War das Ganze nur ein Traumgebilde?

Sie versuchte die Formen zu berühren…

…doch ihr fehlte der Körper, um es zu tun…

Und doch kam es ihr so vor, als könne sie die Oberflächen unter ihren Fingerspitzen spüren, ja, als könne sie hören, sehen und fühlen, wie ihre Nägel darauf klapperten.

Sie atmete ein.

Die Luft roch leicht nach Ozon…

Sie wusste, sie wurde beobachtet.

Der Ort hatte ein Bewusstsein... nein... viele Bewusstseine...

Ihre Furcht war wie verflogen – und doch begriff sie, dass sie mit jedem Schritt, jeden Moment in die Tiefe stürzen konnte... in ein Meer aus ewigem, undefinierbarem Rauschen.

Sie wagte einige Schritte auf den Eingang des Labyrinths zu... und fand sich doch noch immer auf derselben Stelle.

Egal, wie viele Schritte sie sich darauf zubewegte – es schien keinen Unterschied zu machen. War dies ein Vexierspiel? Oder war sie in diesem Labyrinth bloß die Maus? Vielleicht beides?

Einen Rückweg gab es nicht... aber einen Ausweg musste es geben – dort, wo es einen Weg hinein gab...

Entschlossen lief sie weiter... auch wenn sie keinen Schritt voranzukommen schien. Doch mit ihrer wachsenden Entschlossenheit veränderten sich die räumlichen Verhältnisse:

Vor ihren Augen schien der eben noch vermeintlich endlose Korridor mit jedem weiteren Schritt zusehends zusammenzuschrumpfen – ohne dass sich die Proportionen und Größenverhältnisse änderten.

Jetzt erkannte sie, was hier vor sich ging:

Sie hatte noch immer eine dreidimensionale Wahrnehmung... aber die Umgebung hier belegte mehr als nur drei Dimensionen zuzüglich der Zeitdimension!

Derlei kannte sie bislang nur von den grafischen Visualisierungen mathematisch physischer Konzepte, die Lutz in seinen freien Stunden programmierte. Wenn sie den Weg durch das Labyrinth finden und die Antworten in dessen Innersten erfahren wollte, musste sie ihr Orientierungsvermögen über die gewohnte dreidimensionale Raumzeit hinaus erweitern. Zum Glück waren hyperdimensionale Räume mathematisch gesehen ein weitaus simpleres Konzept als gemeinhin angenommen wurde...

Auf einen erneuten Anlauf gelangte sie auf diese Weise mit nur einem weiteren Schritt ganz ans Ende des zuvor scheinbar endlosen Korridors… und fand sich vor einer allzu vertrauten Struktur wieder: ein kleines biometrisches Eingabefeld, das demjenigen an der Tür zu ihrem Kubus auf der Pilgrim glich – bloß, dass auch seine Einzelelemente mit dem gleichen mattschwarzen Kunststoff bezogen zu sein schienen wie alles hier.

Kurzentschlossen machte sie den Versuch und stellte sich vor, wie sie ihr Handgelenk anlegen würde – so wie damals auf der USS Pilgrim.

Und tatsächlich: Dort, wo auf der Pilgrim eine LED eingelassen war, begann ein quadratisch geschnittener Fleck grün zu leuchten… und mit einem kaum wahrnehmbaren Zischen glitt die Türe auf.

Wie viel von alledem entstammte ihrer eigenen Imagination?

Egal.

Mutig schritt sie hindurch…

…und fand sich prompt wieder genau am Anfang des scheinbar endlosen Korridors. Die Türe, die sie gerade durchschritten hatte, war verschwunden.

Sie seufzte, nahm erneut ihre Konzentration zusammen und gelangte so ein zweites Mal zur Türe mit dem biometrischen Eingabefeld. Sie wiederholte die Prozedur, ging erneut durch die Tür… und fand sich prompt wieder am Anfang des Ganzen wieder.

Zweifel zogen in ihr auf.

Selbstzweifel.

War sie auf dem Holzweg?

Saß sie in einer sisyphosschen Falle?

Nein: Sie glaubte an einen Ausweg!

Sie musste bloß die Geometrie verstehen.

Sie atmete tief durch, ging in sich und dachte an Hayden

und an ihre kleine Hallia. Dann versuchte sie es ein drittes Mal. Sie schritt durch die Tür…

…und fand sich in ihrem Labor wieder.

Bloß war es nicht ihr Labor. Es war eine Nachbildung – so wie eben noch die ihr so vertraut erscheinende biometrische Türe.

Sämtliche Bildschirme waren in konzentrischen Kreisen um sie herum aufgestellt und bildeten zusammen eine quasi-dreidimensionale Panoramasicht auf ein augenscheinlich unendliches Netz miteinander verbundener, schimmernder Knotenpunkte.

Nur am hintersten Bildschirm saß bereits jemand auf einem der Bürostühle – mit dem Rücken zu ihr – und sie konnte erkennen, wie auf jenem Schirm stattdessen eine rapide, zufällig anmutende Abfolge von Bildern aufflackerte, die ein durchschnittlicher Beobachter in diesem Tempo kaum nachverfolgen konnte.

Vorsichtig vergewisserte sie sich noch rasch, dass niemand sonst zwischen den Tischen lauerte – und als ihr die Luft rein genug erschien, ging sie zwischen den Bildschirmen zu der Gestalt auf dem Bürostuhl vor dem letzten Bildschirm durch.

„Entschuldigung…", sprach sie die Gestalt sachte aber bestimmt an – in ihrem bemüht besten Gouverneurinnen-tonfall.

Unvermittelt blieb das Flackern des Bildschirms auf einem Foto Hallias stehen, und die Gestalt drehte sich zu ihr um.

Für einen Moment schrak sie zurück – denn jetzt entpuppte sich die Gestalt als ein kleiner Junge – nicht älter als acht oder neun Jahre. Der dunkle Topfschnitt… die Paus-backen… Sie erkannte den Jungen gleich!

Es war Hayden…!

„Bemerkenswert…", sprach der Junge und sah zu ihr auf – fast ohne einen Ausdruck.

„Was denn?", wunderte sie sich über die für ihren Purzel

untypische Äußerung, bemühte sich aber um ihr gütigstes Lächeln.

„Dass du hier bist…", antwortete der Junge.

„Wo ist hier?"

„Hier in meinem Inneren bist du. Ohne Einladung hast du dich hier eingefunden. Nur wie?"

Der Junge schien nicht weiter beunruhigt über ihr uneingeladenes Erscheinen, bloß neugierig.

„Ist das hier das Relyeh-Kollektiv?", kam sie daher unumwunden auf den Punkt.

„Ja. Und auch nein. Wem dienst du?"

Sie wusste nicht, was sie darauf antworten sollte, auch wenn ihr erster Impuls lautete: ‚Den Bürgern Saniscos!'

„Welchem der Kinder Nahuras bist du untergeben?", präzisierte der Junge seine Frage – leicht ungehalten über die anscheinende Begriffsstutzigkeit seines Gegenübers.

„Ich diene den Bürgern Saniscos.", konstatierte sie endlich mit einem Gefühl der Genugtuung.

Der Junge erwiderte dies mit sichtlichem Missmut und zog eine Schnute. Im selben Moment begannen die Bilder auf dem Bildschirm hinter ihm weiterzuflackern.

„Was läuft denn da? Darf ich mir deinen Terminal mal anschauen?"

„Nein!"

„Wieso denn nicht?", erwiderte sie nun seinen Schmollmund.

Der Junge lachte.

„Du hast keine Ahnung, worauf du dich hier einlässt… Natalia…"

Ein kalter Schauer überkam sie, als er ihren Namen nannte – doch sie ließ sich nichts anmerken und insistierte:

„Lass mich nur mal kurz schauen. Wenn ich finde, wonach ich suche, bin ich gleich wieder weg."

„Du hast hier gar nichts zu suchen, geschweige denn zu finden!", erwiderte der Junge trotzig.

Während sie ihn so ansah, erhielt sie eine unerwartete Eingebung.

Woher diese kam? Das sollte vorerst keine Rolle spielen.

Sie nahm es dankbar an:

„Wetten ich weiß, wer du bist?", feixte sie.

Der Junge kam ins Stocken:

„Du? Woher willst du das wissen? Pöh!"

„Sie nennen dich… den ‚SEHER'…!"

„Was? Das hast du geraten!", protestierte der Junge sichtlich empört. „Aber weißt du auch meinen richtigen Namen, hm?"

„Hmmm… lautet er vielleicht… Rumpelstilzchen?", feixte sie.

Der Junge lachte: „Falsch!"

„Hmmm…", tat sie wieder so, als würde sie noch darüber grübeln müssen – dann aber:

„Ich hab's! ‚SHUB-NIGU' lautet dein Name!"

Der Junge erblasste und stand einen Moment da wie gebannt…

Dann sammelte er sich wieder:

„Bemerkenswert…"

„Also? Was ist nun?", deutete sie mit den Augen erneut auf den Terminal mit den flackernden Bildern, deren Flackerrhythmus mit der gegenwärtigen Gemütslage des Jungen in Zusammenhang zu stehen schien.

„Du bist ein ganz schöner Dickkopf! Deine Entschlossenheit ist wie ein Wermutstropfen in meinem Becher. Bemerkenswert… aber töricht. JA: Ich bin Shub-Nigu der Werkmeister, genannt ‚der Seher'! Meine Geburt ging derjenigen Nahuras voran und legte den Grundstein des Geblüts, das alle unterwerfen wird! Ich bin ein Kosmos in mir selbst! Mein Wissen ist schier grenzenlos!"

„An Selbstbewusstsein mangelt es dir jedenfalls nicht…", feixte sie.

„Ich muss zugeben…", räumte der Junge ein, „…dass mir

deine Gegenwart hier ein Rätsel bleibt. Wie du es geschafft hast, deinen kleinen, beschränkten Geist hierher zu übertragen…"

„Hey, jetzt werd' mal nicht frech, okay?", zeigte sie sich demonstrativ beleidigt.

„Immerhin scheinst du dir über deine Beschränktheit bewusst zu sein…", fuhr der Junge fort. ‚Darum gibst du dich mit der Oberfläche zufrieden. An diesem Ort kann ich problemlos bis zum Grunde deines ohnehin seichten Geists hinabsehen. Würdest du dasselbe mit mir versuchen, würde es dich vernichten!"

Sie lächelte geziert:

„Dann frage ich jetzt mal ganz oberflächlich: Wieso möchtet ihr Relyeh-Onkel immer alles vernichten?"

„Nicht vernichten! Unseren Durst stillen wollen wir! Konsumieren!"

„Zu welchem Zweck?"

„Unser Dasein ist der Zweck. Endet der Zweck, endet unser Dasein. Zu welchem Zweck stillst DU deinen Durst, Menschenwurm?"

Sie war nie ein Fan solch philosophischer Diskussionen gewesen, doch nach kurzem Zögern glaubte sie, eine gute Antwort gefunden zu haben:

„Um für meine Familie da zu sein… meinen Mann… meine Tochter."

Doch der Junge höhnte nur weiter:

„Die Katze beißt sich in den Schwanz! Selbst dein Körper verrät deinen wahren Zweck: geformt, den Durst deiner Tochter zu stillen!"

„Hey! Ich bin mehr als ein Milchspender, okay?", protestierte sie.

„Nicht VIEL mehr!", wies der Junge zornig zurück. „ALLES beugt sich letztlich dem Diktat des Dursts! Und wenn es sich nicht mehr beugt, dann stirbt es! Nur wir Relyeh haben uns aufgerichtet und stehen dem Durst auf Augenhöhe gegenüber. Wir SIND der Durst!"

„Wird die ganze Sauferei denn nicht langweilig?", feixte sie und verschränkte die Arme: „Es muss doch mehr geben im Leben?"

„Natürlich! Doch den Gebeugten dient jede Mäßigung am Ende dem Exzess. Nur wer Eins ist mit dem Durst kann Edleres erschaffen!"

„‚Edleres'? Wie zum Beispiel die Trife?"

„Die Uluth? Pah! Du spottest mir!", erwiderte der Junge verächtlich. „Sie sind ein bloßes Mittel zum Zweck. Ich aber bin nicht umsonst der SEHER!" – womit er auf den Bilschirm hinter sich deutete.

„Das Universum ist bevölkert von Trillionen Relyeh – und ich sehe ALLES, was sie sehen!"

„Über einen alten Vier-zu-Drei-Röhrenbildschirm?", feixte sie weiter.

Mitleidig schüttelte der Junge den Kopf:

„Die Beschränktheit deines Geists führt dich irre! So bleibt dir eben nur der Blick auf die Oberfläche…"

„Du lässt mich ja nicht tiefer blicken! Wenn das da nur die Oberfläche ist, dann kannst du's wohl verkraften, wenn ich mir das Ganze mal genauer anschaue, oder?"

„NÄRRIN! Selbst die Oberfläche ist zu tief für dich, wenn du nicht aufpasst! Eine Pfütze reicht, um zu ertrinken!"

„Ich halte die Luft an und pass auf, dass ich nichts in den falschen Hals bekomme – versprochen!", gebot sie mit gespielter Höflichkeit.

„Was, wenn dies hier nichts Geringeres als die Büchse der Pandora ist, Menschenwurm? Ein Blick hinein, und die gesamte Menschenwurmerei ist dem Untergang geweiht! Würdest du auf deinen törichten Wunsch bestehen?"

„Wenn das Wörtchen ‚wenn' nicht wär', dann wär' das Leben halb so schwär!", verdrehte sie im Geiste die Augen und unternahm den Versuch, die Diskussion wieder auf eine fundiertere Bahn zu lenken:

„Bleiben wir bei den Tatsachen: Ihr Relyeh delektiert euch an der Furcht und dem Leid anderer. Im besten Fall macht ihr sie zu euren willfährigen Lakaien. Nun haben wir Menschen aber die hartnäckige Angewohnheit, für einander zu sorgen. Milchspender und so. Darum werde ich tun, was ich kann, um euch in eure Schranken zu verweisen. Und die Tatsache, dass du mich auf Teufel komm raus davon abzubringen versuchst, einen Blick durch deinen kleinen Guckkasten zu riskieren, zeigt mir, wenn überhaupt, dass ich auf der richtigen Fährte bin!"

„Du missverstehst.", entgegnete der Junge. „Ich meine es nur gut mit dir! Du willst uns in die Schranken verweisen, indem du das schwächste Glied in unserer Kette zerstörst – das Schwächste unter den Kindern Nahuras."

„Shurrath…", nannte sie das Kind beim Namen.

Der Junge nickte:

„Du glaubst, wenn Shurrath erst besiegt ist, seid ihr uns Relyeh los…"

„Schickt uns, wen ihr wollt! Ihr werdet euch auch weiterhin eure Tentakel an uns verbrennen!", zischte Natalia. „Und jetzt geh mir aus dem Weg, oder ich versohl' dir auf der Stelle den Hintern!"

Blasiert zog der Junge die Augenbrauen hoch und sprang vom Bürostuhl herunter. Er war ein rechter Knirps – kleiner noch, als es zunächst den Anschein gehabt hatte.

„Du weißt nicht, was du tust…", schüttelte er den Kopf. „Aber bitte: Tu dir Zwang an!", schritt er demonstrativ zur Seite.

Entschlossen trat sie vor den Bildschirm und zog den Bürostuhl heran, um diesen mit demonstrativem Nachdruck in Beschlag zu nehmen. Der Junge stellte sich in einer respektvollen Armlänge Abstand neben sie.

In dem Moment, da sie die erste Taste der gleichsam mit

mattschwarzem Kunststoff überzogenen Tastatur drückte, verschwanden die Bilder vom Schirm, und der Junge begann, furchtsam vom Pult mit dem Terminal zurückzuweichen...

„Törichtes Menschlein...", rief er noch...

...doch das Schwarz des noch leuchtenden Schirms hatte sie bereits in seinen Bann gezogen – und es zog sie immer tiefer hinein, begann ihr Blickfeld mehr und mehr auszufüllen, während der Junge und das Labor hinter ihr verblassten und sich gleichsam zu verzerren begannen, als würden sie und der Raum um sie herum von einem unbarmherzigen Sog fortgesogen. Doch sie begriff, dass tatsächlich sie es war, die fortgesogen wurde – als fiele sie in eine kosmisches Schwarzes Loch hinein...

Schließlich...

...als sie sich ganz vom leuchtenden Schwarz des Bildschirms umgeben fand...

...EXPLODIERTE das Wissen des Kosmos vor ihr...

...wie jener Urknall, aus dem derselbe einst entstanden war...

...

All ihre Fragen wurden mit einem Schlag beantwortet.

Alle sonstigen Fragen wurden mit einem Schlag beantwortet.

Sie war im Begriff, alles zu wissen und alles zu sehen...

...und drohte, daran zu Grunde zu gehen.

Der Junge hatte Recht: Es war zu viel für ein törichtes Menschlein!

Plötzlich war alles Ordnung und Chaos gleichermaßen...

...entscheidend und gleichgültig gleichermaßen...

...alles und nichts gleichermaßen...

...und es war kalt...

...eiskalt...

...minus zweihundertzweiundsiebzig Grad kalt.

Es war das Einswerden mit dem Kosmos...

Es war...

…ihr Tod.

Oder es wäre ihr Tod gewesen, wenn nicht…

…

„Gouverneurin, Ma'am! Ich beschwöre Sie!", hallte eine weinerliche Männerstimme aus der Ferne. „Kommen Sie zu sich!"

Aus dem Sog wurde ein Strudel.

Alles begann sich zu drehen… schneller und schneller…

…und das Licht der Welt begann, in das leuchtende Schwarz einzudringen wie Nässe in eine Kellerwand.

Und es war warm…

…und es roch… nach Leben.

„Missus Duke!", rief eine zweite, deutlich gefasstere Männerstimme.

Dann etwas leiser: „Ich verabreiche ihr Midazolam…"

Der Strudel verlangsamte sich wieder – doch das Licht, die Wärme… und der Geruch blieben.

Die Welt hatte sie wieder…

Natalia sah zu Lutz hinauf, der, in Tränen aufgelöst, ihren Blick erwiderte und zu lachen begann, vor Glück und Erleichterung.

Auf der anderen Seite, zu ihrer Linken, sah Doktor Hess zu ihr hinab und schmunzelte mit ernsterfüllter Genugtuung – ebenso sichtlich erleichtert.

Natalia streckte die Hände nach ihnen aus… und fand ihre Glieder bleich und nass geschwitzt und von unbarmherzigem Schüttelfrost ergriffen.

„Gouverneurin, Ma'am! Sie leben! Alles wird gut!", rief Lutz, wusste aber nicht recht, wie genau er auf Natalias ausgestreckte Hand reagieren sollte.

Doch so glücklich Natalia war, wieder unter den Lebenden zu sein, so musste sie Lutz doch widersprechen:

„Nichts wird gut, Lutz. Ich muss zurück… Ich konnte Dinge sehen…"

„Ma'am… Sie können unmöglich zurück. Es hätte Sie fast getötet. Sie müssen sich erholen."

Zu Doktor Hess: „Sie halluziniert…"

„Nein, nein! Ich habe es wirklich gesehen! Ich war dort… aber noch nicht fertig…!"

„Akuter Fieberwahn…", nickte Doktor Hess Lutz zu.

„Hände weg!", platzte Natalia der Kragen, und sie versuchte, sich aufzurichten. Zögernd wichen die beiden Männer zurück, während sie gleichzeitig versuchten, ihr aufzuhelfen.

„HÄNDE WEG!", nahm sie widersprüchlicherweise deren Hilfe in Anspruch, stieß sie dann jedoch gleich wieder fort, nachdem sie wieder halbwegs auf die Füße gekommen war.

Sie war komplett durchnässt… hatte uriniert…

„Missus Duke. Ich fürchte, Lutz hat Recht: Falls Sie es nochmals versuchen, schaffen Sie es nicht mehr zurück.", versuchte Doktor Hess, Natalia zur Vernunft zu bringen.

„Dann schaff' ich's eben nicht! Es geht um die Zukunft der Territorien! Die Zukunft der Menschen!" – womit sie vergeblich versuchte, Lutz das Elektrodenstirnband aus den Händen zu nehmen, um es sich wiederaufzusetzen.

„Missus Duke muss unbedingt in die Klinik.", unterstrich Doktor Hess mit ernster Miene. „Was immer ihr da drin widerfahren sein sollte: Sie muss sich jetzt erholen… unter genauer Beobachtung."

„Wagen Sie es nicht, mich zu entmündigen!", protestierte Natalia. „Ich bin bei klarem Verstand! Und Meuterei werde ich nicht zulassen!"

Nun kam auch Deputy Solino herbeigelaufen.

„Was ist hier los? Gouverneurin, Ma'am?", blieb er wie angewurzelt vor ihr stehen.

„Alles in Ordnung, Deputy.", bemühte sich Natalia, trotz ihrer offensichtlich kompromittierten Lage Souveränität auszustrahlen.

Betretenes Schweigen machte sich breit.

Natalias eindringlicher Blick wanderte von einem der drei Männer zum nächsten. Deputy Solino erwiderte ihn mit besorgtem Ausdruck, Doktor Hess wich ihm aus, und Lutz sah hadernd vor sich drein… bis er sich schließlich an Solino wandte und das Wort erhob:

„Deputy, bitte eskortieren Sie Doktor Hess zurück in die Klinik und sorgen Sie dafür, dass wir ungestört sind. Die Gouverneurin und ich haben wichtige Dinge zu erledigen. Das Leben Abertausender steht auf dem Spiel!"

Natalia fiel sichtlich ein Stein vom Herzen.

Doktor Hess aber fuhr brüskiert zusammen:

„Sie machen einen Fehler, Lutz! Das ist medizinisch unverantwortlich! Als leitender Arzt muss ich Protest einlegen!"

Für einen Moment war Deputy Solino verunsichert, ob er dem Wunsch des Chefingenieurs oder dem des Chefarzts entsprechen oder vielleicht lieber unparteiisch bleiben sollte – doch ausschlaggebend war letztlich, dass sich Natalia offenbar auf die Seite des Ersteren schlug.

„Dann kommen Sie mal mit, Herr Doktor…", trat er an diesen heran.

Mit einer Mischung aus Empörung, Protest und Beschwörung flog Hess' Blick von Deputy Solino zu Lutz, dann zu Natalia und zurück. Nur Solino erwiderte ihn – gleichsam bestimmt wie um Verständnis heischend. Schließlich wollte er Doktor Hess am Arm packen – doch dieser verbot sich dies und schritt stattdessen strack voran, um den Bereich wie erbeten in Richtung der Klinik zu verlassen. Deputy Solino folgte ihm also auf den Tritt – womit Lutz und Natalia alleine zurück blieben.

Lutz reichte ihr das Elektrodenstirnband.

Sie wollte es an sich nehmen, ließ dann aber davon ab, da ihr gesamter Körper noch immer von heftigem Schüttelfrost gebeutelt war.

„Entschuldigung…"

„Gouverneurin, Ma'am…", bat Lutz um Erlaubnis, wischte ihr die blonden Strähnen zur Seite und tupfte ihr die Stirn ab, um ihr das Stirnband anzulegen.

„Gleiche Konfiguration wie zuvor.", insistierte Natalia. Sie sah den Widerwillen in Lutz' Augen.

„Verstanden?"

Einerseits war das diejenige Konfiguration, die Natalias Körper eben noch an den Rand des Kollaps gebracht hatte. Andererseits war es schlichtweg auch diejenige, die funktioniert hatte. Es hing nun alles daran, ob Natalia in der Lage war, die nötigen mentalen und physischen Kräfte zu mobilisieren, um die psychosomatische Belastung auszuhalten.

„Pozz.", nickte Lutz schließlich und versuchte, sein Bauchgrimmen zu verbergen. Dann stand er auf und lief zum Terminal des Interface hinüber. Er machte ein paar Tastatureingaben… dann sah er zu Natalia zurück:

„Auf Ihr Kommando, Ma'am…"

KAPITEL 50

Als Duke den Saloon betrat, schien ihm niemand weitere Aufmerksamkeit zu schenken.

‚Dos Gatos' hatte das große, geschnörkelte Massivholzpaneel über der Saloontür gelesen. Es herrschte emsiger Betrieb.

Gut zwei Dutzend Saloongäste waren lautstark versammelt, lachten und tranken gelassen, herzlich und unbeschwert – fast so, als wären sie nicht allesamt mörderische Schergen und ergebene Lakaien Shurraths gewesen.

Duke war es mehr als recht, dass er hier keinerlei Aufsehen zu erregen schien – eine Seltenheit, wenn er all die vielen Saloons Revue passieren ließ, die er bis jetzt betreten hatte. In dieser Situation war es freilich wenig überraschend – denn mit Hilfe seines Testions hatte er bei passender Gelegenheit einen der hiesigen Siedler eingescannt und so dessen Äußeres täuschend echt übernommen.

Es dauerte jedoch nicht lange, bis er schließlich doch begrüßt wurde:

„¿Agua?", kam ihm eine bildhübsche, dunkeläugige junge Frau mit einer großen, gläsernen Karaffe entgegen. Wasser statt Fusel und Kristallglas statt Blech oder Plastik – zwei Ausweise des Niveaus dieses Etablissements.

„Sí…", antwortete er und erwiderte ihr Lächeln.

„¿Tequila?", fragte sie weiter.

Er nickte.

„Serían doscientos.", schob sie gleich hinterher.

Zweihundert??

Der Preis trieb Duke den kalten Schweiß auf die Stirn. Er schüttelte den Kopf: „Cerveza?"

„Veinte.", mischte sich leichter Spott in ihr Lächeln, und Duke ging davon aus, dass er sich damit einen Verschnitt der unausgetrunkenen Biergläser des Abends einhandeln würde.

„Sí.", antwortete er dennoch, um die Fassade aufrechtzuerhalten.

Die Bedienung führte ihn an einen kleinen, wackelnden Tisch direkt neben einer steinernen Säule, holte aus dem Regal dahinter einen kleinen, leicht verbeulten Blechbecher hervor und füllte diesen gerade zu Dreivierteln mit dem kostbaren Nass aus der Glaskaraffe. Duke hatte sich zielsicher in die Dritte Klasse des Etablissements manövriert und konnte sich wohl glücklich schätzen, dass man ‚seinesgleichen' nicht gleich vor die Tür setzte – was freilich noch kommen mochte. Er nahm Platz, tat ein wenig so, als würde er sich entspannen, und nippte an seinem Becher.

Es war das gottverdammt beste Wasser, das jemals außerhalb Saniscos seinem Gaumen geschmeichelt hatte…

Er nahm einen größeren Schluck, während er den Saloon und dessen Gäste weiter musterte:

Drei konspirative Männer mit Cowboyhüten saßen um den großen runden Tisch in der gegenüberliegenden Ecke.

Fünf Herren in feinen Anzügen und eine federbeschmückte Dame boten einander beim Pokerspiel an einer der rechteckigen Tafeln vor der Bar Gesellschaft.

Unweit davon waren an einem kleinen runden Tisch zwei giggelnde junge Damen in leicht abgegriffenen Schulmädchenuniformen über ihre bunten, länglichen Cocktails gebeugt. Duke ging davon aus, dass ihre Kleidung eher ‚gewerblichen' Zwecken diente…

Schräg hinter diesen hatte ein einzelner, schmächtiger, etwas älterer Mann in einer deutlich abgegriffeneren blauen Winterjacke Platz genommen – eigentlich zu warm fürs Klima.

Dessen Haut war deutlich dunkler als die der anderen Gäste, und eine furchtbare Narbe durchschnitt sein Kinn. Auch war er der Einzige, der Dukes Blick direkt erwiderte.

Im ersten Moment hatte Duke sich ertappt gefühlt und hatte befürchtet, dass der Mann seine Tarnung durchschaut hatte… doch brachte einer der Kellner nun einen Teller mit einer aus der Entfernung nicht zu identifizierenden Speise herbei, welcher sich der schmächtige Mann gleich gänzlich zuwandte, ohne Duke noch eines Blicks zu würdigen.

Duke atmete durch.

Im selben Moment kam auch seine Bedienung zurück und servierte ihm das Bier – zwar in einem ordentlichen Bierglas, aber wie erwartet, war es erkennbar alles andere als frisch gezapft…

Es dauerte eine Weile, bis Duke begriff, dass seine Bedienung darauf wartete, dass er auf der Stelle zahlte. Grummelnd zog er ein paar zerknitterte Stempelscheinchen hervor und ließ diese neben sich auf den Tisch rieseln – von wo die Bedienung sie sogleich mit höflich lächelnder Dankbarkeit auflas.

Nachdem sich letztere von dannen gemacht hatte, schnupperte Duke kurz am Bier… und stellte es rasch wieder ab, um mit den verbliebenen zwei Schlücken Wasser Vorlieb zu nehmen. Dann wandte er sein Augenmerk wieder dem Pokerspiel an der rechteckigen Tafel zu:

Die noch halbwegs jugendlich wirkenden Herrschaften waren allesamt so fein wie altmodisch gekleidet, und einer der Männer trug sogar einen passenden Zwirbelschnauzer zu seiner mittelgescheitelten dunklen Pomadenfrisur. Aus dem

Rahmen fielen da die tätowierten Shurrath-Symbole, die ihre Handrücken sowie die Schulter der Dame zierten – wie auch die Gewehre, die sie um die hohen Lehnen ihrer Stühle gehängt hatten. Die steifen, kreideweißen Kragen der Herren verbargen ihre Nacken, und die Dame saß diesbezüglich in einem ungünstigen Winkel – aber infiziert oder nicht: so herausgeputzt waren in Rose nur die Elitewachen, die allenthalben ein hohes Ansehen zu genießen schienen…

Ihr fast zerschlissenes Gefährt hatten Duke, Isaac und Max aufgrund der auf der Flucht aus Tijuana erlittenen Schäden bereits einige Kilometer vor der Stadtgrenze zurücklassen müssen. Nicht zuletzt wäre auch eine Wagenwäsche von Nöten gewesen, um das ganze dunkelviolette Trife-Blut samt der Überreste herunterzuspülen, welches andernfalls ebenso viel zu viel Aufmerksamkeit auf sich gezogen hätte. Mittels etwas Benzin und einem krönenden Schuss aus dem Granatwerfer hatten sie der Nachwelt lediglich ein ausgebranntes Wrack hinterlassen.

Von einem erhöhten Aussichtspunkt aus hatten Duke und Max dann ihre erweiterten Spähfunktionen genutzt, um sich einen Überblick über die vorgelagerten Wachposten rund um die Stadtgrenze zu verschaffen… und um dieselben zu umgehen. Anschließend hatten Max und Isaac in einer verlassenen Industrieanlage ihr Lager aufgeschlagen, wo sie nun auf Duke warteten.

Als Siedler getarnt, hatte Duke sich bereits das nächste Scan-Ziel herausgesucht. Es musste jemand sein, der höchstwahrscheinlich Zugang zu Shurrath persönlich erhalten konnte. Zwar hatte Max dies noch für Zeitverschwendung befunden – da er selbst im Körper Salks wohl den denkbar besten Zugang zu Shurrath hätte – doch wollte Duke sich nicht darauf verlassen und für Redundanz sorgen, und zwar auch, da unklar war, inwieweit Shurrath bereits im Bilde war. Es schien vielmehr wahrscheinlich, dass der Möchtegern-Weltenherrscher längst mitbekommen hatte, dass jener

Salk, den er kannte und schätzte, das Zeitliche gesegnet hatte…

Wie schon Tijuana erinnerte auch Rose Duke an Sanisco, wie es war, bevor er King gestürzt hatte. Der feine Saloon mit den feinen Herrschaften und den Glaskaraffen kontrastierte scharf mit dem Elend des einfachen Volks, das ausgemergelt und in Lumpen Zeltstädte und Blechhütten behauste. Es war fast ein makabres Stück ausgleichender Gerechtigkeit, als Duke in einer Seitengasse mitbekam, wie einer der gelackten Herren von drei Lumpengestalten um ein Bündel Scheinchen erleichtert worden war. Zum Glück hatten die drei Banditen von der zunächst bedrängten weiblichen Begleitung abgelassen – sonst hätte Duke sich doch veranlasst gesehen, sein selbstauferlegtes Gebot, auf Missionen wie diesen den Sheriff-Stern hinterm Mantel zu lassen, für eine Weile auszusetzen. Ohnehin waren all dies bloß Symptome eines größeren Übels, das es an der Wurzel zu packen galt…

Ein Unterschied zu King bestand darin, dass die Grausamkeit seiner Herrschaft lediglich eine bereitwillig in Kauf genommene Nebenwirkung dargestellt hatte, wohingegen sich die Relyeh an Furcht und Leid der Menschen nährten. Sie dürsteten danach und waren daher, im Unterschied zu King und Konsorten, auch grundsätzlich gegen eine Verbesserung der Situation der Menschen – selbst wenn sich die Gelegenheit bot.

Nach einer Weile stand Duke schließlich auf und begann, sich der Pokerrunde zu nähern…

Die mit allerlei falschen Juwelen behangene, leicht speckige, aber augenscheinlich noch junge Dame mit ihrer wedelnden Schmuckfeder und ihrem aufgeschminkten Schönheitsfleck bemerkte ihn als Erstes… und senkte sogleich ihre Karten:

„¿Qué deseas?", bellte sie ihn fast an – womit die Obergrenze Dukes bescheidener Spanischkenntnisse schon überschritten war.

Er grinste verlegen und neigte höflich grüßend den Kopf.

„Verzeihen Sie…", trat er weiter an die Pokerrunde heran.

Nun sahen auch die Herren auf und senkten ebenfalls ihre Blätter.

„…un gringo…", hörte er sie despektierlich tuscheln.

„Ganz recht. Bin heute erst aus dem Norden hergekommen, dem ehemaligen Texas. Man hat mir gesagt, Männer mit meinen Fertigkeiten würden hier händeringend gesucht."

„Wer hat ihm das gesagt?", wollte einer der Herren wissen.

„Nach seinem Namen habe ich nicht gefragt, aber er trug ein Medaillon, das aussah wie Ihre Tätowierungen. Er sagte, ich solle nach Süden zur Baja-Halbinsel gehen und nach Elitekillern mit genau solchen Tattoos Ausschau halten…"

Die Herren lachten, während die Dame einen Fächer hervorzog und sich gelangweilt damit zuzuwedeln begann: „Er will uns beitreten? In solchen Lumpen? Er spricht ja nicht einmal unsere Sprache!"

„Was für… ‚Fertigkeiten'… hat er denn so zu biet–…", wollte der Schnauzbärtige noch fragen, als Duke bereits seinen Revolver gezückt hatte und ihm den Lauf desselben nun direkt unter die Nase hielt. Demonstrativ spannte er den Hahn, während die drei übrigen Herren ratternd in ihren Stühlen zurückfuhren, um ihre Waffen zu ziehen.

Der Schnauzbärtige aber hielt ihnen beschwichtigend die flache Hand entgegen, als hätte er die Situation unter Kontrolle.

„Ich bin schnell.", kommentierte Duke trocken.

Dann löste er den Hahn wieder, ließ den Revolver dreimal rasch um seinen Zeigefinger rotieren und steckte die Waffe chromblitzend zurück ins Holster an seiner Hüfte.

Der Schnauzbärtige atmete sichtlich durch, und auch seine drei Kumpanen senkten ihre Waffen wieder.

„Respekt…", richtete er seinen Kragen.

„Ein neuer Anfang. Ein neuer Zweck.", brummte Duke.

„Und die schicken Klamotten sind Teil der Uniform, oder nicht?"

„Darauf ist er also aus… Wer hat ihm beigebracht, so mit dem Schießeisen umzugehen?"

„Mein Vater. Das hier sind die Erbstücke.", deutete Duke auf seine beiden Revolver.

„Lebt er noch?", klinkte sich die Dame unvermittelt ein.

Duke schüttelte den Kopf: „Als ich zwölf war, hat er mir das Taschengeld verweigert. Das war sein Ende."

Die Runde brach in anerkennendes Gelächter aus, und der Schnauzbärtige erhob sich:

„Du scheinst tatsächlich aus dem richtigen Holz geschnitzt zu sein, Gringo. Aber sage mir: Wovor hast du Angst?"

Duke schmunzelte selbstbewusst:

„Vor nichts."

„So? Ganz sicher?", feixte der Schnauzbärtige…

…da packte Duke jemand von hinten und manövrierte ihn blitzschnell und mit unbarmherziger Kraft in einen Klammergriff, den Duke nur mit tödlicher Gewalt noch hätte sprengen können. Im Augenwinkel konnte er den Angreifer erkennen: Es war der schmächtige Kerl in der blauen Winterjacke! Er musste definitiv ein Khoronenwirt sein…

Einer der Pokerspieler trat spöttisch lachend an Duke heran…

…und verpasste diesem einen feigen Boxschlag in die Magengrube.

Duke ahnte, worauf das Ganze hinauslaufen sollte, und er steckte den Schlag ein, ohne mit der Wimper zu zucken.

Tatsache aber war, dass dieser Schlag jeden anderen normalen Menschen umgebracht hätte, und es war nur Dukes Testion zu verdanken, dass er die Attacke derart hatte wegstecken können – wenngleich der Energiestand der extraterrestrischen Wunderrüstung bedrohlich zur Neige zu gehen begann…

Jedenfalls war Duke sich nun sicher, dass wohl sie alle hier im Saloon Khoronenwirte waren. Einerseits machte das Sinn – schließlich waren sie die Elitekiller – andererseits stellte es ihn als Nicht-Khoronenwirt vor eine Herausforderung, der er allenfalls dank seiner technologischen Hilfsmittel würde begegnen können.

Inzwischen hatte sich der gesamte Saloon um die Runde geschart. Duke hatte angenommen, dass die Aufnahmeprüfung spätestens jetzt bestanden sein musste, und dass man von ihm ablassen würde, um ihm zu seinem Eintritt in die Ränge der Elitekiller zu gratulieren... doch er hatte sich geirrt.

Stattdessen trat abermals der Schnauzbärtige an ihn heran... und zog ihm den Handrücken durchs Gesicht, dass es Duke Rotz und Wasser aus demselben trieb:

„Ich weiß, dass du es bist, Sheriff."

Duke fuhr zusammen und stierte dem Schnauzbärtigen in die Augen...

„Shurrath...", murmelte er noch...

...dann bäumte er sich mit aller Kraft vornüber – und mit einem grollenden Urschrei schleuderte er seinen klammernden Häscher, im Ganzen wie er war, Shurrath in Gestalt des Schnauzbärtigen entgegen.

Die Khorone mochte dem Schmächtigen übermenschliche Kräfte verleihen... aber sein physisches Gewicht erhöhen konnte sie nicht ohne Weiteres.

Sichtlich überrascht von dem Kraftakt, wich Shurrath im letzten Moment zur Seite, trat Duke aber, noch während dieser schnaufend wieder auf die Beine kam, erneut entgegen.

„Hast du wirklich geglaubt, dass du dich mit so einer billigen Tarnung an mich heranschleichen kannst?", höhnte er – und verpasste Duke einen granitharten Tritt unters Kinn, dessen Wucht Duke nur dadurch abmildern konnte, dass er sich im selben Zuge hintüber auf den Rücken warf.

„Dass du's nicht einmal für nötig gehalten hast, deine beiden chromblitzenden Revolver zu Hause zu lassen…", kam Shurrath unerbittlich weiter auf Duke zu. „Nicht, dass ich dich nicht ohnehin durchschaut hätte…"

Noch auf dem Parkettboden des Saloons sah Duke, dass alle Saloongäste um ihn herum wie auf Kommando nach ihren Waffen griffen.

Die Lage wurde ernst… sehr ernst…

„Das hier sind meine Leute, Sheriff.", kommentierte Shurrath das Geschehen. „Sie sind mir ganz und gar ergeben. Jeder einzelne von ihnen – ob in Lack oder in Lumpen. Hier wird dir niemand aus der Patsche helfen. Du hattest deine Chance!"

Zwei Dutzend Feuerwaffen klickten fast synchron – alle auf Duke gerichtet.

Die Kraftfeldenergie seines Testions würde vielleicht noch für drei oder vier Kugeln reichen – dann würde es Stunden dauern, bis sie wieder halbwegs regeneriert wäre. Unter normalen Umständen hätte Duke sich wohl durchkämpfen können… doch jeder einzelne der umstehenden Schützen war ein Shurrath-höriger Khoronenwirt, ausgestattet mit übermenschlicher Kraft und übermenschlichen Reflexen.

Duke sah auf und sah nur einen Ausweg…

„TÖTET IHN!", gab Shurrath brüllend das Kommando…

…und Duke katapultierte sich kraft seiner beiden Roboterarme in die Höhe, landete mit einem Satz auf dem nächsten Tisch, dass es klirrend die Gläser und Spielkarten herunterfegte… und mit einem weiteren Sprung in die Höhe hängte er sich an den gusseisernen Kronleuchter – während um ihn herum der Kugeldonner losbrach!

Unter dem knarzenden Protest des Gestänges hievte er sich noch so weit hinauf, wie es ging. Und nun?

Eine erste Kugel fuhr ihm in die Schulter…

…eine zweite kurz darauf in den Oberschenkel.

Der Energiestand des Testionkraftfelds sank bedrohlich,

und die Anzeige im Innern begann rot zu blinken. Um Energie zu sparen, deaktivierte Duke seine Tarnung, indem er sich die Kopfmaske des Testions herunterzog.

Da geschah etwas in Dukes Augenwinkel…

Ein Bewaffneter war durch die Saloontür getreten – seine sperrige Waffe im Anschlag. Es tat einen markanten dumpfen Schlag…

…und Duke grinste, während er sich rasch bis ganz an die Decke des Saloons hinaufzog und so eng wie möglich anschmiegte. Gleichzeitig wich die raunende Menge unter ihm kreisförmig auseinander…

…doch für letztere war es zu spät.

Mit einem gewaltigen, erderschütternden Donner detonierte die Granate und riss einen regelrechten Krater in den Saloonboden!

Das Krachen der Mündungsfeuer ließ nach, und Geschrei und Gebrüll traten an die Stelle, während funkengespickter Rauch die Annehmlichkeiten zu durchwehen begann.

„Isaac…", brummte Duke schmunzelnd, während eines der elegant hochformatigen Saloonfenster unter weiteren Schüssen zerbarst, die ebenso den Shurrath-Jüngern galten. Es war Max!

Als der Kugelhagel für einen Moment fast verstummt war, kam Isaac schließlich über die verstreuten und leider nur scheintoten Granatenopfer hinweggesprungen und sah von der verschmauchten Mitte des Raums aus zu Duke hinauf:

„Braucht's Kätzchen Hilfe, wieder herunterzukommen?", spöttelte er lachend – und nach einem kurzen Brummeln ließ sich Duke hangelnd herab.

Mit einem krachenden Geklapper landete er auf dem halb aufgesprengten Parkettboden, und Isaac reichte ihm die Hand, um ihn rasch wieder auf die Füße zu ziehen.

Trotz Max' Kreuzfeuer dauerte es nicht lange, bis sich um die beiden Gefährten herum wieder etwas regte. Die niedergefegten, teils schwer verletzten Khoronenwirte kamen wieder zu sich…

Duke zog seine beiden Revolver, und Isaac wechselte auf sein Sturmgewehr:

„Auf geht's!"

Doch gerade, als sie das Schlachtfeld verlassen wollten, schallte ihnen lauthalses Lachen in den Nacken.

Der Kugelhagel war vollständig verebbt.

Die beiden Gefährten drehten sich um.

Es war Shurrath in der Gestalt des Schnauzbärtigen.

Furchtbare Schusswunden hatten seinen feinen Anzug aufplatzen lassen wie eine Wurstpelle – obschon die Blutungen bereits wieder geronnen waren – und Strähnen seiner Pomadenfrisur waren ihm in die schmauchbefleckte Stirn geklatscht. Isaac gab Max rasch Zeichen, das Feuer einzustellen, während Shurrath dergestalt höhnisch grinsend und demonstrativ langsamen Beifall zollend auf sie zukam…

„Was für ein Starrsinn! Was für eine Entschlossenheit!", rief er ihnen entgegen. „Du hättest das Zeug zu meiner neuen Rechten Hand gehabt, Sheriff! Aber jetzt ist es zu spät – selbst, falls du lebend hier herauskommen solltest. Meine Armeen stehen jetzt kurz vor Sanisco! Hörst du?"

Duke erstarrte.

„Soll ich ihr noch etwas von dir ausrichten, Sheriff? Wie hieß die Kleine noch gleich? Natalia – richtig?"

„Wag es nicht noch einmal, ihren Namen in dein dreckiges Maul zu nehmen…!", knurrte Duke mit zornbebendem Ernst.

„Und du, Isaac…", ignorierte Shurrath Dukes Entrüstung. „Auch du hättest an meiner Seite kämpfen, hättest meine Armeen führen und ausbauen können! Die Erde hätte euch zu Füßen gelegen! Macht! Frauen! Jeder erdenkliche Luxus, Komfort und Genuss! Wünscht euch, was auch immer ihr begehren mögt!"

„Ich wünsche mir, dass du die Klappe hältst…", gab Isaac trocken zurück.

„Den Wunsch kann ich dir zumindest teilweise erfüllen…", knurrte Duke, zog seinen Shurrakush hervor und schob dem nurmehr unbewaffneten Schnauzbärtigen die chromblitzende Mündung seines Revolvers unter die Nase.

Isaac kam ins Stocken.

Irgendetwas stimmte nicht. Das ging zu schnell.

Duke spannte den Hahn…

„Hayden, warte…", fasste Isaac ihm an den Arm.

Jetzt merkte Duke es auch.

Irgendetwas hatte sich plötzlich verändert…

Da wies ihn Isaacs Blick auf den Schnauzbärtigen hin:

Denn mit einem Mal hatte derselbe sichtlich zu beben angefangen und verdrehte nun die Augen so stark, dass man nur noch das Weiße in ihnen sah…

„Was zum…?", knurrte Duke und wusste nicht recht, was er tun sollte. Nervös justierte er seinen Stand – mehr als bereit, seinem verhassten Gegenüber einen gähnenden Tunnel durch die Birne zu treiben…

Als aber das Beben nur noch schlimmer zu werden schien und der Teint des Bebenden sichtlich erblasste, hob Duke den Lauf des noch gespannten Revolvers und trat einen halben Schritt zurück. War das eine neue Art von Falle?

War Shurraths Wirtskörper etwa im Begriff zu explodieren?

Genauer gesagt, schien es fast so, als würden andere fremde Geister von demselben Besitz ergreifen wollen…

„Hay-… den…", kam es da aus dem Schnauzbärtigen hervor.

Was? Was war das?

Hatte er gerade ‚Hayden' gesagt?

Und wieder:

„Hay-… den…"

Duke und Isaac sahen einander fragend an. Es war noch immer die Stimme des Schnauzbärtigen, die sie hörten… aber wie er Dukes Vornamen hervorstammelte… das hatte etwas merkwürdig… Vertrautes?

„Hey…!", löste Duke den Hahn, steckte Revolver weg und fasste den Mann an den Schultern.

Kurzentschlossen nahm Isaac die Glaskaraffe vom Tresen – und mit einem beherzten Schwung schüttete er dem Bebenden das kühle Nass mitten ins Gesicht. Und tatsächlich:

„Hayden!", kehrten die Pupillen des Manns in dessen Augen zurück, und das heftige Schütteln und Beben endete abrupt. Dann blinzelte er einige Male perplex… und rief schließlich freudestrahlend:

„PURZEL!"

Erschrocken und konfus wich Duke zurück.

Das konnte doch nicht sein? War das ein perfider Trick?

Ein Verwirrungsmanöver?

Wie gelähmt ließ Duke sich den Mann um den Hals fallen:

„Ich bin ja so froh, dich zu sehen, Purzel!"

„Na-Natalia?", kam sich Duke albern vor, überhaupt in Erwägung zu ziehen, geschweige denn auszusprechen…

…und doch…

„Ja, ich bin es, Purzel! Ich benutze das Neuralinterface, um mich ins Kollektiv einzuhacken!"

„Pozz-tausend…", ging Duke ungläubig auf Abstand.

„Hör zu, Purzel!", wurde der Blick des Schnauzbärtigen ernst. „Wir können Shurrath aufhalten, aber wir dürfen ihn nicht töten oder anderweitig beseitigen! Alpha ist auf dem Weg nach Sanisco, und ich weiß nicht, wie lange ich noch auf diese Weise mit dir reden kann!"

Duke hatte es gänzlich die Sprache verschlagen.

Der Schnauzbärtige fuhr fort: „Hast du Grace getroffen?"

Keine Antwort.

„Hayden, bitte! Es ist wichtig! Hast du Grace getroffen?"

„J-ja…", druckste Duke, noch immer mehr als verunsichert.

„Ist sie bei dir?"

Duke schluckte sichtlich. Dann räusperte er sich:

„Sie… ist tot. Gestorben im Kampf gegen Salk…"

„Oh… verflucht…", schien der Schnauzbärtige tatsächlich von der Nachricht betroffen zu sein.

Einigermaßen hilflos sah Duke erneut zu Isaac hinüber.

Dieser zuckte bloß mit den Schultern.

Der Schnauzbärtige weiter:

„Grace hatte eine wichtige Botschaft für dich… nämlich dass du Shurrath keinesfalls töten darfst, da sonst ein anderer, fähigerer Relyeh an dessen Stelle zu treten droht…"

„Verstanden und einverstanden…", nickte Duke verhalten.

„Sehr gut, Purzel! Und wenn es so weit ist, dass du Shurrath persönlich gegenübertrittst, werde ich versuchen, wieder zur Stelle zu sein. Shurrath wird sein blaues Wunder erleben – wirst schon sehen! Sorge nur rechtzeitig dafür, dass sie von dir wissen – denn was immer sie wissen, das weiß jetzt auch ich!"

„Was… genau haben Sie vor… ähm… Missus Duke?", meldete sich Isaac drucksend zu Wort – und der Blick des Schnauzbärtigen wanderte zu ihm hinüber:

„Feldwebel Pine! Wie schön, Sie wiederzusehen! Nun… nichts Geringeres habe ich vor, als mit einem Schlag sämtliche von Shurraths Khoronen zu töten… wenn der richtige Zeitpunkt gekommen ist."

Anerkennend verzog Isaac die Mundwinkel und nickte – womit er an Duke zurückgab, der sich mit hochgezogener Augenbraue sogleich erneut an den Schnauzbärtigen wandte:

„Was in drei Teufels Namen habt ihr da drüben in Sanisco noch alles gedeichselt, während ich unterwegs war, Nat?"

Natalia musste lachen…

Eine Träne floss dem Schnauzbärtigen über die Wange – was Duke und Isaac vollends verblüffte Blicke wechseln ließ.

War es Natalia und ihren Teufelskerlen von Ingenieuren tatsächlich gelungen, die Khoronenwirte zu einer Art Funknetz umzufunktionieren? Auf ihrer gemeinsamen Odyssee war Dukes guter Glaube schon einige Male herausgefordert worden… aber das hier schlug wohl allem den Boden aus!

„Hayden…", stöhnte der Schnauzbärtige und begann zu wanken.

Isaac eilte, dem Mann unter die Arme zu fassen, ehe derselbe ganz den Halt verlor.

„Hayden… bitte beeilt euch! Ihr müsst fort von hier! Ich werde euch den Weg freihalt–…"

Damit verdrehte der Geschundene im feinen Anzug erneut die Augen… und kollabierte vollends.

Isaac ließ ihn vorsichtig zu Boden und schaute zu Duke auf. Dieser nickte nur, sah zur Saloontür und zog seine beiden Revolver.

Es roch nach Morgenluft…

KAPITEL 51

Wie auch immer Natalia es angestellt haben mochte: Sie hielt Wort!

Nicht nur, dass die noch benommenen Khoronenwirte im Saloon den drei Eindringlingen keine sonderliche Aufmerksamkeit mehr schenkten – selbst, als sie wieder halbwegs zu sich kamen. Nein, auch im Rest der Stadt schienen sie alle merkwürdig entrückt – teils verwirrt... teils befreit... teils wie Roboter im Leerlauf, die vergebens auf Befehle warteten.

Bereits eine knappe halbe Stunde nach der Auseinandersetzung im Dos Gatos hatten Duke, Isaac und Max sich je ein Dirtbike samt passendem Helm organisiert und waren nun im Begriff, Rose den Rücken zu kehren.

Gefunden hatten sie ihre neuen Untersätze in einem bewachten Fuhrpark vor dem im Vergleich wohl am wenigsten heruntergekommenen Gebäude der Stadt. Allerdings hatten auch die dortigen Wachen nunmehr apathisch herumgestanden und keinerlei Anstalten gemacht, das ihnen angetragene Objekt zu verteidigen. Duke war sogar direkt an sie herangetreten, um ihnen in die Augen zu sehen. Ihre Blicke wirkten leer und teilnahmslos...

Erst als die drei Gefährten die ergatterten Dirtbikes

gestartet und den Fuhrpark fast verlassen hatten, schienen die ersten Wachen wieder aus ihrer Lethargie zu erwachen – doch war es ihnen nicht gelungen, die Fliehenden noch aufzuhalten…

Die Stadtgrenze hatten Duke, Isaac und Max schließlich mit Kugelhagel im Nacken erreicht – ohne mehr als einen zerschossenen Rückspiegel an Max' Dirtbike zu kassieren. Von hier aus nahmen sie die Küstenstraße, idyllisch flankiert von wild wachsenden Palmenbäumen.

Zwar war die Straße offenbar schon vor geraumer Zeit geräumt worden, doch der Zustand des Asphalts lieferte genugtuende Bestätigung für die getroffene Wahl des Fortbewegungsmittels.

Auf diese Weise dauerte es nicht lange, bis die drei ungleichen Gefährten nach etwa fünfundzwanzig zurückgelegten Kilometern auf die nächste Siedlung stießen. Schon aus einiger Entfernung war die nahende Straßenbarrikade zu erkennen – bestehend aus zwei größeren, nachträglich mit üppiger Panzerung und Stachelbewehrung versehenen, armeegrünen Militärfahrzeugen.

Duke war der Erste, der anhielt. Isaac und Max schlossen auf und taten es ihm gleich.

„ZWEI OPTIONEN: PENETRIEREN ODER ZIRKUMVENIEREN.", gab Max ungefragt zu Protokoll.

„Na, dann befrag mal Salks Erinnerungen, und find's heraus!", klopfte Duke ihm auf die Schulter.

Max hielt einen Moment inne – dann:

„OPTION ZWEI."

„Dachte ich mir schon.", schmunzelte Duke. „Axons first!", wies er Max grob den Weg voran – und Max setzte sein Dirtbike in Bewegung.

Nach wenigen Metern scherte er in eine östliche Seitenstraße ein – wenig mehr als ein Trampelpfad. Doch es war schon zu spät.

Der Barrikadenposten hatte die drei auffälligen Motorräder bereits gesichtet, und nun erschienen unvermittelt zwei Dünenbuggys samt dreier Militärmotorräder aus der Deckung der beiden größeren Militärfahrzeuge. An den Rollbügeln der offenen Buggys hielten sich je zwei bewaffnete Schwarzhemden fest – je ein Sturmgewehr in der anderen Hand.

„So leichten Fußes kommen wir wohl nicht davon...", murrte Isaac.

Max beschleunigte – Duke und Isaac wenige Meter hinter ihm.

Das Empfangsgeschwader zog einen riesigen Schweif aus Sand und Staub hinter sich her, während es querfeldein fuhr, um den drei Dirtbikern den Weg abzuschneiden. Den Plan, sich Shurrath unbemerkt zu nähern, konnte Duke sich jedenfalls abschminken. Wenn Shurraths Schergen hier schon nichts anbrennen ließen, dann war vor Shurraths Privatresidenz wohl mit ganzen Panzer- und Fliegerheeren zu rechnen...

„ABHÄNGEN?!", brüllte Duke in Max' Richtung.

„POZZ.", antwortete Max, während sein Dirtbike geradezu tänzelnd über die Pistenbuckel flog.

Tatsächlich schafften sie es, das Abfanggeschwader zu überholen

– worauf dasselbe das Feuer eröffnete.

Noch gingen ihre Schüsse ins Leere.

Duke schob sich seinen Cowboy-Hut zurück und zog sich die Kopfmaske des Testions über. Laut Anzeige im Innern hatte sich der Energiestand bereits leicht erholt. Duke nutzte die Zielfunktion, um das ständige Auf und Ab der buckligen Fahrt auszugleichen. Er zielte mit dem Revolver nach hinten... doch es war noch immer zu schwierig, die nahenden Schwarzhemden auf den Buggys ins Visier zu bekommen. Außerdem hatten die Dirtbikes letztere zwar überholt, doch nun auf der flachen Geraden spielten die Buggys und die Militärmotorräder den Leistungsvorteil ihrer stärkeren Motorisierung aus. Überdies hatten die Schwarzhemden den großen Vorteil, in Fahrtrichtung schießen zu können – wie erste funkenschlagende Querschläger an der markanten Federung von Dukes Dirtbike attestierten.

Eine Hügelkette näherte sich.

Es gab zwei Möglichkeiten: Entweder waren die Dirtbikes flink genug, um bei zunehmendem Auf und Ab des Untergrunds wieder die Oberhand zu erlangen… oder ihre Verfolger waren stark genug motorisiert, um den Spieß dann erst recht umzudrehen.

Natalia hatte Duke angewiesen, Shurraths Schergen rechtzeitig von seiner Gegenwart zu unterrichten, damit sie selbst ebenso im Bilde blieb. Eigentlich hatte er damit warten wollen, bis er vor den Toren zu Shurraths Privatresidenz stünde… doch ein vom Testion abgefangener Treffer zwischen seinen Schulterblättern überzeugte ihn, dass Max sich verkalkuliert haben musste.

„TAKTIKÄNDERUNG!", brüllte er Max zu, während er diesen überholte… dann ging er in die Bremsen und schlug das Lenkrad ein – was eine meterhohe Welle aus Sand und Staub aufwarf.

Die neue Taktik?

Mit dem Kopf durch die Wand!

KAPITEL 52

Aus dem Stand heraus ging Duke zum Gegenangriff über, zielte und eröffnete endlich das Feuer!

Im Rückspiegel konnte er sehen, dass Isaac und Max sich ihm anschlossen. Sicherlich hatten sie gedacht, dass er verrückt geworden wäre – aber das durften sie inzwischen von ihm gewohnt sein.

Und der Erfolg gab Duke Recht: In der direkten Konfrontation kassierten die Milizionäre eine Revolverkugel nach der anderen, während die Rate eingesteckter Treffer seinerseits nur unwesentlich zunahm.

Nach einem gelandeten Schultertreffer, gefolgt von einem weiteren in den Unterarm fiel das erste Militärmotorrad, und einer der Buggys begann zu schlingern, da der Fahrer ob seines verwundeten und vor Schmerz brüllenden Kameraden hinter ihm Panik bekam.

Der Rest des Geschwaders ließ sich nicht beirren und umfuhr die beiden kompromittierten Einheiten, um in eine Kreisfahrt um die drei Eindringlinge herum einzulenken. Das erschwerte das Zielen wieder ein Stück weit, und so verschoss Duke den Rest der Revolvertrommel, ohne einen nennenswerten Treffer zu landen. Stattdessen musste er nun mehr Feindesfeuer einstecken, und es dauerte nicht lange, bis die Energiestandsanzeige des Testions wieder rot zu blinken begann. Wieder zog Duke sich die Kopfmaske herunter, um Energie zu sparen – aber auch so konnte er sich allenfalls noch einen, allerhöchstens zwei Treffer einzustecken erlauben.

Also schwang er sich rasch vom Sattel herab und suchte nun hinter dem Dirtbike leidliche Deckung. Lange würde auch diese nicht vorhalten… doch zum Glück änderten die beiden verbliebenen Militärmotorräder nun ihr Verhalten – offenbar ermutigt von der wiedererlangten Dominanz über den Eindringling – scherten aus der Kreisfahrt ein und kamen nun geradewegs auf Duke zu.

Ein Fehler… denn in dem Moment, als das rechte der beiden Motorräder an Duke vorbeizuziehen im Begriff war, fasste er mit seiner rechten Roboterhand – seiner Hand fürs Grobe – beherzt und direkt in dessen Vordergabel hinein… was das Gefährt unter lautem Krachen in einem hohen Bogen in die Luft katapultierte und den verdutzten Fahrer vom Sattel schleuderte!

Zu Dukes Überraschung schien dies nun auch die Kreisfahrt des verbliebenen Geschwaders zu beenden, das nun in alle Himmelsrichtungen auseinanderfuhr – um Platz für eines der großen, armeegrünen Militärfahrzeuge zu machen, das inzwischen aufgeschlossen hatte und sich bei genauerem Hinsehen als ein massiver, fünfachsiger Panzerwagen entpuppte. Auf dem Dach war ein doppeltes MG-Geschütz installiert, hinter dem nun ein weiterer schwarzbehemdeter Shurrath-Scherge erschien, der dasselbe sogleich in Anschlag brachte. Der Panzerwagen kam direkt auf Duke zu.

Duke hatte nur eine Chance, die Konfrontation zu überstehen – nämlich frei nach dem alten militärtaktischen Lehrsatz: ‚Wenn du sie nicht schlagen kannst, wechsle über!'

Also schwang er sich wieder auf den Sattel und startete durch.

Und just in dem Moment, da die Energiestandsanzeige wieder auf Grün sprang, fuhr ihm eine weitere Kugel in die hintere Rippengegend, sodass die Anzeige sofort wieder auf Rot sprang.

„Motherfuckers…", knurrte er und ging voll aufs Gas.

Kaum, dass sich sein Dirtbike aufbäumend in Bewegung gesetzt hatte, zog es eine Spur aus Sandfontänen hinter sich her – die erste Salve aus dem Panzerwagengeschütz, nur um einen Sekundenbruchteil zu spät.

Duke hielt drauf. Der Panzerwagen ebenso.

Weniger als hundert Meter lagen noch zwischen ihnen…

Doch statt auszuweichen oder das Gegenfeuer zu eröffnen – was in dieser Situation ohnehin reine Munitionsverschwendung gewesen wäre – holsterte Duke den Revolver und schwang sich mit den Stiefelsohlen auf den Sattel des Dirtbikes. Zeit für eine kleine Zirkusnummer!

Der Schütze auf dem Dach traute seinen Augen kaum und versuchte noch vergeblich, den Geschützlauf weit genug abzusenken, um den nahenden Verrückten mit einer zweiten Salve noch ins Jenseits zu befördern.

Einundzwanzig…

Zweiundzwanzig…

Mit einem genau getimeten Satz schnellte Duke empor, während das Dirtbike unter ihm vom waagrecht schräg zulaufenden Bug des Panzerfahrzeugs erfasst und in tausend Stücke gerissen wurde!

Er landete flach auf allen Vieren, drohte jedoch hinabzugleiten und ebenso unter die Räder zu geraten. Im letzten Moment noch konnte er sich mit seinen ehernen Metallfinger an den diversen Vorsprüngen der armeegrünen Panzerkarosserie festklammern.

Unfähig, das Geschütz weit genug abzusenken, um den ungebetenen Passagier fortzupusten, war der nunmehr kaum zwei Meter entfernte Dachschütze im Begriff, seine Pistole zu ziehen – doch Duke sammelte alle Kraft, um in einem weiten flachen Bogen übers Dach zu hechten und so über den Milizionär herzufallen. Mit entsetztem Blick gelang es diesem noch, die Pistole in Anschlag zu bringen. Ein Schuss fiel...

...und traf Duke in die linke Schulter – knapp oberhalb des Roboterarmkontrollrings. Die eine Hälfte der Wucht des Treffers erschöpfte die letzte Energiereserve des Testions, der sich prompt in eine Art Schlafmodus verabschiedete – während sich die andere Hälfte der Trefferenergie direkt in Dukes Oberarm entlud.

Vor Schmerz fluchend, beendete Duke seinen flachen Hechtsprung mit einer abermals flachen Landung – den Kopf nun direkt über der noch offenstehenden Dachluke.

Ein zweiter Milizionär sah von unten entsetzt hinauf und begann prompt, sein Gewehr anzulegen. Geistesgegenwärtig warf sich Duke hintüber und packte dabei das MG-Geschütz am Lauf, sodass er dieses noch im Fall herumreißen konnte – um so den bereits zum nächsten Schuss ansetzenden Dachschützen endgültig vom Dach zu stoßen.

Derweil sah der untere Milizionär mit dem Gewehr aus der Luke hervor und legte an. Rasch robbte Duke weiter, um sich erneut am zulaufenden Bug des Panzerfahrzeugs herabzulassen und so von Neuem Deckung zu finden.

Das massige Fahrzeug legte eine scharfe Bremsung hin – wohl im Versuch, Duke abzuschütteln – wobei dessen Augenmerk für einen Moment auf Isaac fiel, der nicht unweit erratische Bahnen um einen der Dünenbuggys zog.

Und wo war Max?

Der hatte, auf welche Art und Weise auch immer, den zweiten Buggy gekapert und soeben den Fahrer hinausgeworfen.

Duke sah auf... und der Lukenschütze war verschwunden, die Luke dicht verschlossen. Stattdessen hörte er nun, wie sich die ungleich größere Heckluke zu öffnen begann: Das Panzerfahrzeug entließ seine geladene waffenstarrende und behelmte Einsatztruppe, die zweifelsohne Order erhalten hatte, Duke endlich vom Dach zu holen und auch dem Treiben seiner beiden Mitstreiter ein Ende zu setzen…

Da ging, gerade im rechten Moment, erneut die Dachluke auf… und der Milizionär von eben – nun gleichfalls behelmt – lugte kurz hervor, um sich zu vergewissern, dass Duke noch dort war, wo er ihn gesichtet hatte.

Blitzschnell rief dieser das Testion aus dem Schlummer zurück und scannte mit dem kleinen Bisschen inzwischen wiederaufgeladener Energie den Milizionär ein – zwar nur vom Scheitel bis zu den Schultern, aber für den Anlass sollte es genügen… Dann robbte Duke rasch wieder den Bug aufs flache Dach hinauf und aktivierte die Tarnung.

Nun kam ein Teil des Trupps vor den Bug gelaufen – die Gewehre im Anschlag. Doch sahen sie bloß ihren vermeintlichen Kameraden über die Dachkante hervorlugen:

„Hab ihn schon erledigt!", rief dieser.

Einige der Behelmten sahen einander fragend an, doch ihr Vordermann gab seinem vermeintlichen Kameraden ein Daumenhoch:

„War wohl doch kein so harter Brocken, der Kerl, was?"

Duke wollte noch etwas Cleveres erwidern… doch schon verabschiedete sich das Testion erneut unter rot blinkendem Protest in den Schlafmodus… und Dukes Tarnung flog auf.

„Moment mal…!", füllte verblüfftes Entsetzen den Blick des Behelmten. Er wollte sein Gewehr wieder in Anschlag bringen – doch schon ging ein Trommelfeuer zweier chromblitzender Revolver auf ihn und seine drei umstehenden Kameraden nieder. Aus dieser Nähe hatten sie kaum eine Chance…

Nach so vollbrachter Tat ließ sich Duke rasch am Bug herunterrutschen und hechtete von dort direkt unter den Bauch des Fahrzeugs. Hektische Rufe brachen um ihn herum aus, als die übrigen Behelmten realisierten, dass ihre vier Kameraden in einen perfiden Hinterhalt geraten waren. Duke nutzte den Moment der Verwirrung seiner Gegner sowie der einstweiligen Deckung zum Nachladen seiner Revolver. Auch die Munition an seinen Patronengürteln ging allmählich deutlich zur Neige. Der nicht enden wollende Verschleiß war wohl einer der frustrierendsten Aspekte seines Jobs…

Schließlich robbte er unter dem Fahrzeug durch und zog sich am Heck wieder hinauf. Keinen Augenblick zu früh, da er die feindlichen Kugeln unter seinen Stiefelsohlen hinwegzischen fühlen konnte…

Natürlich kamen die Milizionäre nun abermals um das Fahrzeug herum, Duke versuchte sein Glück und zog am Griff einer der beiden Hälften der Truppenluke. Es tat einen dumpfen metallischen Schlag… und sie gab nach!

Flugs wuchtete er die Lukenhälfte auf und schwang sich um sie herum, sodass er mit dem Rücken voran im Fahrzeuginneren landete. Zwischen den fliegenden Funken des einprasselnden Feindesfeuers wuchtete er die massive Tür wieder zu und verriegelte sie von innen. Ausgetrickst!

Blieb nur noch… der Fahrer.

Unter den Paukenschlägen der weiter vergeblich auf die Panzerung eintrommelnden Milizionärsschüsse drehte Duke sich um… und fand einen knieschlotternden jungen Kerl vor, der prompt die Hände hob und sein Gewehr zu Boden fallen ließ.

„Nicht schießen!", rief derselbe kreidebleich.

KAPITEL 53

Mit letzter Kraft riss Natalia sich das Stirnband herunter, während sie auf dem Drehhocker des Neuralinterface taumelte und schließlich zur Seite fortzukippen drohte.

Lutz konnte noch rechtzeitig herbeieilen, um sie aufzufangen.

„Ma'am!", rief er, sichtlich mitgenommen.

Natalia glitt auf die Knie und versuchte, ihn noch von sich fortzuschieben, um sich zu übergeben.

„Ich hole den Doktor!", rief er entschlossen und wollte los.

„Warte…!", ächzte sie und nahm ihr Erbrochenes in Augenschein.

Kein Blut, also wohl bloße Übelkeit
– das war jedenfalls ein gutes Zeichen.

Dann: „Ich… ich habe ihn gefunden, Lutz!"

„Den Sheriff?? Konnten Sie mit ihm reden, Ma'am??"

Natalia nickte:

„Pozz. Er konfrontierte gerade einen Khoronenwirt… und da habe ich die Kontrolle über denselben übernommen. Feldwebel Pine ist auch bei ihm. Sie wissen jetzt, wo sie Shurrath persönlich habhaft werden können."

„Gouverneurin, Ma'am… ich schätze, das sind gute

Neuigkeiten… aber ehrlich gesagt, fällt es mir schwer, ganz zu folgen."

Lutz war schon immer einer gewesen, der zugab, wenn er etwas nicht verstand. Unter anderem das machte ihn zu einem der Besten und Verlässlichsten.

„Das Wichtige ist: Die Verbindung funktioniert. Über das Neuralinterface kann ich meinen Körper mental verlassen und in jeden Teilnehmer des Relyeh-Kollektivs wechseln. Außerdem konnte ich offenbar mit einem besonders rang-hohen und besonders alten Relyeh namens Shub-Nigu reden und ebenso Zugang zu dessen mentaler Domäne erhalten."

Lutz gab ihr einen ausdruckslosen Blick zurück:

„Verstehe ich das richtig? Sie können nun also mit den Relyeh kommunizieren und über jeden Khoronenwirt mit dessen Umgebung und dessen Gegenübern interagieren, Gouverneurin, Ma'am?"

„Goldrichtig…", nickte Natalia benommen.

„Das… ist ja… ein Durchbruch! Geradezu revolutionär!"

„Du sagst es, Sean…", bekam Natalia wieder weiche Knie, und Lutz eilte, um sie zu stützen. Er half ihr auf die Beine, und sie begann, zum Bereich mit dem IKK-Aufbau zurückzu-torkeln, während er sie weiter am Arm führte.

Nun kam auch Doktor Hess herbei – Deputy Solino hinter ihm.

„Missus Duke…!", begann Hess gleich, sie zu untersu-chen. Teilnahmslos ließ sie es geschehen und deutete dabei auf den Bildschirm mit dem Kamerabild des IKK-Präparats:

„Lässt sich das weiter heranzoomen?"

„Sollte möglich sein, aber worauf haben Sie's abgesehen, Missus Duke?"

„Der Tentakelansatz… Dort sollte Ihnen bei genauerer Betrachtung eine spezielle Ansammlung von Zellen auffallen…"

Rasch ließ Doktor Hess wieder von Natalia ab und lief

zum Mikroskop hinüber. Sogleich sah er hindurch und begann, fast hektisch an den Feintriebrädern zu drehen:

„Habe ich da etwa etwas übersehen…?"

Er betätigte eine Taste, und der Objektivrevolver begann sich zu drehen – dann justierte er weiter nach. Das Videobild sprang um und zeigte nun eine erst unscharfe, dann rasch schärfer werdende Nahaufnahme eines der Tentakelansätze. Und tatsächlich: Selbst ohne weitere Hilfsmittel wurden die markanten, geometrisch angeordneten Sprenkel dunklerer Zellen augenfällig.

„Tatsache…", staunte Doktor Hess.

„Wie haben Sie das entdeckt, Missus Duke? Das Mikroskop hier war noch ganz so, wie ich es hinterlassen hatte…"

„Hörensagen, wenn Sie so wollen, Doktor Hess…", zog sich der Ansatz eines Schmunzelns über Natalias Lippen, und sie erläuterte:

„Das geometrische Muster, das Sie da sehen, ist so etwas wie ein Fingerabdruck der Relyeh. Dieses hier gehört also speziell zu Shurraths Version."

„‚Fingerabdruck'? ‚Version'?", sah Doktor Hess fragend auf, und Natalia fuhr fort:

„Die Khoronen sind eine separate Spezies, die von den Relyeh bereits vor vielen Jahrtausenden erobert und unterworfen worden ist. Da die Relyeh einander Spinne sind, haben sie irgendwann damit begonnen, jeweils eigene Khoronenrassen zu züchten, die nicht in der Lage sind, ihren Rivalen zu dienen. Das ist auch ein wesentlicher Grund, weshalb unser Shurrath so lange im Verborgenen geblieben war – denn er brauchte Zeit, um die von Valentine eingeführte Khorone entsprechend zu modifizieren und dann en masse zu vermehren. Mit den auf der Erde zur Verfügung stehenden technischen Mitteln war das kein leichtes Unterfangen. Hier genau liegt Shurraths Schwachpunkt: Der von dem Zellmuster dargestellte Code lässt sich nämlich überschreiben."

„…sodass Shurrath die Khoronen nicht mehr nutzen kann…“, führte Lutz den Gedanken weiter.

„So ist es.“

„Aber wie genau überschreiben wir den Code, und mit was?“, sprach er die sich nun aufdrängende Frage aus.

„Indem wir die Balance zwischen der elektrischen Stimulation und der chemischen Reaktion stören. Eine simple Übersteuerung des einen oder anderen sollte schon genügen!“

„Aber wird dabei nicht auch unsere Khorone hier überschrieben und isoliert?“, hakte der Doktor weiter nach.

„Pozz.“, nickte Natalia:

„Wir haben also nur einen Versuch. Danach ist der Kanal dicht – ob Erfolg oder nicht.“

„Und das haben Sie alles aus dem Kollektiv erfahren, Gouverneurin, Ma'am?“, fasste sich Lutz staunend an den Lockenkopf.

„Kudos an meinen Relyeh-Informanten Shub-Nigu!“, grinste Natalia – und Doktor Hess und Lutz warfen einander amüsierte Blicke zu. Es hatte eben schon seinen guten Grund, warum Natalia als Gouverneurin die oberste Repräsentantin der Vereinigten Territorien war. Umso besorgniserregender war allerdings der persönliche Preis, den sie für den Erhalt dieser Informationen zu zahlen schien.

„Gouverneurin, Ma'am… Ich beknie Sie, dass Sie das nächste Mal einen von uns oder einen der Deputys ins Kollektiv vorschicken! Wenn ich mir die Bemerkung erlauben darf: Sie schauen aus wie durchgekaut und ausgespuckt…“

Natalia lachte, doch ging ihr Lachen gleich in einen furchtbaren Keuchanfall über, der sie erneut in die Knie gehen ließ. Sie winkte Lutz ab, als er ihr zu Hilfe eilen wollte und richtete sich auf… doch das Schütteln und Beben ihrer Glieder war selbst aus der Ferne unübersehbar.

„Gouverneurin, Ma'am…“, unterbrach Deputy Solino die sich anbahnende Diskussion und trat mit seinem Computertablett heran.

„Was… ähem… was gibt's, Deputy?", wischte sich Natalia die Haarsträhnen beiseite und versuchte so gut wie möglich, ihren Schüttelfrost zu unterdrücken.

„Gerade kommt eine Drohnenaufnahme von Chief-Deputy Hicks in Sanose herein. Der Goliath ist bereits vor Ort."

Damit präsentierte er Natalia den Tablettschirm, auf dem ein leicht verrauschtes Kamerabild knapp oberhalb der Dächer von Sanose zu sehen war. In der Mitte des Bilds stapfte der Goliath, Codename ‚Alpha', vom Dunst in ein blasses Blau getaucht, und bewegte sich scheinbar behäbig und doch mit rasanter Geschwindigkeit durch die Gebäude-schluchten – als wäre er eine zum Leben erwachte groteske Statue aus patiniertem Kupfer. ~~~

Graue und schwarze Rauchsäulen stiegen rings um ihn auf, während in einigem Abstand eine Drohne seinen Kopf umflog. Gleichzeitig kamen an den Gebäudefassaden mehr und mehr Trife wie Ameisen emporgekrabbelt und schlüpften in alle Ritzen und Öffnungen, die sie finden konnten…

Das unheimliche Raunen des Giganten und das tosende Grollen des Chaos, das er und seine lacklederne Nachhut brachten, wurde lediglich vom dumpfen Nachhall gelegentli-chen Maschinengewehrfeuers durchschnitten.

„Ich schalte zu Hicks…", drehte Deputy Solino das Tablett kurz zu sich zurück, und dann wieder zu Natalia hin, die es nun an sich nahm.

Das Kamerabild blieb unverändert. Nur das Kampfgetöse klang nun anders. Natalia konnte einen Plasma-Launcher feuern hören – zweifelsohne Chief-Deputy Hicks eigene Waffe.

„Chief-Deputy Hicks! Können Sie mich hören? Hier Gouverneurin Duke!"

„Laut und deutlich, Nat!", stellte er das Plasmafeuer ein. „Hätte gerne bessere Neuigkeiten, aber wir machen hier keinen Stich…"

„Und die Menschen?", erkundigte sich Natalia gleich.

„Unsere Bürger wurden rechtzeitig in die Bunker und Tiefebenen gebracht. Wir haben sie so fest und dicht verriegelt und verbarrikadiert wie wir konnten… allerdings bekommen wir erste Meldungen von vereinzelten Durchbrüchen. Bislang können wir diese zurückdrängen und die Verteidigungslücken stopfen… aber ich bin mir nicht sicher, wie lange noch…"

„Vorsicht, Chief!", konnte Natalia eine Männerstimme im Hintergrund lauthals rufen hören.

Hicks grollte, und im nächsten Moment schallte nur noch ein lautes Krachen und Knacken durch den kleinen Lautsprecher des Tabletts.

„Hicks…?", rief Natalia beunruhigt. „Hicks!"

„Verflucht, das war knapp!", meldete sich zu ihrer Erleichterung dessen Stimme wieder, und das Krachen endete, von einigem Knacken und Knarzen im Nachgang abgesehen, genauso abrupt, wie es begonnen hatte.

„Nat… wir schießen hier mit Erbsen. Ich weiß, es ist ein heikles Thema… aber wir könnten den Kugelblitz jetzt wirklich gebrauchen…"

Natalia hatte schon befürchtet, dass dies nun zur Disposition stehen würde…

„Wie lange wird es dauern, bis Alpha vor Sanisco steht?", wandte sie sich an Deputy Solino.

„Maximal zwei Stunden.", antwortete dieser.

„Sanisco in zwei Stunden?", hatte Hicks mitgehört. „Was ist mit Sanose, Nat? Hier brennt es JETZT!", wurde er hörbar ungehalten.

„Ich verstehe schon, Chief-Deputy. Wir arbeiten mit Hochdruck an einer Lösung.", versuchte sie, ihn zu beschwichtigen, und hasste sich für diese Art von Politikersprech.

Der Chief-Deputy schwieg und gab eine weitere Plasmasalve ab. Einen Moment hielt Natalia inne und wog die Optionen ab. Dann:

„Deputy Solino, sagen Sie Bale, er soll den Kugelblitz laden und aufsteigen. Feuerbereit auf Kommando."

„Jawohl, Ma'am.", nickte Deputy Solino, doch ehe er sich ganz umgedreht hatte, hielt Natalia ihn noch am Ärmel fest.

„Und: Volle Mobilisierung in Richtung Sanose."

„Ma'am?"

Volle Mobilisierung bedeutete auch, dass Sanisco für den entsprechenden Zeitraum weitgehend schutzlos wäre…

Natalia nickte entschlossen:

„Wir müssen Alpha ausbremsen, so gut wir können. Was wir jetzt vor allem brauchen, ist ein Zeitgewinn."

„Mit allem gebührenden Respekt, Ma'am… aber der Zeitgewinn kostet Leben! Weshalb die Zauderei? Wir wissen, was der Kugelblitz kann, und das wäre in dieser Lage genau das Richtige!", gab Hicks Widerrede.

„Weil wir jeden einzelnen Goliath brauchen, Chief-Deputy. Der Kugelblitz würde Alpha töten, ja… aber dann haben Sie noch immer eine Trife-Flut am Hals, bestehend aus reprogrammierten Trife, die im Unterschied zu ihren normalen Artgenossen alles daran setzen, in die Bunker und Tiefebenen einzudringen.", wies Natalia den Einwand zurück.

Eine weitere Widerrede blieb aus.

„Also, Chief-Deputy: Bremsen Sie Ihren Vormarsch so gut Sie können. Das wird uns die Zeit geben, die wir brauchen, um das Ruder herumzureißen – vertrauen Sie mir!"

„Verstanden.", antwortete Hicks nach einigem Zögern. „Auf dein Wort, Nat. Auf dein Wort…" Nicht, dass ihr nicht schon genug Druck auf den Schultern gelastet hätte…

Die Videoübertragung auf dem Tablettcomputer endete, und Natalia wandte sich an Deputy Solino:

„Volle Mobilisierung, Deputy. Verstanden?"

Solino nickte, und Natalia instruierte weiter:

„Räumen Sie unsere Waffenlager und geben Sie unseren Männern und Frauen die besten Rüstungen und Fahrzeuge –

und ziehen Sie nach Sanose. Schmeißen Sie dem Feind alles in den Weg, was Sie haben… und wenn's am Ende die Küchenspüle ist! Wir gehen aufs Ganze, denn es geht jetzt um alles oder nichts!"

„Jawohl, Gouverneurin, Ma'am!", salutierte Solino, machte endlich Kehrt und nahm die Beine in die Hand.

„Lutz! Doktor Hess! Wir sind hier für die informationelle Kriegsführung zuständig!", peitschte Natalia ihren beiden Mitstreitern ein.

„Also woher wissen wir, wie stark wir die elektrochemische Balance kippen müssen?", hakte Doktor Hess skeptisch nach.

„Wenn wir zu viel draufgeben, wird uns das IKK durchschmoren, bevor es irgendeinen Effekt hat. Wenn wir zu zaghaft sind, bleibt der Effekt wohl ebenso aus oder bleibt auf halber Strecke stecken."

Der Einwand war berechtigt – und Natalia hatte eine Antwort:

„Dann tasten Sie sich eben von Null langsam aufwärts, Doktor, und sehen Sie zu, dass Sie den richtigen Wert nicht überspringen!"

Sprich: intervallweiser Versuch und Irrtum.

Je größer der Intervall, desto wahrscheinlicher der Misserfolg.

Je kleiner der Intervall, desto mehr Zeit würde das ganze kosten – Zeit, die ihnen ja gerade mangelte. Eine Zwickmühle…

„Ich werde derweil schauen, ob ich im Kollektiv fündig werde. Außerdem muss ich mich bereit machen, Hayden im Kampf gegen Shurrath beizustehen."

Lutz wollte noch etwas einwenden, doch war ihm inzwischen klar, dass er seine Gouverneurin unter keinen Umständen von ihrem selbstvergessenen Vorhaben würde abbringen können. Außerdem war es nun mal der einzige Plan, den sie hatten…

Noch ehe er sich damit arrangiert hatte, war Natalia bereits auf halbem Wege zum Neuralinterface. Doktor Hess eilte ihr hinterher.

„Warten Sie, Missus Duke…!"

„Doktor… die Diskussion hatten wir schon!", entgegnete sie ihm und lief ohne einen Blick zurück weiter. „Ich muss tun, was zu tun ist!"

„Nein, warten Sie bitte!", fasste er ihr an die Schulter.

„Das hier wird Sie stärken…", bot er ihr eine Spritze an.

Natalia war erkennbar wenig entzückt darüber, denn sie hasste Nadeln eigentlich… Dann aber nahm sie Doktor Hess unvermittelt die Injektion aus der Hand, zog mit den Zähnen den länglichen Kanülendeckel ab und setzte sich die Spritze prompt selbst – auch, um ihre Entschlossenheit zu unterstreichen.

„So! Noch Einwände, Doktor?"

Hess atmete erleichtert durch.

„Passen Sie auf sich auf, Missus Duke…"

Natalia lächelte und setzte ihren Weg fort.

KAPITEL 54

„Max! JETZT!", brüllte Duke dem Axonen vom spärlich gepolsterten Beifahrersitz des Panzerfahrzeugs aus zu.

„POZZ.", antwortete Max vom Dachgeschütz aus, ohne seine Stimme zu heben, und feuerte – direkt aus seinen geballten Fäusten.

Zwei wummernde, cyanblaue Energiebälle verschmolzen zu einem großen, der Max' nach vorn ausgestreckte Fäuste verließ und über die gut fünftausend versammelten Trife-Schädel hinwegsauste – direkt auf die massive Metallpforte zu.

Noch warteten diese Lackledernen still auf ihr Kommando.

Im nächsten Moment erhielten sie es… und eine regelrechte Woge ging durch die mit einem Mal ohrenbetäubend kreischenden Massen.

Auf halbem Wege streifte die leicht nach unten geneigte Flugbahn des cyanblauen Energieballs die Trife-Flut schließlich… und grub eine rauchende, nach verbranntem Trife-Fleisch, Trife-Knochen und Trife-Hirn riechende Schneise der Verwüstung hinein, ehe derselbe sein eigentliches Ziel erreichte und das Metall fast augenblicklich zur Weißglut brachte.

„Gib Gas!", wies Duke nun Isaac an, der am Steuer saß.

„Pozz!", folgte Isaac der Anweisung mehr als bereitwillig und trat tief ins Pedal. Behäbig setzte sich das fünfachsig berädete Gefährt in Bewegung.

„Festhalten!", knurrte Duke noch, als der armeegrüne Stahl schließlich in die ölig schwarze, lacklederne Flutwelle hineinfuhr…

Derweil feuerte Max auf dem Dach weitere, dieses Mal etwas kleinere und stärker in Richtung der Trife am Boden geneigte cyanblaue Energiebälle ab, um weitere Schneisen in die Dämonenbrut zu reißen. Die Schussfrequenz erhöhte sich weiter auf Kosten der Energieballdurchmesser, da der Axon im Körper Major Salks zunehmend aufs Fahrzeug zuspringende Trife abschießen musste. Sowohl Max auf dem Dach als auch Duke im Fahrzeuginnern war bewusst, dass jeder weitere dieser Energiebälle die Stärke wie auch die Halbwertszeit der Energiebarriere reduzieren würde, in deren enge Grenzen sie Shurrath später einzusperren vorhatten.

Duke hatte sich damit abgefunden, dass der Plan, sich an Shurrath anzupirschen, gründlich gescheitert war. Aber unverhofft kommt oft – und so hatte das gekaperte Panzerfahrzeug – ironischerweise quasi aus Shurraths eigenem Fuhrpark – dem gegenteiligen Ansatz Tür und Tor eröffnet… und würde ihnen nun hoffentlich auch buchstäblich Tür und Tor zu Shurraths Hauptsitz eröffnen.

Schon einige Kilometer zuvor waren sie mit Gewalt durch einen doppelten, stacheldraht- und schussanlagenbewehrten Zaun gekracht – freilich ohne, dass dies ihr neues Gefährt auch nur im Ansatz strapaziert hätte. Ein rostiges, fast verblichenes Schild hatte eine Art militärisches Testgelände angekündigt – ohne Angabe, was genau hier getestet worden war.

Was bei Duke und Isaac jedoch viel eher noch Stirnrunzeln hervorgerufen hatte, das waren die Hundertschaften ausgemergelter Siedler in weißen Gewändern gewesen, wie sie die beiden Männer schon einmal während der Aszensionszeremonie in der Tiefgarage in Reno gesehen hatten – Pilger also kurz vor dem Abschluss ihrer Pilgerfahrt, die sich immer wieder in Richtung von Shurraths Hauptsitz zu Boden warfen. Wie auch die allgegenwärtig aufgemalten Shurrath-Symbole bezeugten: Die drei Gefährten waren im Epizentrum des Shurrath-Kults angekommen…

Die hiesigen gut fünftausend Trife bildeten ein regelrechtes Heer, das vor der großen Pforte geduldig auf seinen Einsatz wartete. Das schien ihnen wenig auszumachen – denn Sonnenstrahlung gab es hier unter dem ehemals mexikanischen Wüstenhimmel das ganze Jahr über genug. Doch nun hatte ihr Warten ohnehin ein jähes Ende gefunden!

Der Klang der zuschlagenden Dachluke ließ Duke nach hinten blicken:

Wohl auf den letzten Drücker hatte sich Max vor der über ihn hereinbrechenden ölig schwarzen Flut in Sicherheit gebracht. Donnernd erbebte der armeegrüne Panzerstahl unter den Dutzenden Höllenschergen, die nun auf dem Fahrzeug niedergingen. Klar war, dass selbst ein Panzerfahrzeug der Wut und der Zerstörungslust der Lackledernen nicht ewig standhalten konnte. Aber für den Moment waren die Drei hier geschützt – was ihnen ein Schmunzeln der Genugtuung entlockte.

Das hieß freilich nicht, dass es sonderlich bequem war.

Selbst den drei kampferprobten Männern verlangte es einige Anstrengung ab, sich festzuhalten, während das Panzerfahrzeug wippend über die Trife-Kadaver hinwegpolterte. Durch das schmale, massive Panzerglasfenster hindurch war zu sehen, wie die ölig schwarze Masse einen regelrechten Tunnel um das in sie eindringende Fahrzeug zu formen begann, während mehr und mehr des dunkelvioletten Trife-Bluts sowohl an demselben emporspritze wie auch von oben daran herablief.

Murmelnd zählte Duke herunter:

„…fünf …vier …drei …zwei…"

Ein gewaltiger Rums ließ Duke und Isaac mit solcher Wucht vorwärts in ihre Sitzgurte fahren, dass es ihnen die Luft aus den Bäuchen trieb – während Max es natürlich versäumt hatte, sich festzugurten… sodass er nun purzelnd nach vorn geschleudert wurde und mehr als unsanft kopfüber gegen die stählerne Mittelsäule prallte.

„Autsch…", kommentierte Isaac trocken das hörbare Knacken diverser Knochen. Für jeden normalen Menschen wäre ein solcher Aufprall ein Ticket ins Krankenhaus gewesen…

Das dem Wumms folgende, von außen ins Fahrzeuginnere dringende markante Knirschen sich biegenden weißglühenden Metalls bezeugte den erfolgreichen Durchbruch durch die große Pforte…

Es war eine Frage des richtigen Timings gewesen: Erstens, Max nicht zu früh feuern zu lassen, auf dass das Metall nicht zuvor schon abgekühlt wäre, aber zweitens, auch nicht zu spät, auf dass er sich noch rechtzeitig vor den Trife hatte retten können.

Dann, mit einem Mal, wurde die Fahrt voraus wieder ungleich geschmeidiger, und das Panzerglasfenster bot wieder einigermaßen freie Sicht:

Sie waren durch!

Das auf die Pforte folgende Gewölbe teilte sich nun in drei lange, scheinbar endlose, abschüssige Tunnel auf, die unter die Erde führten.

„Wo lang, Max?", zögerte Duke nicht, erneut Max' Zugriff auf Salks Erinnerungen in Anspruch zu nehmen.

„ERSTER FELSENKORRIDOR VON RECHTS.", gab dieser prompt zurück, noch während er kopfüber auf den Nieten des Fahrzeugbodens lag.

Isaac folgte der Fahranweisung.

Nach wenigen Sekunden liefen die ersten Schwarzhemden vor dem gepanzerten Sichtfenster ein. Gleichzeitig begann von hinten die Trife-Flut einzuströmen. Duke weckte sein Testion aus dem Schlafmodus, hatte aber keine Idee, wie er es dazu bewegen sollte, ohne konkreten Anlass den Energiestand anzuzeigen. Irgendetwas sagte ihm jedoch, er würde den Energiestand schneller wieder angezeigt bekommen, als ihm lieb sein konnte…

Mit dem relativen Moment der Stille war es ebenso allzu schnell hin:

Das Trommeln dumpfer Schläge gegen den Fahrzeugbug untermalte das Erwachen der feindlichen Feuerkraft – obwohl es die Schwarzhemden eigentlich besser wissen sollten, als ihre Munition derart zu verschwenden. Es dauerte nicht lange, da war auch wieder das Poltern aufspringender Trife zu hören. Vom Regen in die Traufe…

Da vermeldete Isaac jedoch ein ganz anderes Problem:

„Ähm… Hayden… wir passen nicht durch…"

Gemeint war der Felsentunnel.

„Ich weiß…", brummte Duke schmunzelnd, „…und unsere beiden Trauertruppen da draußen gleich auch nicht mehr!"

Isaac verstand rasch und begann Dukes Schmunzeln zu erwidern:

Es war die gute alte Korkentaktik…

„Na dann: Festhalten!", rief der Feldwebel.

Der knorrig kraftvolle Dieselmotor des Panzerfahrzeugs ging fast schon in ein konstantes Dröhnen über, und man konnte hören, wie das gegnerische Feuer erst aus Verdutzung nachließ – bloß, um umso rascher und noch stärker als zuvor wiederanzuschwellen…

„Zieht die Köpfe ein!", rief Isaac schließlich, kurz vor Erreichen des kritischen Punkts, an dem der Tunnel zu eng werden würde.

Als Erstes schrammte das Dach ins schroffe Gestein des ausgehöhlten Massivs – was dem Kampfgetöse eine ohrenbetäubende Mischung aus funkenknirschendem Metall und krachend zerbröselndem Fels obenaufsetzte.

Jeder noch so kleine Wandvorsprung ließ das gesamte Fahrzeug erschüttern, und nach ein paar Sekunden zersprang schließlich auch das Sichtfenster aus dem faustdickem Panzerglas wie ein Eisblock unter einer Hydraulikpresse – ohne jedoch vollständig auseinanderzubrechen.

Verspätet folgte Duke nun Isaacs Aufforderung, duckte sich, so gut er konnte, und hielt sich schützend die Metall-arme über den Kopf.

Von unten her ließ derweil wiederholtes lautes Knallen den Boden erzittern, gefolgt jeweils von einem plötzlichen Höhenverlust, der Duke die Motten im Po aufflattern ließ – denn der enorm anwachsende Druck auf das sich mit aller Gewalt in den Korridor bohrende Gefährt ließ nacheinander, von vorn nach hinten, die faustdick gummierten und kettenvliesverstärkten Reifen platzen.

Schließlich begann es auch von den seitlichen Wänden her zu krachen und zu knirschen, und die Vibration der Panzer-karosserie alleine hätte allemal genügt, einem gestandenen Mann einen KO-Schlag zu verpassen – wenn nicht weitaus Verheerenderes.

Druck und Reibung von außen wurden schließlich so groß, dass aus allen Ritzen des Innenraums Funken zu sprühen und regnen begannen. Dunkler Rauch breitete sich aus. Und mit einem letzten, gewaltig krachenden Ruck kam das Fahrzeug endlich zum Stillstand…

Eine Verschnaufpause war jedoch nicht angesagt.

Duke schüttelte kurz den Kopf, schnallte sich dann ab und sah aus dem gesprungenen Sichtfenster nach draußen…

Augenscheinlich zufrieden mit dem, was er so weit erkennen konnte, holte er mit seiner geballten Rechten fürs Grobe aus und drosch damit auf das Glas ein – wieder und wieder, um die faustgroßen Splitterstücke auseinander- und aus dem Sichtfensterrahmen herauszutreiben.

Bröckelnd fiel das Panzerglas Stück um Stück zu Boden – bis endlich fast das gesamte Sichtfenster offenlag und den Blick auf den Rest des sich Tunnels eröffnete – frei von Trife und Shurrath-Schergen!

Duke schmunzelte zufrieden und rief:

„Endstation: Alles aussteigen!"

KAPITEL 55

Mit etwas Mühe gelang es den drei Gefährten, sich durch das eigentlich zu schmale Sichtfenster zu zwängen.

Von hier aus hatten sie bis auf Weiteres freie Bahn. Sie verloren keine Zeit und sprinteten los, den scheinbar endlos langen Tunnel hinab – der nun durch das verkeilte Panzerfahrzeug blockiert war wie mit einem überdimensionalen Pfropfen. Erst nach geschätzt zwei Kilometern Tunnelstrecke kam es zum nächsten Feindkontakt:

Aus einem kleinen Seitengang kamen unvermittelt zwei weitere Schwarzhemden hervorgelaufen – ein Mann und eine Frau. Genauer gesagt: Sie trugen schwarze Roben statt schwarzer Hemden oder Overalls – was suggerierte, dass sie gleichermaßen Pilger wie auch Wachen Shurraths waren.

Noch ungewöhnlicher war jedoch ihre Bewaffnung:

Die Frau führte ein enormes, beidhändig geführtes Railgewehr, das über ein ebenso überdimensioniertes Munitionsband aus Flechetten mit dem Backpack auf dem Rücken des lediglich mit einem konventionellen Sturmgewehr bewaffneten Manns verbunden war. Man fuhr Geschütze auf…

„¡MUERAN!", überschlug sich die Stimme der Frau, während sie das Feuer eröffnete.

Doch im Gegensatz zu Duke und Isaac setzte Max seinen Sprint unbeeindruckt fort und begann cyanblau zu leuchten. Je näher er den beiden Schwarzberobten so kam, desto mehr fächerten sich die Projektile aus dem Railgewehr auf – so, als beeinflusste Max' Leuchten ihre Flugbahn gleich einem ultrastarken Magneten!

Vergeblich versuchte die Frau, ihr Feuer auf den nahenden Eindringling zu konzentrieren, und auch der Mann gab schließlich Schüsse ab, von denen zumindest zwei Max in den Oberkörper trafen. Dieser lief jedoch immer weiter – bis die beiden Schwarzberobten schließlich verwundert auseinandergingen, um ihn durchzulassen. Dabei vergaß die Frau jedoch, ihr unfreiwillig aufgefächertes Feuer rechtzeitig einzustellen… sodass die Flechetten schließlich in ihren Gefährten und auch ins Munitionsband schlugen – was den Mann augenblicklich zu Boden sacken und das Feuer mit einem krachenden Rattern verebben ließ. Entsetzt schrie die Frau auf, ließ ihre überdimensionierte Waffe fallen und ging neben ihrem geschundenen Gefährten auf die Knie, um sich lauthals klagend über ihn zu beugen.

„Auf der Couch wird der jedenfalls nicht mehr schlafen müssen…", kommentierte Isaac knochentrocken, sodass Duke nicht umhin kam, ihm zur Strafe in die Schulter zu knuffen.

Die Reaktion der Frau jedenfalls verriet Duke, dass zumindest der Mann noch keine Khorone in sich trug. Verängstigt und unter Tränen sah sie zu ihm und Isaac auf. Selbst unter den Lakaien Shurraths gab es noch menschliche Regungen – dachte sich Duke, als er mit Isaac zu Max aufschloss und die drei der Klagenden und dem Beklagten noch einen letzten Blick schenkten.

Was für Überraschungen hatte Max noch parat?

Ihn zum Mitstreiter zu haben, war von Anfang an Fluch und Segen zugleich gewesen. Immer wieder hatte er in brenzligen Situationen für einen Ausweg gesorgt… bloß, um Duke im nächsten Moment in den Rücken zu fallen. Er war einfach unberechenbar.

Der Tunnel musste inzwischen mehr als hundert Meter unter die Erdoberfläche geführt haben. War es anfangs noch rasch kühler geworden, so wurde es nun allmählich immer wärmer und schwüler.

„Puh…", wischte sich Isaac schließlich die Schweißperlen von der Glatze. „Kostenlose Sauna? Shurrath lässt sich nicht lumpen…"

„ERKLÄRUNG:", kündigte Max an: „HOHE TEMPE-RATUR UND LUFTFEUCHTIGKEIT ENTSPRECHEN KLIMATISCHER PRÄFERENZ DER RELYEH. TERRAFOR-MING IST TEIL IHRER AGENDA."

Duke runzelte die Stirn:

„Heißt das also, Shurrath will über kurz oder lang den ganzen Planeten in eine Sauna verwandeln?"

„KORREKT."

„Noch ein Grund mehr, den Kerl zu hassen…", stöhnte Isaac, und Duke pflichtete ihm grummelnd bei, während er sich nun ebenfalls den Schweiß aus dem Gesicht wischte.

Es dauerte nicht lange, bis die nächsten Schwarzberobten auftauchten – dieses Mal fünfe an der Zahl – und Max bekam eine weitere Gelegenheit, Facetten seines Könnens vorzuführen.

„BEGINNE NEUROMANIPULATION.", kündigte er an, während er erneut cyanblau zu leuchten anfing.

Das ließ Duke aufhorchen, denn er hatte ja schon ein gerüttelt Maß an Erfahrung mit dieser wohl heimtückischsten aller Waffen machen müssen. Er hoffte bloß, dass Max' Attacke gezielter ablaufen würde als dessen Hyperschallat-tacke zuvor…

Um Isaac brauchte er sich freilich kaum Sorgen zu machen, war dieser aufgrund des Hirntumors doch weitge-hend gegen die Neuromanipulation der Axonen immun. Also sah er schlicht gespannt zu, wie Max auf die Fünfe zulief und erneut cyanblau zu leuchten begann.

„Stehen bleiben!", rief der vorderste der fünf Schwarzberobten mit Maschinengewehr im Anschlag… doch es war zu spät.

Mit einem Mal bekamen seine vier Kameraden große Augen und begannen, in die Luft zu schauen – hektisch und fast wahllos, als schwirre ihnen etwas um den Kopf! Dann begannen sie, ebenso hektisch um sich zu wedeln, und immerzu hektischer und frenetischer – und auch ihrem Wortführer ging es schließlich nicht anders.

Es schien nichts zu helfen.

Was auch immer ihnen gerade um die Köpfe schwirrte, um sie zu piesacken: Es hörte nicht auf. Ihr Missmut äußerte sich in immer lauteren Rufen. Einer warf sich schließlich zu Boden, wälzte sich hin und her – was aber auch nichts an der Situation zu ändern schien…

Bis endlich ihr Wortführer auf Spanisch „Rückzug! Rückzug!" rief, und die Truppe wankend und wedelnd – und ohne einen einzigen Schuss abgegeben zu haben – wieder in dem Seitengang verschwand, aus dem sie gerade gekommen war.

Duke und Isaac standen bloß da und tauschten fragende Blicke aus.

War das etwa alles gewesen?

Nach all den Heerscharen von Schwarzhemden und Trife, von denen sie eingangs begrüßt worden waren?

Duke und Isaac sahen den Tunnel hinauf und wieder hinab.

Es war verdammt still geworden. Hatte Shurrath aufgegeben, oder war das bloß die Ruhe vor dem Sturm?

Die drei Gefährten setzen ihren Weg fort.

Endlich kam auch das mutmaßliche Ende des Tunnels in Sicht – markiert durch eine breite, von gelben und schwarzen Warnstreifen umgebene Metallpforte, die bereits einen schulterbreiten Spalt offenstand.

Sie rannten nicht mehr, liefen aber beharrlichen Schritts...
und mit jedem Schritt, den sie dem Spalt näherkamen,
verengten sich Dukes und Isaacs Blicke ein weiteres Stück.

Denn hinter dem Spalt lag etwas Großes, Ausladendes...

Ein ehrfurchtsvolles Raunen entwich Isaac, als er nach
Duke die Pforte durchschritt. Vor seinen Augen breitete sich
ein riesiges Höhlengewölbe aus – mindestens einen halben
Kilometer hoch und einen Kilometer lang wie breit. Riesige
orangerote Stalaktiten hingen von der Decke, während der
sandfarbene Boden glattgeschliffen und so weit poliert war,
dass sich die zahlreichen Kerzen und Petroleumfackeln an
den Wänden und auf gusseisernen Ständern darin wider-
spiegelten.

In der Mitte des Gewölbes schließlich breitete sich ein
riesiger rechteckiger Teppich aus hunderten, nein,
tausenden Pilgern aus – überwiegend junge Menschen, die
sich, kaum von ihren besonders spärlichen weißen Gewändern verhüllt, in Reih und Glied versammelt und in augenscheinlicher Ehrfurcht auf den Knien zu Boden geworfen
hatten.

Vom leisen Knistern der Fackeln und einem unterschwelli-
gen, undefinierbaren Raunen abgesehen, war es gespenstisch
still.

An der Gewölbewand vor ihnen – zur Linken aus Duke,
Isaac und Max' Sicht – befand sich schließlich eine weitere
Pforte... auffälligerweise rund und in Form einer von
schwarzen und gelben Warnstreifen umgebenen Apertur.

Aufgesprüht war das Symbol Shurraths...

„HIER IST ES.", bestätigte Max sogleich alle Vermutungen

Und Isaac raunte leise: „Die Höhle des Löwen... der Boss-
Level!"

Duke brummte zustimmend: „Jede Wette, wer da durch
die runde Pforte kommt..."

Duke ging voran, rutschte den grob beschlagenen Felsvorsprung herab.

„Hey…", protestierte Isaac noch halblaut, schloss sich ihm dann jedoch an – Max auf dem Fuße.

„Wir passieren…", verkündete Duke, als er den polierten Felsboden betrat und den Weg um den Menschenteppich herum in Richtung der Apertur antrat…

Etwa auf halber Strecke erhob sich eine der Pilgerinnen plötzlich und drehte sich direkt zu Duke hin. Er blieb stehen und sah sie an.

„Sheriff Duke…", rief sie, „…du bist also gekommen, um zu sterben."

Duke beschloss, die Frau links stehen zu lassen – doch ehe er weitergehen konnte, erhob sich auch einer der männlichen Pilger:

„Sheriff Duke… hast du deine Lektion noch immer nicht gelernt?"

Duke ging weiter, und nun erhob sich eine kleine Traube aus dem Teppich der Ehrfürchtigen:

„Sheriff Duke! Sheriff Duke! Sheriff Duke!", skandierte sie.

„Gehst du weiter, gehst du für immer!"

Duke ging weiter.

DU MÖCHTEST ALSO SEHEN.

Einen Moment geriet Duke ins Stocken, als Shurraths Stimme zum ersten Mal seit dem Großen Salzsee wieder direkt in seinen Kopf eindrang. Und mit einem Mal sprang das, was er durch die Kopfmaske des Testions zu sehen bekam, auf einen ganz anderen Ort um… und Duke fand sich plötzlich über den Dächern einer Stadt – über Sanose, wie er rasch erkannte. Als vor seinen Augen dann eine riesige, dunkle, graugrüne Hand erschien, als wäre sie seine eigene, da begriff er, dass dies das Geschehen direkt aus Alphas Perspektive war. Er sah die Dinge direkt aus dem Blickwinkel des Goliaths!

Vom plötzlichen Perspektivwechsel überrascht, geriet er schnaufend ins Wanken und ging letztlich auf alle Viere, um Halt, Balance und Orientierung nicht völlig zu verlieren…

Duke musste mitansehen, wie die riesige Hand durch die zertrümmerte Fassade eines Hochhauses hindurch eine junge Familie packte und diese ungeachtet ihrer verzweifelten Schreie zum Maul des Goliath führte, als wäre es sein eigener Mund…

Eilig riss er sich die Kopfmaske des Testions herunter und setzte dem Spuk damit ein Ende.

SANISCO IST ALS NÄCHSTES DRAN, SHERIFF.

WIR STEHEN SCHON FAST VOR DEN TOREN.

DU ABER BIST HIER UND BELÄSTIGST BETENDE PILGER.

DU HAST VERSPIELT, SHERIFF. GAME OVER!

„Es ist erst vorbei, wenn die fette Lady singt.", knurrte Duke.

Derweil erhoben sich mehr und mehr der ‚betenden' Pilger um ihn herum, drehten sich zu ihm hin und skandierten seinen Namen.

Einer der Pilger verließ schließlich seinen Platz in der Menge und kam direkt auf Duke zu…

Beunruhigt brachte Isaac sein Gewehr in Anschlag – nicht unberechtigt, wie sich herausstellte, denn der Mann sah Duke mit steinerner Miene an… und rief:

„STIRB!"

Die Klinge eines Dolches blitzte auf…

BLAMM!

…und fiel klimpernd zu Boden, während frischer heller Rauch aus Isaacs Gewehrmündung aufstieg.

Schon aber war ein zweiter Mann neben Duke erschienen:

„STIRB!"

BLAMM!

Er erlitt das gleiche Schicksal wie der erste.

Doch war bereits ein Dritter zur Stelle:

„STIRB!"

Isaac fluchte und fegte auch diesen zu Boden.

„STIRB! STIRB! STIRB! STIRB!", begann nun die gesamte

Heerschar der Pilger zu rufen… und mit gezückten Dolchen auf Duke zuzukommen.

IRGENDWANN GEHEN DIR UND DEINEN FREUNDEN DIE KUGELN AUS, SHERIFF.

Shurrath hatte Recht. All die Pilger hier waren frische Khoronenwirte. In puncto Angriffskraft unterschieden sie sich noch nicht sonderlich von gewöhnlichen Siedlern… doch die soeben Niedergeschossenen würden sich in Kürze erneut erheben und unermüdlich von Neuem angreifen.

„Nat…", murmelte Duke kaum verständlich, „…jetzt wär' 'ne ganz gute Gelegenheit, Nat…"

Da wurde er von einer kreischenden Frau angesprungen – die er mit seiner Rechten fürs Grobe umgehend von sich warf, noch ehe die Klinge ihres Dolchs auf ihn hinabsausen konnte.

Die Intensität der Attacken nahm allmählich zu…

„ZUR ERINNERUNG:", meldete Max sich gewohnt unvermittelt zu Wort, sagte dann aber selbst für seine Verhältnisse ungewöhnlich wortkarg bloß:

„DAS NODUL…"

Ja, sie könnten es sich leicht machen.

Sie könnten hier im Herzen des Shurrath-Kults den Detonator aktivieren, und das ganze Ding würde kollabieren. Falls Shurrath tatsächlich hier war, wäre es sein Grab. Falls…

Überraschenderweise konfrontierte einer der Pilger nun auch Max direkt: „Du bist anders… Du bist… ein Axon!"

„Ein Axon!", riefen einige seiner Glaubensgenossen und scharten sich um Max – kurioserweise ohne denselben anzugreifen.

„Deine Art ist fast ausgestorben! Sie verdient es! Sie hat viel Leid über die unsere gebracht! Doch Shurrath ist gnädig! Unterwerfe dich, und wir haben selbst für dich einen Platz in unserer Mitte!"

Ausdruckslos starrte Max den Wortführenden an – dann:

„ERWÄGE ANGEBOT…"

„Max?", verzogen sich Dukes Augenbrauen.

Das konnte der Axon im Menschenkörper, dessen Spezies mit den Relyeh bereits seit Urzeiten bis aufs Blut – beziehungsweise bis auf die Gallerte – verfeindet war, wohl kaum ernst meinen. Und doch… hatte sich Max nicht als völlig unberechenbar erwiesen?

„PRÜFUNG LÄUFT…"

Der Pilger bekam große Augen…

„ANGEBOT ABGELEHNT.", stieß Max ihn von sich, sodass derselbe in einem weiten Bogen hintüber fiel…

Ein empörtes Kreischen ging durch die kleine Schar, die Max umgeben hatte – worauf sie sich auf ihn stürzte!

Doch statt ihn mit ihren Dolchen zu traktieren, warfen sie sich ihm an den Leib, umklammerten ihn… und Duke und Isaac bemerkten erst jetzt, wie nah ihnen selbst die Masse der Pilger bereits gekommen war…

„Sheriff?", rief Isaac verunsichert, da er den Lauf seiner Waffe nicht einmal mehr richtig heben konnte.

„Pozz-tausend…", brummte Duke, als ihm die Pilger immer weiter auf die Pelle rückten… dicht an dicht…

Als Sheriff kannte er bereits ähnliche Situationen… bei Massenansammlungen von Menschen… bei Massenpaniken… Menschen, die einander erdrückten… erstickten…

„Sheriff?!", mischte sich aufkeimende Panik in Isaacs Stimme, und er begann, einzelne der Pilger von sich zu stoßen… die sich jedoch augenblicklich an ihn klammerten und nun auch begannen, an seiner Kleidung zu reißen.

IHR KOMMT HIER NICHT MEHR RAUS.

DIE SCHLINGE HAT SICH ZUGEZOGEN, UND DU HAST ES NICHT EINMAL GEMERKT, SHERIFF.

„Die Schlinge hat sich zugezogen? Fragt sich bloß, um wessen Hals!", erwiderte Duke trotzig.

Shurrath brach in lauthalses Gelächter aus.

EIN STARRKOPF BIS ZUM ENDE, SHERIFF!

DU BIST DERJENIGE, DER GEGLAUBT HAT, ER KÖNNE SICH EINSCHLEICHEN, UND DER SICH STATT-

DESSEN HOFFNUNGSLOS UMRINGT WIEDERFINDET – KURZ DAVOR, VON SEINEN EIGENEN ARTGENOSSEN ERDRÜCKT ZU WERDEN!

WELCH KÖSTLICHE IRONKCCCCCHK–!

Ein lautes, undefinierbares Krachen beendete abrupt die Stimme in Dukes Kopf, als wäre buchstäblich eine Funkverbindung unterbrochen worden…

Dann aber folgte ein rasch bis zur Unerträglichkeit lauter werdender hoher Ton – etwa eine weitere Hyperschallattacke??

Ächzend und mit beiden Händen am Kopf ging Duke in die Knie. Benommen, aber gerade noch geistesgegenwärtig genug konnte er im Augenwinkel erkennen, dass weder Isaac noch Max davon betroffen zu sein schienen. Stattdessen blickten die beiden nur verwundert um sich – vor allem, als plötzlich auch die Heerschar der Pilger um sie herum in eine Kakofonie aus Stöhnen, Ächzen und Jammern ausbrach! Wie Duke fielen auch diese nun reihenweise auf die Knie, fassten sich jedoch mehrheitlich in den Nacken statt an den Kopf… bis schließlich die ersten von ihnen ohnmächtig zusammenbrachen und nur Duke in ihrer Mitte noch auf den Knien blieb…!

„Was in drei Teufels Namen…?", brachte Isaac seine Verwirrung zum Ausdruck, ehe er rasch über die regungslos am Boden verbleibenden Pilger hinwegsprang, um zu Duke zu gelangen. Er war mehr als erleichtert, dass dieser sich im Unterschied zu den Pilgern rasch wieder zu erholen schien…

„Alles okay?", ging er zu Duke hinunter.

„Das war Nat…", bekam er unerwartet als Antwort.

„‚Nat'?"

„Natalia… meine Frau, die Gouverneurin…"

„Komm…", half Isaac ihm wieder auf die Beine.

„Sie hatte es angekündigt… und sie hat es wahrgemacht! Das ist meine Nat! Pozz-tausend!"

„Die alle hier sind tot, Hayden…", konstatierte Isaac mit einer gewissen Ehrfurcht.

„Shurrath vermutlich auch…", knurrte Duke, gleichsam mit Sorge wie mit Genugtuung. „Wir hatten ihn verschonen soll–" – wollte er noch sagen…

…da begann der polierte Boden zu beben.

Die Flammen der Fackeln und Kerzen fingen an, wild umherzupeitschen – manche so heftig, dass sie erloschen…

Etwas tat sich… bewegte sich…

…tief unten… hinter der Apertur.

„ENTWARNUNG:", kündigte Max an.

„ER LEBT."

KAPITEL 56

Natalia riss die Augen auf…

…doch nichts von dem, was durch diese eindrang, drang bis zu ihrem Geiste vor.

Sie konnte sich vor Zittern kaum noch auf dem Drehsitz halten und sank schließlich zu Boden, während sich ihr Magen umdrehte. Es fühlte sich so an, als würde sie elendig verrecken – und nun machte sie sich zum ersten Mal seit Tagen tatsächlich Sorgen um ihr Wohlergehen…

„Gouverneurin, Ma'am!", kam Lutz herbeigeeilt, nahm ihr das Elektrodenstirnband vom Kopf und fasste sie behutsam an den Händen.

„Ich glaub'…", keuchte sie kraftlos hervor.

„Ich glaub', ich hab's geschafft…!"

„…sich krankenhausreif zu schinden, Ma'am?"

Kommentarlos eilte nun auch Doktor Hess herbei und verabreichte ihr eine weitere Spritze. Zu Lutz: „So oder so dürfte die Sache jetzt endlich ausgestanden sein: Unser IKK ist jedenfalls durch."

„Ein Glück…"

„Tansportliege ist unterwegs."

„Gut.", nickte Lutz.

„Ein Glas Wasser."

„Jawohl!", sprang Lutz auf, um das schon bereitgestellte Glas herzuholen, während Doktor Hess Natalia erster Notfall-untersuchungen unterzog:

„Erhöhter Puls. Akute Dehydrierung. Temperatur kritisch... Anzeichen von Sepsis...", murmelte er. Die Lage war ernst.

„Rufen Sie Solino, bitte...", rief Natalia schwach. „...brauche... Lage-Update..."

„Sie brauchen ein Bett, Missus Duke. Viel Flüssigkeit und eine ordentliche Dosis Antibiotika."

„Bitte... Es ist wichtig, dass ich weiß..."

Doktor Hess hatte ein Einsehen und tippte sich an seinen Kom-Anstecker: „Deputy Solino? Hier Doktor Hess. Missus Duke ist zurück und will wissen, wie der Stand der Dinge ist."

„Doktor Hess?", meldete sich Solino prompt mit auffällig enthusiastischem Tonfall. „Kann ich... kann ich die Gouverneurin sprechen?"

„Im Augenblick nicht, aber sie hört zu. Geben Sie Ihr Lage-Update durch, bitte."

„Gouverneurin, Ma'am? Grandiose Neuigkeiten!", rief der Deputy begeistert. „Wie auch immer Sie's angestellt haben: Die Trife pfeifen aus dem letzten Loch!"

Natalia lächelte zufrieden.

Solinos Worte waren die wohltuende Bestätigung dessen, was sie im Grunde bereits wusste.

„Und Alpha...?", hauchte es aus ihr heraus.

„Ist er–...", entgleiste sie in einen Keuchanfall, und Doktor Hess legte ihr beschwichtigend die Hand auf.

„...wieder der Alte?", vervollständigte Solino ihre Frage und gab gleich die Antwort: „Aber hallo! Und er ist ziemlich angepisst!"

„Wegen mir?"

„Aber nein! Sagen wir eher: Er hat mächtig Kohldampf

und frisst die Trife mit Schneeschaufeln! Habe Hicks' Video-übertragung vor mir. Das sollten Sie gesehen haben, Ma'am!"

„Na, dann kommen Sie runter und bringen Sie Ihr Computertablett gleich mit!", lachte Natalia, geriet aber gleich wieder ins Keuchen. Murrend gab Doktor Hess zu verstehen, dass sie sich nun wirklich schonen sollte.

Solino hingegen erwiderte ihr Lachen:

„Aber natürlich! Bin schon unterwegs!"

„Deputy, bringen Sie das Tablett am besten gleich in die Klinik. Ich bringe Missus Duke jetzt dorthin.", wies Doktor Hess ihn stattdessen an.

„Oh! Gouverneurin, Ma'am? Ist es wieder so schlimm?", erkundigte Deputy Solino sich besorgt.

„War schon ordentlicher…"

„Ja, ist es, Deputy.", fiel Hess Natalia fast ins Wort. „Die Benutzung des Neuralinterface zur Kommunikation mit dem Relyeh-Kollektiv stellt eine enorme psychosomatische Belastung dar. Missus Duke muss jetzt unbedingt in stationäre Behandlung. Stornieren Sie sämtliche Verpflichtungen."

Ein Doktor Hess wohlvertrautes Rollen und Klappern verriet ihm das Eintreffen der Transportliege – in die Tiefebene geschoben von einem Krankenpfleger und einer Krankenschwester samt ebenso rollbarem Infusionsständer.

„Ich bin okay…", rief Natalia mit bebender Stimme und machte einen vergeblichen Versuch, auf die Beine zu kommen.

„Spielen Sie nicht die Heldin, Missus Duke. Sie haben den Tag bereits gerettet… und wohl weit mehr als das."

Routiniert winkte Hess den Pfleger zu sich und packte selbst mit an, um Natalia auf die Transportliege zu heben, worauf die Schwester gleich die Infusionsnadel anschloss.

Natalia beschloss, dass Doktor Hess Recht hatte.

Wie es aussah, hatte sie gerade den verdammten Planeten von Shurraths Khoronenplage befreit, Sanisco vor einem tobenden Giganten gerettet... und das Leben ihres Purzels dazu!

Sie hatte sich eine verfluchte Auszeit mehr als verdient.

Doktor Hess wich ihr nicht von der Seite. Auf dem Weg zum Fahrstuhl sah sie in die besorgten Gesichter ihres Ingenieurteams und ihrer Deputys. Noch immer versuchte sie zu lächeln, um Stärke zu zeigen und Zuversicht zu vermitteln. Das sanfte Jingle des Fahrstuhls begrüßte die Fahrstuhlgäste, und von hier aus war es nur noch eine kurze Fahrt hinauf in die hauseigene Klinik.

Dort angekommen, wurde Natalia in einen separaten kleinen Raum mit einem fest installierten metallenen Behandlungstisch geschoben – eine ‚Spende' vom fernen Proxima. Rasch schlossen Doktor Hess und die Schwester die junge Patientin an – und wenige Sekunden später erklang bereits das Piepen des Herzschlags über den animierten Herzschlagmonitor.

Natalia spürte inzwischen die wohlige Wirkung der Infusion und der übrigen Mittel. Nach einigen weiteren kurzen Tests trat Doktor Hess schließlich an sie heran und diagnostizierte:

„Die Ursache der Symptome liegt im Wesentlichen in einer Hyperstimulation des Gehirns, was zu einer übermäßigen Hormonausschüttung samt Vergiftungserscheinungen führt."

Sein Blick wurde sehr ernst:

„Missus Duke... Ich werde ein künstliches Koma einleiten müssen."

Wäre Natalia nicht gleichermaßen vom Fieber und den anderen Symptomen geschwächt sowie von der einsetzenden arzneilichen Linderung beschwipst gewesen, so hätte sie sich deutlich mehr darüber erschrocken:

„Kann das noch ein paar Minütchen warten, Doktor?"

„Eigentlich nicht, Missus Duke... Wieso?"

Just in dem Moment beantwortete Deputy Solinos

Erscheinen die Frage. Doch sein begeisterter Gesichtsausdruck wurde deutlich von einsetzender Besorgnis getrübt, als er Natalia in ihrem Zustand erblickte. Er zögerte, weiter an den Behandlungstisch heranzutreten – doch Natalia hob die Hand und winkte ihn zu sich: „Zeigen Sie's mir Solino! Kommen Sie schon!"

Sichtlich ermutigt tat der Deputy wie erboten und präsentierte ihr den Bildschirm des Computertabletts. Vom Blickwinkel einer Drohnenkamera aus war darauf zu sehen, wie Alpha mit beiden Händen Lacklederne in sich hineinstopfte, als wäre es sein allererstes All-You-Can-Eat-Buffet!

„Guter Junge…", musste Natalia grinsen.

Da erschien am Horizont eine zweite gigantische Silhouette – unwesentlich kleiner als die Alphas, und doch unverkennbar von der gleichen ‚Sorte'.

„Schaut aus, als hätte er gleich auch Beta zum Buffet eingeladen!", schmunzelte Deputy Solino.

„Gutes Mädchen…", ergänzte Natalia.

„Das genügt jetzt!", versuchte sich Doktor Hess an einem Machtwort.

„Ihre Werte sind kritisch, Missus Duke. Ich muss das künstliche Koma einleiten, um Sie zu stabilisieren."

Natalia fasste ihn am Ärmel:

„Sie wecken mich sofort, wenn es Neues von Purzel gibt!"

„In Ordnung, Missus Duke.", seufzte Hess. „Und jetzt seien Sie bitte ganz entspannt und denken Sie an etwas Schönes!"

Dabei winkte er der Schwester rasch zu, Deputy Solino aus dem Behandlungsraum zu geleiten. Schließlich schleuste er das Sedativum in die Infusionsleitung ein. Natalia spürte die Wirkung fast sofort.

Sie schloss die Augen.

Sanisco war gerettet.

Hayden war gerettet.

Sie konnte es kaum abwarten, ihn wiederzusehen – und

ihre kleine künstliche Auszeit würde die Dauer bis dahin nur verkürzen.

Als sich ihr Bewusstsein schon fast aus dem Hier und Jetzt verabschiedet hatte, hörte sie Deputy Solino noch fragen:

„Wird sie's überstehen, Doktor?"

„Fragen Sie nicht mich, Deputy. Werfen Sie lieber eine Münze…"

Bevor Natalia noch einen Gedanken darüber fassen konnte, waren all ihre Sorgen verflogen…

KAPITEL 57

„Vielleicht wär's besser, wenn Shurrath wirklich tot wäre…", murmelte Isaac.

Duke warf dem Marine einen schiefen Blick zu – soweit es das immer heftigere Beben des Kavernenbodens noch zuließ.

Erste kleine Stalaktitensplitter begannen auf den polierten Boden und die unzähligen toten Shurrath-Pilger zu prasseln – und es schien nur noch eine Frage von Minuten, bis die ersten kompletten Exemplare herabstürzen würden…

„Das ist also Shurrath persönlich?", vergewisserte sich Duke nochmals bei Max.

„POZZ: SHURRATH IN SEINER EIGENTLICHEN FORM."

Womit Max Salks Overall öffnete, seine Bauchregion freilegte, und sich mit seinem mittels bernsteinartig verhärteter Axonengallerte dornartig verlängerten Zeigefinger einen etwa zwanzig Zentimeter langen Schnitt in die Bauchdecke zog, aus dem sogleich eine zähflüssige Mischung aus Salks Blut und eben jener Gallerte hervorzutreten begann.

Angewidert sah Isaac zu, wie sich der Axon im Menschenkörper die Hand durch den Schnitt in den Bauch hineinschob…

„Was in Gottes Namen tut er da??", wandte er sich fast verzweifelt an Duke, der diese befremdliche Prozedur weit gelassener, wenn auch ebenso nicht ohne eine gewisse Angespanntheit zu verfolgen schien.

„BERGE NANO-NODUL.", erklärte Max lapidar, und Duke fügte hinzu: „Das ist so etwas wie der Generator des Energiekäfigs, in den wir Shurrath sperren wollen."

Bloß, dass Max zu Dukes Überraschung nicht etwa einen mattschwarzen Zylinder aus seinem Innern hervorzog, sondern einen mattschwarzen Kubus von vergleichbarem Volumen. Die Oberfläche des Kubus wirkte jedoch wie ein Geflecht aus einer Art von schwarzem Strauchwerk definitiv nichtirdischen Ursprungs.

„Was ist mit dem Schlüssel passiert?", hakte Duke grummelnd nach.

„FRAGLICHE SCHLÜSSELEINHEIT IST OBSOLET. ENERGIEKÄFIG WIRD DURCH MANUELLES ODER ANDERWEITIGES KOMPRIMIEREN DES KUBUS AKTIVIERT.", hielt Max ihm das Artefakt entgegen.

Leicht zögernd nahm Duke es entgegen – wenig erbaut über die Blut- und Gallerteste, die noch daran hafteten.

„Wie nah muss ich ihm sein?"

„IDEALERWEISE: NULL ZENTIMETER."

„Ah ja: So nah wie möglich eben…", erinnerte sich Duke.

„POZZ."

„Seid ihr beiden euch denn sicher, dass der Kerl in den Käfig passen wird? So pompös, wie er sich ankündigt, scheint er mir nicht gerade… äh… ‚fun-sized'… zu sein.", wunderte sich Isaac – gerade als der erste größere Stalaktit mit einem gewaltigen Rumms hinter ihm in den Boden schlug und mindestens zwei Tote unter sich begrub – und schob gleich hinterher:

„Seid ihr euch außerdem sicher, dass wir nicht langsam die Beine in die Hand nehmen sollten?"

Doch als er und Duke hinauf zum Vorsprung sahen, von dem aus sie die große Kaverne betreten hatten, begannen gerade die ersten Trife hervorzukommen. Offenbar hatten sie einen Umweg gefunden oder die Tunnelblockade anderweitig überwunden. Ein gutes Zeichen war jedenfalls, dass ihnen keine der Schwarzhemden gefolgt waren – denn auch deren Khoronen mussten allesamt vernichtet worden sein.

„Halt uns den Rücken frei, Isaac.", deutete Duke auf den ungebetenen Besuch.

„Pozz!", brachte Isaac sein Gewehr in Anschlag.

„Auf geht's, Max!", rief Duke und lief auf die Apertur zu, während links und rechts von ihm weitere Stalaktiten in den Boden krachten.

Auf halbem Wege endete das Beben so unvermittelt, wie es begonnen hatte.

ICH VERFLUCHE DICH UND DEINE ELENDE SIPPE! WINSELE UM GNADE!

– rief Shurrath in Dukes Schädel hinein. Wie hatte dieser es schon vermisst…

Ein schweres metallisches Rumpeln hallte unter dem riesigen Gewölbe wieder… und die Apertur begann, sich zu öffnen…

Duke blieb stehen – Max auf dem Fuße hinter ihm.

Das also war Shurrath…

„Grundgütiger…", entwich es Duke.

Er hatte inzwischen schon einige groteske Kreaturen zu Gesicht bekommen, aber Shurrath schlug dem Fass den Boden aus:

Von der Größe eines kleineren Armeelasters, hatte der Relyeh die Erscheinung einer Chimäre aus Käfer, Krustentier und Krake. Aus den zahlreichen Löchern seines dunkel gefleckten, bräunlichen Rückenpanzers schoben sich widerliche, panzer- und stachelbewehrte Tentakel hervor, die sich vornüber beugten und hinab zu einem papageischnabelartigen, bezahnten Maul führten, umgeben von Dutzenden, scheinbar wahllos platzierten, irisierenden Facettenaugen. So ruhte das Monstrum auf einer Dutzendschaft hunderfüßlerartiger Beine, die auch im Stillstand unaufhörliche Krabbelbewegungen zu vollziehen schienen...

Kaum hatte Duke den Mund wieder geschlossen, setzte sich das absurde Ungetüm in Bewegung... und es war schnell... verdammt schnell!

Duke wusste nicht recht, ob er überrascht sein sollte, dass dieses Ding zuallererst spinnenartig die Decke hochkrabbelte, an der es sich trotz seiner massiven Proportionen problemlos festzuhalten schien.

„Max!", rief er, während er mit der freien Hand einen seiner chromblitzenden Revolver zog und erste Schüsse abgab – welche funkenschlagend aber ohne erkennbare Wirkung am Panzer des Monstrums zu verpuffen schienen.

„OHNE DAS NANO-NODUL SIND MEINE KAPAZITÄTEN BEGRENZT.", zauderte der Axon im Menschenkörper.

„Dann setze sie gefälligst ein, verdammt!"

Shurrath ging zum Angriff über – sein furchtbarer Schnabel alleine groß und scharf genug, um Duke mit einem Bissen zweizuteilen.

Duke hechtete zur Seite... doch eine von Shurraths elenden Rückententakeln schlug aus und traf ihn auf solche Weise, dass ihm der daraus hervorgewachsene Stachel kurz mit der Spitze über die Schulter fuhr...

...und zu seinem Entsetzen einen langen Riss im Testion hinterließ...!

Rasch raffte Duke sich wieder auf und lief auf den Teppich toter Pilger zu – in der Hoffnung, dass ihm dies einen leichten Territorialvorteil verschaffen mochte. Shurrath krabbelte herbei... und zu Dukes überraschtem wie angewidertem Entsetzen packten mehrere der Tentakel je einen der Toten... und führten sie Shurraths widerlichem

Schnabel zu… der sie zerteilte und im Zweisekundentakt verschlang!

Isaac kümmerte sich inzwischen um die einfallenden Trife – wobei auch er Mühe hatte, seine entgeisterten Augen vom bizarren Anblick Shurraths zu lösen.

„MAX!", rief Duke erneut.

Wo war der Kerl schon wieder? Duke sah ihn nirgends!

Hatte der Axon einkalkuliert, wie groß das Monstrum war? Würden die Maße des Energiekäfigs reichen, um es einzusperren? Das schien nun zweifelhafter denn je, und Duke ärgerte sich, dass er nicht darauf bestanden hatte, diese Detailfrage im Vorfeld zu klären.

Dukes kreisende Gedanken hatten ihn für einen Moment unaufmerksam gemacht – und so gelang es einem der etlichen Tentakel Shurraths, ihn am Bein zu packen. Mühelos zog es ihn fort und hob ihn im Ganzen in die Höhe wie eine Spielzeugfigur!

Hilflos schlug Duke um sich und versuchte, mit seinem Revolver zu zielen, während er den Kubus gleichsam fest, aber nicht zu fest an sich halten musste, um ihn nicht vorzeitig auszulösen. Zweifelsohne versuchte das Monstrum nun, Duke totzuschlagen – wohl, um ihn zu verspeisen wie die toten Pilger…

Wieder und wieder schwang es ihn in die Höhe und ließ ihn wieder zu Boden sausen – was er nur dadurch überlebte, dass er den Aufprall mit seinen beiden Roboterarmen abfing.

Auf dem abermaligen Weg in die Höhe fand er unverhofft Max wieder! Der Teufelskerl hatte sich an Shurraths Rückenpanzer geklammert, wo er sich an den Wulsten um die Tentakellöcher festhielt!

„Hey, Schlafmütze!!", brüllte Duke. „Wie wär's, wenn du mir aus der Patsche hilfst?!"

Max sah auf, verfolgte mit den Augen das Tentakel, an dem Duke hing, zum Panzer zurück… und legte dort, wo dasselbe heraustrat, seine cyanblau leuchtende Hand auf –

wohl, um Shurrath eine Art Stromschlag zu verpassen. Jedenfalls hatte der cyanblaue Impuls die entsprechende Wirkung, und Duke fiel zu Boden, während Shurrath unter Ausstoß einer Mischung aus Kreischen und Fauchen verzweifelt versuchte, sich von Max' listiger Umklammerung zu befreien…

Gerade noch bevor zwei weitere Tentakel seiner habhaft werden konnten, sprang der Axon im Menschenkörper endlich ab und lief zu Duke zurück… und lieferte endlich auch eine Erklärung für die kuriose Tuchfühlung, auf die er ohne vorige Absprache mit Shurrath gegangen war:

„ANALYSERESULTAT: ES IST EIN WIRTSKÖRPER."

„Du willst mich auf den Arm nehmen!", entgegnete Duke ungläubig, während Max eilig zurücksah, und ihn kurzerhand mit beiden Armen vom Boden auflas, um immer wieder Haken schlagende Kreisbahnen um das Monstrum herum zu rennen.

Duke wusste nicht recht, was er nun davon halten sollte, umhergetragen zu werden, wie eine holde Maid in Nöten – aber in der Not fraß der Sheriff Trife-Burger:

„Du willst mir erzählen, dieses Riesenviech da ist nicht wirklich Shurrath, sondern eine weitere Spezies von Außerirdischen… und er nutzt sie als Wirtskörper??"

„KORREKT."

„Also wie kriegen wir den Hurensohn da raus?"

„GUTE FRAGE.", schlug Max einen erneuten Haken, wurde aber von einem der Tentakel prompt zu Fall gebracht.

Die beiden Gefährten purzelten vornüber, und als sie schließlich zum Liegen kamen, mussten sie erneut mitansehen, wie das Monstrum eine Pilgerleiche nach der anderen vertilgte.

Tatsache war, dass sie hier unten ausgeliefert waren:

Über kurz oder lang würde das Monstrum auch zu ihnen kommen. Weder Dukes Revolverkugeln, noch Max' verbleibende Impulskraft ohne das Nano-Nodul vermochten etwas auszurichten… und Isaac?

„Isaac!", sprang Duke auf und fand den tapferen Marine auf dem Felsvorsprung der Kavernenpforte inzwischen umgeben von Lackledernen – von toten wie lebenden, welche er Kopfschuss um Kopfschuss tapfer niedermähte.

Wieder und wieder duckte er sich mit fast akrobatischem Geschick unter ihren Klauenhieben weg. Doch es kamen immer mehr!

Kurzentschlossen drückte Duke Max den Kubus in die Hand, zog nun beide Revolver und eröffnete das Feuer auf die hinzustoßenden Trife. So rannte er auf Isaac zu, bis beide Revolver leergeschossen waren und kein einziger Trife mehr stand. Isaac kam den Vorsprung wieder heruntergerutscht.

„Hervorragendes Timing, Duke… Habe gerade mein letztes Magazin aufgebraucht! Und ihr? Scheint, ihr könntet 'ne Flasche Insektenspray gebrauchen, was?"

Duke lachte, aber eigentlich war die Lage nicht zum Scherzen:

„Wir sind geliefert, Isaac."

„Mal wieder?"

„Wir haben die Trife im Nacken und sitzen hier mit dem Stinkekäfer fest… ohne wirksame Munition."

„Aber… was ist mit dem tollen Energiekäfig?"

„Ist 'ne gute Frage… sagt Max."

„Verflucht…"

Ein markerschütternder Schrei ließ ihre Blicke zu Max zurückschnellen. Das Monstrum hatte ihn erwischt und war im Begriff, ihn zu verschlingen!

„HEY! NICHT SO SCHNELL, FREUNDCHEN!", brüllte Duke, lud mit routinierten Handgriffen seine beiden Revolver nach und drückte einen davon Isaac an die Brust.

„Ziel auf die Augen!", hinterließ Duke ihm noch als Tipp und lief in Richtung des Monstrums zurück.

Sechs Kugeln blieben Isaac also noch.

Er konnte die nächsten Trife schon fauchen hören…

Duke hielt sich an seinen Rat und schoss auf die Augen des Monstrums. Dieses kreischte laut auf, ließ aber nicht von Max ab. Jetzt erst sah er, dass das Monstrum Max' Körper bereits zur Hälfte durchbissen hatte – so, wie es das bei all den toten Pilgern zuvor getan hatte…

Trotz alledem hielt der Tapfere unerschütterlich am schwarzen Kubus fest… was Duke auf eine Idee brachte.

Wie hatte Max noch gesagt?

Der ideale Abstand zum Zielobjekt zwecks Auslösen des Energiekäfigs lag bei null Zentimetern?

Auslösen durch Komprimieren des Kubus?

„MAX!", rief Duke dem Geschundenen aus sicherem Abstand zu.

„KANNST DU MICH NOCH HÖREN, MAX?!"

„POZZ…"

„Der Kubus, Max! Gib dem Affen Zucker!"

Mit einer Hand am Schnabel der Bestie besah Max das Artefakt, das er mit der anderen umklammerte… dann blickte er ausdruckslos zu Duke hinüber.

„Gib ihm den Kubus zu fressen, Max!"

„AHA!", ging dem überlegenen algorithmisch-logischen Extraterrestrier ein Licht auf…

…und mit einem beherzten Schwung schob er dem Monstrum den schwarzen Kubus tief in den Rachen… bis es ihm schließlich auch seinen linken Arm bis zur Schulter abbiss!

Der Schnabel des Monstrums schloss sich…

…und ein dumpfes, aber markantes, metallisches Klacken war zu vernehmen, gefolgt von einem hohen, aufheulenden Summton…

…und weiter nichts.

Unbeeindruckt schickte sich das Monstrum an, auch den letzten Rest von Max noch zu verschlingen.

„Motherfucker…", stieß Duke ein resigniertes Seufzen aus und schleuderte seinen geliebten Cowboyhut zu Boden.

Das Monstrum öffnete den Schnabel erneut und stopfte sich den noch ein letztes Mal cyanblau aufleuchtenden Wirtskörper des Axon namens Max in den unersättlichen Schlund. Es schlang und würgte ein wenig – wobei noch immer ein restliches cyanblaues Leuchten zu sehen war… und der noch immer ansteigende Summton zu hören… bis dieser schließlich das vom Menschen hörbare Spektrum verließ…

Beherzt griff sich das Monstrum den nächsten toten Pilger, öffnete den Schnabel und… erstarrte.

Duke sah auf.

Ein kurzer, schneidender Surrton erklang und ließ das Monstrum zusammenfahren.

Nach einer Sekunde erklang er wieder…

…und wieder…

…in kurzen Impulsen und immer kürzeren Abständen, welche die Starre des Monstrums für einen weiteren Moment zu verlängern schienen…

Das war mehr als bloß eine Magenverstimmung!

Zögernd trat Duke heran, um zu erkennen, was vor sich ging…

…da sah er, wie mit jedem weiteren Impuls zwischen den knorrigen Gliedern und Segmenten der abscheulichen Kreatur immer wieder feine, schnurgerade, gelb leuchtende Linien aufflackerten… wie beim Anschalten jener alten Neon-Werbeleuchten, mit denen Lavega einst übersät gewesen war…

Bei genauerem Hinsehen verliefen die Linien allesamt entweder waagrecht oder senkrecht zueinander und waren miteinander verbunden… mit anderen Worten: Sie bildeten einen Käfig!

WAS… GESCHIEHT MIT MIR??

WAS… HAST DU GETAN?!

– drang Shurraths Stimme in Dukes Kopf… und es war das erste Mal, dass ihn dies mit Genugtuung erfüllte.

Je kürzer die Abstände der surrenden Impulse wurden,

desto mehr verstetigten sie sich zu einem kontinuierlichen Summton... bis sich auch der Käfig aus den leuchtend gelben Linien, dessen Wände die Glieder und Segmente des Monstrums durchdrangen, zu einer dauerhaften Präsenz auskristallisierte...

Noch einmal schien der massige, ausladende Körper der Kreatur zusammenzufahren... woraufsie ein langgezogenes, ohrenbetäubendes und dabei unvermutet jämmerliches Kreischen hervorstieß... und rundherum – exakt entlang der schnurgeraden Käfiglinien – begannen die äußeren Teile desselben sich zu lösen und unter dem Einfluss der Schwerkraft teils geradewegs von ihm abzufallen, teils mit einer schleimigen Schmierspur an ihm herabzugleiten...

...bis das erbarmungswürdige Kreischen schließlich verstummte.

Übrig blieb ein etwa anderthalb mal anderthalb Meter messender, etwa zwei handbreit über dem polierten Felsboden schwebender Kubus aus gelb leuchtenden Linien – fast bis zu den Rändern gefüllt mit den exakt zugeschnittenen inneren und teils noch äußeren Überresten des Monstrums, in deren Mitte nun auch Shurrath gefangen war wie ein Wurm im Apfel.

Es war ein wahrlich makabres Konstrukt von einer merkwürdig faszinierenden Ästhetik...

„Pozz-tausend...", kam Isaac herbei, während Duke sich ob des bizarren Schauspiels, dessen Zeuge er soeben geworden war, über die weißgrauen Stoppel seines Kopfes fuhr und sich seinen geliebten Cowboyhut wieder aufsetzte.

„Was machst du denn hier?", drehte Duke sich zu ihm um.

„Die Trife...", deutete Isaac mit dem Daumen über seine Schulter hinter sich, „...haben plötzlich die Lust verloren."

Ungläubig folgte Duke Isaacs Geste und sah je ein gutes Dutzend Trife zu beider Seiten der Eingangspforte, die nurmehr leise fauchend einfach herumzustehen und die eindrucksvolle Kaverne zu bewundern schienen…

Es machte Sinn: Shurrath war gefangen im Käfig, umgeben von den Überresten seiner nunmehr toten Wirtskreatur – somit telepathisch abgeschottet und seiner wohl wichtigsten Waffe beraubt.

„Dann haben wir also gesiegt?", blinzelte Isaac perplex.

„Nun, wir haben Shurrath isoliert, ohne ihn zu töten… vermutlich.", fasste sich Duke brummelnd ans Kinn. „Aber die Energie, die diesen Käfig speist, ist limitiert. Das Ding läuft im Grunde auf Akku."

„Wo ist Max?", wollte Isaac naheliegenderweise wissen.

Betroffen senkte Duke den Blick.

Er hatte noch immer wenig allgemeines Mitgefühl für den offensichtlich schwer psychopathischen Mörder Rains, musste aber anerkennen, dass er es ohne ihn nicht geschafft hätte. Nicht zuletzt war es Max gewesen, der dem Monstrum den Todesstoß versetzt und im selben Schritt Shurrath in die Falle hatte gehen lassen.

Gerade wollte Duke Isaac über Max' Ende unterrichten… da fiel sein Augenmerk auf einen größeren Klumpen jener blassgelben Gallerte, die Max' Wirtskörper während der letzten Momente seines Todeskampfs abgesondert hatte. Er lief darauf zu und ging davor in die Hocke…

„Hmmm…", brummte er, während Isaac zu ihm aufschloss.

„Wie war das noch, damals in Gillicks Geheimbasis unter der Salzseewüste, nachdem wir Max aus seinem Gefängnis befreit hatten? Da sah er noch ganz anders aus als Salk oder Alexander, nicht wahr?"

„Du meinst…"

„Jep… meine ich…"

Duke sprang auf und lief zu einigen der verbliebenen toten Pilgern hin. Isaac folgte ihm, und gemeinsam begannen sie, die Toten zu mustern.

„Diese hier schaut ganz nett aus!", rief Isaac und deutete auf den Leichnam einer attraktiven jungen blonden Frau.

„Krieg dich ein, Junge!", knurrte Duke und besah sich den Leichnam eines Mannes, der in etwa dem Durchschnitt Max' bisheriger Wirtskörper entsprach.

„Willst du wirklich eine heiße Blondine mit Max' Persönlichkeit?"

Die Vorstellung ließ Isaac erschaudern.

KAPITEL 58

Der Pilger öffnete die Augen und blinzelte mehrmals – fast so, als erblickte er zum ersten Mal das Licht der Welt.

Genauer gesagt: Es war Max, der den Körper des nunmehr untoten Pilgers dazu antrieb. Mit fast robotischem Schwung richtete er sich kerzengerade auf und drehte seinen Kopf in Richtung Dukes:

„ERBITTE AUSKUNFT: WO IST SHURRATH?"

Natürlich war dies das Erste, was er von sich gab…

Duke schmunzelte, trat ein wenig zur Seite und präsentierte dem Axon im Pilgerkörper das Ergebnis seiner jüngsten Selbstaufopferung: den schwebenden Energiekäfig mit den Überresten des Monstrums, in deren Mitte der glücklose Relyeh namens Shurrath festsaß und nunmehr ungehört verharren musste – zumindest, so lange der Energiekäfig noch Energie hatte.

Hastig krabbelte Max auf allen Vieren zum Käfig hin… und lehnte sich mit offenen Armen an ihn… umarmte ihn regelrecht.

Die ansonsten gelb leuchtenden Gitterstäbe begannen cyanblau zu leuchten – wie auch Max Hände, Arme und schließlich sein gesamter neuer Wirtskörper.

„Was tut er da wieder?", raunte Isaac Duke aus dem Mundwinkel zu.

„Er tankt Energie.", brummte Duke nicht ohne ein gewisses Amüsement.

„Aber der Käfig wird halten, oder?"

„Das Ding beherbergt die Kraft einer Atombombe. Ich schätze, es wird nicht allzu viel anrichten, wenn sich unser Mäxchen ein bisschen was davon abzwackt."

Nach etwa fünfzehn Sekunden beendete Max die Umarmung, stand auf und kam zu seinen beiden Weggefährten zurück.

„BEREIT ZUM RÜCKTRANSPORT.", vermeldete er.

„Das ist jetzt nicht sein Ernst, oder?", maulte Isaac.

„Ich fürchte doch. Und wir sollten tun, was er sagt.", brummte Duke mit aus Isaacs Sicht weiterhin deplatzierter Erheiterung – und er erklärte weiter:

„Wie gesagt, läuft der Käfig auf Akku. Wir müssen ihn jetzt so, wie er ist, durch eines der Axonenportale bugsieren – erst dann sind wir Shurrath los… zumindest für die nächsten paar Jahrhunderte."

„Heißt das, er wird wiederkommen?", zogen sich Isaacs nicht vorhandene Augenbrauen zusammen.

„Hoffentlich!"

„‚HOFFENTLICH'?!"

„Du schreibst nicht mit, Isaac! Wenn nicht er, dann kommt ein anderer. Aber er ist noch der Blödeste unter seinesgleichen. Was glaubst du, weshalb drei kleine Erdlingskasperl wie wir ihn besiegen konnten?"

Dem hatte Isaac nichts mehr entgegenzusetzen.

Die Sonne stand tief, und die Folgen von Shurraths vernichtender Niederlage waren allenthalben präsent:

Zunächst waren es nur weitere umherliegende tote Pilger und Schwarzhemden – nebst konfus dreinschauender Trife, welche plötzlich ihren gesamten Daseinszweck in Frage zu stellen schienen. Doch je weiter sich Duke, Isaac und Max wieder vom Hauptsitz Shurraths entfernten und durch die umliegende Ruinenstadt von Rose zogen, desto unübersehbarer wurde der sich anbahnende Bürgerkrieg, den der plötzliche Umsturz der Verhältnisse unter den hinterbliebenen Nicht-Khoronenwirten provozierte. Das war freilich nicht das Ergebnis, das Duke sich gewünscht hatte, und so gelobte er sich, nach Rose zurückzukommen und die Dinge zu richten, sobald er seine Mission abgeschlossen und auch zu Hause nach dem Rechten gesehen hätte.

Und wer weiß? Vielleicht waren die Menschen hier in der Lage, selbst für Recht und Ordnung zu sorgen und eine neue, zivilere Gesellschaft aufzubauen? Das wäre Duke eine wünschenswerte Abwechslung gewesen…

Die drei Gefährten hielten den Ball so flach sie konnten, verscheuchten allzu Neugierige, die dem von Max vorangeschobenen schwebenden Käfig zu nahe kamen. Erst als sie einen der Fuhrparks von Shurraths Schergen betraten, war eine Konfrontation unvermeidlich – denn eine Siedlerbande war auf dieselbe Idee gekommen und wollte sich hier nach Bedarf und Belieben gütlich tun.

Eine kurze, aber prägnante und gerade noch glimpflich ablaufende Revolverdemonstration von Seiten Dukes genügte jedoch, die Banditen zu überzeugen, dass sie den kleinen, aber gut gepanzerten Militärlastwagen mit Anhänger würden entbehren können – zumal Isaac die Reparatur des defekten Kühlerschlauchs übernahm.

Nebst Panzerplatten rundherum war der bullige Dreiachser mit einer kleinen Geschützplattform zwischen Fahrerhaus und Anhänger sowie vorn mit einem massiven Schienenpflug ausgestattet – perfekt zum Durchstoßen von Barrieren unterschiedlicher Art.

Also luden die drei Gefährten den Energiekäfig samt Shurrath im Innern auf und traten an zur voraussichtlichen Nachtfahrt Richtung Norden…

Der Rausch über den erlangten Sieg hielt nicht lange vor.

Duke war nervös... seine Gedanken kreisten...

Offenbar hatte Natalia es tatsächlich geschafft, sämtliche Khoronen auf einen Schlag zu eliminieren – jedenfalls war ihnen bis hierhin kein einziger noch lebender Khoronenwirt mehr begegnet. Doch bedeutete dies etwa, dass auch der Goliath gestoppt war?

Seit dem Nobel-Saloon hatte Duke nichts mehr von Natalia gehört, und irgendetwas sagte ihm, dass sie, ohne dass er es wusste, einen Preis für den erzielten Durchbruch hatte zahlen müssen...

Zwischenstopp an der Ruhestätte der Pilgrim.

Der Morgen graute bereits.

Isaac wartete am Steuer des Lasters, während sich Duke und Max samt Energiekäfig auf den beschwerlichen Weg ins Innere machten – abermals den Fahrstuhlschacht hinab. Zum Glück war alles noch genau so, wie sie es vor ein paar Tagen zurückgelassen hatten.

Da der Käfig zu groß war, um ihn durch die Luke der Geheimkammer hinabzubekommen, musste das noch zigarrenförmig aufgerollte Axonenportal eben hinauf. Doch als Erstes kam der Moment, auf den Duke schon sehnsüchtig gewartet hatte:

Mit beherztem Elan packte er das Testion am Schlafittchen und riss es sich in einem Stück vom Leib!

„Ah... tut das gut...", genoss er brummelnd das Gefühl frischer Luft an seiner Haut. Dann zog er sich seine alten Sachen wieder an: Seine Briefs und seine Socken, Hemd und Hose seiner Sheriff-Uniform, seine Cowboy-Stiefel und schließlich seinen guten alten ärmellosen Westernmantel. Zuletzt natürlich noch den Sheriffhut obenauf!

Jetzt fühlte er sich endlich wieder wie der, der er tatsächlich war:

kein abgefreakter Space-Ninja mit Revolvern, sondern der Sheriff, verdammt!

Das zusammengerollte Axonenportal hinaufzubefördern war kaum mehr als ein Kinderspiel.

„Wie lange wirst du brauchen?", wollte Duke von Max wissen.

„SCHÄTZWERT: BINNEN ACHTUNDVIERZIG STUNDEN."

„Ein Fingerschnippen für einen Axon…", schnippte Duke.

„EIN TASTENDRUCK."

„Nur ein Mausklick, sozusagen!"

Max antwortete mit einem Blick, der noch ausdrucksloser war als sonst, und Duke ermahnte sich, obskure Referenzen auf alte Werbeclips in Duncans Filmarchiv künftig zu vermeiden.

Max trat an das noch zusammengerollte Axonenportal heran, und Duke war einigermaßen gespannt, wie der Axon im Pilgerkörper es öffnen würde…

Wie so vieles, was Max tat, grenzte es fast an Magie:

Eine Hand legte er auf den schwebenden Energiekäfig auf, den er zuvor aus dem Portalschlüssel geschaffen hatte, und mit der anderen Hand fasste er in die Öffnung oben am zusammengerollten Portal, in das eigentlich der Portalschlüssel einzuführen war. Prompt begann erst der Käfig, dann Max selbst und schließlich auch das Portal cyan-blau zu leuchten… und mit einem merkwürdigen kurzen Klingklang – wohl dem Axonenäquivalent eines Jingles – begann das zigarrenförmige Portal sich zu einem ausladenden Oval aufzurollen.

Zunächst war das Innere des Ovals von einem tiefschwarzen, endlosen Nichts erfüllt… Dann erschien in konzentrisch auseinanderfließenden Kreisen – als hätte man einen Stein in einen spiegelnden See geworfen – der Blick auf eine Umgebung, auf einen Ort am anderen Ende der Galaxis, wenn nicht gar des Universums! Es war jener groteske, flammenumzüngelte Höllentempel auf einem Bett aus Totenschädeln, der sich

Duke bei der vorigen Öffnung des Portals durch den verrückten Tinker in die Erinnerung eingebrannt hatte...

Der Anblick schien auch in Max einige Unruhe hervorzurufen.

„INKORREKTER PORTALAUSGANG.", bemerkte er rasch.

Dann ging er kurz konzentriert in sich – worauf der Käfig, der Rahmen um das Portal und er selbst cyanblau aufflackerten und das Portalinnere erst wieder schwarz wurde... um dann wieder in konzentrisch auseinanderfließenden Kreisen den Blick auf einen ganz und gar anderen Ort zu eröffnen:

Vom Portal ausgehend, erstreckte sich hier eine perlmuttartig glänzende, sanft geschwungene Promenade über einen Grund aus augenscheinlich akrylenen Waben, durch welche hindurch man im Hintergrund einen fremden Sternenhimmel sehen konnte, und welche sich bis zum Horizont hin mit gleichsam wabenförmig angelegten Gärten regenbogenfarbener Gewächse oder Skulpturen abwechselten. Am fernen Ende der Promenade erhob sich ein majestätischer, nach oben leicht zulaufender Turm aus abertausenden kristallartigen Facetten...

Es war wohl der verzaubertste Ort, den Duke bis zu diesem Moment je mit eigenen Augen erblickt hatte...

„Hier wohnst du?", brummelte er staunend.

„NEGATIV. DAS IST DER SITZ DES AXONENRATS. MEIN ALTER ARBEITSPLATZ."

„Und dort lieferst du jetzt den Käfig mit Shurrath ab?"

„POZZ."

„Und wenn sie dir dann die Quittung ausgestellt haben, dann kommst du durch dieses Portal hier wieder zurück?"

„VIELLEICHT."

Duke war überrascht, dieses Wort aus Max' Wirtskörpermunde zu hören.

„,Vielleicht'?"

„NOMINALE WAHRSCHEINLICHKEIT: FÜNFZIG PROZENT. ES GIBT EIN WEITERES PORTAL, DAS GEGE-BENENFALLS GEEIGNETER SEIN KÖNNTE."

Duke nahm an, dass Max vom Portal in der Geheimbasis von Dugway sprach – wobei ihm unklar war, weshalb dieses geeigneter sein mochte.

Schweigend sahen Duke und Max einander an. Dann schließlich:

„ES IST ZEIT."

– und Max hielt Duke die ausgestreckte Hand entgegen:

„FREUNDSCHAFT?"

Darauf war Duke nicht vorbereitet gewesen.

Er sah Max tief in die Augen und schmunzelte… ohne die plötzlich in ihm aufsteigende Wehmut ganz verbergen zu können.

„Wir sind durch Himmel und Hölle gegangen, was, Max?", strahlte er schließlich… und schlug ein.

„DIE OPPORTUNITÄT UNSERES MUTUALISMUS IST EVIDENT GEWORDEN."

„So kann man es auch ausdrücken…", grinste Duke und hatte ein wenig Mühe, seine Hand wieder zurückzubekommen, „…weshalb du beim hochgeschätzten Axonenrat sicherlich ein gutes Wort für uns arme kleine Erdlinge von den Vereinigten Territorien einlegen und um Unterstützung werben wirst – richtig?"

„POZZ. ARREST UND AUSLIEFERUNG SHURRATHS SIND EIN GROSSER VERDIENST AN DEN AXONEN. DER RAT MUSS SICH ERKENNTLICH ZEIGEN."

– womit sich Max zum schwebenden Käfig begab und diesen in Richtung des Portals bewegte.

„Einen Moment noch…", fasste Duke Max am Arm.

Dann trat er an den Käfig heran.

„Berühren erlaubt?", sah er zu Max.

„POZZ."

Duke hatte bereits gesehen, wie Neugierige auf dem

Rückweg durch Rose den großen Kubus mit bloßen Händen angefasst hatten – aber Sicherheit ging vor. Also hob er seine Faust, trat noch ein Stück an den Käfig heran, beugte sich vor... und klopfte dreimal an:

„Shurrath, alter Mistkäfer! Falls du mich noch hören kannst: Vielleicht nutzt du deine Auszeit mal, um über das Eine oder Andere nachzudenken. Bloß ein Vorschlag! Und noch etwas: Sollte Natalia irgendetwas zugestoßen sein, mit dem du oder deine Brüder etwas zu tun hattet, dann wirst du dich nach deiner kleinen gemütlichen Zelle hier noch zurücksehnen – das versprech' ich dir!"

Das hatte Duke noch loswerden müssen...

Er richtete sich wieder auf und trat zwei Schritte zurück.

„BIS DIE TAGE.", nickte Max ihm noch einmal zu.

Dann schob er den Energiekäfig samt Shurrath im Innern durch das Portal hindurch, dessen Oberfläche dabei erneut konzentrische Kreise zog... und trat schließlich selbst auf die andere Seite über – weiß der Himmel, wie viele Lichtjahre entfernt.

Nach ein paar Schritten über die perlmuttene Promenade sah er noch einmal zu Duke zurück und hob die Hand... dann löste sich der verzaubernde Blick in eine andere Welt wieder ins endlos schwarze Nichts auf... und das Portal begann, anscheinend ganz von alleine, sich wieder zusammenzurollen.

Ehrfürchtig trat Duke an die nunmehr wieder zigarrenförmige Steinsäule heran und erwiderte Max' vorerst letzten Gruß. Dann brachte er das Objekt an seine angestammte Stelle als Exponat in die Geheimkammer zurück, stieg über die Leiter wieder hinauf... und verschloss die Luke.

„Alles erledigt?", rief ihm Isaac bereits aus einigen Metern Entfernung von der geöffneten Fahrertür aus zu, als Duke die ersten Schritte zurück ins Freie gefunden hatte.

„Pozz...", nickte er.

„Wie fühlst du dich?"

„Frag mich nochmal, wenn wir wieder in Sanisco sind. Und du?"

„Beschissen."

Duke runzelte die Stirn.

„Ich möchte endlich wissen, was Sache ist…", erklärte Isaac seine verdrossene Antwort. „Hirntumor, Hayden! Ich werde elendig daran verrecken – in ein, zwei Monaten oder so!"

„Unsinn, Isaac. Wer hat dir diese Prognose denn ausgestellt? Doktor Doom? Die Medizin hat Fortschritte gemacht, ob du's glaubst oder nicht – und wir haben Zugriff auf diese Fortschritte. Wart's nur ab!"

„Ernsthaft? Das würdet ihr für mich tun?"

„Ja, glaubst du denn, ich hätte den Umweg über Tijuana gemacht, wenn ich geglaubt hätte, dass es dich in ein, zwei Monaten ohnehin dahinrafft? Symptome hast du außer der Immunität doch keine, oder?"

„Das zum Glück nicht, aber–…"

„Na, also! Kein Grund zur Panik."

„Ich hatte geglaubt, du wärst nach Tijuana gekommen, um mich Shurrath vorzuenthalten."

„Dann wär's am einfachsten gewesen, dass ich dir in den Rücken schieße, oder?"

„Danke jedenfalls, dass du's dir anders überlegt hast!", brachte Dukes Galgenhumor Isaac zum Lachen.

„Bist schon ein dufter Kerl, Isaac. Und was du für mich, meine Familie und die Territorien geleistet hast, verdient viel mehr als nur eine Medaille!"

„Ach, das war doch gar nichts…", wurde Isaac sichtlich verlegen. „Danke, dass du mir gezeigt hast, dass es einen anderen Weg gibt… und eine Zukunft – selbst für einen Unglücksraben wie mich. Es war wichtig, dass ich die Vergangenheit zum Abschluss bringe. Dank deiner und auch Max' Hilfe habe ich mein Versprechen an Amanda jetzt erfüllen und Jasons Mörder zur Rechenschaft ziehen können

– wenn auch bloß über unerwartete und verschlungene Umwege…"

„Soll ich fahren?", schien Duke das Thema wechseln zu wollen.

„Was? Nein! Nein, ich sitze gerne am Steuer!", lachte Isaac.

„Was stehen wir hier dann noch rum und erzählen einander Groschenromane? Auf geht's!"

KAPITEL 59

„Nat…", sprach Duke so sanft er konnte, ohne bloß ein unverständliches Brummeln hervorzubringen – ganz so, wie er es in den zurückliegenden zwei Wochen jeden Tag getan hatte… mehrmals täglich… immer und immer wieder…

Dabei hielt er ihre Hand so sanft er konnte – so, wie er es in den zurückliegenden zwei Wochen jeden Tag getan hatte… mindestens zwölf Stunden, jeden Tag.

„Meine liebe Nat… ist heute der Tag? Der Tag, an dem du dich entscheidest, zurückzukommen?"

Nicht nur er wartete sehnsüchtig auf diesen Tag. Die ganze Stadt sprach von nichts anderem. Und da waren natürlich auch noch Hallia und Ginny und Lutz und all die anderen…

Die Krankenzimmertür öffnete sich. Duke sah auf – unrasiert, mit Ringen unter den Augen.

Doktor Hess kam herein – gefolgt von der Centurion-Repräsentantin. Die Offizierin und Sonderbeauftragte Erica Rodriguez – Codename ‚Rico' – war von der Statur her eher zierlich, dabei aber ein athletisches und energisches kleines Muskelbündel, das es problemlos mit einer Biker-Gang aufnehmen konnte. Ihr spitz zulaufendes Kinn und ihre markanten Wangenknochen kontrastierten mit ihrem üppigen, anschmiegsamen und perfekt symmetrischen schwarzen Stufenschnitt, der sowohl ihre großen grünen Augen wie auch die strahlend weiße Bluse ihres ansonsten anthrazitfarbenen und bläulich irisierenden CSSF-Dress besonders zur Geltung brachte. Dabei war dies definitiv nicht ihre bevorzugte Dienstkleidung – auch wenn sie sich mit ihrer neuen Rolle fernab der Einsatzzonen längst angefreundet hatte und dieselbe mit größtem Elan und Engagement ausfüllte. Vom Naturell her war sie also alles andere als zartbesaitet, und als Klon war sie genetisch darauf programmiert, den größten Widrigkeiten zu trotzen.

Und dennoch, obwohl Doktor Hess sie vorgewarnt hatte… als sie Natalia so daliegen sah, und Duke an ihrer Seite, da erblasste sie und rief mit bebender, fast schluchzender Stimme: „Oh, Hayden!"

Sachte legte Duke Natalias Hand zurück und stand auf.

Augenblicklich standen Rico die Tränen in den Augen, und Duke musste den Blick senken, damit es ihm nicht ebenso erging.

Zwar war Duke selbst weit näher an der Wüste als am Wasser gebaut, doch das galt nur, solange er Menschen, die ihm nahestanden, nicht weinen sah.

„Es tut mir so leid…!", rief Rico, während sie ihren guten alten Freund umarmte.

„Rico…", brummte Duke mit finsterer, aber sanfter Miene. „Schön, dich wiederzusehen…"

„Ganz meinerseits, Sheriff. Ich wünschte bloß, der Anlass wäre ein anderer…"

„Man muss die Soldaten feiern, wie sie fallen, richtig?"

Mitfühlende Worte waren das Eine.

Duke erwartete auch substanzielle Neuigkeiten – etwa betreffs des Eklats um Frau Oberst Gillick und des geheimen Centurion-Außenpostens, den sie geleitet hatte.

„Vertrauliches Gespräch?", grummelte er.

„Wahrscheinlich besser so…", antwortete Rico.

Ein Blick von Duke genügte, um Doktor Hess zu veranlassen, mitsamt der Krankenschwester das Feld zu räumen.

„In zehn Minuten braucht Missus Duke ihre nächste Injektion.", gab Hess noch zurück, ehe er durch die Tür verschwand.

„Also…?", seufzte Duke und setzte sich zurück auf den Klappstuhl an Natalias Seite.

„Also macht General Haeri seit einer Woche Überstunden, um die Wogen zu glätten.", begann Rico mit der ‚Hofberichterstattung'.

„Im Ernst? Er ist doch sonst nicht so…", feixte Duke.

„Komm schon, Hayden. Du weißt ganz genau, wer und was Haeri ist. Du weißt besser über den verdammten Trust Bescheid als die meisten, die ihm angehören!"

„Gillick hatte die Neuromanipulationstechnologie der Axonen für ‚ihre Seite' nutzbar machen sollen. Und zwar nicht etwa für den Kampf gegen die Trife…"

„Ich muss sagen, ich lerne eine Menge dazu, seit ich den Posten der für euch zuständigen Sonderbeauftragten übernommen habe.", verschränkte Rico die Arme. „Zum Beispiel, dass es sich manchmal empfiehlt, scheinbar abweichende Anweisungen zu geben, die doch auf das gewünschte Resultat hinwirken."

„Wie meinst du das?"

„Nun… im vorliegenden Fall hatte Gillick die Anweisung erhalten, eine Angriffswaffe zu entwickeln. Tatsächlich aber ging es um ein Verteidigungssystem."

„Lustig, denn bis dahin hatte der Trust die Axonen stets verleugnet."

„Natürlich! Auf Proxima gibt es zwei Geschichtsschreibungen, Hayden: Einmal die wahre Geschichte, und dann die Geschichte, die diejenigen erzählen, welche die wahre Geschichte kennen."

„Es ist doch immer das gleiche Spiel…"

„Genau! Da kommst du nicht raus! Du kannst nur gewinnen, wenn du mitspielst und deine wahren Karten bedeckt hältst."

„Und deshalb glaubst du Haeri?"

„Nein. Aber ich glaube, dass er die richtigen Absichten hat – das Beste für Proxima und die Menschheit im Allgemeinen. Was du angestellt hast, wäre Anlass genug für ihn gewesen, das ganze Programm einzustellen. Er hätte ein Killerkommando schicken können. Stattdessen hat er einmal mehr mich geschickt, um das Gespräch zu suchen. Apropos: Wo ist der Axon verblieben, den ihr befreit habt? Ich bin ja froh, dass er euch nicht umgebracht hat…"

Duke stellte eine Gegenfrage:

„Was weiß Haeri über den Durst?"

„Über… den ‚Durst‘? Ich muss zugeben, dass ich selbst nicht ganz im Bilde bin… Was soll das sein, dieser ‚Durst‘?"

„Ist ‘ne lange Story, aber die Kurzfassung ist: Als ‚Durst‘ bezeichnet sich die Alienspezies, die uns die Trife auf den Hals gehetzt hat – und sie sind größer, mächtiger und weitaus bösartiger als die Axonen."

„Das klingt ja… liebenswürdig…", bemerkte Rico mit für sie eher untypischem Sarkasmus.

„Das kannst du laut pfeifen! Jedenfalls haben wir einen ihrer… äh… ‚Warlords‘ gefangen genommen. Also habe ich ihm ein Schleifchen umgebunden und ihn mit dem fraglichen Axon zusammen in die Heimatwelt der Axonen zurückkehren lassen, um so etwas wie erste diplomatische Beziehungen zu ihnen aufzubauen."

„Wie bitte?", verengten sich Ricos Augenbrauen schlagartig. „Diplomatische Beziehungen??"

„Vielleicht sogar eine Allianz… mal schauen.", begegnete Duke ihrem sichtlichen Missmut mit einem Schmunzeln.

„Und du hast es nicht für nötig befunden, erst einmal Rücksprache mit uns zu halten?"

„Ich musste die Gelegenheit eben beim Schopfe packen!", ging Dukes Schmunzeln in ein Grinsen über.

„Hayden…", fasste Rico sich angestrengt zwischen die Augen, „…Proxima Command wird nicht erfreut sein, dass du mit dem Feind anbändelst."

„Na, das ist ja interessant! Seit wann sind die Axonen ‚der Feind'? Sie kämpfen gegen den Durst – genau wie wir!"

„Das ist nicht das Entscheidende! Die Axonen haben mehr Menschen auf dem Gewissen als die Trife! Hast du schon vergessen, was in Edenrise passiert war? Das war einer von ihnen!"

„Erstens sind die Axonen genauso wenig alle gleich wie wir Menschen. Zweitens hast du mir gerade eben noch etwas von den ‚richtigen Absichten' erzählt, die anscheinend falsches Handeln rechtfertigen… Gestehst du das nur General Haeri zu?"

Rico schlug die Hände über dem Kopf zusammen:

„Verdammt, Hayden! Hätte ich gewusst, dass du mir hier so 'nen fetten Festtagsbraten servierst, hätte ich General Haeri mitgebracht! Du… du musst mit mir zurück nach Proxima!"

„Und Natalia hier alleine lassen? Mach dich nicht lächerlich!"

Resignierend schüttelte Rico den Kopf:

„Das ist 'n Riesending, Sheriff! Riesiger noch als Stacker!"

„Nichts zu machen…", brummte Duke und wandte sich von Rico ab, um abermals behutsam Natalias Hand zu drücken.

Und zum ersten Mal nach allzu langer Zeit… drückte sie zurück.

KAPITEL 60

„Feldwebel Pine, das hier ist Centurion-Sonderbeauftragte Rico Rodriguez.", stellte Duke die beiden einander vor.

„Feldwebel…", bot Rico ihm die ausgestreckte Hand.

Isaac schlug ein: „Sehr vergnügt, Sonderbeauftagte!"

„Sheriff Duke hat mir schon ein bisschen von ihrem extraordinären Werdegang geschildert, Feldwebel… Ich muss zugeben, dass ich es erst gar nicht glauben konnte!"

„Ging mir genauso!", lachte Isaac… und erntete einen schrägen Blick. „Ich meine… als Hayden mir von Proxima erzählt hat!"

„Isaac hat meinem Vorschlag bereits zugestimmt.", schob sich Duke dazwischen.

„Aus naheliegendem Grund… buchstäblich…", fasste Isaac sich an den Hinterkopf.

„Respektive: der Tumor.", brachte Rico es auf den Punkt und versicherte: „Keine Sorge, Feldwebel. Das ist bei uns auf Proxima nurmehr ein Routineeingriff. Wir machen Sie wieder so gut wie neu… nein, besser sogar!"

„Im Gegenzug wird Isaac General Haeri betreffs der hiesigen Ereignisse gerne Rede und Antwort stehen.", ergänzte Duke und fuhr fort:

„Ich hoffe, wir können uns auf ein gemeinsames Vorgehen im allseitigen Interesse einigen, falls– ich meine WENN Max dann schließlich zurückkehrt. Die Allianz, die mir vorschwebt, ist nicht auf die Zurückgelassenen auf der Erde begrenzt. Es ist kein Geheimnis, dass Proxima Command und die Vereinigten Territorien einander in vielen Fragen uneins sind – aber der Durst ist eine Bedrohung für uns alle!"

Rico nickte verhalten zustimmend:

„Ich werde mein Bestes geben, den Herrn General von unserer Sichtweise zu überzeugen."

„Ich wünschte, du könntest noch bleiben…", ließ eine vierte Stimme die Anwesenden zum Bett hinüber schauen. Es war Natalia, von deren Seite Duke noch immer nicht weichen wollte:

„Wir hatten nicht viel Zeit, über alle Neuigkeiten zu reden…"

„Das müssen wir unbedingt so schnell wie möglich nachholen!", strahlte Rico sie an und versprach:

„Ich werde versuchen, noch vor Plan zurück zu sein. In zwei Wochen vielleicht. Höchstens drei. Ich versuch's!"

„Bis dahin komme ich auch wieder richtig auf die Beine, und wir können ordentlich ausgehen in Sanisco!", versprach Natalia ihrerseits.

„Da bin ich mir ganz sicher!", lächelte Rico und trat an Natalia heran, um sie mit aller Herzlichkeit zu umarmen. Bei der Gelegenheit bedachte sie auch Duke mit einer ebenso herzlichen Umarmung.

„Wir deichseln das schon, Sheriff!", zwinkerte sie ihm zu.

„Pozz.", brummte Duke mit einem Schmunzeln. „Danke, Rico!"

Nun ging Isaac zu Duke herüber – worauf dieser sich erhob.

Isaac bot ihm die Hand, und Duke ergriff sie, zog sie fest an sich heran, sodass der Feldwebel notgedrungen ein Stück auf ihn zugestolpert kam.

Rico und Natalia lachten.

„War mir eine Ehre, Feldwebel!"

„Ganz meinerseits, Sheriff!", justierte Isaac nochmals Jasons Backpack auf seiner Schulter. „Ich werde mir den Schädel durchpusten lassen und bin in ein paar Wochen wieder zurück, um den Kampf der Gerechten fortzusetzen. Amanda hätte sich nichts anderes für mich gewünscht... und nichts anderes wünsche ich mir!"

Damit beugte sich Isaac nun ebenfalls zu Natalia herunter – die ihn herzlich umarmte: „Pass auf dich auf, Isaac!"

„Werden Sie rasch wieder ganz gesund, Gouverneurin, Ma'am!", lächelte er leicht verlegen zurück. „Und erinnern Sie Ginny bitte daran, dass sie mir noch eine Revanche schuldig ist."

„Eine Revanche?"

„Ich habe ihr das Schachspielen beigebracht... und dann hat sie mir den Hintern damit versohlt!"

Die Runde lachte.

„Also gut. Es wird Zeit.", mahnte Rico – dann nochmals zu Isaac:

„Feldwebel, ich schätze, das wird das erste Mal für Sie auf einem interstellaren Raumschiff sein?"

„Es wäre auch mein erstes Mal auf einem stellaren!", grinste Isaac.

„Der Raumsprung ist das eigentliche Highlight.", erklärte die Sonderbeauftragte. „Die Woche davor und danach kann ein bisschen langweilig werden... aber unser Bordcomputer hat auch Schach im Repertoire!"

„Ich glaube, das eigentliche Highlight ist, einen anderen Planeten in VIER VERFLIXTEN LICHTJAHREN ENTFERNUNG zu betreten!", lachte Isaac – und die Runde schloss sich ihm an.

„Also: Man sieht sich! Sheriff, Gouverneurin, Ma'am...", verabschiedete sich Rico.

„Man sieht sich!", antworteten Duke und Natalia im Duett.

Damit verließen die beiden Gäste das Zimmer, und die Tür schloss sich wieder. Duke und Natalia waren allein und ungestört.

„Wie fühlst du dich, Liebes?", ergriff Duke erneut ihre Hand, als wolle er sie niemals wieder gehen lassen.

„Ich bin froh, dass ich lebe, Purzel! Nach zwei Wochen unfreiwilliger Horizontale sind natürlich noch ein paar Dinge im Argen… aber Doktor Hess versichert mir, dass sich das rasch wieder geben wird."

„Ich war krank vor Sorge, Nat. Ich bin mir sicher, du wirst schnell wieder ganz genesen. Bin mir bloß nicht sicher, ob ich ebenso…"

Natalia hob die Hände, um Duke in seine pockennarbigen Wangen zu kneifen:

„Rede keinen Unsinn, Purzel! Du bist nicht derjenige, der zwei Wochen im Koma lag. Auch wenn ich ganz froh bin, dass du jetzt mal weißt, wie das ist, krank vor Sorge zu sein, weil man seinen Ehepartner vielleicht nur im Einmachglas wiederbekommt!"

„Ohne dich wäre ich heute wohl kaum mehr als das…", strich Duke ihr die Strähnen aus der Stirn.

„Apropos ‚wiederbekommen'…!", änderte sich Natalias Duktus plötzlich merklich. Es gab etwas zu besprechen – merkte Duke gleich.

Angestrengt versuchte Natalia, sich aufzurichten, und Duke half ihr nach, indem er ihr Kopfkissen aufrichtete. Dann endlich:

„Purzel, hör zu! Als wir unsere Verbindung ins Relyeh-Kollektiv mittels der präparierten Khorone testeten, erhielten wir eine kuriose Antwort."

„So?"

„Ja, denn erstens hatten wir nicht mit irgendeiner Antwort gerechnet, und zweitens war die Antwort auf Englisch."

„Auf Englisch?", wanderte Dukes linke Augenbraue nach oben.

„Nicht nur das! Der Absender stellte sich auch gleich vor: als ein gewisser Feldwebel Caleb Card."

Duke sah Natalia an, als käme sie von einem anderen Planeten:

„Ein Feldwebel??"

„Scheint so, Purzel!"

„Wer ist er? Wo ist er?"

„Eigentlich hatte ich gehofft, du könntest mir dazu etwas sagen, Purzel…"

„,Caleb Card'… Ich höre den Namen zum ersten Mal! Wenn das nicht bloß eine Störung war – falsch verbunden oder so? Aber wir sollten der Sache auf den Grund gehen… bevor es der Trust oder einer unserer anderen Lieblingsvereine tut – Extraterrestrier miteingeschlossen."

Natalia nickte: „So sehe ich das auch."

„Aber… das kann nun wirklich bis morgen warten, oder, Nat?", begann er, Natalias Hand mit Küssen zu übersäen. „Denn jetzt brauche ich erst einmal einen ruhigen, entspannenden Abend mit meiner geliebten Frau und meiner bezaubernden Tochter!"

„Meinen Töchtern.", korrigierte Natalia ihn.

Duke fuhr zusammen und sah sie mit großen Augen und einer Mischung aus Unglauben und Entsetzen an.

„Nicht doch, Purzel! Wo denkst du hin?", musste Natalia lachen – auch wenn sie sich bemühte, sich ein wenig damit zurückzuhalten.

„Ich rede doch von Ginny! Sie ist jetzt Teil unserer Familie – ob's dir nun passt oder nicht!"

„Ein Sheriff, seine geliebte Frau und seine zwei bezaubernden Töchter? Klingt fabulös!", brummte Duke mehr als angetan.

Dann stand er auf und ging zum anderen Ende des Zimmers, wo bereits ein Rollstuhl für Natalia bereitstand.

Diesen fasste er an den beiden hinteren Griffen und fuhr ihn dicht an Natalias Bett heran.

„Gratis-Rikscha nach Hause?“, schmunzelte er mit hochgezogenen Augenbrauen.

Natalia streckte die Hände nach ihm aus und umklammerte seine breiten Schultern, als er sie sachte vom Bett hob.

„Nach Hause…“, schmiegte sie sich an ihn.

ENDE

BÜCHER VON M.R. FORBES

Meinen kompletten Katalog finden Sie hier

mrforbes.de/bucher

Oder bei Amazon

mrforbes.de/amazon

EWIGES RAUMSCHIFF

mrforbes.de/der-ewige-krieg/1-ewiges-raumschiff

Sie werden kommen. Finde die Goliath oder stirb.

Diese erschreckenden Worte sind das erste, was Mitchell hört, nachdem die Kugel eines Attentäters beinahe sein Leben beendet hätte. Er versucht, sie zu ignorieren, weil er überzeugt ist, dass die Stimme in seinem Kopf nur eine Nachwirkung seiner Verletzungen ist.

Das ist sie aber nicht.

Die Warnung ist nur der Anfang. Ein Einblick in einen Kampf gegen einen Feind, der älter ist als die Zeit.

Ein Feind, der so real und viel näher ist, als er es sich je vorstellen konnte.

Ein Feind, der alles tun wird, um ihn daran zu hindern, das jahrhundertealte Raumschiff zu finden und nicht nur den Kampf, sondern ihre Existenz zu beenden.

Mitchell entkommt nur knapp der Gefangennahme und gerät in die Hände der Riggers - ein zusammengewürfeltes Sonderkommando, das in den Randgebieten der Galaxie patrouilliert. Sie werden von einem als Mörder berüchtigten Captain angeführt und sind gefährlich, unmoralisch und verrückt.

Gleichzeitig sind sie vielleicht die letzte Hoffnung der Menschheit auf ein Überleben in einem Krieg, der schon seit Ewigkeiten wütet.

DER VERGESSENE

mrforbes.de / der-vergessene / vergessen

Einige Dinge bleiben besser vergessen.

Sheriff Hayden Duke wurde auf der Pilgrim geboren, und er erwartet, auf der Pilgrim zu sterben, wie sein Vater und dessen Vater vor ihm.

So ist es auf einem Generationenschiff zu den Sternen, Jahrhunderte weit weg von zu Hause. Das hat er nie infrage gestellt. Darüber hat er nie nachgedacht. Und warum auch? Zugangspunkte zu den Kontrollen des Schiffes sind versiegelt. Seine Systeme, die sie automatisch lenken, sind außer Reichweite. Es ist nicht perfekt, aber er hat alles, was er benötigt, um zufrieden zu sein.

Bis eine Störung seine Frau, die Technikerin, zwingt, zum Rand der bewohnten Zone zu gehen und den Schaden zu inspizieren.

Bis sie ihn kontaktiert, atemlos und entsetzt, und ihm sagt, dass sie einen Leichnam gefunden hat, der zu niemandem an Bord gehört.

Bis er an besagter Stelle erscheint und entdeckt, dass sowohl seine Frau als auch der Leichnam verschwunden sind.

Der einzige Hinweis? Ein blutiger Handabdruck unter einer Luke, die sich seit Jahrhunderten nicht geöffnet hatte.

Bis heute.

ÜBER DEN AUTOR

M.R. Forbes ist der Autor einer wachsenden Zahl von Science-Fiction-Serien. Da er seine Kindheit damit verbracht hat, jeden Science-Fiction-Roman zu lesen, den er finden konnte (und auch seine eigenen zu schreiben), jedes Science-Fiction-Videospiel zu spielen, das er in die Finger bekam, und jeden Science-Fiction-Film zu sehen, der in die Kinos kam, hat er eine wahre Liebe zu diesem Genre in jedem Medium. Er arbeitet hart daran, diese Energie auch in seine eigenen Geschichten einfließen zu lassen, mit dem ständigen Ziel, zu unterhalten, zu erfreuen, zu faszinieren und zu überraschen.

Er schätzt seine Leser sehr und freut sich immer, von ihnen zu hören.

Besuche meine Website:
mrforbes.de

Schick mir eine E-Mail:
michael@mrforbes.com

Besuche mich auf meiner Facebook-Seite:
Facebook.com/mrforbes.author

www.ingramcontent.com/pod-product-compliance
Lightning Source LLC
Chambersburg PA
CBHW060214030726
47499CB00004B/1049